조개 줍는 아이들 1

조개 줍는 아이들 1

The Shell Seekers

로자문드 필처 지음 · 구자명 옮김

리프

The Shell Seekers

CONTENTS

*
* *
*

*
*
*

낡은 로버 택시 한 대가 오래된 담배 연기 같은 냄새를 풍기며 천천히 한적한 시골길을 달리고 있었다. 2월 마지막 날의 이른 오후였다. 창백한 하늘은 구름 한 점 없고, 사방에 희끗희끗한 얼음이 깔린 지독히 추운 겨울날이었다. 긴 그림자를 드리운 햇볕도 온기라곤 없고 길 따라 펼쳐진 밭고랑도 거죽이 무쇠 판처럼 단단해 보였다. 드문드문 보이는 농가와 돌오두막의 굴뚝에선 연기가 바람 없는 하늘로 기둥처럼 피어오르고, 묵직한 털과 새끼를 배어 부푼 배 때문에 거동이 둔한 양들이 떼를 지어 새 건초가 담긴 여물통을 에워싸고 있었다.

페넬로프 킬링은 택시 뒷좌석에 앉아 먼지 낀 창으로 바깥을 내다보면서 마을 풍경이 오늘따라 유난히 아름답다고 생각했다.

이제부터는 가파른 내리막길이었다. 템플 퍼들리 마을 방향을 알리는 나무표지판이 저 앞쪽에 보였다. 택시 기사는 속도를 늦추고 힘겹게 기어를 바꾸고선 높이 자란 나무가 시야를 가로막으며 양옆으로 늘어선 꼬불꼬불한 산길을 덜컹거리며 내려갔다. 잠시 후 택시가 마을로 들어서자, 햇살을 받아 반짝반짝 빛나는 코츠월드의 돌오두막들과 신문판매소, 정육점, 서들리 암스 펍, 그리고 길에서 좀 떨어진 교회와 울창한 주목나무 숲, 교회 묘지가 창밖으로 보였지만 사람은 거의 눈에 띄지 않았다. 아이들은 학교에 갔고 어른들은 추위 때문에 실내에 틀어박힌 모양이었다. 털목도리와 장갑으로 무장한 노인 한 사람이 강아지와 함께 산보하는 모습이 전부였다.

"어느 집이지요?"

택시 기사가 고개를 돌리며 묻자, 어처구니없이 흥분하고 기대에 찬 페넬로프는 어린애처럼 좋아하면서 몸을 앞으로 내밀며 대답했다.

"조금 더 동네로 들어가요. 저기 오른편에 보이는 흰 대문 집이에요. 문이 열렸지요?"

택시가 대문을 통과하여 집 뒤꼍에 멈추었다.

차에서 내린 그녀는 추위를 막으려고 짙은 코발트색 망토를 어깨에 둘렀다. 그러고는 핸드백에서 열쇠를 꺼내 쥐고 현관으로 걸어갔다. 기사는 뒤 트렁크에서 여행 가방을 꺼냈다. 그녀가 그것을 받아 들기 위해 몸을 돌리자, 기사는 약간 근심스러운 표정으로 가방을 든 채 머뭇거렸다.

"마중 나온 분이 안 계신가요?"

"그래요, 난 혼자 살아요. 모두들 내가 아직 병원에 있는 줄 안다우."

"괜찮으시겠어요?"

그녀는 친절한 기사를 향해 웃어 보였다. 금발이 더부룩하게 이마를 덮은 얼굴이 무척 앳돼 보였다.

"그럼요."

기사는 주제넘는 것이 아닐지 염려하는 말투로 말을 이었다.

"원하시면 제가 이 가방을 들어다 드리겠습니다. 2층까지……."

"젊은 사람이 친절도 하지. 근데 그 정도는 나도……."

"아뇨, 전 괜찮습니다."

말을 마친 기사는 페넬로프를 따라 현관을 지나 부엌으로 들어섰고, 그녀는 부엌문을 열고 2층으로 난 폭이 좁은 계단을 앞장서서 올라가며 그를 안내했다. 집 안에선 병원에서 나는 것 같은 청결한 향이 확 풍겼다. 맘씨 착한 플라켓 부인이 그녀가 집을 비운 며칠 동안에도 청소를 게을리 하지 않았기 때문이었다. 플라켓은 오히려 가끔씩 그녀가 집을 비우는 걸 좋아했다. 그동안 흰 계단 손잡이를 닦거나 걸레를 삶고, 은식기나 동식기를 광내는 일을 할 수 있었으니까.

그녀의 침실 문은 조금 열려 있었다. 그녀가 침실로 들어서자 젊은 기사도 따라 들어와 여행 가방을 바닥에 놓았다.

"다른 일 시키실 건 없으세요?"

"없어요. 요금은 얼마나 드리지?"

기사는 요금을 받는 게 부끄러운 일이기나 한 듯 수줍어하며 말했다. 그녀가 돈을 내밀며 거스름돈은 필요 없다고 하자, 기사는 고맙다며 인사를 했다. 두 사람은 다시 계단을 내려갔다.

뜰로 나와서도 기사가 떠나지 못하고 머뭇거리자, 그녀는 속으로 '이 젊은이에게도 나 같은 할머니가 있을 거야. 자기 할머니한테 느끼는 책임감을 나한테도 느끼는 거고.'라고 생각했다.

"정말 괜찮으시겠어요?"

"그렇다니까. 내일은 내 친구 플라킷 부인이 와요. 오늘만 혼자 지내면 돼요."

그제야 기사는 마음이 좀 놓이는 모양이었다.

"그럼 가겠습니다."

"잘 가요, 고마웠수."

"별말씀을요."

기사가 떠나자 그녀는 집 안으로 들어서며 현관문을 닫았다. 이제 혼자였다. 혼자 있는 편안함. 집―. 그녀만의 침실, 그녀만의 집기들, 그녀만의 부엌, 석유난로가 평화롭게 불꽃을 피워내자 따스한 온기가 축복처럼 사방으로 퍼졌다. 그녀는 어깨에 두른 망토를 벗어 의자 등받이에 걸쳐 놓았다. 나뭇등걸을 다듬어 만든 탁자 위에는 집을 비운 사이 배달된 우편물이 쌓여 있었다. 겉봉을 하나씩 넘겨보았지만 중요하거나 흥미를 끄는 것은 없었다. 그녀는 편지들을 그냥 내버려두고 부엌을 지나 온실로 통하는 유리문을 열었다. 요 며칠 동안 그녀는 애지중지하는 화초들이 추위에 얼거나 말라죽을까 봐 노심초사했었다. 하지만 플라킷은 화초도 소홀히 하지 않았다. 화분마다 흙이 촉촉하고 거름기도 알맞았다. 건강한 초록빛이 감도는 이파리들은 아주 싱그러웠다. 일찍 꽃이 피는 제라늄은 왕관을 쓴 듯 줄기에 꽃망울이 맺혔고 히아신스는 3인치나 더 자라 있었다. 온실의 유리벽으로 뿌연 하늘을 향해 나무들이 앙상한 검은 가지를 뻗고 서 있는 그녀의 겨울 정원이 내다보였다. 하지만 밤나무 밑 이끼 사이로는 아네모네가 싹을 내밀고 있었고, 갓 돋아난 버터색 투구꽃 꽃잎도 보였다.

온실에서 나온 그녀는 옷 가방을 정리하러 2층으로 올라가다가 집에 돌아온 즐거움을 좀 더 누리기로 생각을 바꾸고, 이 방 저 방 돌아다니며 문을 열어 살피고 창문으로 바깥도 내다보았다. 가구도 만져보고 커튼도 접었다 폈다 했다. 모든 게 그대로였다. 변한 건 하나도 없었다. 그녀는 다시 계단을 내려와 부엌 탁자에 놔둔 편지들을 들고 식당을 지나 거실로 갔다. 거실은 책상과 꽃병, 사진 등 그녀가 가장 아끼는 것들이 모여 있는 곳이었다. 벽난로에는 장작이 준비되어 있었다. 그녀는 무릎을 꿇고 앉아 성냥을 그어 신문지에 불을 붙여서 장작더미에 갖다 댔다. 바싹 마른 장작은 불길이 닿자 탁, 탁 튀는 소리를 내며 불꽃을 키워갔다. 불이 붙은 장작더미 위에 장작을 더 포개 얹자 불꽃은 더 커지며 굴뚝 속으로 빨려 들어갔다. 그녀의 집이 다시 숨 쉬기 시작했고, 불을 지피는 즐거운 일거리는 끝이 났다. 더 이상은 아이들에게 전화를 걸어 그녀가 저지른 일을 알리는 것을 미룰 구실이 없다.

'누구한테 하지?' 그녀는 의자에 앉아 적당한 상대를 골라보았다. 낸시가 적격이기는 했다. 맏이이고 엄마에 대한 책임감도 가장 크게 느끼고 있다. 하지만 낸시는 이 사실을 알면 놀라서 겁에 질린 목소리로 고함을 지르며 그녀의 행동을 나무랄 것이다. 페넬로프는 아직 낸시의 소란을 감당할 자신은 없다.

'그렇다면 노엘?' 집안의 가장 격인 그 애도 알긴 알아야겠지만, 그 애한테서 실질적인 도움이나 충고를 기대하는 것은 어리석다. 페넬로프는 슬며시 웃음이 나왔다.

'노엘, 나 오늘 병원에서 퇴원했어. 지금 집이야.'라고 하면 그의 대꾸는 보나 마나 '그래요?' 정도일 것이다.

그래서 페넬로프는 그러리라고 이미 알고 있었던 대로 수화기를 들고 올리비아의 런던 사무실 번호를 돌렸다.

"비—너스."

노래하듯 리듬 있는 교환양의 목소리가 나왔다. '비너스'는 올리비아가 다니는 잡지사의 이름이었다.

"올리비아 킬링 좀 바꿔주세요."

"잠깐만요."

페넬로프는 잠시 기다렸다.

"미스 킬링 비서입니다."

꼭 미국 대통령한테 전화하는 것 같았다.

"미스 킬링 좀 바꿔주세요."

"죄송합니다만, 미스 킬링은 회의 중이십니다."

"회의실에 있다는 뜻이요, 아니면 자기 집무실에 있다는 뜻이요?"

"집무실에 계시긴 합니다만……."

비서는 예상했던 대로 좀 당황해했다.

"……다른 분하고 함께 계셔서요."

"그럼 바꿔줘요. 난 그 애 엄마예요. 중요한 일이고요."

"……좀 기다려주실 순 없을까요?"

"안 돼요. 오래 끌진 않겠어요."

페넬로프는 단호하게 말했다.

"네, 알겠습니다."

또 잠시 기다리자, 올리비아가 나왔다.

"엄마?"

"그래, 방해해서 미안하다."

"엄마, 무슨 일이 생겼어요?"

"아니, 그렇진 않다."

"그렇담 다행이에요. 병원이지요?"

"아니, 집이야."

"집이요? 언제 퇴원했죠?"

"오늘 오후 2시 반쯤."

"전 적어도 일주일은 더 입원해 계실 줄 알았는데."

"그거야 의사들 생각이지. 지루하고 맥이 빠져서 견딜 수가 있어야지. 밤엔 한잠도 못 자겠고, 같이 있는 노인네가 말을 시작하면 그칠 줄을 몰라서 말이야. 그냥 얘기도 아니야, 발악이지, 생각하면 불쌍하지만. 그래서 의사한테 더 이상은 못 견디겠다고 말하고 짐을 챙겼지."

"엄마 혼자서 결정한 거군요."

올리비아는 놀라지도 않고 체념한 듯 담담하게 말했다.

"그래, 난 아주 건강하다니까. 친절한 택시 기사를 만나서 집까지 편안히 왔고."

"의사가 가만있던가요?"

"가만있긴, 하지만 뭘 어쩌겠냐."

"엄마!"

올리비아는 기가 막힌 듯 웃었다.

"그렇지 않아도 주말엔 병원에 가볼 생각이었어요. 포도 한 바구니 사 가지고요. 어차피 내가 다 먹고 오긴 하겠지만."

"이리로 오면 되잖니."

페넬로프는 말하고 나서 금방 후회했다. 혼자 있는 게 쓸쓸해서 와 주었으면 하고 바라는 것처럼 들리진 않았는지 신경이 쓰였다.

"글쎄…… 정말 괜찮다면 내려가는 건 좀 미뤄야겠어요. 이번 주말엔 무지무지 바쁘거든요. 낸시 언니한테는 얘기했어요?"

"아니, 할까 하다가 그만뒀다. 너도 알잖니? 그 애 극성, 내일 아침에 플라켓이 오면 해야지. 이젠 여기서 꼼짝 안 할 생각이다."

"몸은 정말 어떠세요? 솔직하게 말해보세요."

"아주 좋아, 잠이 좀 부족한 것 말고는."

"무리하면 안 된다는 거 잊지 마세요. 정원 잔디 손질이나 밭고랑 파기, 나무 옮겨심기 같은 거 하지 말란 얘기에요."

"그래, 알았다. 요즈음은 땅거죽이 무쇠라서 삽날이 먹히지도 않아."

"추운 게 이럴 땐 도움이 되네요. 엄마, 이제 끊을게요. 방에 동료가 기다리고 있어서……."

"알고 있다. 비서가 얘기했어. 방해해서 미안하다. 너한테 알리고 싶어서 전화했어."

"전화 고마워요. 또 연락하세요. 몸 아끼시고요."

"오냐, 너도 잘 있거라."

"안녕, 엄마."

페넬로프는 수화기를 내려놓고 등받이에 몸을 기댔다.

'이젠 더 할 일이 없네.' 갑자기 피로가 밀려왔다. 하지만 아늑하고 푸근한 집 때문인지 피곤도 달콤했다. 친절한 사람의 따스한 품에 안겨 있는 기분이었다. 따뜻한 거실의 깊고 친숙한 안락의자에 묻혀 벽난로의 불꽃을 바라보던 그녀는 몇 년 동안 경험하지 못한, 이유를 알 수 없는 행복에 젖어 있는 것을 느끼고 깜짝 놀랐다. 살아 있기 때문인 것 같았다. '내 나이 예순넷, 멍청한 의사의 말대로라면 심장마비도 겪어냈다. 심장마비건 아니건 난 그걸 이겨냈지. 이렇게 살아 있으니까. 그리고 이제 그것은 끝난 일이야. 다시는 생각하지도 말하지도 않겠어. 난 살아 있다. 느낄 수 있고, 냄새 맡을 수 있어. 난 혼자서 병원을 나와 혼자서 택시를 타고, 혼자서 집에 왔지. 정원에선 아네모네가 싹을 틔우고 있어. 봄이 오는 거야. 난 봄을 볼 수 있어, 해마다 벌어지는 기적도 지켜보고 날이 지날수록 따스해지는 햇살도 느낄 거야, 살아 있으니까. 나도 기적의 한 부분이 될 거야.'

그녀는 모리스 슈발리에(프랑스의 유명한 뮤지컬 배우 _옮긴이)의 말을 떠올려 보았다.

'70세가 되는 기분이 어떻든가요?' 하고 누군가 그에게 묻자,

'그다지 나쁘진 않군요, 70세도 못 돼 보고 죽는 거에 비하면 말이요.'라고 그는 대답했었다.

페넬로프 킬링에겐 '그다지 나쁘지 않은' 정도가 아니라 천 배는 더 좋게 느껴졌다. 삶은 이제까지 생각했듯 단순히 존재하는 게 아니었다. 덤이자 선물인 다가올 하루하루는 날마다 새롭게 맛보아야 할 새로운 경험이다. 시간은 영원히 지속되지 않는다. 일 분도 낭비하지 않겠어, 그녀는 다짐했다. 그녀는 자신에게서 그 어느 때보다 강하고 낙천적인 기운을 느꼈다. 다시 젊어진 것 같고, 다시 인생을 시작하는 것 같았다. 당장이라도 눈앞에 근사한 일이 벌어질 것만 같았다.

1

낸시

가끔씩 낸시 체임벌린은 생각했다. 나한테는 떳떳하고 사심 없는 일조차도 엉킨 실타래처럼 복잡하고 짜증 나는 것으로 되어버리는 운명이 있는가 하고.

오늘 아침만 해도 그랬다. 3월 중순의 찌푸린 날. 그녀가 한 일이라 곤…… 첼튼엄에서 런던행 9시 15분 열차를 타고 가서 올리비아와 점심을 먹고 시간이 되면 해러즈(런던의 유명한 백화점 _옮긴이)에 잠깐 들렀다가 집으로 돌아올 계획을 한 것뿐이었다. 그녀의 런던행엔 무슨 꿍꿍이가 있을 턱이 없었다. 흥청망청 돈을 쓰러 가는 것도, 은밀히 애인을 만나러 가는 것도 아니었으니까. 당연히 그녀가 관여해야 할 일을 의논하고 결정하러 가는 것이었지만 가족들에게 입을 떼는 순간 분위기가 딱딱해지면서 반대 또는, 더 나쁘게는 무관심과 맞닥뜨리자 그녀는 뭔가 필사적인 기분이 되어버렸다.

어제저녁 낸시는 올리비아와 전화로 약속하고서 아이들을 찾았었다. 아이들은 그녀가 서재로 여기는 작은 거실의 벽난로 앞 소파에서 뒹굴며 텔레비전을 보고 있었다. 놀이방과 텔레비전이 따로 있지만 놀이방에는 벽난로가 없어 너무 춥고 텔레비전도 다 낡은 흑백이라 아이들은 대부분 시간을 작은 거실에서 보내곤 했다.

"얘들아, 엄만 내일 올리비아 이모를 만나러 런던에 가야 해. 이모하고 펜 외할머니 일을 의논해야 하거든."

"그럼 라이트닝은 누가 대장간에 데리고 가죠? 편자를 박기로 했잖아요."

멜라니였다. 멜라니는 포니테일로 묶은 머리카락을 입으로 질겅 질겅 씹으며 화면을 꽉 채운 심각한 표정의 가수에게서 눈을 떼지 않은 채 물었다. 그 애는 열네 살이고 사춘기란 으레 그런 거라고 낸시는 스스로 타일렀다.

예상했던 질문이 나오자 낸시는 준비한 대답을 했다.

"크로프트웨이 아저씨한테 부탁해 놓을게. 아저씨 혼자서도 할 수 있을 거야."

크로프트웨이는 그의 아내와 함께 마구간 위에 올린 집에서 사는 무뚝뚝한 막일꾼이었다. 본래 말을 싫어하는 그가 고래고래 고함을 지르는 바람에 말들이 놀라는 일이 잦지만, 말을 돌보는 게 그의 임무 중 하나였으므로 하는 수 없이 늘 내키지 않는 표정으로 하곤 했다. 크로프트웨이는 가엾은 말들을 운송차에 몰아넣고 차를 몰아 다른 지방 경마클럽의 행사에 참석하기도 했다. 이럴 땐 낸시는 그를 '마부'라고 불렀다.

올해 열한 살인 루퍼트도 나름의 이유를 내세워 이의를 제기했다.

"난 이미 토미 롭슨하고 내일 차를 마시기로 약속했어요. 그 애가 축구 잡지를 빌려주겠다고 했거든요. 그런데 엄마가 없으면 난 어떻게 집에 오죠?"

낸시로선 처음 듣는 소리였지만, 지금 약속 날짜를 바꾸는 게 좋겠다는 말을 꺼냈다가는 한바탕 소란이 벌어질 판이었다. 그녀는 성질을 누르고 가능한 한 침착하고 부드럽게, 버스를 타고 오면 되지 않겠느냐고 대꾸했다.

"그럼 동네 어귀부턴 걸어야 한단 말이에요."

그녀는 애써 웃어 보이며 또 대답했다.

"얼마 안 되잖니, 그 정도 걷는다고 죽진 않아."

낸시는 아들도 마주 웃어주길 바랐지만 그는 못마땅하다는 듯이 쯧 소리를 내고는 텔레비전으로 눈을 돌렸다.

낸시는 잠시 기다렸다. 무엇을? 가족 모두에게 누가 봐도 중요한 이번 일에 대해 아이들이 약간이라도 관심을 보여주기를? 올 때 뭘 사다 주겠냐는 질문이라도 하는 게 잠자코 있는 것보다는 나을 것 같았지만, 아이들은 그녀가 있다는 사실마저도 잊은 듯 화면에만 열중했다. 낸시는 텔레비전의 째지는 듯한 노랫소리가 갑자기 참을 수 없게 듣기 싫어져 거실에서 나와 문을 닫아버렸다. 복도로 나서자 찡한 추위가 살 속을 파고들었다. 마루 골에서 새어 나온 냉기가 층계를 타고 올라와 층계참에 잔뜩 퍼져 있었다.

올겨울은 정말 추웠다. 가끔 낸시는 스스로나 다른 사람에게 타이르듯 말했다. '추위 같은 건 신경 쓰지 않아. 난 열이 많은 체질이거든. 집안일이 산더미 같은데 추위에 신경 쓸 겨를이 어디 있어.'라고.

그렇지만 아이들에게 마음 상한 채, 뚱한 크로프트웨이 부인에게도 몇 가지 이르기 위해 부엌으로 가고 있는 오늘 저녁은, 그녀도 몸이 부르르 떨렸다. 낸시는 스웨터 자락을 두 손으로 꼭 여몄다. 현관문 밑으로 들이치는 바람이 낡아서 너덜너덜해진 깔개를 들었다 놨다 하는 게 보였다.

그녀가 살고 있는 집은 그림 같은 작은 코츠월드 마을에 있는 낡은 목사관이었다. 조지안 양식으로 지어진 이 집은 아직도 '구(舊) 목사관, 배머스'라는 주소로 통했다. 그녀는 가게 같은 데서 물건을 사고 그 주소를 말하는 일이 즐거웠다.

"내 계산서엔 이렇게만 적어 놓으세요. '미세스 조지 체임벌린, 배머스'라고."

낸시는 해러즈에서 비싼 파란색 편지지를 사면서 꼭대기에 이 주소를 박아달라고 주문하기도 했다. 편지지 같은 사소한 물건에도 그녀는 세심한 신경을 썼다. 사람들에게 좋은 인상을 주는 건 바로 그런 사소한 것들이기 때문이었다.

낸시와 조지는 결혼하자마자 이곳으로 이사했다. 그녀가 결혼하기 얼마쯤 전에 당시 배머스 상임목사가 머리끝까지 화가 치밀어 교구에 탄원서를 냈다. 적은 월급으로 끔찍하게 크기만 하고 불편하고 추운 목사관에서 겨우 내내 겪는 고통은 아무리 세속적 욕망을 버린 성직자라 하더라도 참기 힘든 거라고. 그 후 몇 번 더 추가 탄원을 하고 또 직접 교구로 찾아가서 사정을 설명하느라 감기와 폐렴으로 거의 죽을 지경에 이르러서야 교구장으로부터 목사관을 신축하라는 허락이 떨어졌다. 마을 반대편에 벽돌로 지은 새 목사관이 완공되자,

옛 목사관은 경매에 부쳐졌다.

그 집을 산 사람이 바로 조지와 낸시였다.

"우리가 서둘렀거든."

그녀는 조지와 자신이 잽싸게 선수를 친 것처럼 친구들에게 떠벌였고 실제로 큰 이익을 본 걸로 여겼지만, 얼마 안 가서 아무도 그 집을 사려 하지 않았기 때문에 낡은 목사관이 자기 차지가 되었음을 알게 되었다.

"손볼 곳이 많긴 하지만 후기 조지안 양식이 고스란히 살아 있는 예쁜 집이야. 마당도 조금 붙어 있고…… 마구간이랑 패독스(말을 길들이는 작은 울 _옮긴이)도 있고, 첼튼엄이나 조지 사무실까지도 30분이면 돼. 우리한텐 아주 적격이야."

사실이 그랬다. 런던에서 자란 그녀에겐 어릴 적 감동하며 읽었던 바버라 카틀랜드나 조젯 헤이어의 소설에 나오는 낭만적인 시골 저택에서 농촌 귀족 부인으로 사는 게 오랫동안 가장 큰 소원이었다. 전통적인 런던시즌(초여름 사교의 계절 _옮긴이)이 끝난 다음에 흰 드레스를 입고 들러리를 거느리고 결혼식을 올린 다음에 태틀러 사진관에 가서 사진을 찍는 것……. 런던시즌만 빼고는 소원을 전부 이룬 셈이었다. 결혼과 함께 마구간과 말, 그리고 교회 축제가 벌어지는 정원이 딸린 코츠월드 저택의 안주인이 되었으니까.

낸시는 조지안 양식의 저택에 어울리는 친구들과 개들을 곁에 두고 살았고, 지역사회협의회 의장인 남편과 일요일 아침이면 교회에 가서 복음을 읽었다.

처음엔 모든 게 그럴싸했다. 그 당시는 경제적으로 넉넉했으므로 그들은 그 낡은 집을 전체적으로 손보고 외벽을 새하얗게 칠했으며 중앙난방을 설치했다. 실내엔 남편 조지가 부모에게서 물려받은 빅토리아 시대의 골동 가구들이 즐비했고, 침실은 색색의 사라사 무명으로 도배해 화사했다. 하지만 세월이 지나면서 인플레가 극심해지고 유가와 임금이 치솟았으며 식모와 정원사 구하기가 어려워졌다. 집을 유지하는 데 드는 비용이 해마다 늘어나자 낸시는 씹지도 못할 음식을 입안 가득 물고 있는 느낌이 들 때가 있었다.

게다가 이제 그들은 자녀 교육에 거금을 쏟아부어야 하는 학부모였다. 멜라니와 루퍼트는 동네 사립학교에 다니고 있었다. 멜라니야 고등학교까지 계속 여기서 다니겠지만, 루퍼트는 곧 아빠 조지가 다닌 찰스워드의 퍼블릭 스쿨(상류층 자녀를 위한 기숙사 학교 _옮긴이)로 가야 했다. 조지는 루퍼트가 태어나자, 그다음 날로 학교에 입학 신청을 내고 조그만 교육보험에도 가입했지만 지금 타봐야 1984년 현재의 물가로 치면 특별열차 요금밖에 안 되는 액수였다.

언젠가 런던에서 올리비아와 하룻밤을 같이 지낼 때 낸시는 그럴싸한 조언을 기대하면서 냉철한 커리어 우먼인 그녀에게 하소연했던 일이 있었다. 하지만 올리비아는 아주 냉소적으로 그들 부부를 바보로 몰아붙였다.

"퍼블릭 스쿨은 구시대의 유물이야."

올리비아는 낸시에게 한 마디로 딱 잘라 말했다.

"그냥 동네 학교에 보내. 거기서 세상과 맘껏 부딪치게 하라고. 그게 긴 안목으로 보면 시대에 뒤떨어진 격식이나 특권층적 분위기를 익히는 것보다 애한테도 백배 좋을 테니까."

그렇지만 그것은 생각할 수도 없는 얘기였다. 조지도 낸시도 그들의 외동아들이 평범한 의무교육을 받는 걸 원하지 않았다. 더 솔직히 말하면 낸시는 가끔 루퍼트가 이튼(수재들만 다니는 걸로 유명한 영국의 퍼블릭 스쿨 _옮긴이)에 다니는 상상을 하곤 했다. 그리고 멋진 실크 모자를 쓰고 6월 4일의 가든파티에 함께 참석하는 자신의 모습도. 찰스워드도 세인들의 존경과 부러움을 사는 명문이긴 했지만, 이튼에 비하면 아무래도 한 수 아래였다. 하지만 그녀는 올리비아에게 이런 속까지 털어놓진 않았다.

"그건 말도 안 돼, 동네 학교라니."

낸시는 딱 잘라 대꾸했다.

"그럼 루퍼트가 장학금을 타서 찰스워드에 가는 수밖에 없겠네, 뭐. 가고 싶다면 자기 힘으로 가도록 만들어야지, 쬐끄만 애한테 피까지 짜내서 바치는 짓은 어리석어."

올리비아가 제시하는 방법은 그랬다. 하지만 루퍼트는 공부에는 관심이 없었다. 그 애가 장학금을 탈 가능성이 없다는 건 낸시도 조지도 잘 알고 있었다.

올리비아는 더 이상 얘기하기가 짜증스러운 듯 불쑥 말했다.

"그게 불가능하면 남은 목사관을 처분하고 작은 집으로 이사하는 것뿐이네, 그 낡아빠진 집을 유지하는 데 드는 비용을 저축한다고 생각해 봐."

하지만 정작 그런 결정을 내리는 것은 아들의 찰스워드 행을 포기하고 의무교육을 받게 하는 것보다 낸시에겐 훨씬 더 두려운 일이었다. 그토록 애지중지하던 모든 것을 포기하는 결정이기 때문만은 아니었다. 말들과 주부교실, 지역사회협의회, 운동회 그리고 교회 축제와 결별하고 첼튼엄 근교의 작지만 편리한 집으로 이사한다면 시골 이웃과 어울리는 풋풋한 인정도 끝일뿐더러 절정을 넘긴 그림자처럼 그들의 기억 속에서 점점 희미해지다가, 마침내는 잊혀질 것 같은 불쾌한 예감 때문이었다.

다시 몸이 떨리기 시작하자, 낸시는 우울한 생각을 그만두고 부엌 쪽으로 걸음을 옮겼다. 부엌에는 늘 켜져 있는 따뜻한 석유난로가 있었다. 낸시는 가끔, 아니 특히 이맘때쯤이면 온 가족이 부엌에서 하루 종일 지낼 수 없는 게 아쉬웠다. '우리만큼 유난 떨지 않는 사람들은 아마 겨울 내내 몽땅 부엌에 모여 지낼 거야.' 그렇지만 자기네는 여느 가족이 아니었다. 그녀의 어머니 페넬로프 킬링 부인은 오클리 가에 있는 큰 집의 낡은 부엌에 틀어박혀 겨울을 나곤 했다. 어머니는 부엌에서 음식을 만들어 잘 닦은 커다란 식탁에 차리고, 편지를 쓰고, 아이들을 돌보고, 옷을 고치고 쉴 새 없이 찾아오는 손님도 맞았다. 낸시는 그런 어머니가 약간 창피하기도 하고 화도 나서 그때부터 보통 사람들이 따뜻하게 겨울을 나는 법이 싫었다. '나는 결혼하면 다른 사람들처럼 응접실과 식당이 따로 있는 집에서 살 거야. 부엌엔 꼭 필요할 때가 아니면 절대로 안 들어가.'

다행스럽게도 조지도 낸시와 생각이 같았다. 몇 년 전, 심각하게 고민한 끝에 그들은 품위가 조금 깎이더라도 아침은 부엌에서 먹기로 결론을 내렸었다. 하지만 두 사람 모두 그 이상 품위를 잃을 수는 없다고 고집했기 때문에 점심과 저녁은 천장이 높고 널찍한 식당의 제대로 차려진 식탁에서 들곤 했다. 형식과 품위가 그들에겐 편리함

보다 우선이었다. 당시 침침한 식당의 난방은 벽에 설치한 전기 히터로 했다. 어쩌다 디너파티가 있는 날이면 낸시는 두어 시간 전쯤에 히터를 미리 켜놓곤 했기 때문에 파티에 오는 여자 손님들이 식당까지 숄을 걸치고 들어오는 이유를 납득할 수가 없었다. 그러다가 한번은 도저히 잊을 수 없는 일이 벌어졌다. 파티용 정장을 차려입은 한 남자 손님의 조끼 아래로 삐져나온 털 스웨터 자락을 그녀가 보고 만 거였다. 그 이후로 그 남자는 초대 손님에서 제외되었다.

크로프트웨이 부인은 싱크대에서 저녁 식사에 쓸 감자를 벗기는 중이었다. 그녀는 꽤나 거만한 부류의 사람이었고(말버릇이 상스러운 그녀의 남편에 비하면 특히 그랬다) 일할 때는 멜빵 달린 흰 작업복을 입었다. 그 복장을 입는다고 그녀의 요리 솜씨가 좋아지지는 않았지만, 적어도 크로프트웨이 부인이 저녁때 부엌에 있다는 건 낸시가 저녁 준비를 하지 않아도 된다는 뜻이었다.

낸시는 곧장 본론을 말하기로 마음먹었다.

"크로프트웨이 부인, 계획이 좀 바뀌었어요. 난 내일 동생하고 런던에서 점심을 먹기로 했어요, 어머니 문제 때문에. 전화로는 얘기가 곤란하거든요."

"전 그분이 병원을 나와서 집에 가신 줄 알았는데요."

"네, 그랬어요. 하지만 의사가 어제 전화로 어머닌 이제 혼자 사시면 안 된다고 했어요. 경미한 심장마비였고 놀라운 회복력을 보이긴 했지만 그래도……."

낸시는 크로프트웨이 부인에게서 도움이나 동정을 기대하진 않았지만 병이라는 게 본래 여자들이 즐기는 수다거리이니 자세히 얘기했다. 한편으론 크로프트웨이 부인이 좀 더 너그러워져 주기를 기대했다.

"우리 어머니도 심장마비를 일으켰었어요. 회복된 후에는 이전 같지 못했지만. 얼굴색이 창백하고 손이 자꾸 부어올라서 끼고 있던 결혼반지를 줄로 끊어내야 했으니까요."

"처음 듣는 얘기군요, 크로프트웨이 부인."

"혼자 지내시게 할 수가 없어서 우리 집으로 모셔 왔었어요. 볕이 제일 잘 드는 2층 침실을 내드리곤 하루 종일 오르내리며 수발드느라 죽을 뻔했어요. 그것뿐인가요. 어머니 지팡이가 복도를 두드리는 소리 때문에 밤새도록 잠을 설쳤지요. 나중엔 내가 신경쇠약에 걸렸어요. 의사가 나처럼 심한 신경쇠약 환자는 처음 본다고 했었어요. 어머니는 다시 병원에 입원하시고…… 그러다 그냥 돌아가셨어요."

말을 마친 크로프트웨이 부인은 다시 감자 껍질을 벗겼다. 낸시는 어색한 목소리로 얘기를 계속 이어갔다.

"많이 슬펐겠어요. 연세는 얼마나 되셨었죠?"

"여든여섯을 일주일 남기고 돌아가셨어요."

"……그래요……."

낸시는 살 만큼 산 나이라는 투로 대꾸했다.

"우리 어머닌 이제 예순넷이에요, 꼭 회복되실 거예요."

크로프트웨이 부인은 껍질 벗긴 감자를 팬에 담고 낸시를 쳐다봤다. 그녀가 사람을 똑바로 보는 일은 아주 드물었다. 눈자위가 유난히 창백하고 눈꺼풀을 깜빡이지도 않는 그녀의 눈과 마주치면 왠지 슬슬 불안해졌다.

크로프트웨이 부인은 낸시의 어머니, 킬링 부인에 대해 아주 특별한 인상을 품고 있었다. 아주 드물게 목사관을 방문하는 그녀와 딱 한 번 마주쳤지만, 킬링 부인은 누구에게든 한 번이면 충분했다. 큰 키에 집시 같은 검은 눈동자, 싸구려 떨이 판에서 주워 입은 듯한 옷차림의 킬링 부인은 고집스러운 표정으로 부엌에 들어와서 설거지를 하겠다고 억지를 부렸다. 하지만 자기만의 방법으로 설거지를 하고 있던 크로프트웨이 부인이 남의 간섭을 용납할 리가 없었다.

"그분이 심장마비라니 뜻밖이에요. 황소처럼 튼튼해 뵈시던데."

"네, 우리 모두에게 충격이었죠."

낸시는 어머니가 이미 돌아가시기라도 한 듯 경건한 목소리로 덧붙였다. 일단 좋게 말하고 볼 일이었다.

크로프트웨이 부인은 냉정하게 말을 이었다.

"이제 겨우 예순넷이시라고요? 훨씬 더 돼 보이시던데, 전 칠십 대로 알았어요."

아주 깜짝 놀랐다는 투였다.

"아뇨, 예순넷이세요."

"그럼, 부인은요?"

크로프트웨이 부인의 노골적인 야유에 낸시는 화가 치밀었다. 뺨이 화끈거릴 정도였다. 마음속에서 야단을 칠 용기가 솟아주기를 바랐다. 그런 소린 집어치우고 네 일에나 신경 쓰라고 쏘아주고 싶었지만, 그랬다가는 크로프트웨이 부부가 집을 나가겠다고 할 것 같았다. 정원 손질과 말 관리, 집안 청소며 살림을 낸시 혼자 어떻게 감당한단 말인가.

"나…… 나는."

목구멍이 오므라들었는지 쉰 소리가 힘겹게 새어 나왔다. 낸시는 목에 힘을 주고 헛기침을 한 다음 말을 이었다.

"난 마흔셋이에요."

"그래요? 난 며칠 뒤면 오십 문턱을 넘을 거라고 생각하고 있었는데."

낸시는 농담으로 받아들이는 것처럼 보이기 위해 일부러 조금 웃었다. 달리 방법이 없었다.

"크로프트웨이 부인, 별로 듣기 좋은 소리는 아니군요."

"살 때문이에요. 뚱뚱하면 나이가 더 들어 보여요. 다이어트를 하세요. 살찌는 건 건강에도 나빠요. 그대로 가다간 요다음 차례로 심장마비를 당할 사람은 부인일 거예요."

그녀가 낄낄대며 말했다.

'크로프트웨이 부인, 당신 정말 싫다, 싫어.'

"《여성 자신》(Woman's Own. 영국의 주간지 _옮긴이) 이번 주 특집이 다이어트예요. 첫날은 포도만 먹고…… 둘째 날은 요구르트……. 아니면 그 반대던가? 원하면 책을 오려다 드릴게요."

"고마워요, 그래줘요."

낸시는 더 이상 얘기가 길어지지 않도록 떨리는 목소리로 황급히 말했다. 그러고는 좀 위압적으로 보이기 위해 어깨를 쭉 펴고 등을 곧추세웠다.

"진짜 용건이 있어요. 난 내일 9시 15분 기차를 타야 돼요. 아침엔 바쁠 것 같아서 미리 얘기하는데, 나 대신 청소 좀 해주고 개밥도 좀 쳤으면 좋겠어요. 개밥은 개 밥그릇에 담아둘게요. 개들이 밥을 다 먹으면 정원을 몇 바퀴 돌면서 운동을 시키고…… 또…….”

낸시는 크로프트웨이 부인이 이의를 달기 전에 서둘러 말을 이었다.

“그리고 크로프트웨이 씨한테는 라이트닝을 대장장이에게 데리고 가서 편자를 박아주라고 전하고요. 꼭 내일 해야 돼요.”

크로프트웨이 부인은 고개를 갸웃거리며 말했다.

“맙소사! 그 양반이 말을 혼자서 운송차에 넣을 수 있을지 모르겠군요.”

“아뇨, 할 수 있어요. 전에도 한 적이 있는걸요……. 그리고 내일 저녁엔 양고기 요리를 먹었으면 해요. 갈비든 뭐든…… 크로프트웨이 씨가 재배한 입맛 돋우는 꼬마양배추도 좀 곁들이고.”

저녁 식사를 끝내기 전까진 조지와 얘기할 틈이 생기지 않았다. 아이들 숙제를 봐주고, 멜라니한테 발레 슈즈를 찾아주고, 저녁을 먹고, 설거지를 마치자 낸시는 교구의 목사 부인에게 전화를 걸어 내일 저녁 여신도 모임에 참석할 수 없겠다는 사정을 전했다. 그녀는 늘 허드렛일로 분주했고, 저녁 7시가 지나야 돌아오는 남편은 벽난로 앞에 앉아서 위스키를 홀짝이며 신문을 뒤적이는 것 말고는 뭐든지 귀찮아했기 때문에 얘기할 짬을 얻기가 힘들었다.

마침내 모든 일을 끝낸 낸시가 조지를 보러 서재로 갔다. 그녀는 조지의 시선을 끌기 위해 일부러 문을 쾅 닫았지만 《더 타임스》(영국의 가장 오래된 일간 신문_옮긴이)에 고정된 그의 두 눈은 꿈쩍도 하지 않았다. 그녀는 창가에 있는 티 테이블로 가서 위스키를 한 잔 따라 들고 그와 대각선으로 놓인 안락의자로 걸어가 앉았다. 조지가 곧 뉴스를 보기 위해 텔레비전 스위치로 손을 뻗칠 거라는 사실을 알기 때문이었다.

"조지?"

"응?"

"조지, 잠깐 내 말 좀 들어봐요."

그가 읽던 문장을 끝내고 아쉬운 듯 신문을 내려놓자 얼굴이 드러났다. 오십 대 중반의 나이였지만 훨씬 더 늙어 보였다. 조지는 계속 숱이 엷어지는 잿빛 머리에 테 없는 안경을 쓰고, 짙은 색 양복에 노신사의 전유물인 가느다란 타이를 맨 차림이었다. 사무변호사(법정변호사와 소송의뢰인 사이에서 재판 사무만을 취급하는 하급 변호사. 고등법원에서는 변호할 수 없음 _옮긴이)인 조지는 고객들에게 신뢰를 주기 위해서라는 명분으로 연극배우처럼 일부러 꾸며 입고 다녔다. 낸시는 가끔 그가 조금만 용기를 내 멋진 코르덴 슈트와 뿔테 안경을 받아들인다면 사업이 오히려 지금보다 번창할지도 모른다는 생각을 하곤 했다. 런던까지 직통으로 이어지는 도로가 뚫리면서 이곳에도 거센 변화의 바람이 불어왔다. 부유층이 하나둘씩 몰려들고 농장은 주인이 바뀔 때마다 값이 올랐다. 오두막도 아예 자취가 없어지거나 아니면 비싼 비용을 들여 주말용 별장으로 개조되었다. 부동산 업소와 건설 회사와 고급 상점들이 작은 마을에 전혀 어울리지 않는 호화스러운 모습으로 들어서기 시작했다. 이런 상황에서 남편의 사업체가 그 혜택을 누리지 못한다는 것이 낸시로선 정말 이해할 수 없는 일이었다. 조지는 전통에 집착하는 구식 남자였으며 변화를 두려워했다. 그는 좋게 말하면 신중하지만, 나쁘게 말하면 소심했다.

"내가 들을 말이 뭐지?"

"내일 런던에 가서 올리비아와 점심을 하려고요. 어머니 일로 의논할 게 좀 있거든요."

"무슨 일?"

"조지, 당신도 알잖아요. 의사가 어머니 혼자 살게 해선 안 된다고 한 거."

"그래서 당신이 뭘 어쩌려고?"

"글쎄, 뭐 가정부나 친구가 돼줄 사람을 찾아보는 정도겠죠."

"당신 어머니가 좋아하지 않을 텐데."

"사실 사람을 구한다 하더라도 어머니가 돈을 줄 여유가 있을지도 의문이에요. 쓸 만한 여자라면 일주일에 사오십 파운드는 달랄 텐데 말이에요. 오클리 가 집값으로 큰돈을 받았을 거란 건 나도 알아요. 지금 있는 집엔 온실 지은 것 빼놓곤 한 푼도 안 들였으니, 그 돈이야 그대로 있겠지요. 하지만 그 돈을 은행에 넣고 이자로 생활하는 거 아니겠어요? 새로운 지출을 감당할 수 있을까요?"

조지는 위스키 잔을 집기 위해 의자에서 몸을 틀었다.

"난 모르겠어."

낸시는 한숨을 쉬었다.

"그래요, 어머닌 비밀도 많고 독립심도 강해요. 도움받는 건 질색이라고요. 우리한테 속마음을 털어놓고 어느 정도 당신한테 위임하기만 했어도 내가 좀 수월할 텐데 말이에요. 어쨌거나 난 맏이잖아요. 게다가 올리비아나 노엘이 어머니 일에 눈이나 깜짝하겠어요."

조지도 다 아는 얘기였다.

"파출부가 누구더라……."

"플라켓 부인이요. 일주일에 세 번씩 아침에 와서 청소는 해주지만 그 사람도 자기 집 일이 있는걸요."

조지는 잔을 채우고 다시 의자 깊숙이 앉아 벽난로 불꽃으로 시선을 돌렸다. 양손을 손가락 끝끼리 포개어 지붕처럼 만들면서.

잠시 후 그가 말했다.

"당신이 횡설수설하는 바람에 요지를 모르겠어."

마치 머리 나쁜 고객을 대하는 듯한 말투에 낸시는 왈칵 속이 상했다.

"난 그게 그렇게 복잡한 얘기였다곤 생각 안 하는데요."

조지는 그녀의 말을 무시했다.

"돈이 문제야, 아니면 같이 살아줄 여자를 못 구할까 봐 걱정이야?"

"둘 다요."

"올리비아가 이 문제를 푸는 데 도움이 돼줄 것 같아?"

"의논 상대는 돼주겠죠. 물론 이제까지 그 애가 어머니나 우릴 도와준 적은 없지만."

낸시는 예전의 상처들이 떠올라 한마디 더 했다.

"어머니가 오클리 집을 팔고 콘월의 포스케리스로 돌아가겠다고 했을 때, 그래선 안 된다고 어머니를 설득한 건 나였어요. 얼마나 힘들었는데요. 물론 당신이 포드모어 오두막을 구해주지 않았다면 기어코 포스케리스로 갔겠지만. 포드모어가 여기서 20마일 정도 거리라 우리가 지켜볼 수 있으니 망정이지, 그 먼 포스케리스에서 아픈 심장을 움켜쥐고 살고 있다고 생각해 봐요. 얼마나 끔찍한가."

"얘기를 딴 데로 돌리지 마."

조지는 낸시가 가장 싫어하는 투로 말을 잘랐다.

낸시는 모른 척해 버렸다. 위스키가 낸시의 몸을 데워주면서 해묵은 분노를 점화시켰다.

"노엘도 어머니가 오클리 집을 파는 바람에 분가해 나왔어요. 그 후론 어머니한테 철저하게 무관심이에요. 어머니한테 한 방 먹었다고 생각하나 봐요. 스물셋이나 되도록 집세 한 푼 안 내고, 밥까지 얻어먹으면서 살다가 그렇게 됐으니 혼자 벌어먹어야 한다는 게 얼마나 충격이었겠어요."

조지는 깊은 한숨을 쉬었다. 그는 노엘도 올리비아만큼이나 좋게 생각하지 않았다. 장모인 페넬로프 킬링도 그에겐 수수께끼였다. 그런 독특한 집안에서 낸시같이 평범한 여자가 나왔다는 게 놀라울 지경이었다.

위스키를 다 마신 조지는 자리에서 일어나 불꽃 속으로 장작 한 개비를 집어넣고 다시 잔을 채우러 갔다. 맞은편 벽에 서서 유리잔 부딪히는 소리를 내며 그가 말했다.

"우리 최악의 상황을 생각하자고. 당신 어머니가 가정부를 둘 수 없는 상황 말이야."

그는 다시 의자로 와서 낸시와 마주 보고 앉았다.

"당신이 어머니를 맡아줄 적당한 사람을 구하지 못하면 어쩌지? 우리하고 같이 살자고 할 건가?"

낸시는 크로프트웨이 부인의 짜증 난 얼굴이 떠올랐다. 아이들도 펜 할머니의 시시콜콜한 잔소리에 불평을 늘어놓을 것이다……. 갑자기 크로프트웨이 부인의 어머니가 줄로 결혼반지를 잘라내고, 침대에 누워 지내면서 밤새도록 지팡이로 복도를 두드리며 다녔다는 얘기가 생각났다.

그녀는 고개를 저으며 소리쳤다.

"그렇게는 도저히 못 할 거 같아요."

"나도 그럴 거야."

조지도 동의했다.

"올리비아라면……."

"올리비아?"

조지의 말끝이 못 믿겠다는 투로 올라갔다.

"올리비아가 자기 사생활 속으로 누굴 끌어들일 것 같아?"

"노엘은 말할 필요도 없고요."

"내가 보기엔 얘기해 봐야 다 헛수고일 것 같아."

조지는 살짝 소매를 당기고 시계를 보았다. 뉴스를 놓치고 싶지 않은 눈치였다.

"당신이 올리비아하고 담판을 짓고 오기 전까진 나도 딱 부러지게 할 말이 없어."

낸시는 기분이 상했다. 올리비아와 그녀는 별로 사이가 안 좋았다. 두 사람에게 공통점이라곤 없었다. 그렇다고 '담판을 짓고 오라'는 표현은 마치 그들 자매가 만나기만 하면 싸우기나 하는 양 들리게 하지 않는가? 낸시는 조지한테 따지려다가 그가 얘기는 끝났다는 투로 텔레비전 스위치를 켜는 바람에 그만두었다. 정각 9시였다. 그는 파업, 폭발, 살인, 강도 사건, 그리고 내일 아침은 매우 춥겠고 오후에는 전국에 걸쳐 비가 내리겠다는 일기예보를 한참 동안 느긋하게 지켜볼 것이 분명했다.

잠시 후 말할 수 없이 우울해진 낸시가 의자에서 일어섰지만, 조지는 그녀가 움직이는 것조차 느끼지 못했다. 그녀는 티 테이블로 가서 잔에 위스키를 채워 들고 방을 나와 살며시 문을 닫았다. 계단을 올라간 낸시는 침실을 가로질러 곧바로 욕실로 들어갔다. 그러고는 욕조 바닥의 홈에 고무마개를 끼우고 수도를 틀고 향수도 듬뿍 부었다. 정확히 5분 후 그녀는 따뜻한 욕조에 누워 찬 위스키를 마시며 그녀가 알고 있는 최상의 편안을 즐겼다.

낸시는 물방울과 수증기로 채워진 욕조를 뒹굴며 스스로를 향한 연민에 깊숙이 빠져들었다. '아내나 엄마라는 것은 참 보람 없는 일이야. 남편과 아이들 시중이나 들고 그들 친구인 반려동물에나 신경 쓰고 청소에 빨래에…… 정신이 빠질 정도로 움직이지만, 고맙다는 말 한마디 못 듣잖아.'

눈가에 괸 눈물이 수증기와 물방울과 뒤섞였다. 낸시는 이해와 사랑, 애정 어린 손길, 그리고 누군가 그녀를 껴안으며 아주 훌륭하다고, 너무나 멋진 일을 하고 있다고 말해주기를 갈망했다.

예전엔 아주 든든한 지원자가 한 사람 있었다. 아버지도 함께 있을 동안은 낸시에게 잘해 주었지만, 아버지의 어머니이자 그녀의 친할머니인 돌리 킬링이 바로 그 주인공이었다. 할머니는 끊임없이 낸시의 자신감을 북돋아 주었고 늘 그녀의 편이 돼주었다.

돌리 킬링은 며느리와는 사이가 나빴으며 올리비아와는 함께 지넬 시간이 없었고, 노엘에게는 완고했지만, 낸시는 그녀가 그저 다 받아주고 예뻐하는 응석받이였다. 며느리인 페넬로프가 맏딸인 그녀에게 낡은 레이스 드레스를 입혀 파티에 보내려 하자, 부풀린 소매에 허리가 잘록한 드레스를 사준 사람도 바로 킬링 할머니였다. 또 낸시에게 예쁘다는 말을 해준 사람도, 해러즈에서 먹을 걸 사준 사람도, 그리고 팬터마임 구경을 데리고 가준 사람도 킬링 할머니였다.

낸시와 조지가 결혼할 때도 어머니와는 의견 충돌이 잦았다. 전통적인 흰 드레스에 들러리를 앞세우고 모닝코트 차림의 신랑과 화려한 피로연을 벌이는 결혼식을 고집하는 낸시에게 어머니는 콧방귀를 뀌었다. 어머니에게 그건 한마디로 돈 낭비였다. 식구들만 오클리가의 정갈한 식탁에 모여 조촐하게 점심 식사를 하거나 정원에서 가든파티를 여는 걸로 결혼식은 충분하다고 믿었다. 정원도 넓고, 방도 넉넉하고, 장미도 한창인데…….

낸시는 문을 걸어 잠그고 울었다. 아무도 그녀를 이해해 주지 않았다. 킬링 할머니 아니었으면 결혼식은 영원히 한으로 남을 뻔했다. 어머니 대신 할머니가 결혼 비용을 떠맡겠다고 하자, 어머니는 짐을 벗게 된 것을 그렇게 홀가분해할 수가 없었다. 낸시의 결혼식은 세상 모든 신부가 부러워할 정도로 성대했다. 정말이지, 레이스가 풍성한 순백의 드레스를 입고 핑크빛 드레스의 들러리를 거느리고…… 피로연은 수천 송이의 꽃바구니로 장식된 '트웬티 스리 나이츠브리지' 연회장에서 붉은 연미복을 입은 사회자의 진행으로 이루어졌다. 할머니가 시키는 대로 모닝코트를 입은 아버지의 모습은 성스러울 정도였다. 아버지는 낸시 옆에 서서 그녀를 에스코트했다. 모자도 없이 케케묵은 비단과 벨벳을 몇 겹씩 겹쳐 만든 드레스를 입은 어머니, 페넬로프의 모습도 그날의 완벽한 결혼식을 망치지는 못했다.

킬링 할머니…… 이제 마흔셋의 커다란 어른이 되어버린 낸시는 욕조에 누워 할머니를 생각하며 울었다. 할머니라면 그녀에게 위로와 용기를 줄 수 있을 것 같았다……. 아이고 내 새끼, 참 대견스럽기도 하지. 식구들 걱정이랑 어미 걱정하느라고 맘고생이 심하구나, 남들은 알아주지도 않는 걱정을…….

그녀는 아직도 인자한 목소리를 들을 수 있었다. 하지만 그것은 상상 속에서였다. 작년에 여든일곱의 나이로 연지를 바른 뺨과 에나멜 칠을 한 손톱, 그리고 연한 자주색 스웨터 차림을 즐기던 할머니는 켄싱턴 호텔에서 깨지 않는 잠 속으로 빠져들었다. 그곳은 그녀가 다른 몇몇 노인들과 노년을 보내기로 하고 머물던 작고 한적한 호텔이었다. 할머니의 시신은 그런 사태에 대비해 호텔 측에서 대기시켜 둔 장의사가 준비한 차에 잘 모셔져 떠나갔다.

오늘 아침은 그녀가 걱정했던 대로 온몸이 찌뿌드드했다. 어제저녁에 마신 위스키 때문인지 머리도 아팠다. 보통 때보다 쌀쌀하다고 느껴지는 7시 30분에 낸시는 침대에서 튕겨 나오듯 일어났다. 옷을 입으며 제일 좋아하는 스커트의 허리를 잠그다가 작아서 잠기지 않자, 하는 수 없이 안전핀으로 맞물렸다. 스커트와 어울리는 양모 스웨터를 걸쳤는데 브래지어 밖으로 젖가슴이 삐져나온 것이 스웨터 위로 드러나자 낸시는 눈을 돌렸다. 그러고는 늘 울 스타킹을 신던 터라 촉감이 좀 불편했지만, 나일론 스타킹을 신고 무릎까지 올라오는 부츠를 신었다. 오랜만이라 그런지 지퍼 올리는 일이 생소하게 느껴졌다.

아래층은 모든 게 엉망이었다. 강아지 한 마리는 아프고, 석유난로는 미적지근하고, 선반엔 달걀이 세 개뿐이었다. 낸시는 개들을 밖으로 쫓아내고 아픈 강아지를 목욕시키고 난로에 비싼 석유를 쏟아부었다. 그러면서 그녀는 제발 돌아올 때까지 기름이 남아 있어 주기를 빌었다. 만일 기름이 떨어져 버린다면 크로프트웨이 부인에게 얼마나 좋은 불평거리가 되겠는가. 낸시는 소리를 질러 아이들을 깨우면서 주전자에 물을 끓여 달걀 세 개를 삶고 토스트를 구워 식탁을 차렸다. 루퍼트와 멜라니는 대충 옷을 차려입고 식당으로 들어왔다. 둘은 멜라니가 루퍼트의 지리책을 잃어버린 일로 자리에 앉자마자 티격태격하기 시작했다. 멜라니는 자기는 애초에 가져간 일이 없는데 루퍼트가 거짓말을 하고 있다고 우겨댔다. 그러면서 낸시한테 리퍼 선생님의 송별선물을 사야 한다며 25펜스를 달라고 했다.

리퍼 선생이란 이름은 전혀 들어본 적이 없었다.

조지는 한마디도 참견하지 않았다. 그는 슬그머니 식탁으로 다가와 삶은 달걀 한 개와 홍차 한 잔을 마시고 조용히 자리를 떴다. 잠시 후 낸시는 남편 차가 언덕을 미끄러지는 소리를 들으면서 접시들을 후닥닥 설거지 그릇에 집어넣었다. 설거지는 크로프트웨이 부인이 자기식대로 알아서 할 일이었다.

"정말 내 지리책을 가져가지 않았다면……."

문밖에선 개들이 컹컹거렸다. 그녀는 개들을 집 안으로 불러들이면서 녀석들에게 오늘 저녁밥까지 준비해 줘야 한다는 사실을 생각해 냈다. 그녀는 초조한 표정으로 비스킷을 밥통에 담고 통조림을 하나 뜯었다. 너무 바빠 서두르는 바람에 그녀는 그만 예리한 깡통 뚜껑에 엄지손가락을 베이고 말았다.

"엄만, 조심 좀 하지!"

루퍼트였다.

낸시는 루퍼트에게 등을 돌리고 피가 멎을 때까지 찬물이 흐르는 수도꼭지에 손가락을 대고 있었다.

"25펜스를 가져가지 않으면 롤링스 선생님한테 야단맞아……."

그녀는 화장을 하러 계단을 뛰어 올라갔다. 차분하게 루주를 펴 바르거나 눈썹을 그릴 여유는 이미 없었다. 화장을 대충 끝냈지만 마음에 들지 않았다. 하지만 도리가 없었다. 시간이 없다. 낸시는 옷장에서 모피 코트와 모피 모자를 꺼내 입고 장갑을 끼고 가죽 핸드백을 들었다. 평소 들고 다니는 다른 가방의 소지품을 꺼내 몽땅 가죽 핸드백에 털어 넣었다. 잠기지가 않았다. 하지만 어쩌랴. 시간이 없는걸.

다시 계단을 뛰어 내려가서 아이들을 불렀다. 기적이 일어나려는지 아이들은 책가방을 챙겨 들고 나타났다. 멜라니는 옷하곤 어울리지 않는 털모자를 손에 구겨 쥔 채였다. 뒷문으로 나가 뒤뜰을 돌아서 차로 갔다. 고맙게도 시동이 한 번에 걸렸다. 드디어 출발이었다.

낸시는 아이들을 학교 앞에서 내려주고는 잘 다녀오란 말을 할 겨를도 없이 첼튼엄으로 달렸다. 그녀가 주차장에 차를 주차했을 땐 9시 10분, 왕복 삼등 기차표를 샀을 땐 2분이 더 지나 있었다. 잡지류파는 매점에 다다르자 그녀는 짐짓 애교 있는 웃음을 띠며 줄을 선 사람들 사이를 새치기해 《데일리 텔레그래프》(영국에서 발행되는 조간신문 _옮긴이) 한 부와 《하퍼스 앤드 퀸》(영국의 유명 패션잡지 _옮긴이)을 한 권 샀다. 잡지를 들고 나오다가 표지를 보고서야 그것이 지난달 치인 걸 알았지만, 다시 돌아가서 물릴 여유가 없었다. 날짜가 좀 지났으면 어떤가. 세련되고 윤기 흐르는 잡지를 읽는 것만도 황송한데. 낸시는 혼자서 괜찮다고 위로하면서 런던행 기차가 막 출발하려는 플랫폼으로 뛰어갔다. 아무 문이나 열고 올라타서 자리를 찾아가 앉자 숨은 곧 멎을 것처럼 가쁘고 심장은 가슴 바깥으로 삐져나올 듯이 팔딱거렸다. 그녀는 차분히 두 눈을 감았다. 그러고는 불구덩이를 도망쳐 나온 직후가 꼭 이런 상태일 거라고 속으로 중얼거렸다.

몇 차례 깊은숨을 들이쉬면서 속으로 몇 마디 중얼대는 동안 몸이 평상시 상태로 회복되었다. 기차 안은 후끈후끈했다. 그녀는 눈을 뜨고 모피 코트의 단추를 풀어 편안히 앉으면서 창밖으로 펼쳐지는 얼어붙은 겨울 풍경을 쳐다보았다. 덜컹거리는 기차 리듬이 곤두선 신경을 가라앉혀 주었다. 낸시는 기차여행을 좋아했다. 전화벨도 울리지 않을뿐더러 아무 생각 없이 그냥 앉아 있기만 하면 되니까.

머리 아픈 것도 싹 가셨다. 낸시는 핸드백에서 콤팩트를 꺼내 거울 속의 얼굴을 점검하면서 분첩으로 콧등을 몇 번 두들기고 립스틱도 고쳐 발랐다. 새로 산 잡지는 아직 뜯지 않은 초콜릿 상자처럼 무릎 위에 놓여 있었다. 잡지를 펼치자 모피 코트와 스페인 남부의 렌트하우스, 스코티시 하일랜드의 주말농장, 보석, 그리고 예뻐 보일 뿐 아니라 피부 회복도 시켜준다는 화장품 광고가 줄줄이 이어졌다.

계속 페이지를 넘기던 그녀는 갑자기 손을 멈추었다. 그것은 예술품 중개인 단체 부스비가 낸 광고였는데, 3월 21일 수요일에 본드 가 화랑들에서 빅토리아 시대 그림 경매가 열린다는 전면 광고였다. 페이지 중앙엔 1865년에서 1946년까지 살다가 간 로런스 스턴의 그림이 실려 있었다. 「물동이를 나르는 여인들(The Water Carriers. 1904)」이라는 제목이 붙은 화폭에는 구리 항아리를 둘러메거나 등에 진, 한 무리의 여자들이 다양한 자세로 서 있는 장면이 담겨 있었다. 낸시는 그림을 찬찬히 훑어보다가 여인들이 노예일 거라고 단정했다. 왜냐하면 맨발에다 웃음이라곤 전혀 없었고(구리 항아리도 몹시 무거워 보였다), 푸르죽죽하거나 검붉은 색상으로 가릴 데만 가린 옷차림을 하고 있기 때문이었다.

조지도 낸시도 음악이나 연극, 그림 같은 데는 취미가 없었다. 낡은 목사관에 그림이라곤 한적한 농가의 풍경이 담긴 목탄화 한 점과 셰퍼드가 입에 꿩을 물고 있는 유화 한 점뿐이었는데, 모두 조지가 부모님에게서 물려받은 것이었다. 언젠가 두어 시간 런던에 머물 일이 생겨 그들은 테이트 미술관에서 컨스터블(영국의 풍경화가_옮긴이)의 전시회를 관람한 적이 있었다. 하지만 지금까지 기억에 남는 것은 그림에 녹색 나무들이 무성하게 그려져 있었다는 것과 미술관을 돌아다니느라 몹시 발이 아팠다는 사실이었다.

차라리 그 컨스터블의 그림들이 이것보다는 나았던 것 같았다. 과연 누가 이런 무시무시한 그림을 선뜻 벽에 걸고 싶어 할 것이며 비싼 값에 사겠다고 나설까. 만일 이 그림이 그녀의 것이었다면 다락에 처박히거나 벽난로 불꽃 속에서 재로 사라질 게 분명했다.

낸시가 「물동이를 나르는 여인들」을 주목한 건 절대로 미학적인 이유에서가 아니었다. 그것이 바로 로런스 스턴의 작품이라는 사실 때문이었다. 로런스 스턴은 어머니, 페넬로프 킬링의 아버지이자 그녀의 외할아버지였다.

그런데 신기한 사실은 낸시가 그의 작품에 대해 아는 게 별로 없다는 거였다. 19세기 말에서 20세기 초에 절정을 달리던 외할아버지의 명성은 이미 그녀가 태어날 무렵에는 시들시들 잊히고 있었고, 그의 작품들도 오래전에 팔려 사방으로 흩어져서 잊힌 뒤였다. 오클리 가에 있는 어머니 집엔 외할아버지인 로런스 스턴의 작품이 석 점 있었는데, 두 점은 한 쌍의 요정이 들국화가 핀 언덕길 위로 백합을 뿌리는 장면이 연결된 미완성작이었다.

1층 거실 계단 아래 벽에 걸린 한 점은 말년에 그린 유화로 「조개 줍는 아이들(The Shell Seekers)」이라는 제목이 붙어 있었는데, 워낙 대작이라 침침하긴 해도 제일 넓은 그곳에 건 거였다. 흰 파도가 솟구치는 넓은 바다와 해변, 그리고 구름으로 가득 찬 하늘이 배경으로 펼쳐지는 구도였다. 엄마가 오클리 집에서 포드모어 오두막으로 이사하자 그 그림들도 함께 딸려 갔다. 패널로 된 두 점은 오두막의 계단참 벽에 걸렸고 「조개 줍는 아이들」은 거실 벽에 걸렸는데 천장이 낮아서 비좁게 들어찼다. 낸시는 그 그림들을 눈여겨본 적이 없었다. 워낙 익숙해서 군데군데 속이 삐져나온 소파나 안락의자, 꽃을 꽂아 두는 푸르고 흰 골동 화병이나 군침 도는 음식 냄새처럼 그냥 엄마의 집을 이루는 부속품 중 하나로만 여길 뿐이었다.

솔직히 최근 수년 동안 로런스 스턴을 생각할 틈은 일 초도 없었다. 지금처럼 느긋하게 기차에 앉아 있을 때나 과거의 기억을 더듬어 볼 여유를 가질 뿐이었다. 사실 기억날 만한 것도 별로 많지 않았다.

낸시는 1940년 말에 콘월, 더 정확히 말하면 포스케리스의 작은 병원에서 태어나 로런스 스턴의 거처였던 칸 별장에서 전쟁 시절을 보냈다. 어릴 적, 기억 속에 남아 있는 외할아버지는 있는 것은 알지만 그게 뭔지는 종잡을 수 없는 안개 같은 존재일 뿐이었다. 무릎에 올려놓거나 산보에 데리고 가거나 그녀에게 책을 읽어준 기억 따윈 실제론 어쨌는지 몰라도 남아 있지 않았다. 전쟁이 끝나고 그녀와 엄마 페넬로프 부인이 포스케리스를 떠나 런던행 기차를 탄 날의 기억은 지금도 또렷하게 남아 있다. 무슨 이유인지는 모르겠지만 그때의 장면은 초점이 잘 맞은 사진처럼 선명하게 떠오르곤 했다.

로런스 스턴은 그들을 배웅하러 역까지 나왔었다. 외할아버지는 아주 늙고, 아주 키가 크고, 약간은 구부정한 자세로 손잡이가 은으로 된 지팡이를 짚은 채 플랫폼에 서서 열린 창문으로 엄마 페넬로프 부인에게 작별 키스를 했다. 그의 은발은 망토의 옷깃 위로 길게 늘어져 있었고, 그의 뒤틀린 손가락은 그걸 감추기 위해 낀 벙어리장갑의 형태조차 망가뜨리며 돌출해 있었다. 외할아버지의 핏기라곤 없는 손가락은 꼭 뼈다귀 같았다.

기차가 움직이기 시작하자 엄마는 그녀를 창문 위로 안아 올렸다. 그러자 외할아버지는 손을 뻗어 그녀의 볼을 어루만졌다. 그녀는 아직도 대리석이 닿는 것 같던 그때의 차가운 촉감을 기억하고 있었다. 더는 시간이 없었다. 기차가 속력을 내며 플랫폼을 돌아나가자 챙이 넓은 검은 모자를 벗어 흔드는 외할아버지의 모습은 점점 작아졌다. 낸시가 갖고 있는 그에 대한 유일한 기억은 그게 전부였다. 외할아버지는 그다음 해에 돌아가셨다.

'괜히 감상적으로 생각할 건 없어. 단지 퇴색한 추억일 뿐이야.' 그녀는 속으로 중얼거렸다. 그런데 참 엉뚱하게도 지금은 또 누군가가 그의 그림을 사고 싶어 한다. 「물동이를 나르는 여인들」이라……. 낸시는 알쏭달쏭한 수수께끼 같은 현실을 털어버리기 위해 머리를 흔들었다. 그러고는 자신의 현실과는 상관없지만 달콤한 사교계 소식란으로 눈길을 돌렸다.

2

올리비아

새로 온 사진기자의 이름은 라일 메드윈이었다. 그는 젊고, 친절한 눈매를 지니고 있었다. 그에게선 아직도 의욕 넘치는 햇병아리에게 서나 볼 수 있는 때 묻지 않은 분위기가 느껴지는 바람에, 올리비아 는 라일같이 순진한 남자가 중간에 도태되지 않고 비열하고 추잡한 잡지 세계의 경쟁을 거쳐 여기까지 이른 사실이 놀라웠다.

둘은 그녀의 사무실 테이블이 있는 창가에 서 있었다. 테이블엔 그 녀에게 과거의 경력을 심사받기 위한 사진 파일이 놓여 있었는데 얼 핏 봐서 스물 네다섯 장은 될 것 같은 사진들이 합격을 갈망하며 사 진첩에 가지런히 끼워져 있었다. 올리비아는 잠시 사진들을 훑어 보 고 나서 이만하면 됐다고 판단했다. 우선 그 사진들은 맑고 투명했 다. 패션 사진은 의상의 형태와 스커트의 주름, 그리고 스웨터의 짜 임 등을 실물과 같은 질감으로 보여주어, 보는 사람의 눈을 매혹시켜 야 한다는 게 그녀의 지론이었다. 그의 사진은 그런 점도 갖추었을 뿐 아니라, 생동감과 부드러움이 함께 깃들어 있었다.

그녀는 사진 한 장을 집어 들었다. 체구가 건장한 남자가 흰 조깅복 차림으로 코발트빛 바다를 배경으로 달리는 모습이 찍힌 거였다. 남자의 검게 탄 살갗엔 땀방울이 송골송골 맺혀 있었고, 사진에선 찝찔한 바다 냄새가 나는 것 같았다.

"어디서 찍었죠?"

"말리부에서요. 스포츠 의류 광고사진이에요."

"이건요?"

그녀는 한 소녀가 불꽃 같은 색깔의 시폰 드레스를 입고 석양을 바라보는 사진을 집어 들며 물었다.

"포인트 라이스에서요. 미국《보그》표지 사진이었어요."

그녀는 사진을 놓고 테이블 모서리에 기대며 그를 쳐다보았다. 그러자 둘의 눈높이가 비슷해졌다.

"경력을 말해봐요."

그는 잠시 주저했다.

"공대를 졸업하고 프리랜서로 잠깐 일했어요. 그 후론 토비 스트라이버와 팀이 돼서 그의 조수로 2년 일했고요."

"당신을 소개한 사람이 바로 토비예요."

"그 후엔 로스앤젤레스에 있었어요, 3년 동안."

"물론 일은 잘했겠죠?"

그는 야릇한 미소를 보이며 대답했다.

"네, 그럴 거예요."

그의 차림에선 로스앤젤레스 냄새가 물씬 풍겼다. 흰 운동화에 물

빠진 청바지, 흰 셔츠, 그리고 역시 빛바랜 데님 재킷에 약간 쌀쌀한 런던 날씨 때문인지 검게 탄 긴 목엔 산호색 캐시미어 머플러를 둘렀다. 그의 모습은 약간 헝클어진 듯하면서도 상쾌하고 깨끗한 느낌을 풍겼다. 꼭 옷 입은 채 세탁기에 들어갔다가 햇빛에 서서 말린 후 다리미가 닿기 전에 뛰어나온 사람 같았다. 그녀는 그가 무척 매력적으로 다가왔다.

"카알라가 얘기 좀 하던가요?"

카알라는 패션 담당 기자였다.

"가을용 코르덴 옷으로 넘어가기 전에 찍는 마지막 바캉스 룩이에요. 7월의 테마지요."

"네. 로케이션 계획 들었어요."

"좋은 장소 있어요?"

"우린 이비자 얘기를 했어요. 아는 사람도 몇 있고요."

"이비자."

그가 얼른 덧붙였다.

"다른 장소를 고르셔도 괜찮아요, 모로코나……."

"아니요."

그녀는 테이블에서 몸을 돌려 그녀의 책상으로 가 앉았다.

"우린 한동안 이비자를 써먹지 않았어요……. 하지만 해변 쪽은 말고요. 그보단, 염소나 양이 무리 지어 놀고 밭에는 건장한 농부들이 일하는 시골을 배경으로 하면 이색적일 거예요. 현장감을 살리기 위해선 현지인을 한둘 등장시키는 것도 좋고요. 그이들은 얼굴도 근사한 데다 사진 찍히기도 좋아하거든요."

"근사하겠는데요."

"카알라한테 전해줘요."

그는 잠시 주저했다.

"그럼 내가 취직이 되는 겁니까?"

"네, 잘해보세요."

"고맙습니다."

그가 테이블 위에 널린 사진들을 도로 사진첩에 끼우고 있을 때 올리비아를 찾는 인터폰이 울렸다. 그녀는 버튼을 누르고 비서와 통화했다.

"뭐지?"

"외부 전화입니다."

시계는 12시 50분을 가리키고 있었다.

"누구지? 점심을 먹으러 나가야 하는데."

"헨리 스포츠우드 씨예요."

헨리 스포츠우드. 누구였지? 사흘 전 리치웨이네 칵테일파티에서 만난 남자? 은발에 키가 그녀만큼이나 큰……. 그때 그는 자신을 행크라고 불렀었다.

"제인, 대줘요."

그녀가 수화기를 집어들자 라일 메드원은 사진첩을 옆구리에 끼고 사뿐사뿐 방 안을 가로질러 문을 열었다.

"갈게요."

인사에 답하기 위해 그녀가 손을 들어 올렸을 땐 그는 이미 나가고 없었다.

"미스 킬링?"

"네."

"올리비아, 행크 스포츠우드요. 리치웨이 댁 기억하오?"

"그럼요."

"한 두어 시간 짬이 나요. 점심이나 합시다."

"오늘요?"

"그래요, 지금."

"미안해요. 안 되겠어요. 언니가 오기로 돼 있어요. 지금 나가려던 중이었어요."

"유감이군요. 그럼 오늘 저녁은?"

그의 목소리가 기억을 좀 더 되살려 주었다. 푸른 눈에 윤곽이 견고한 전형적인 미국형인 그는 짙은 색 양복에 '브룩스 브러더스' 상표의 티셔츠를 맨 윗단추를 푼 채 받쳐 입고 있었다.

"괜찮아요."

"잘됐군요. 어디서 식사를 했으면 좋겠소?"

그녀는 잠시 생각한 후,

"레스토랑이나 호텔을 벗어나 보면 어떨까요."

"무슨 뜻이오?"

"집으로 오세요. 저녁 준비를 해놓겠어요."

"그거 좋죠."

그는 놀라움과 흥분이 뒤섞인 목소리로 대답했다.

"괜히 애쓰는 건 아니오?"

"전혀요."

그녀는 다정한 말씨로 계속 얘기했다.

"8시에 오세요."

올리비아는 멍청한 기사를 만날 경우를 대비해서 간단한 길 안내를 곁들여 주소를 말해주고, 그와 작별 인사를 교환하자 수화기를 내려놓았다.

행크 스포츠우드. 좋았어. 그녀는 잠시 혼자 웃다가 시계를 보고 행크 생각을 털어버리면서 모자를 쓰고, 코트를 입고, 장갑을 끼고 핸드백을 들었다. 그러고는 낸시를 만나기 위해 종종걸음으로 사무실을 나섰다.

장소는 소호의 레스카르고였다. 그녀는 이미 테이블을 하나 예약해 두었다. 그곳은 그녀가 평소 사업상 점심 약속 장소로 애용하는 곳이었다. 아침 내내 쇼핑한 중년 부인들이 파김치가 된 다리를 쉬는 '하비 니컬스' 같은 곳이 낸시에겐 더 편하다는 걸 알지만, 업무 이외의 약속이라고 장소를 옮길 이유는 없을 것 같아서 그냥 이곳으로 정했었다.

올리비아가 좀 늦었고 낸시는 이전보다 더 뚱뚱해진 모습으로 기다리고 있었다. 울 스웨터와 스커트, 그리고 그녀의 옅은 금발과 색이 비슷한 모피 모자를 쓴, 머리카락이 무성해 보이는 낸시는 머리가 보통 사람 두 배는 되어 보였다. 그런 그녀가 업무와 점심을 동시에 해결하려는 바쁜 남자들 틈에 오뚝 끼어 핸드백을 무릎 위에 올려놓고 커다란 진토닉 병이 놓인 테이블에 앉아 있는 모양이 여간 우스꽝스럽지 않았다. 장소를 다른 곳으로 할 걸 그랬다는 미안한 마음이 들자, 올리비아는 아주 다정스럽게 첫 마디를 꺼냈다.

"언니, 미안. 정말 미안해. 많이 기다렸어?"

그들은 키스를 하진 않았다. 지금껏 한 번도 그래본 적이 없었다.

"괜찮아."

"술을 마시고 있었네. 한 잔 더 하진 않겠지? 테이블을 1시 15분 전으로 예약해 뒀어. 놓치면 안 되는데 말이야."

"오셨습니까, 미스 킬링."

"아! 안녕, 제라드. 술은 필요 없어요. 좀 바쁘거든요."

"예약은 하셨나요?"

"네, 1시 15분 전으로요. 좀 늦었나 봐요."

"괜찮습니다. 원하시면 이용하십시오."

그가 테이블로 안내하기 위해 앞장서서 걸어갔지만 올리비아는 낸시가 부츠를 바로 신고, 핸드백과 잡지를 들고, 치켜 올라간 스웨터를 펑퍼짐한 엉덩이까지 끌어 내리는 동안 기다렸다가 함께 갔다. 올리비아가 쓰는 테이블은 방 맨 구석 쪽에 있었다. 따뜻한 식당 안은 시끄러운 목소리로 가득했다. 두 사람이 웨이터의 아첨 섞인 인사를 들은 다음 둥글게 휜 소파에 앉자, 그는 테이블을 그들 무릎 위로 밀어주고 메뉴를 펼쳤다.

"고르실 동안 셰리주(도수가 낮고 달콤한 스페인산 화이트 와인 _옮긴이)라도 한잔하시겠습니까?"

"제라드, 난 생수가 더 좋겠어요. 그리고…… 우리 언니는……."

그녀는 낸시 쪽으로 고개를 돌렸다.

"와인 한잔할래?"

"응, 그게 좋겠어."

올리비아는 메뉴판은 보지도 않고 화이트 와인 반병을 주문했다.

"뭘 먹고 싶어?"

낸시는 막막했다. 메뉴는 다양했지만 모조리 프랑스 요리였다. 가만 놔두면 하루가 지나도 언니가 음식을 고르지 못할 거란 사실을 알고 있는 올리비아는 메뉴 중에서 몇 가지를 뽑아서 제시했다. 그러자 낸시는 콩소메와 송아지고기 요리를 골랐고, 그녀는 오믈렛과 그린 샐러드를 주문했다.

"오늘 아침 여행은 어땠어?"

"아주 좋았어. 9시 15분 차를 타고 왔어. 애들 등교시키느라고 가까스로 도착했지."

"애들은 잘 있고?"

그녀가 아무리 관심 있는 척하며 물어도 속으로 그렇지 않다는 사실을 잘 아는 낸시는 그저 시큰둥하게 대답했다.

"응."

"조지는?"

"응, 그런대로."

"개들은?"

"잘 지내⋯⋯."

낸시는 대답을 하며 생각이 났다.

"오늘 아침에 한 마리가 아팠어."

올리비아는 이마에 주름살을 접었다.

"밥 먹을 동안은 개 얘긴 하지 마."

생수와 화이트 와인 반병을 테이블로 가져온 웨이터가 능숙하게 병마개를 열고 와인을 낸시의 잔에 따랐다. 그러고는 가지 않고 서 있었다. 맛에 대해 뭐라고 한마디 하기를 기다리는 거라는 생각이 들자, 낸시는 잔을 들어 한 모금 마시고 무슨 전문 시음가나 되는 것처럼 입술을 맞비빈 다음 좋다고 말했다. 그러자 웨이터는 병을 테이블 위에 놓더니 무표정한 얼굴로 물러갔다.

올리비아가 자신의 잔에 생수를 따르자 낸시가 물었다.

"와인은 안 마시니?"

"응, 일 때문에 먹는 점심일 때는."

그러자 낸시는 눈썹을 치켜세우며 따지듯 되물었다.

"이게 일 때문에 먹는 점심이야?"

"물론이지. 우리가 여기 뭐 하러 왔어? 엄마 일 때문에 온 거잖아."

아직도 어린애처럼 엄마라고 하는 소리가 낸시는 못마땅했다. 페넬로프네 삼남매는 제각기 독특하게 엄마를 호칭했다. 노엘은 '마'로 엄마를 불렀다. 낸시는 몇 년 전부터 '어머니'로 부르고 있었다. 그녀의 나이와 사회적 위치에서는 그게 좋겠다는 생각이 들었기 때문이었다. 다른 일에는 한없이 냉철하고 이지적인 올리비아만 아직도 '엄마'를 고집하고 있었다. 낸시는 가끔 그 말이 얼마나 우스꽝스럽게 들리는지를 올리비아가 알고나 있을까 하는 생각을 했다.

"자, 빨리 하자. 하루 종일 끌 순 없으니까."

올리비아가 차갑게 말하자, 그녀는 맥이 쭉 빠졌다. 아픈 강아지도 팽개치고 깡통에 엄지손가락도 베이고, 부랴부랴 아이들을 학교로 나르고, 복잡한 아침 기차를 아슬아슬하게 타면서 글로스터셔에서 달려온 걸 크게 후회했다.

하루 종일 끌 순 없어, 라니.

올리비아는 어쩌면 저렇게 퉁명스럽고 냉정할까. 가정과 남편, 아이들이 항상 우선인 낸시의 인생은 별것 아니라는 듯 자기 바쁘단 타령만 하며 빼기기만 하고. 단 한 번이라도 자매간에 오순도순 얘기해볼 기회는 영영 오지 않을까.

어릴 땐 낸시가 훨씬 예뻤다. 금발에 푸른 눈, 귀여운 행동, 그리고 킬링 할머니한테 감사할 일이지만 예쁜 옷도. 남자들을 매혹시키고 찬사를 듣는 것도 낸시였다. 올리비아는 영리하고 꿈이 크고 책, 시험, 우수한 성적밖에는 몰랐다. 하지만 외모는 낸시의 기억으론 너무 평범했었다. 창백하고 빼빼 마른 데다 껑충 키만 컸던 그 애는 가슴도 절벽이고 안경쟁이에 남자한텐 거의 관심이 없었다. 어쩌다 낸시의 남자친구가 집에 놀러 오면 말 한마디 없이 경멸스럽게 쳐다보거나 제 방으로 가서 책에 파묻히곤 했다.

하지만 올리비아에겐 그런 결점을 보충할 개성이 있었다. 그런 개성마저 물려받지 못했다면 그녀는 그녀 부모의 자식이 아니었을 것이다. 윤기 흐르는 마호가니빛 머리카락은 숱이 많고 탐스러웠으며, 어머니를 닮은 검은 눈은 냉철하고 이지적인 분위기를 드리우며 새 눈처럼 반짝였다.

그런데 이게 무슨 일인가. 남학생으로부터 댄스 신청 한 번 받지 못하던, 영리하지만 인기 없는 여대생이던 그녀의 동생이 언제 어디서 어떤 곡절을 겪었는지 대단한 명사가 되어버렸다. 서른여덟에 비너스의 편집장이라는 타이틀을 붙인 엄청난 커리어 우먼이 된 것이다.

지금도 그녀의 모습은 전과 다름없이 비타협적이었다. 하지만 비

호감일지언정 놀라울 정도로 세련되어 있었다. 챙이 넓은 검은 벨루어 모자에 주름이 많은 검정 코트, 크림색 실크 스커트에 금팔찌와 금귀걸이, 그리고 손가락엔 알이 박힌 반지도 몇 개. 얼굴은 창백하고 입술은 붉었는데, 도수 높은 검정테 안경조차 액세서리 역할을 해주고 있었다. 낸시도 눈치는 있었다. 올리비아를 따라 복잡한 홀을 가로질러 테이블로 걸어올 때 남자들의 관심 어린 시선은 예쁜 그녀가 아니라 올리비아에게 쏟아졌다.

낸시는 올리비아의 사생활은 알지 못했다. 5년 전에 있었던 해괴한 사건 이전까지만 해도 그녀는 올리비아를 섹스에 무관심한 숫처녀라고 믿었다. 물론 더 짓궂은 상상도 했었다. 비타 색빌웨스트(빅토리아 메리 색빌웨스트. 영국의 여류작가. 동성연애 소문이 있었음 _옮긴이) 자서전을 탐독하고 난 뒤 '올리비아가 혹시?' 하고 떠올렸다가 제정신이냐고 스스로를 질책했었다.

영리하고 야심만만한 여성의 전형인 올리비아는 일에만 푹 빠져서 살았다. 조금씩 발전을 거듭한 그녀가 여성지의 대명사 격인 비너스의 특집 담당 편집장이 된 지는 올해로 7년째였다. 그녀의 이름이 판권 페이지에 박혀 나왔고, 가끔은 페이지 중에 사진도 실렸다. 다른 잡지에도 소개되었고 한번은 텔레비전 패밀리 쇼에 출연해 질문에 대답도 했다.

그러고 나서, 모든 게 순조롭게 진행되던 인생의 한복판에서, 올리비아는 돌연 그녀답지 않은 일을 저질렀다. 휴가 때 이비자에 갔다가 코스모 해밀턴이란 남자를 알게 되자, 그녀는 돌아오지 않았다. 올리비아는 그와 일 년을 함께 산 다음에야 돌아왔다. 처음 그 사실을 안 사람은 그녀가 이비자에서 사직서를 동봉하여 보낸 편지를 받은 편집부장이었다. 엄마로부터 그 쇼킹한 뉴스를 전해 들은 낸시는 처음엔 사실로 믿지 않았었다. 너무 놀라운 일이라 믿을 수 없다고 고집을 부렸지만, 사실 믿지 않은 진짜 이유는 그런 엄청난 일을 저지를 기회마저 올리비아에게 추월당한 데 대한 은근한 질투 때문이었다.

낸시는 자신처럼 깜짝 놀랄 줄 알고 조지에게 얘기했지만, 그의 반응은 아주 예상 밖이었다.

"재미있군."

그게 전부였다.

"당신은 별로 놀라지 않는군요."

"그럼."

그녀는 얼굴을 찡그렸다.

"조지, 지금 올리비아 얘기를 하는 거예요."

"맞아, 올리비아."

그는 아내의 성난 얼굴을 쳐다보다가 웃음을 터뜨릴 뻔했다.

"낸시, 올리비아가 일생을 조신한 수녀처럼 산다고 믿었다면 당신은 내가 생각하는 것보다 훨씬 어리석어. 런던에 있는 자기 아파트에서 아리송한 사생활을 즐기는 비밀스러운 여자가 바로 올리비아야."

낸시는 눈물이 솟구치려고 했다.

"그렇지만…… 그치만 나는……."

"당신 생각은 뭐?"

"조지, 그 앤 매력이라곤 없잖아요."

"아니, 낸시 그건 아니야. 그녀는 매력 없는 여자가 절대로 아니야."

"난 당신이 그 앨 싫어한다고 알았는데요."

"싫어해."

조지가 신문을 펼치는 걸로 언쟁은 끝이 났다.

무슨 일이건 조지는 자기 의견을 정확히 표현한 적이 없다. 이렇게 민감하게 반응한 적도 없었다. 이제까지의 일과, 새롭게 반응을 보인 이번 일을 곰곰이 생각한 낸시는 올리비아에 대한 남편의 말이 옳을 거라고 결론을 내렸다. 결론이 그렇게 기울자 그녀는 멋대로 자신에게 유리한 쪽으로 생각하기 시작했다. 그렇게 화려한 연애 사건을 내놓고 자랑할 수 있는 걸 옛날 노엘 카워드의 연극처럼 멋지고 세련된 행동으로 여겼고, 그런 정도는 문제 삼을 일도 아니라고 결정해 버렸다. 또 그녀는 올리비아와 코스모 해밀턴 얘기를 저녁 모임 같은 데서 무슨 미담처럼 들춰냈다.

"알지, 내 영리한 동생, 올리비아. 너무 로맨틱하지? 사랑을 위해서 모든 걸 버렸어. 지금 이비자에 있는 기가 막힌 별장에 있어."

그녀의 상상은 다른 신나는 가능성 쪽으로 자유롭게 뻗어나갔다.

"아마 내년 여름엔 조지랑 애들하고 거기 가서 몇 주 있게 될 거야. 물론 애들 포니 클럽 일정을 봐야겠지만. 우리 엄마들은 다들 포니 클럽에 매인 신세잖아."

올리비아가 어머니만 초대했고, 기꺼이 응한 어머니가 코스모와 올리비아와 그곳에서 한 달여를 함께 지냈지만 체임벌린 가(家)로는 초대장이 오지 않았다. 낸시는 동생을 도저히 용서할 수 없었다.

식당은 매우 따뜻했다. 마침내 참기 힘들어진 낸시는 스웨터 대신

블라우스를 입고 올 걸 그랬다고 후회했다. 하지만 스웨터를 벗을 수는 없었다. 대신 찬 와인을 한 모금 더 삼켰다. 더운데도 그녀의 손은 떨렸다.

옆에 있던 올리비아가 물었다.

"엄마 만나 봤어?"

"그럼."

그녀는 잔을 내려놓고 말을 계속했다.

"병원에 갔었지."

"어땠어?"

"좋아 보였어."

"정말 심장마비였대?"

"그래. 한 하루나 이틀은 집중적으로 치료했어. 그러고 나서 병실로 보냈는데 어머니가 혼자 퇴원 수속을 하고 집으로 간 거야."

"의사가 좋아했을 리 없지."

"그래, 난처해했어. 그래서 나한테 전화도 한 거고. 혼자 내버려두면 안 된다고 했어."

"다른 의사 얘기도 들어봤어?"

"올리비아, 그 사람은 실력 있는 의사야."

낸시가 말을 막았다.

"시골 의사지 뭐."

"그 얘기 들으면 화내겠다, 얘."

"쓸데없는 걱정까지. 내 생각엔 엄마 스스로 가정부나 말동무가 필요하다고 소개소로 찾아가기 전에는 뾰족한 수가 없을 거 같은데."

"어머니가 소개소 같은 델 갈 거 같니?"

"그럼 그냥 내버려둬. 혼자 살고 싶어 하는데 사람을 붙이는 건 고문이야. 플라켓 부인이 일주일에 세 번씩 오고 마을 사람 모두가 엄마를 지켜봐 주고 있잖아. 거기 산 지도 벌써 5년이야. 그 동네 사람이면 엄마를 다 알아."

"그렇지만 또 마비가 일어나고, 돌아가신다고 생각해 봐. 단지 돌봐줄 사람이 없었다는 이유 때문에 말이야. 계단에서 떨어지거나 운전 중에 마비가 일어나서 다른 사람을 죽게 하거나……."

올리비아는 기가 막힌 듯 웃었다.

"난 언니 상상력이 그 정도로 기발한지 몰랐어. 만일 엄마가 차 사고를 낸다면 가정부가 집에 있든 없든 결과는 같아. 그렇게 심각하게 걱정할 필요는 없어."

"안 돼, 걱정해야 돼."

"왜?"

"꼭 가정부 문제만이 아니야……. 다른 문제도 있어. 이를테면 정원만 해도 그래. 어머닌 2에이커 정도는 늘 혼자서 일궜어. 채소도 심고 잔디도 심고. 뭐든지 했어. 이젠 그런 힘든 일은 해선 안 돼."

"그러진 않을 거야."

올리비아가 반박하자 낸시는 이맛살을 찌푸렸다.

"어제저녁에 나하고 한참 통화했는데……."

"그런 소리 안 했잖아."

"말할 기회도 안 줘 놓고선. 아주 기분 좋은 목소리였어. 의사가 참 멍청하더라는 얘기, 다른 여자랑 같이 살았다가는 그 여자를 죽일지도 모르겠다는 얘기. 집도 좁으니까 서로 흉이나 잡으면서 세월을 보내게 될 거라고 했어. 나도 그건 전적으로 동감이야. 정원 문제는 의사들이 말하는 심장마비인지 뭔지를 앓기 전에 해결돼 있었어. 정원 일이 벅차서 지역 정원사협회에 일주일에 두세 차례씩 와서 손질해 줄 일꾼을 부탁했대. 다음 월요일부터 올 거야."

그래도 낸시의 기분은 나아지지 않았다. 마치 올리비아와 어머니가 자기 몰래 내통하고 있는 것만 같았다.

"그게 제대로 될지 모르겠군. 그 사람들이 어떤 치를 내보낼지 알아? 정말 모르는 거라고. 오히려 동네에서 쓸 만한 사람을 알아보는 게 낫지."

"동네에 있는 쓸 만한 남자는 몽땅 퍼들리 전자 회사에 다닌대."

낸시는 더 말꼬리를 물고 늘어지려다 수프가 오는 바람에 그만두었다. 갈색 구리 냄비에 담겨 온 수프에선 구수한 냄새가 솟아올랐다. 갑자기 시장기를 느낀 그녀는 스푼을 들고 노릇노릇하게 구워진 크루아상으로 손을 뻗었다.

조금 후 그녀는 시무룩하게 말했다.

"넌 왜 나하고 조지한텐 한마디 상의하지 않았니?"

"언닌. 그게 상의할 일이야? 그건 엄마 혼자 결정할 일이야. 솔직히 언니나 형부는 엄마를 너무 노인네 취급해. 이제 예순넷이고, 한창인 나이야. 황소 같은 기운이나 자립심이나 다 옛날하고 똑같아. 귀찮게 하지 마."

낸시는 화가 났다.

"귀찮게 해? 그래, 네 말처럼 너하고 노엘이 조금만 더 어머닐 귀찮게 해준다면 내 짐을 한결 덜겠다."

올리비아는 점점 냉정해졌다.

"나하고 노엘을 같이 취급하지 마. 그리고 짐을 지고 있다고 생각한다면 그건 언니 혼자 상상해 낸 일일 뿐이야."

"고맙다는 말 한마디 못 듣는 일에 왜 나하고 조지만 속을 끓이는지 모르겠다."

"언니한테 고마워하라고? 뭘?"

"많지. 내가 어머닐 말리지 않았다면 어머닌 틀림없이 콘월로 돌아가서 어부의 오두막에서 살고 있을 거야."

"그게 어때서. 그걸 나쁘게 생각하는 언니를 난 이해 못 하겠어."

"올리비아, 우리한테서 뚝 떨어져서 이 나라 반대편 끄트머리에서 산다는 게 말이 되니? 어머니한테도 얘기했어, 세월을 돌이킬 수는 없는 거라고. 어머닌 그곳에 가면 다시 젊은 시절로 되돌아갈 수 있다고 믿었어. 큰일 날 뻔했잖아. 그리고 어머니한테 포드모어 오두막을 구해준 건 조지야, 너도 그 집이 별 볼 일 없는 집이라고는 말 못 할 거야. 이게 다 조지 덕분이야. 올리비아, 이 사실을 잊어선 안 돼."

"형부를 위해서 만세 삼창이라도 해야겠군."

낸시의 수프 그릇이 치워지고 송아지고기 요리와 오믈렛이 놓이는 동안 얘기가 잠시 끊어졌다. 병에 남은 와인이 낸시의 잔에 몽땅 부어지는 사이 올리비아는 샐러드를 포크로 떠서 입으로 가져갔다. 웨이터가 물러가자 낸시는 다시 얘기를 시작했다.

"임금은 얼마나 될까? 그런 데서 소개하면 비쌀 텐데."

"언니, 그걸 왜 신경 써?"

"신경이 쓰이지. 어머니가 감당할 수 있을 거 같니? 돈 얘긴 일체 비밀이니까 잘 모르겠지만 낭비가 심한 편이잖니."

"엄마가? 낭비가 심하다고? 자기한테 동전 한 닢 안 쓰는 양반이?"

"그렇지만 늘 사람을 초대하잖니. 먹는 데 들이는 돈도 엄청날 거야. 오막살이에 온실은 또 뭐니. 조지가 얼마나 말렸는데. 차라리 그 돈으로 이중창을 설치했어야 했어."

"엄만 이중 유리가 싫은 게지."

"애, 올리비아. 넌 이런 얘기가 다 귀찮은 모양이구나!"

낸시의 목소리가 분노로 떨렸다.

"일어날 수 있는 일은 다 생각해 봐야지!"

"그래, 일어날 수 있는 일이 도대체 뭐지, 언니? 얘기해 줘 봐."

"어머닌 아흔까지 사실 수도 있어."

"나도 그랬으면 좋겠다."

"하지만 그 나이까지 버틸 돈이 없잖니."

올리비아의 눈이 반짝였다.

"언니하고 조지는 엄마 생활비를 떠맡게 될까 봐 걱정이야? 낡아 빠진 집 유지비랑 애들 사립학교에 보내고 나면 빠듯해질 형편에 또 다른 짐이라도 생길까 봐?"

"우리가 돈을 어디다 쓰건 그건 네가 참견할 일이 아니야."

"그렇담 엄마가 돈을 어떻게 쓰건 언니가 참견할 거 없잖아?"

그 말에 낸시는 말문이 막혔다. 동생에게서 고개를 돌린 그녀는 송아지고기 요리 먹는 데만 열중했다. 옆에서 쳐다보던 올리비아는 언니의 뺨이 발개진 채 입과 턱이 미세하게 떨리는 걸 볼 수 있었다. 낸시는 이제 마흔셋인데도 무척 뚱뚱하고 늙은 태가 완연했다. 그녀는 그런 언니에게 연민을 느끼며 너무 심하게 말한 걸 후회했다.

"언니, 내가 언니라면 그 정도로 걱정하진 않을 거야."

그녀는 부드러워지려고 최대한 애썼다.

"오클리 가 집을 팔고 후한 값을 받았어. 포드모어 집을 사고도 꽤 돈이 남았을 거야. 로런스 스턴 외할아버지가 엄마 팔자를 알았는지 살 만큼 남겨놓고 갔어. 언니나 나, 노엘한테도 다행한 일이지, 뭐, 안 그래? 아버지를 생각해 볼 때 말이야. 빈털터리로 죽었잖아."

낸시는 자신이 이미 지친 상태라는 것을 그 말을 들으면서 깨달았다. 입씨름하느라 녹초가 된 그녀는 올리비아가 사랑하는 아버지를 그렇게 얘기해도 잠자코 있었다. 보통 때라면 돌아가신 사랑하는 아버지를 편들면서 총알같이 따졌겠지만 지금은 기력이 없었다. 올리비아를 만나러 온 건 순전히 시간 낭비였다. 뭐 하나 해결을 본 게 없다. 어머니 일이나 돈 문제, 그리고 가정부 문제도 올리비아는 언제나 자기방어엔 철저하다. 낸시는 스팀다리미에라도 눌린 기분이었다.

맛있는 식사가 끝났다. 올리비아가 시계를 보며 커피를 마시겠느냐고 물었다. 낸시가 시간이 되면 그러겠다고 하자 그녀는 고개를 끄덕이며 커피를 주문했다. 낸시는 트롤리에 놓여 있던 맛있는 푸딩 생각을 마지못해 밀어내며 기차에서 읽느라고 산 《하퍼스 앤드 퀸》을 옆 벨벳 의자에서 집어 들었다.

"이거 봤니?"

재빨리 그림 경매 광고가 실린 페이지를 찾은 낸시가 올리비아에게 건네자 그녀는 힐끗 넘겨 본 후 고개를 끄덕였다.

"응, 다음 수요일에 경매한다지?"

"좀 우습지 않니?"

낸시는 잡지를 도로 당기며 물었다.

"이런 해괴망측한 그림을 좋아할 사람이 있을까?"

"그 해괴망측한 그림을 사려고 구름 떼처럼 몰려들걸."

"너 지금 농담하니?"

"아니."

올리비아는 낸시의 진짜로 어리둥절한 얼굴을 보면서 웃었다.

"언니하고 형부는 지난 몇 년 어디 있다 왔어? 요즘 빅토리아 시대 그림이 인기야. 로런스 스턴, 알마 타데마, 존 윌리엄 워터하우스……. 가격도 어마어마해."

낸시는 「물동이를 나르는 여인들」을 새롭게 보려고 애써봤지만 결과는 마찬가지였다.

"왜?"

"그들의 회화 기법을 새롭게 인정하기 시작했어. 희귀성 때문에."

"어마어마한 가격이 어느 정돈데? 딱 얼마라고 못 박아 봐."

"나도 잘 몰라."

"대강이라도."

"글쎄."

올리비아는 애매한 듯 입술을 실룩였다.

"한 20만?"

"20만이나?"

"한 20펜스 정도는 가감이 되겠지."

"하지만, 어째서?"

"얘기했잖아. 희소성 때문이라고. 사람들이 원하지 않으면 가치도 없겠지. 로런스 스턴도 작품이 많지 않아. 자세히 살펴보면 알겠지만 완성하는 데 여러 달 걸렸겠잖아."

"그럼 그림은 다 어딨니?"

"전부 팔려 나갔겠지. 물감이 채 마르기도 전에 이젤에서 떼어졌을 거야. 자부심 있는 소장가나 화랑에선 모두 로런스 스턴 그림을 전시실에 걸고 싶어 할걸? 그래서 할아버지 그림은 경매에 나오는 일이 드물어. 할아버진 손이 떨려서 전쟁이 일어나기 훨씬 전에 붓을 놓아버렸어. 먹고 살기 위해서 팔 수 있는 건 몽땅 팔았겠지. 부자가 아니었어. 그런 걸로 치면 그가 런던 하우스를 부모님께 물려받은 게 우리한텐 행운이었지. 나중에 칸 시골 별장을 산 것도. 칸 별장은 우리 셋 학비로 날아갔고 오클리 집은 지금 엄마 생활 밑천이 되고 있어."

낸시의 귀엔 전부 건성으로 들렸다. 그녀는 그런 데 관심 있는 게 아니었다.

그녀는 지나가는 말투로 가장해 물었다.

"어머니가 가지고 있는 그림은 어때?"

"「조개 줍는 아이들」?"

"응. 그리고 두 쪽짜리 패널은?"

"뭐가?"

"팔면 돈을 많이 받겠냐고?"

"아마 그럴걸."

낸시는 조바심이 났다. 입술이 바짝바짝 말라갔다.

"얼마나?"

"언니, 난 그 분야는 잘 몰라."

"대충."

"글쎄 한 50만?"

입속으로 잦아드는 소리를 한 낸시는 등을 시트에 깊숙이 기대고 심호흡을 했다. 눈앞에선 큼직한 사인이 찍힌 수표가 '0'을 조롱조롱 붙인 채 맴돌았다. 바로 그때 웨이터가 까맣고 향기로운 김이 모락모락 피어오르는 커피를 날라 왔다. 낸시는 목청을 가다듬고 다시 한번 물었다.

"50만이라고?"

"대충."

올리비아는 드물게 보이는 미소를 지으며 설탕 그릇을 낸시 쪽으로 밀었다.

"이젠 언니나 조지가 엄마 걱정 안 해도 되는 이유를 알았어?"

얘기는 그걸로 끝났다. 말없이 커피를 마시고 올리비아가 계산서에 사인하자, 둘은 자리에서 일어났다. 레스토랑을 나와선 각자의 방향대로 택시 두 대를 불렀고 시간에 쫓기는 올리비아가 먼저 올라탔다. 둘은 길거리에서 헤어졌고, 낸시는 올리비아가 탄 택시 꽁무니를 쳐다보며 서 있었다. 식사하는 동안 내리기 시작한 비가 굵은 송곳으로 변해 길바닥에 꽂혔지만 관심 밖이었다.

50만.

그녀가 탈 택시가 왔다. 낸시는 기사에게 해러즈로 가달라고 하고 도어맨에게 잊지 않고 팁을 건네주고 차에 올랐다. 택시가 천천히 달리기 시작했다. 물방울로 번들거리는 창으로 비에 젖은 런던이 지나가고 있었지만, 그녀에겐 전혀 들어오지 않았다. 올리비아를 만나 해결한 일이 없었지만, 그렇다고 낭비만 한 것은 절대로 아니었다. 흥분한 그녀의 가슴이 두근거렸다.

50만 파운드.

올리비아 킬링이 지금처럼 성공할 수 있었던 이유 중에는 잡념에 빠지지 않는 능력과 한 가지 일에 몰두할 수 있는 집중력도 포함되었다.

그녀는 지금까지의 인생을 방수 처리된 선실이 하나씩 철저히 분리된 잠수함처럼 살아왔다. 그래서 오전에는 행크 스포츠우드를 마음에서 내쫓았고, 오후엔 낸시를 몰아냈다. 사무실로 돌아오자마자, 그 유명한 빌딩의 문을 밀고 들어온 순간 낸시가 몰고 왔던 시시콜콜한 집안 문제를 떨쳐버린 올리비아는 '어떻게 하면 더 나은 잡지를 만들 수 있을까'에만 몰두했다. 오후 내내 편지를 쓰고, 광고부장과 회의를 하고, 광고주와 도체스터에서 점심 약속을 하고 픽션 담당 기자와 한참 동안 우울한 얘기를 했다. 올리비아는 만일 지금보다 훨씬 좋은 소재를 찾아내지 못한다면 비너스는 픽션 페이지를 중단할 수밖에 없고, 그렇게 되면 실직하게 될 거라고 말해 줬다. 두 아이를 기르며 혼자 생계를 책임지는 그녀가 울음을 터뜨렸지만 올리비아는 동정하지 않았다. 일 앞에선 개인 사정 따위 무시해도 좋다고 생각하는 그녀는 크리넥스를 건네며 2주 안에 쇼킹한 얘기를 찾아내도록 하라고 말했다.

거북한 얘기를 하느라 피가 마를 뻔한 그녀는 오늘이 금요일이라는 사실을 떠올리곤 안도의 숨을 길게 내쉬었다. 6시까지 일하고 책상을 정리한 다음, 짐을 챙겨서 엘리베이터를 타고 지하 주차장으로 내려가 차를 가지고 집으로 향했다.

교통난은 소름이 끼칠 지경이었지만, 이미 러시아워엔 익숙해져 있었다. 이제 칸칸이 철저히 분리된 잠수함 같은 그녀의 머릿속에 '비너스'는 더 이상 존재하지 않았다. 그녀는 레스카르고에서 낸시하고 했던 말들을 생각하는 중이었다.

자기가 낸시를 너무 퉁명스럽게 대한 것 같았다. 엄마의 병세를 별 것 아닌 걸로 축소하고 시골 의사의 진찰 소견을 무시했다. 이유는 낸시의 과장스러움 때문이었다. 안된 일이지만 그녀는 따분한 시골 생활을 늘 걱정으로 메우며 살았다. 하지만 올리비아는 엄마가 건강하다고 믿고 싶었다. 엄마가 아프거나 죽는 건 원치 않았다. 언제나 지금처럼 살아 있을 거라고 어린애처럼 믿고 싶었다.

심장마비. 고놈이 수많은 사람 중에 평생 병치레라곤 해본 적이 없는 엄마를 고른 이유가 뭘까. 덩치 좋고 힘세고 모든 일에 의욕이 넘치는, 언제나 그곳에 그렇게 있어 주었으면 하는 엄마를. 올리비아는 오클리 집의 부엌을 생각했다. 런던 시절, 집의 심장이나 다름없던 그곳에선 늘 수프 냄새가 풍겼고 놀러 온 사람들이 식탁에 둘러앉아 브랜디와 커피를 마시며 몇 시간씩 이야기꽃을 피우는 동안에도 엄마는 한쪽에서 다리미질을 하고 옷을 기웠다. 누군가로부터 '안락'이라는 단어를 들을 때면 곧바로 떠오르는 게 '엄마의 부엌'이었다.

그렇지만 지금은 어떤가. 그녀는 한숨을 내쉬었다. 아마 의사의 진단이 옳을 것이다. 엄마에겐 보살펴줄 사람이 필요하다. 최선의 방법은 엄마한테 달려가서 직접 상태를 확인하고 엄마와 대책을 의논해서 가능한 한 해결책을 찾아내는 것이다. 내일은 토요일이 아닌가. 가서 엄마를 만나자, 혼자서 다짐하고 나자 기분이 좀 나아졌다. 아침 일찍 포드모어로 가서 거기서 하루를 지내자. 결정한 그녀는 걱정을 접고 저녁에 있을 초대를 생각했다. 그러자 다시 즐거움이 슬며시 몰려왔다.

집이 점점 가까워지고 있었다. 그녀는 동네 어귀의 슈퍼마켓에 차를 세우고 빵, 버터, 샐러드, 거위 간 요리, 닭다리, 올리브유, 복숭아, 치즈, 와인 두 병, 스카치 한 병, 수선화 한 묶음을 사서 트렁크에 실었다. 그리고는 잠시 달려서 랜뷜리 가로 접어들었다.

그녀의 집은 가지런히 늘어서 있는 에드워디언식(에드워드 7세 시대에 유행하던 화려한 건축양식 _옮긴이) 붉은 벽돌 테라스 중의 하나인데 아치형 창문과 정원, 타일 깔린 현관 길 때문에 아주 운치 있어 보였다. 겉모양은 너무 획일적이어서 쳐다보기가 지겨울 지경이지만, 내부는 기발하고 전위적인 인테리어로 아주 파격적인 분위기였다. 방이 모두 하나로 트인 아래층에는 부엌만 홈바처럼 한 귀퉁이에 차려져 있고 2층으로 향하는 계단은 손잡이가 없는 사다리식이었다. 벽 한 면은 정원으로 나갈 수 있는 프랑스식 유리문으로 돼 있었는데 담장 너머 교회의 아름드리 떡갈나무 그늘에서 주일학교 아이들의 소풍이 열리는 여름이면 런던 한복판에 펼쳐진 시골 같은 분위기가 그 커다란 문을 통해 집 안까지 이어졌다.

이런 상황이라면 집 안을 면으로 된 커튼과 소나무 가구로 시골스럽게 꾸미는 게 당연했지만, 놀랍게도 올리비아는 펜트하우스의 실내처럼 시원스럽고 현대적인 느낌이 나도록 치장했다. 그녀는 화려하고 밝은 흰색을 기본색으로 택했다. 흰 타일 마루, 흰 벽, 흰 커튼, 너무 안락해서 앉기가 송구한 흰색 면 시트가 덮인 소파, 의자, 흰 램프. 그러나 실내 분위기가 차갑게 느껴지진 않았다. 주홍색과 인디언 핑크로 된 쿠션, 스페인제 카펫, 은으로 액자를 한 이색적인 추상화들 따위가 그 순백의 실내에 원색적 광채를 가져다주었다. 유리로 된 식탁엔 검정 의자를 놓았고 벽면 하나는 푸른색으로 칠해 가족과 친구의 사진을 걸었다.

한마디로 포근하고 경이롭고 윤이 흐를 정도로 깨끗했다. 늘 깨끗한 이유는 이웃에 사는 아줌마에게 매일 와서 청소해 달라고 부탁해 놓았기 때문이었다. 그녀의 코끝에선 상쾌한 향이 꽃병에 꽂힌 히아신스와 지난가을에 심은 화초의 향기와 엉겨 나풀거렸다.

그녀는 천천히 다가올 저녁을 준비했다. 커튼을 드리우고 진짜와 다름없이 따뜻하고 포근한 벽난로의 모조 장작에 불을 지피고 스테레오에 카세트를 올려놓고 스카치를 한 잔 따라 마셨다. 부엌으로 가서 장바구니를 푼 그녀는 샐러드와 드레싱을 만들고, 식탁을 차리고, 와인을 냉장고에 넣었다.

7시 30분이 가까워지자 그녀는 계단을 올라 침실이 있는 2층으로 갔다. 그녀의 침실은 정원과 떡갈나무가 내려다보이는 집 뒤쪽에 자리 잡고 있었다. 침실의 울 카펫과 더블베드도 역시 흰색이었다. 침대를 쳐다보면서 행크 스포츠우드가 누울지도 모른다는 생각을 한 그녀는 다리미 발이 잘 선 아이보리색 리넨으로 시트를 바꾸고 똑바로 정돈해 놓았다. 침대 정리를 마친 그녀는 옷을 벗고 욕실로 갔다.

올리비아에게 저녁 목욕은 유일한 게으름이자 완전한 휴식이었다. 향기가 모락모락 오르는 욕조에 누워 마음을 이완시키고 생각을 풀어놓으면 제멋대로 가지를 치는 잡념은 다가올 휴일 계획, 다음 달에 입을 옷, 최근 애인과의 황홀한 정사까지 골고루 건드렸다. 그렇지만 오늘은 지금쯤이면 낸시가 삭막하고 무감각한 집에 도착했을 거라는 데서부터 출발했다. 가엾게도 낸시는 스스로 만들어낸 고민에 둘러싸여 살고 있다. 낸시와 조지는 분수에 맞지 않는 생활을 힘겹게 꾸려나간다. 그러면서도 그걸 무슨 특권이나 의무처럼 여긴다. 그녀가 로런스 스턴의 그림 값을 말하자 휘둥그레지던 낸시의 눈과 떨리는 턱이 떠오르자 올리비아는 웃음이 나왔다. 낸시는 생각을 숨기는 덴 아주 서툴렀다. 그녀가 표정을 의식 안 할 때는 특히 그랬다. 처음에 황당해하던 표정은 곧 타산과 욕심으로 바뀌었다. 아마 머릿속에선 그 돈으로 학교 수업료를 내고, 낡은 목사관에 이중창을 달고, 체임벌린 가의 보험료를 낼 생각을 하느라 분주했을 것이다.

하지만 올리비아의 생각은 달랐다. 그녀는 「조개 줍는 아이들」에 대해선 전혀 걱정이 없었다. 로런스 스턴은 그 그림을 딸에게 결혼 선물로 주었다. 이 때문에 엄마는 세상에 있는 돈을 몽땅 준다 해도 그것만은 팔지 않을 것이다. 그렇다면 낸시는—노엘도 그 점에선 마찬가지겠지만—페넬로프가 수명이 다해 죽을 때까지 기다리는 수밖엔 없다. 올리비아는 제발 오랫동안 그런 일이 일어나지 않기를 빌었다.

그녀는 낸시 생각을 지워버리고 다른 매혹적인 일을 생각하려고 애썼다. 새로 온 젊은 사진기자 라일 메드윈은 영리하고 비너스에 꼭 적합한 사람이었다. 눈치도 빠르다.

"이비자요." 그가 말하자 올리비아는 본의 아니게 그 말을 따라 했었다. 그는 그녀의 음성에서 뭔가 눈치를 챈 게 분명했다. 즉시 다른 곳을 제안하지 않았던가. 이비자. 스펀지로 문지르자 따뜻한 비눗물이 비눗방울로 변해 맨살에 달라붙는 걸 보면서 이비자에 대해 가볍게 몇 마디 나눈 이후로 계속 그녀의 의식 밑바닥을 맴도는 기억들이 있다는 사실을 깨달았다.

여러 달 동안 이비자를 잊고 지냈다. 그런데도 양과 염소가 뛰놀고 밭엔 건장한 농부들이 일하는 시골 풍경이라는 말이 튀어나왔다. 부겐빌레아와 덩굴나무로 덮인 테라스와 길고 나지막한 붉은 타일 집이 눈에 선했다. 젖소들의 울음소리가 들리고 은은히 풍기던 송진과 향나무, 바다에서 불어오는 더운 바람도 코끝에 가물가물했다. 따가운 지중해 햇살의 느낌이 되살아났다.

3
코스모

1979년 초여름, 친구들과 함께 휴가를 즐기던 올리비아는 선상 파티에서 코스모 해밀턴을 만났다.

그녀는 배를 싫어했다. 사람이 빽빽한 좁은 공간에 있을 때 일어나는 밀실 공포증이 있는 데다가 정강이와 머리를 끊임없이 철주나 방재에 부딪히게 되는 게 싫기 때문이었다. 길이가 30피트 정도 되는 이 배는 항구에 떠 있으면서 소형보트로 사람들을 실어 날랐다. 올리비아는 친구들이 모두 이 파티에 오는 바람에 마지못해 따라오긴 했지만, 아니나 다를까 앉을 자리라곤 없는 비좁은 공간에서 너무 많은 사람이 들어차 있는 상황이 끔찍스러웠다. 모두들 블러디메리(보드카 칵테일의 일종 _옮긴이)를 나눠 마시며 요란한 웃음과 함께 유쾌하고 야단스럽게 떠들어대고 있었는데, 그들의 화제는 그녀와 그녀의 친구들은 참석하지 않은, 지난밤 특별한 파티에 대한 것이었다.

올리비아는 샴페인 잔을 두 손으로 꼭 쥐고 열네다섯 명의 무리와 함께 배 후미에 서 있었다. 마치 바글거리는 구명정 위에서 사교를 벌이는 기분이었다. 배를 타는 게 두려운 또 다른 이유는 돌아가고 싶어도 돌아갈 방법이 없는 거였다. 창문을 열고 거리로 뛰쳐나가 택시를 타고 집으로 갈 수도 없다. 오도 가도 못하고 서 있어야 한다. 게다가 자기 얘기가 재미있는 줄 아는 턱이 부실한 근위대 남자와 마주 보며, 빠른 차를 타도 햄프셔의 자기 집에서 윈저성까지는 오래 걸린다는 얘기를 듣고 있어야 한다.

올리비아는 너무도 지겨워 안면 근육이 당길 정도였다. 얘기하던 남자가 빈 잔에 술을 채우기 위해 잠깐 돌아선 사이, 그녀는 자리에서 도망쳐 후미에 난 계단을 밟고 갑판으로 나와 뱃머리 쪽으로 걸어갔다. 그곳에선 거의 알몸이다 싶은 여자들이 상황실 지붕에 누워 선탠을 하는 중이었다. 그녀는 뱃머리 한쪽 귀퉁이가 빈 것을 발견하자, 그곳으로 가서 두 다리를 펴고 주저앉아 마스트에 등을 기댔다. 웅성거리는 소리가 여전히 귀를 따갑게 했지만, 그래도 혼자 있을 수 있는 게 좋았다. 날씨는 무척 더웠다. 그녀는 맥없이 바다를 바라봤다.

긴 그림자가 그녀의 다리 위로 걸쳐졌다. 그녀는 혹시 금방 도망쳐 온 윈저성 근위대 수다쟁이가 아닐까 하고 놀라 고개를 들자, 턱수염을 기른 얼굴이 그녀를 마주 보고 있었다. 처음 배에 올랐을 때 마주쳤지만 말은 주고받지 않았던 남자였다. 반백의 수염에 숱 많은 은발을 한 그는 키가 크고 체격이 좋았다. 옷은 흰 셔츠에 스노우 진 바지를 입고 있었다.

"뭐 마실 거 더 필요하지 않아요?"

"별로요."

"혼자 있고 싶은가요?"

목소리가 좋았다. 근위대 남자가 그랬듯이 스스로를 '저'라고 칭하며 공연히 격식을 차릴 사람같이 보이지는 않았다.

"꼭 그렇진 않아요."

그가 옆에 걸터앉자 둘의 눈이 같은 높이에서 만났다. 그는 자기 바지 색깔과 같은 엷은 푸른색 눈동자와 주름이 깊게 팬 이마가 돋보이는 햇볕에 잘 그은 얼굴을 하고 있었다. 마치 글 쓰는 사람 같은 인상이었다.

"그럼 같이 좀 있어도 될까요?"

그녀는 잠시 망설이다가 미소를 지으며 말했다.

"그러시죠, 뭘."

그의 이름은 코스모 해밀턴이라 했다. 이 부근 섬에서 25년간 살고 있으며, 작가는 아니라고 했다. 한때는 요트 유람 사업을 하다가 그만둔 후 런던에 있는 패키지 휴일 관광업을 하는 회사에 다니기도 했으나, 지금은 유유자적하는 생활을 즐기고 있다는 거였다.

올리비아는 평소답지 않게 흥미를 느꼈다.

"지루하진 않으세요?"

"지루해야 할 이유라도 있나요?"

"아무것도 안 하시니까요."

"할 일이야 많죠."

"그럼 두 가지만 얘기해 보세요."

그의 눈이 반짝였다.

"그건 모욕이에요."

사실 그는 체격도 좋고 활동적으로 보였다. 그녀의 말을 모욕으로 받아들일 수도 있을 법한 조건이었다.

"꼭 알고 싶어서 물어본 건 아니에요."

그녀는 웃었다.

그의 얼굴에도 포근한 미소가 번지며 눈꼬리에 주름이 잡혔다. 올리비아의 가슴이 은근히 두근거리기 시작했다.

"배가 하나 있어요. 집도 있고, 정원도 있고, 책이랑, 염소 두 마리, 그리고 밴텀닭(작고 암팡지며 싸움을 좋아하는 것이 특징 _옮긴이) 서른여섯 마리도. 밴텀닭은 번식력이 굉장하죠."

"당신이 직접 기르나요? 아니면 아내분이?"

"아내는 웨이브리지에 있어요. 우린 이혼했죠."

"그럼 혼자시군요."

"그렇진 않아요. 딸이 하나 있어요. 영국에서 학교를 다니죠. 엄마하고 사는데 방학 땐 여기 와서 지내요."

"몇 살인데요?"

"열셋. 안토니아라고 해요."

"방학 때 여기 오는 걸 좋아하나요?"

"물론이죠, 우린 만나면 아주 즐겁거든요. 그런데 당신 이름은?"

"올리비아 킬링."

"어디 묵고 있죠?"

"로스 피노스."

"혼자 왔나요?"

"친구들하고 왔어요, 아니 정확히 말하면 친구들이 왔기 때문에 온 거예요. 여기도 함께 왔어요, 모두 흩어져 있지만."

"당신이 들어오는 걸 봤어요."

"전 배를 아주 싫어해요."

그러자 그는 소리 내어 웃었다.

다음 날 아침 그는 호텔로 와서 올리비아를 찾다가 풀장에 혼자 있는 그녀를 발견했다. 친구들은 모두 침대에 파묻혀 있을 이른 시간이었지만 올리비아는 벌써 한 차례 수영을 끝내고 풀장 테라스로 주문한 아침을 기다리고 있었다.

"헬로!"

그녀는 태양을 등지고 햇살 속에 서 있는 그를 쳐다보았다.

"헬로."

그녀는 수영하느라 젖은 머리카락을 흰 타월에 말리는 중이었다.

"같이 앉아도 될까요?"

"원하신다면."

그녀는 발로 의자 하나를 그가 서 있는 쪽으로 밀어주었다.

"아침 식사는 하셨어요?"

"네, 두 시간 전에."

그가 앉았다.

"그럼 커피?"

"괜찮아요."

"그럼 뭐가 필요하시죠?"

"당신이 오늘 하루를 나하고 보낼 수 있을까 해서 찾아왔어요."

"내 친구들도 함께요?"

"아니, 당신만."

그는 그녀를 똑바로 쳐다보았다. 그의 눈빛은 묵직하고 견고했다. 그녀는 자신을 향해 다가오는 운명의 파도를 느꼈다. 하지만 선뜻 결심할 수 없는 몇 가지 이유가 떠오르자 당황스러워졌다. 몇 년 동안 당황이라는 단어조차 잊어버리고 지내던 터라 생소한 감정을 다스리려면 뭔가를 해야 할 것 같았다. 그녀는 과일 바구니에서 오렌지 하나를 집어 껍질을 벗기기 시작했다.

"친구들한텐 뭐라고 할까요?"

"나하고 하루 논다고 하면 돼요."

오렌지 껍질이 너무 두꺼워 엄지손톱이 상했다.

"우린 뭘 하죠?"

"내 배를 가지고 소풍을 가면 어때요?"

급히 말을 마친 그는 몸을 숙여 그녀에게서 오렌지를 빼앗았다.

"이건 그렇게 벗기는 게 아니에요."

그는 뒷주머니에서 나이프를 꺼내어 오렌지를 네 쪽으로 잘랐다.

그의 손놀림을 지켜보며 그녀가 말했다.

"난 배는 싫어요."

"알고 있어요, 어제 얘기했으니까."

그는 나이프를 주머니에 다시 넣고 손으로 껍질을 벗겨 그녀에게 건넸다.

"자, 예스? 아니면 노?"

그녀는 잠자코 오렌지를 받았다.

올리비아는 등받이에 기대며 웃었다. 오렌지를 쪽대로 잘라 하나씩 먹기 시작했을 뿐 대답은 하지 않았다. 침묵 중에 코스모가 그녀를 쳐다봤다. 아침 햇살이 절정에 이르고 새콤한 오렌지즙이 혀끝을 자극하자 올리비아는 양지에 앉아 있는 고양이처럼 나른해지며 기분이 좋아졌다. 천천히 오렌지를 다 먹은 그녀는 손가락을 핥으며 맞은편에 앉아 대답을 기다리는 그를 쳐다봤다.

"예스."

올리비아는 그날 자신이 전혀 배를 싫어하지 않는다는 사실을 발견했다. 코스모의 배는 파티가 열린 배보다는 작았지만 훨씬 멋있었다. 배엔 그들 두 사람뿐이었고, 정박한 채 이리저리 흔들리는 게 아니라 닻을 풀고 정박장을 빠져나가 바다를 가로지르고 해안선을 돌아서 여행자들의 발길이 닿지 않는 섬으로 갔다. 닻을 내린 그들은 갑판에서 다이빙해 헤엄을 치다가 로프를 타고 다시 갑판으로 올라오기를 반복하며 즐겼다.

태양이 하늘 한가운데로 떠오르자 사방은 찜통 속처럼 더워졌다. 그들은 조정석에 차양을 치고 그곳에서 점심을 먹기로 했다. 빵과 토마토, 얇게 저민 소시지, 그리고 과일과 치즈, 와인으로 요기를 했다. 와인은 그가 병목에 끈을 묶어 바닷속으로 늘어뜨린 채 가져왔기 때문에 시원하고 달콤했다.

점심 후엔 갑판에 누워 일광욕을 즐겼다. 그러다 바람이 불면서 태양이 하늘에서 미끄러져 내리자 바다에 반사된 빛이 선실 벽에 물여울을 만들었다. 선실은 두 사람에게 밀회 장소가 되어주었다.

다음 날 그는 차 중앙에 'Citroën 2 CV'라는 이니셜이 박힌 낡아

빠진 자동차를 끌고 다시 그녀 앞에 나타났다. 꼭 움직이는 쓰레기통 같았다. 이번엔 그녀를 해변에서 먼 육지의 자기 집으로 데려갔다. 올리비아와 같이 왔던 사람들이 불평을 하기 시작했다. 올리비아의 파트너로 따라온 남자는 그녀에게 이 일을 따졌다. 그들은 싸웠고 남자는 볼이 부은 채 훌쩍 떠나버렸다.

다음 날 아침도 날씨가 좋았다. 나지막한 언덕길을 따라 한참 달리니 한적한 시골 마을이 나왔고 조그맣고 하얀 교회당과 염소들이 풀을 뜯고 있는 농장들과 인내심 많은 노새들이 연삭 공방에서 회전 숫돌을 밟으며 돌아가는 풍경이 눈에 들어왔다. 수백 년 동안 상업주의와 관광객들의 발길에 오염되지 않은 진짜 시골이었다. 거기서부터 그들의 고물차는 덜컹거리며 좁은 비포장 길을 달려 내려갔다. 하늘 한 조각이 보이지 않는 소나무 숲 사이로 난 길은 소나무 그늘 때문에 한낮이지만 서늘했다. 마침내 차가 큰 올리브나무 밑에 멈췄다.

차에서 내려 걷기 시작한 올리비아의 얼굴에 맑고 청량한 바람이 스쳐 지나가자 멀리 두고 온 바다 냄새가 코끝을 간지럽혔다. 아몬드 나무가 줄지어 늘어선 내리막길이 끝나면서 그의 집이 모습을 드러냈다. 길고 흰 몸체에 붉은 지붕을 쓰고 있는 집 가장자리엔 보랏빛 제비꽃이 곱게 피었다. 해안을 향해 내리뻗은 넓은 계곡의 전경이 한눈에 들어오는 위치였다. 집 앞쪽은 격자 모양의 울타리가 쳐진 테라스였고 그 밑으론 아담한 정원이 이어졌다. 경사진 정원을 내려오면 햇살을 받아 반짝이는 작은 풀장이 있었다.

"정말 멋진 곳이에요."

그녀는 다른 말이 생각나지 않았다.

"안으로 들어갑시다, 당신한테 보여주고 싶소."

꼭 마법에 걸린 집 같았다. 아무렇게나 생긴 계단들이 들쭉날쭉 놓여 있고 높이가 같은 방은 하나도 없었다. 한때 축사였던 이곳은 외양간과 돼지우리로 쓰던 아래층이 침실이고 거실과 부엌은 2층이었다. 내부는 서늘하고 간소한 분위기였다. 내벽은 회반죽을 이겨 발라 흰색이었고 가구는 모양이 아주 단순했다. 단조로운 색조의 카펫이 일절 기교라곤 모르는 마루에 깔려 있고 시골 목수의 솜씨가 분명한 가구와 등나무 의자, 통나무 그루터기를 다듬어 만든 테이블이 전부였다. 커튼은 거실에만 있었다. 다른 창은 목조 유리창의 창살이 커튼인 셈이었다.

그렇지만 살림을 늘어놓은 모양이 꽤 재미있었다. 쿠션이 폭신한 소파와 의자엔 색상이 화려한 면 담요가 깔렸고, 꽃병엔 풀꽃이 탐스럽게 꽂혀 있었다. 또 벽난로 옆에 놓인 대바구니엔 장작이 가득했고 구리로 된 프라이팬이 주렁주렁 걸린 부엌은 갖가지 양념과 향료 냄새로 자욱했다. 집 안 구석구석은 꽤 지적인 남자가 25년을 산 흔적으로 가득했다. 수백 권의 책이 테이블과 창틀, 침대 머리맡에서 아무렇게나 뒹굴고 벽은 진귀한 사진과 그림으로 빽빽했으며, 수많은 LP 레코드들이 전축 옆에 놓인 선반에 가지런히 꽂혀 있었다.

그녀가 집 안 탐색을 마치자, 그는 그녀를 이끌고 나지막한 문을 통과했다. 그러고는 다시 계단을 내려가 문을 나서자 빨간 타일이 깔린 로비가 나왔고 로비는 다시 테라스 입구로 이어졌다.

그녀는 집을 정면으로 마주 보며 서서 말했다.

"내가 상상했던 것보다 훨씬 완벽해요."

"자, 테라스에 앉아서 바깥 경치를 감상하고 있어요. 마실 것을 가져올 테니까."

테이블이 있고 바구니 모양으로 생긴 등나무 의자 몇 개가 돌바닥에 놓여 있었지만, 올리비아는 앉고 싶지 않았다. 대신에 그녀는 테라스 울타리에 가지런히 놓인 토기 화분에서 제라늄 향이 아롱아롱 피어오르고 한 무리의 개미 떼가 오르락내리락 행진하는 흰 벽에 등을 기댔다. 그러자 한없는 정적이 그녀를 에워쌌다. 가만가만 이어지는 벌레들의 울음과 멀리에서 실려 오는 소 방울 소리는 다만 그 정적의 일부였다. 눈에는 보이지 않는 만족한 암탉의 목청과 실바람의 노랫소리가 간간이 도드라졌다.

전혀 새로운 세상이었다. 불과 수 킬로미터 달려왔지만 호텔과 친구들, 칵테일, 발 디딜 틈 없는 풀장, 혼잡한 거리, 휘황찬란한 상점과 디스코텍의 현란한 조명으로부터 천 마일은 멀리 있는 느낌이었다. 런던이나 비너스, 아파트, 직장 일은 정말 아득했다. 동화 속의 세상으로 들어와 결코 현실이 될 수 없던 꿈을 경험하는 기분이었다. 오랫동안 텅 비어 있던 마음속이 평화로 채워지는 기분이기도 했다. 바로 그녀가 찾던 곳이었다. 머물기를 유혹하는 나지막한 목소리와 소매를 가볍게 부여잡는 손길이 느껴졌다. 아, 여기라면 내가 살아볼 수 있지 않을까…….

그녀는 느슨한 샌들이 아래편 돌계단에서 털썩거리는 소리를 듣고 고개를 돌려 캄캄한 문을 빠져나올 그의 모습을 기다렸다. 키가 무척 큰 그는 문 앞에 다다르자 노련하게 고개를 숙였다. 와인 한 병과 잔 두 개를 들고 있는 그의 모습은 높이 뜬 태양 때문에 짙은 그림자를 드리우고 있었다. 그는 잔과 이슬이 맺힌 와인병을 테이블에 놓고 바지 뒷주머니에서 시가를 꺼내 성냥불을 붙였다.

"당신이 담배를 피우는지는 몰랐어요."

"시가만 가끔 즐겨요. 하루 50개비 정도 피우곤 했지만 지금은 끊었어요. 하지만 오늘은 시가가 어울릴 것 같아서."

말하는 도중에 병마개를 연 그가 잔에 와인을 따라 하나를 올리비아에게 건넸다. 와인은 이가 시릴 정도로 차가웠다.

"뭘 위해 건배하겠소?"

"이름은 모르지만 '당신의 집'을 위해서 하죠."

"칸 달트요."

"칸 달트와 그 주인을 위하여!"

그들은 와인을 마셨다.

"부엌 창문으로 당신을 봤더니 멍하게 서 있더군. 무슨 생각을 하고 있었소?"

"여기 와 있으니까 현실감이 없어진다는 생각을 했어요."

"좋은 쪽으로?"

그녀는 적당한 표현을 찾느라 잠시 우물쭈물했다. 정확하게 말해야 한다는 의무감 같은 게 갑자기 느껴져서였다.

"난 말괄량이예요. 서른셋이고 비너스라는 잡지의 편집장이죠. 거기서 일한 지는 꽤 오래됐어요. 옥스퍼드를 졸업하면서 먹고사는 수단으로 선택한 일이죠. 당신한테 부담 주려고 하는 얘기는 아니에요. 난 결혼이나 아이는 원하지 않아요. 구속당하는 건 싫거든요."

"그래서?"

"그게 전부예요. 여긴 내가 머물 만한 곳이에요. 여기 눌러살아도 함정에 빠졌다든가 발목을 잡힌 기분은 들지 않을 것 같아요. 이유는 모르겠지만."

"그렇다면 눌러살면 되잖소."

"오늘 낮 동안만? 아니면 오늘 밤까지?"

"그냥 쭉 있어요."

"우리 엄마는 기한이 정해지지 않은 초대에는 응하지 말라고 가르쳤어요."

"어머님 말씀이 옳소. 그럼 오늘부터 머물기로 하고 떠나는 날짜는 당신이 정하지."

그녀는 그를 응시하여 숨은 의미를 가늠해 보았다.

"동거를 하자는 얘긴가요?"

"그렇소."

"내 일은 어쩌고요? 좋은 직업이에요, 코스모. 월급도 많고 명예도 있고요. 난 이렇게 되기까지 내 모든 인생을 투자했어요."

"그럼 안식년 휴가를 가지는 걸로 해요. 쉬지 않고 일할 순 없으니까."

안식년. 일 년 정도는 그렇게 부를 만하다. 그 이상은 도피겠지만.

"난 집도 차도 있어요."

"친한 친구한테 빌려주면 어떻소?"

"가족은요?"

"이곳으로 초대해서 함께 지내도 좋아요."

그녀의 가족을 이곳에? 그녀는 햇볕에 그을리는 걸 싫어하는 조지가 실내에서도 모자를 쓰고, 낸시가 풀장 간이침대에 엎드려 선탠을 하는 모습을 상상해 봤다. 예쁜 여자를 찾아 하루 종일 토플리스 해변(상체를 누드로 드러내고 다니는 해변 _옮긴이)을 헤맨 노엘이 그날의 노획물을 데리고 돌아오는 장면도. 아마도 국적 불명의 말을 쓰는 묘령의 금발이겠지. 하지만 엄마는 달랐다. 우스운 꼴은 아무리 생각하려 해도 떠오르지 않았다. 이곳은 그녀가 좋아하는 바로 그런 환경이었다. 오두막과 텃밭에 가까운 정원, 아몬드나무, 햇살로 달구어진 테라스, 그리고 양 떼까지도. 모두 그녀에게 기쁨을 안겨줄 것이다. 이런 상상을 하다가 올리비아는 문득 자신이 낯선 칸 달트를 선뜻 좋아했고 편안한 기분을 느낀 것도 어쩌면 그런 이유들이 암암리에 작용해서가 아닐까 하는 생각에 부딪혔다.

"가족은 나만 있나요? 당신도 있잖아요."

"안토니아 얘기요?"

"그 애가 화내는 건 원치 않으시잖아요."

그가 목덜미 뒤를 매만졌다. 부끄럼을 타는 게 분명했다.

"지금 이런 얘기를 하는 건 적당치 않겠지만, 사실 이곳엔 다른 여자들도 온 적이 있소."

올리비아는 당황해하는 그의 모습이 재미있었다.

"안토니아가 그런 걸 별로 꺼리지 않는다는 뜻이죠?"

"그 앤 속이 깊고 이해심이 많아요. 자기 생활을 꾸릴 줄도 알고."

침묵이 이어졌다. 그가 대답을 기다리는 것 같았다. 잔에 담긴 와인을 쳐다보고 있던 그녀가 고개를 들면서 말했다.

"이건 중요한 일이에요, 코스모."

"알고 있소. 생각할 시간이 필요하겠지. 뭘 좀 먹으면서 얘기합시다."

그들은 집 안으로 들어왔다. 그녀보다 훨씬 익숙한 솜씨로 그가 스파게티와 버섯 햄 소스를 만들기 시작하자 그녀는 다시 정원으로 나왔다. 채소밭을 돌면서 작은 토마토 몇 개와 상추 한 단을 따서 부엌으로 들어온 그녀는 싱크대로 가서 샐러드를 만들었다. 부엌 옆에 놓인 식탁에서 식사를 마치자 그는 낮잠을 잘 시간이라며 그녀를 침실로 이끌었다. 함께 잠자리를 한 기분이 전보다도 훨씬 좋았다.

오후 4시, 더위가 약간 수그러들자 풀장으로 달려간 두 사람은 알몸으로 수영을 즐기다 한기가 들면 햇살에 누워 몸을 말렸다.

그가 얘기를 시작했다. 그는 쉰다섯이었다. 학교를 마치고 전쟁 중에 군복무를 했다. 군대 생활이 적성에 맞았던 그는 전쟁이 끝난 다음에도 직업 장교로 군대에 남았다. 서른 살이 되던 해에 할아버지가 돌아가시면서 약간의 유산을 물려받았다. 물질적으로 독립이 가능해지자, 그는 제대를 하고 홀가분하게 이곳저곳을 돌아다녔다. 이비자에 왔다가 전혀 문명 냄새가 나지 않는 순박함에 반해 버린 그는 이곳에서 눌러살기로 하고 방랑을 포기했다.

"아내분은요?"

"뭐가 알고 싶소?"

"어떻게 인연을 맺게 됐어요?"

"아버지가 돌아가셔서 장례식에 참석하기 위해 집에 갔었소. 잠깐 머물면서 어머니를 도와 아버지가 끝내지 못한 일들을 처리했지. 그때 난 이미 마흔한 살의 중년이었어. 런던의 한 파티에 갔다가 제인을 만났지. 그녀는 당신 또래였고 화원을 하고 있었어. 굳이 이유를 찾는다면 외로움이었겠지. 아버지를 잃은 직후였으니까. 그 이전엔 외로움이 뭔지 몰랐거든. 이곳에 혼자 돌아오기가 싫었어. 그녀는 친절했고 곧 결혼할 수 있는 여건이었지. 이비자 얘기에 반했었고. 먼저 여길 한번 보여 줬어야 했는데……. 그러지를 않았어. 내 일생 최대의 실수야. 런던에서 결혼을 하고 나서야 데리고 온 거요."

"여길 좋아했나요?"

"잠깐은 그랬지. 하지만 곧 런던을 그리워하기 시작했어. 친구들이랑 극장, 앨버트 홀의 콘서트, 쇼핑, 주말여행 같은 걸. 여길 지루해했어."

"안토니아는요?"

"그 앤 여기서 태어났소. 이비자 사람인 셈이지. 아이가 생기면 아내도 적응할 줄 알았는데 오히려 정도가 더 심해졌어. 그래서 갈라서기로 했고. 마찰 없이 조용히. 안토니아는 아내가 데리고 갔지. 여덟 살이 되고 학교를 다니면서부터 여름방학이나 부활절 휴가 때마다 여기 와서 나와 함께 지내곤 해요."

"아이 때문에 불편한 적은 없었나요?"

"전혀. 그 앤 아주 착하오. 아랫동네에서 작은 농장을 하는 토메우와 마리아 부부가 가끔 일을 도와줘요. 토메우는 정원 손질을 하고 마리아는 집 안 청소를 하지. 방학 땐 딸애도 보살펴 주고. 두 사람은 아주 친해요. 덕분에 안토니아는 2개 국어를 할 줄 알지."

공기가 서늘해졌다. 올리비아는 일어나 앉아 셔츠를 입고 단추를 채웠다. 코스모 역시 몸을 일으키곤 말을 많이 해서 갈증이 난다고 했다. 올리비아가 따뜻한 홍차를 마셨으면 좋겠다고 하자, 듣는 사람도 목이 타느냐고 반문한 그는 몸을 일으켜 정원을 가로질러 집으로 갔다. 그가 곧 돌아올 거라는 사실을 알고 있는 그녀는 잠시 혼자 있는 걸 즐겼다. 거울처럼 잔잔한 풀장의 수면 위로 반대편 끝에 서 있는 피리 부는 소년의 조각상이 비치어 떠올랐다.

머리 위에선 갈매기가 오락가락했다. 석양으로 물든 날개의 우아한 흔들림이 보고 싶어 고개를 뒤로 젖히던 그녀는 문득 자신이 코스모와 함께 살 것임을 예감했다. 나는 내게 이비자에서의 일 년을 선물하리라.

일 년을 머물기로 한 결정은 생각보다 그녀를 복잡하게 했다. 로스 피노스 호텔로 되돌아와 짐을 챙기고 숙박료를 지불한 뒤 체크아웃을 했다. 남의 눈길을 피해 살금살금 일을 마친 그녀는 친구를 찾아 상황 설명을 하는 대신 리셉션 데스크에 간단히 메모만 남겼다.

전보를 치고, 편지를 부치고 잡음이 심한 전화로 런던에 있는 상사와 통화를 마치면 이제부턴 자유로울 수 있다는 해방감이 밀려올 거라고 생각한 건 착각이었다. 갑자기 몸이 으스스 떨리면서 몸살처럼 아파오기 시작했다. 코스모에겐 숨기려 했지만 소파에 쓰러져 울다가 들키는 바람에 사실대로 얘기했다.

그는 퍽 자상했다. 그녀가 혼자서 조용히 쉴 수 있도록 안토니아가 쓰는 작은 방의 침대로 그녀를 안아다 눕히고 이틀 동안 푹 자게 했다. 그녀는 그가 나르는 뜨거운 우유와 빵, 과일을 먹을 때만 몸을 움직였다.

셋째 날 아침 올리비아는 잠에서 깨면서 몸살기가 빠져나갔음을 느꼈다. 기분은 상쾌했고 근육은 새로운 힘으로 팽팽해져 있었다. 침대에서 튈 듯이 일어나 창문을 열고 찬 공기를 힘껏 들이마신 그녀는 느긋하게 이슬 냄새를 맡으며 풀벌레 우는 소리를 들었다. 그러고는 가운을 걸치고 계단을 통해 부엌으로 갔다. 물을 끓여서 홍차를 우리고 찻주전자와 잔 두 개를 쟁반에 얹어 코스모 방으로 들고 갔다.

아직 어둡고 창문도 닫힌 채였지만 그는 깨어 있었다.

그녀가 문을 열고 들어서자 그는 말했다.

"헬로."

"좋은 아침이에요. 차를 가져왔어요."

쟁반을 침대 옆 테이블에 내려놓고 창문을 활짝 열어젖혔다. 이제 막 솟아오르기 시작한 태양이 방안으로 쏟아져 들어오자 코스모는 손을 뻗어 시계를 찾았다.

"7시 30분. 음, 당신 잠꾸러긴 아니었군."

"이제 다 나았다는 말을 하고 싶어서 왔어요."

그녀는 침대 위에 앉았다.

"그리고 잘 보살펴 줘서 고맙다는 인사도."

"어떻게 감사할 거지?"

이번엔 그가 물었다.

"한 가지 방법이 있긴 한데 시간이 너무 일러요."

코스모가 웃으며 한쪽으로 비켜 누웠다.

"아니, 그렇지 않아."

한참 뒤 그가 말했다.

"당신 꽤 능숙하군."

그의 팔에 안긴 그녀가 말을 받았다.

"코스모, 나도 당신처럼 경험자예요."

"미스 킬링, 나한테 털어놓고 싶지 않소?"

그는 노엘 카워드의 연극을 서투르게 흉내 냈다.

"첫 경험이 언제였소?"

"대학 1학년 때였어요."

"장소는?"

"그것도 중요한가요?"

"꼭 그렇진 않지만……."

"레이디 마거릿 홀에서요."

그가 그녀에게 키스했다.

"사랑해."

이번엔 노엘 카워드를 흉내 내지 않았다.

시간은 그녀에게 구름 한 점 없이 뜨겁고 긴 하루를 마냥 유유자적하는 법을 가르쳐 주었다. 수영하고 낮잠 자고 정원에 나가 양에게 풀을 먹이고 달걀을 모아오고 잡초를 뽑았다. 그녀는 첫 대면부터 차분하게 맞아주었던 토메우와 마리아와도 사귀게 되었다. 그들은 아침마다 함박웃음으로 그녀와 따스하게 악수하곤 했다. 또 그녀는 부엌에서 필요한 스페인어 몇 마디도 배웠고 마리아 특유의 양파소스 비법도 전수받았다. 이곳에서 차림새는 문제가 안 되었다. 맨얼굴에 맨발로 낡은 청바지나 비키니를 입고 망아지처럼 뛰어다녔다. 이따금 두 사람은 바구니를 들고 마을로 자질구레한 생필품을 사러 갔는데 시내나 해변에는 얼씬도 하지 않았다. 그것은 일종의 묵계였다.

한가해지자 그동안의 삶을 돌아볼 여유도 생겼다. 스스로 택한 직업의 사다리를 악착스레 기어오르는 일상에서 벗어나 할 일 없이 빈둥거려 보는 건 그녀로선 처음이었다. 어릴 적부터 그녀의 꿈은 최고가 되는 거였다. 반에서 뭐든지 일등이어야 했고 시험에선 성적 일람표 맨 꼭대기에 자신의 이름이 있어야 했다. 장학금을 위해, A학점을 위해 공부했고, 대학에 진학할 수 있는 평점을 따기 위해 일 분도 낭비하지 않았다. 옥스퍼드에서도 모든 건 똑같았다. 큰 승부를 위해 학기마다 되풀이되는 시험을 소홀히 하지 않았다. 영문학과 역사학의 우등생이라는 타이틀에 걸맞게 한눈 한 번 팔지 않았다. 순간을 잃어버리는 것을, 기회를 잃어버리는 것을 두려워하며 앞으로만 달렸다. 11년 전부터 최근까지.

이제 모든 건 끝났다, 후회 한 점 없이. 그녀는 코스모와의 만남, 그리고 중도하차 사건이 아주 적절한 시기에 자신에게 일어난 거라고 깨달으면서 갑자기 현명해졌다. 신경성 장애에 시달려온 사람이 본격적인 진단을 받기 전에 치료법을 찾은 양 느껴졌다. 그녀는 뼛속까지 스민 만족감에 취해 있었다. 머릿결이 윤기를 되찾았고, 검은 눈동자와 숱이 많은 눈썹은 행복에 젖어 반짝였으며 각지고 긴장 서린 얼굴선도 부드럽게 둥글려졌다. 늘씬하고 생기 있고 햇볕에 그을려 가무잡잡해진 자신의 모습을 거울에 비춰 보면서 그녀는 처음으로 자신이 아름답다고 느꼈다.

어느 날, 코스모가 신문과 우편물을 찾고 배를 점검하러 시내로 가는 바람에 그녀 혼자 있게 되었을 때였다. 테라스에 누워 사방을 두

리번거리던 그녀는 올리브 가지에 앉아 정답게 지저귀는 작은 새 두 마리를 찾아냈다.

한가롭게 새들이 지저귀는 모습을 지켜보다가 문득 지금 그녀가 느끼고 있는 기분이 공허감일지 모른다는 예감과 부딪쳤다. 생각에 깊숙이 빠져 고려할 수 있는 모든 경우를 되짚어 본 후 스스로 내린 결론은 싫증이었다. 그렇다고 칸 달트나 코스모는 절대로 아니었다. 대상은 바로 그녀 자신이었다. 빈방에 발가벗은 채 아무런 흥취 없이 서 있는 느낌이었다. 완전히 새로운 감정에 취해 우왕좌왕하다가 책을 읽으면 나아질 것 같아 집으로 갔다.

코스모가 돌아왔을 땐 책에 너무 깊이 빠져 그의 목소리도 들리지 않았다. 그가 옆에 와서 서자 그녀는 소스라치며 놀랐다.

"너무 더워, 목이 말라."

말을 짧게 줄여 끝낸 그는 그녀를 똑바로 쳐다봤다.

"올리비아, 당신이 안경을 쓰는지 몰랐어."

그녀는 책을 내려놓았다.

"책 볼 때 하고 일할 땐 안경을 써요. 또 딱딱한 남자하고 사업상 점심을 먹을 때도요. 야무지게 보이려고요. 그 외엔 렌즈를 끼지만."

"전혀 눈치 못 챘는걸."

"그래서 실망했나요? 우리 사이도 끝내고 싶을 정도로?"

"아니, 안경 쓴 당신은 훨씬 이지적으로 보이는데."

"난 본래 엄청 이지적이라고요."

"뭘 읽지?"

"조지 엘리엇(영국 빅토리아 시대의 여성 소설가_옮긴이)의 「플로스 강변의 물방앗간」이에요."

"괜히 불쌍한 매기 툴리버를 자신으로 착각하지 마."

"난 착각이 뭔지 몰라요. 당신 서재 정말 멋져요. 내가 읽고 싶은 책도, 다시 읽고 싶은 책도, 그리고 읽고 싶어도 시간이 없어서 못 읽었던 책도 다 있으니까. 한 일 년은 여기만 처박혀 있어도 심심치 않겠어요."

"가끔 내 본능만 만족시켜 준다면 그래도 좋아."

"그러겠어요."

그는 등을 구부려 그녀에게 키스하고 안경을 똑바로 씌워준 뒤 캔 맥주를 가지러 갔다.

「플로스 강변의 물방앗간」을 끝마친 그녀는 「폭풍의 언덕」을 읽은 다음 제인 오스틴으로 넘어갔다. 그러고는 프루스트의 「잃어버린 시간을 찾아서」, 그리고 난생처음으로 「전쟁과 평화」를 읽었다. 고전과 전기를 섭렵한 올리비아는 전혀 생소한 현대 작가의 소설도 읽었다. 존 치버와, 조셉 콘래드, 그리고 어릴 때 오클리 가 집에서 살던 시절로 되돌아가게 만드는 「보물을 찾는 아이들」의 고본까지.

코스모도 책을 좋아했기 때문에 둘은 저녁마다 조용한 음악이 흐르는 서재에서 오래도록 문학 얘기를 했다. 그들이 즐겨 듣는 음악은 「신세계 교향곡」과 엘가의 「수수께끼 변주곡」 그리고 오페라였다.

세상 소식을 알기 위해 그는 매주 런던으로부터 《타임스》를 정기 구독하고 있었다. 어느 날 저녁 테이트 미술관의 소장품에 관한 기사를 읽고 난 그녀가 그에게 로런스 스턴의 얘기를 꺼냈다.

"그분은 내 외할아버지예요."

코스모는 깜짝 놀랐다.

"그래? 그런데 왜 지금까지 얘길 안 했지?"

"모르겠어요. 난 그분에 관한 얘길 해본 적이 거의 없어요. 옛날 사람이고 잊혀져 가는 사람이니까."

"대단한 화가인데."

그는 이마에 주름을 잡으며 손가락을 꼽았다.

"으음…… 1865년생이니까. 당신이 태어났을 땐 꼬부랑 할아버지였겠군."

"그 이상이었죠. 이미 돌아가시고 없었으니까. 1946년 포스케리스 집에서 돌아가셨대요."

"그럼 휴일엔 콘월에 가곤 했나?"

"아뇨. 그 집은 늘 남한테 빌려주고 있다가 결국 팔아버렸지요. 돈에 쪼들렸거든요, 그 바람에 우리는 휴가 때도 갈 곳이 없어졌고요."

"서운했소?"

"낸시가 제일 서운해했어요. 노엘도 그랬겠지만, 그 애는 자기 일은 알아서 잘 하니까. 그 애는 휴가 때면 요트나 스키 초대를 받기도 하고 프랑스 남쪽 별장에서 열리는 파티에 참석하기도 해요."

"당신은?"

코스모의 목소리는 아주 부드러웠다.

"난 어디 가는 거 싫어해요. 우린 오클리 가에 있는 아주 큰 집에 살았어요. 집만큼이나 넓은 뒤뜰도 있었고, 엎어지면 코 닿을 데 박물관이랑 도서관, 화랑들이 즐비했죠. 심심할 틈이 없었어요."

그녀는 즐겁던 시절을 회상하며 웃었다.

"오클리 가 집은 엄마 소유였어요. 로런스 스턴이 전쟁 말기에 물려주었지요. 우리 아버진 뭐랄까……."

그녀는 잠시 적당한 표현을 찾더니 말을 이었다.

"좀 헐렁한 남자였어요. 야망도, 주변도 없는. 할아버진 그걸 아시고 몹시 염려하셨고요. 그래서 엄마가 제대로 살려면 죽어도 집 한 채는 있어야 한다고 생각하셨나 봐요. 할아버진 여든 살이었고 관절염을 앓아 다리를 절었어요. 다시는 그곳에 살지 못할 거란 사실을 아셨던 거죠."

"그럼 어머닌 아직 그곳에 살고 계시오?"

"아뇨. 그 집은 유지비가 많이 들었어요. 엄마 형편엔 점점 걸맞지 않아졌고요. 드디어 올해 그 집을 팔고 엄만 런던 외곽으로 이사했어요. 엄만 포스케리스로 돌아가는 게 꿈이지만 낸시 언닌 엄마 꿈을 산산조각 내는 대신 글로스터셔의 템플 퍼들리란 마을에 오두막을 하나 구해줬죠. 솔직히 아주 아담하고 엄마도 좋아해요. 하지만 난 이름이 맘에 안 들어요. 포드모어 오두막이라니."

그녀가 콧등에 주름을 잡으며 입을 비죽이자 코스모는 소리 내어 웃었다.

"안 그래요, 코스모? 너무 가난해 보이죠?"

"당신이 근사하게 짓지 그래? 몽 레포(나의 휴식처_옮긴이)라든지 뭐 그렇게. 로런스 스턴의 대작들이 가득 찬 집일 텐데."

"불행하게도 그렇진 못해요. 딱 세 점뿐이에요. 지금 추세라면 일이 년 후엔 꽤 값이 나갈 것 같은데."

애기는 빅토리아 시대의 화가들에게로 자연스럽게 흘렀는데 오거스터스 존에 이르자, 코스모는 그녀가 이미 읽었지만 다시 읽고 싶어 했던 그의 전기 두 권을 찾아서 왔다. 그에 대해 깊이 있는 설전을 벌인 두 사람은 그가 비록 포악스럽긴 했지만 존경할 만한 예술가였으며, 누나 그웬은 남동생보다도 한 수 높은 화가였다고 결론을 맺었다.

얘기를 끝낸 그들은 샤워를 하고 적당한 차림으로 갈아입고 마을에 있는 페드로네 술집으로 가서 별이 반짝이는 야외 테이블에 앉아 술을 마셨다. 기타를 둘러맨 한 청년이 우단 의자에 앉아 말없이 로드리고 기타 콘서트 2악장을 연주하기 시작하자 애절하면서도 장중한 스페인 선율이 후텁지근한 어둠 속으로 스며들었다.

안토니아에게서 일주일 내로 오겠다는 전갈이 왔다. 마리아는 침대 시트와 이불을 세탁하고, 가구를 몽땅 테라스로 꺼낸 뒤 벽에 페인트칠을 새로 하고, 커튼과 담요와 침대 커버들을 새것으로 바꾸고, 카펫은 막대기로 두드려 먼지를 털어낸 뒤 소독약을 뿌려 소독했다.

그녀의 민첩한 행동을 보면서 안토니아가 곧 도착한다는 사실을 피부로 느낀 올리비아는 나름대로 팽팽히 긴장하고 있었다. 비록 열세 살짜리 어린 딸이지만, 코스모를 나눠 가져야 한다는 생각을 하면 괜히 언짢았다. 하지만 그녀의 이런 우려는 꼭 그녀가 몹시 이기적이기 때문만은 아니었다. 진짜 걱정은 그녀 자신에게 있었다. 그녀는 자신의 엉뚱한 행동이나 눈치 없는 말이 코스모를 실망시키게 될까 봐 두려웠다. 코스모 말로는 안토니아가 착하고 어렵지 않은 아이라지만 그래도 올리비아의 걱정은 덜어지지 않았다. 아이라고는 대해 본 적이 없지 않은가. 노엘은 그녀가 열 살 때 태어났고, 또 그가 갓난애 티를 벗었을 땐 그녀는 가족이라는 울타리를 벗어나 세상으로 나왔었다. 낸시의 아이들을 보기는 했다. 하지만 그 애들은 귀여운 데라곤 없고 한없이 무례해서 올리비아는 되도록 마주치지 않고 지냈다. 이런 그녀가 아이들의 화제나 기호를 알 턱이 있겠는가.

어느 늦은 오후 수영을 끝내고 나른한 기분으로 풀장에 있는 벤치에 앉았을 때, 그녀는 코스모에게 털어놓았다.

"난 당신 부녀 관계에 금이 가는 걸 원치 않아요. 두 사람이 서로를 끔찍이 아낀다는 사실도 알고요. 안토니아가 날 아빠와 자기 사이를 가로막는 훼방꾼으로 생각할까 봐 두려워요. 겨우 열세 살이에요. 어려운 나이죠. 질투를 느끼는 게 당연할 거예요."

그는 한숨을 쉬었다.

"당신 걱정이 공연한 거란 걸 증명할 방법이 없을까."

"좋은 일에도 나쁜 일 세 가지는 끼는 법이래요. 그 앤 당신을 독차지하고 싶어 할 거예요. 난 그걸 못 견뎌 할 거고요. 코스모, 현실을 인정하세요."

그는 곧 대답하지 않고 잠시 생각에 잠겼다.

"당신이 두려워하고 있는 일은 일어나지 않을 거라는 사실을 설명할 방법이 떠오르지 않는군. 그렇다면 이런 건 어떨까, 안토니아가 와 있는 동안 다른 사람을 더 초대해서 함께 지내면? 그럼 마음이 좀 편하겠소?"

그의 제안에 그녀의 걱정이 누그러졌다.

"네, 좋아요. 당신 참 현명하군요. 그런데 누굴 부르죠?"

"당신 좋을 대로. 젊고 잘생기고 매력적인 남자만 빼고."

"우리 엄마 어때요?"

"오실까?"

"총알처럼."

"어머님께서 우리가 다른 방을 쓰리라는 생각은 안 하시겠지? 난 도둑고양이 짓을 하기엔 너무 늙었어. 계단 난간에서 굴러떨어지고 말걸."

"우리 엄만 고지식한 분이 아니에요, 적어도 나에 대해서는."

그녀는 솟아오르는 흥분을 감추지 못했다.

"코스모, 당신은 틀림없이 우리 엄말 좋아하게 될 거예요. 당신이 엄말 빨리 만났으면 좋겠어요."

"그래, 이미 결정했으니까 망설일 시간이 없어."

그는 의자에서 일어나서 바지를 주워 입었다.

"자, 당신도 서둘러. 어머님께 전화해서 히스로 공항에서 안토니아와 만나 함께 오시도록 합시다. 그 앤 늘 혼자 비행기 타는 걸 좀 무서워했거든. 어머님도 좋아하실 거야."

"그런데 어딜 가자는 거죠?"

올리비아가 셔츠의 단추를 채우며 물었다.

"마을로 가서 페드로네 술집에서 전화를 하는 거야. 포드모어 오두막 전화번호는 알고 있겠지?"

그는 포드모어 오두막의 어감을 장난스럽게 살리면서 말했다.

"지금 영국은 6시 30분이야. 집에 계실까? 보통 저녁 6시 30분엔 뭘 하시지?"

"정원을 손질하든가 놀러 온 사람들을 위해 음식을 만들 거예요. 누구에겐가 술대접을 하고 있을지도 모르고."

"정말 그 양반, 기대되는걸!"

런던에서 발렌시아로 오는 비행기는 9시 15분에 도착하기로 되어 있었다. 안토니아가 보고 싶어 안달이 난 마리아는 자청해서 저녁을 지으러 왔다. 풍성하고 화려한 만찬 준비로 정신없는 그녀를 남겨 두고 두 사람은 공항으로 갔다. 인정하긴 꺼렸지만 둘은 몹시 긴장해 있었다. 그 바람에 너무 일찍 도착한 그들은, 사투리가 심한 스페인 억양으로 비행기의 도착을 알리는 장내 방송이 나오기 훨씬 전부터 썰렁한 출구 앞을 서성거렸다. 승객들이 입국 절차를 마치고 짐을 찾는 시간만큼 더 기다린 후에야 출구가 열렸고 사람들이 쏟아져 나왔다. 멀미로 핼쑥해진 관광객들과 아이들을 주렁주렁 앞세운 시골 사람들, 옷차림이 세련된 검정 선글라스의 신사, 목사와 한 무리의 수녀가 나온 다음에도 페넬로프 킬링과 안토니아 해밀턴의 얼굴이 보이지 않자 올리비아는 비행기를 놓친 게 아닐까 하는 두려움에 사로잡히기 시작했다.

조금 후 그들은 짐을 가득 실은 카트가 제멋대로 엉뚱한 방향으로 굴러가는 걸 깔깔거리며 지켜보고 서 있는 두 사람을 발견했다. 코스모와 올리비아를 알아보지 못한 그들은 출입구 쪽으로 카트의 방향을 틀어서 밀기 시작했다.

엄마와 떨어져 살게 된 이후, 그녀는 날마다 엄마가 변했을지 모른다는 불안감에 시달렸다. 꼭 나이를 더 먹었대서가 아니라 피곤해 보이고 그녀의 개성이던 삶의 의지도 없어져 버렸을 것 같아서였다. 그렇지만 오늘 본 엄마는 전혀 그렇지가 않았다. 페넬로프는 예전처럼 자신만만했다. 키는 크고 등은 꼿꼿했으며 숱이 많고 희끗희끗한 머리는 동그랗게 쪽을 지었고 검은 두 눈은 밝게 빛났다. 바퀴가 고장 난 카트는 그녀의 위엄에 전혀 영향을 미치지 못했다. 서너 개의 가방을 어깨와 팔에 주렁주렁 매달은 그녀는 유일한 외출복인 파란 망토를 입고 있었다. 전쟁이 끝날 무렵, 해군이던 남편을 잃은 과부에게 산 그 옷은 본래는 해군 제복이었지만 엄마는 결혼식이나 장례식이나 어디든지 입고 다녔다.

키가 크고 몸집이 가냘픈 안토니아는 실제 나이 열세 살보다 성숙해 보였다. 붉은 기가 도는 금발을 치렁치렁 늘어뜨린 그녀는 청바지에 티셔츠, 빨간 면 재킷 차림이었다.

머뭇거릴 여지는 없었다. 코스모가 두 팔을 머리 위로 흔들며 딸의 이름을 부르자 두 사람은 고개를 돌려 쳐다봤다. 안토니아는 페넬로프와 짐 실은 카트를 팽개친 채 머리카락을 휘날리며 그들을 향해 뛰어왔다. 물갈퀴 한 쌍과 유화 캔버스를 양손에 나눠 든 그녀가 코스모의 품속으로 달려들자 코스모는 그녀를 안아 올려 빙빙 돌면서 길게 키스했다.

"많이 컸구나."

"네, 1인치 정도 자랐어요."

그녀는 올리비아에게로 몸을 돌렸다. 코 주위엔 주근깨가 살짝 돋고 도톰한 입술이 얼굴에 비해 유난히 큰 편인 안토니아는 눈동자가 초록빛이고 속눈썹은 길고 옅었다. 두 사람은 처음 만난 흥분으로 약간 들뜬 상태였다.

"헬로, 올리비아예요."

아버지의 팔에서 빠져나온 안토니아가 물갈퀴를 어깨에 끼고 손을 내밀었다.

"처음 뵙겠어요."

올리비아는 여리고 해맑은 안토니아의 얼굴을 내려다보면서 코스모가 옳았음을 느꼈다. 그동안의 불안은 기우였다. 안토니아의 다정한 태도에 그녀는 긴장을 누그러뜨리고 그녀가 손을 내밀었다.

"만나서 기뻐요."

무사히 첫인사를 마친 그녀는 부녀를 놔둔 채 참을성 있게 수하물카트를 지키고 있는 자신의 진짜 혈육인 페넬로프 부인에게로 걸어갔다. 페넬로프 부인이 말없이 표정으로만 반가움을 표현하면서 거만한 제스처로 두 팔을 벌리자, 올리비아는 품 안으로 뛰어들어 엄마의 차갑고 단단한 뺨에 얼굴을 비비기 시작했다. 그러자 친숙한 엄마의 냄새가 코끝에서 맴돌았다.

"오, 내 귀여운 아가, 여기 와 있는 게 꿈만 같구나."

코스모, 안토니아와 합류하여 넷이 되자 얘깃거리가 동시에 쏟아져 나왔다.

"코스모, 우리 엄마 페넬로프 킬링이에요."

"히스로 공항에선 쉽게 만났어요?"

"물론이지. 장미 한 송이를 입에 물고 신문을 들고 서 있었거든."

"아주 유쾌한 여행이었어요, 아빠. 누군가가 아프긴 했지만……."

"짐은 이게 전부예요?"

"발렌시아에선 얼마나 기다렸지?"

"스튜어디스가 어떤 수녀 머리 위에 오렌지 주스를 흠뻑 쏟았지 뭐예요."

코스모가 카트를 밀며 앞장서서 터미널을 빠져나갔다. 바깥은 어스름한 별빛이 비치는 어둠으로 뒤덮이고 휘발유 냄새와 매미 울음소리로 뒤엉켜 있었다. 네 사람은 시트로엥에 올라탔다. 페넬로프 부인이 앞에, 올리비아와 안토니아는 나란히 뒷자리에 앉았다. 지붕 위에 짐을 모두 실은 코스모가 운전석에 올라앉자 시트로엥은 시커먼 연기를 내뿜으며 움직이기 시작했다.

"마리아하고 토메우는 잘 있나요?"

안토니아는 궁금한 게 많았다.

"양들은 어때요? 참, 내가 프랑스어 시험에 일등 한 거 아세요? 저긴 디스코텍이 새로 생겼네요? 롤러스케이트장도요. 우리 롤러스케이트 타러 가요, 네? 올 여름엔 윈드서핑을 배우고 싶어요. 레슨비가 너무 비싸면 어쩌죠?"

정겨운 시골길로 접어들면서 시내와는 점점 멀어졌다. 이리저리 흩어져 있는 농가에선 불빛이 반짝이고 밤공기는 소나무 향이 흠뻑 배어 있었다. 언덕을 돌아 칸 달트의 어귀로 접어들자 불빛이 아몬드 가지 사이로 휘황하게 내비쳤다. 마리아가 일행을 환영하는 뜻으로 집 안의 전등과 정원에 있는 외등을 몽땅 켜 놓은 모양이었다. 코스모가 차를 세우자 마리아와 토메우가 불빛을 헤치며 걸어 나오는 모습이 보였다. 마리아는 검정 치마에 앞치마를 둘렀고 토메우는 손님을 맞기 위해 말끔히 면도를 하고 새 옷으로 갈아입고 있었다.

"어서 오십시오."

토메우가 일행을 향해 인사하는 동안 마리아는 안토니아만 정신없이 찾았다. 다른 사람은 안중에 없어 보였다.

"안토니아."

"마리아."

안토니아가 차에서 내려 마리아의 품속으로 뛰어들었다.

"안토니아, 잘 왔어!"

모두 집으로 들어갔다.

한때는 당나귀 헛간으로 쓰였던 페넬로프의 침실은 곧장 테라스로 연결되는 문이 나 있었는데, 너무 좁아서 침대와 간이의자, 옷장으로 쓸 나무상자 하나를 들여놓자 꽉 찼다. 마리아는 안토니아의 방과 똑같이 신경 썼다. 깨끗했고, 비누 냄새가 감돌았고, 다리미 발이 잘 선 면 커튼이 햇빛을 가려주었다. 올리비아는 희고 푸른 무늬가 있는 꽃병에 노란 장미를 꽂아놓고 특별히 신경 써서 고른 책들을 침대 머리맡에 세워두었다. 방에서 계단 위에 있는 문을 연 올리비아가 욕실 사용법을 설명했다.

"수도가 좀 변덕스러워요. 우물물을 끌어 올린 거라서 그렇대요. 처음에 틀어서 잘 안 나오면 여러 번 반복해서 틀어보세요."

"이 정도면 훌륭하다, 애. 아주 멋진 곳이야."

망토를 벗어 나무상자에 건 페넬로프 부인은 침대에 걸터앉아 옷가방을 열었다.

"코스모는 좋은 사람 같더라. 너도 아주 좋아 보여. 난 예전엔 네가 지금처럼 만족해 있는 걸 본 적이 없어."

올리비아도 침대에 걸터앉아 엄마가 짐을 푸는 모습을 지켜보았다.

"이렇게 금방 와주시다니 엄만 우리 모두를 행복하게 해주러 온 천사예요. 엄마가 함께 있으면 안토니아하고의 관계도 원만할 것 같았어요. 그렇지만 꼭 그것 때문에 엄말 부른 건 아니에요. 엄마한테 여기를 꼭 보여주고 싶었어요."

"내가 성질 급한 거 너도 알지? 낸시한테 전화해서 여기 간다 했더니 부러워서 미치려고 하더라. 심통도 좀 난 것 같았지만 모른 척했지. 그리고 안토니아는 무척 귀여운 애더구나. 어찌나 명랑하고 싹싹한지 만나자마자 친해졌다. 낸시네 애들이 그 앨 반만 닮았어도 좋겠더라. 내가 무슨 죄가 많아서 손주 녀석들이 그 모양인지, 원……."

"노엘은 어때요? 만나보셨어?"

"몇 달 동안 코빼기도 못 봤어. 가끔 내가 전화해서 살아 있는 걸 확인할 정도야."

"뭘 하는데요?"

"새집으로 이사했다더라. 킹스로드에서 좀 떨어진 동네래. 집세는 어떻게 낼 거냐는 소린 입도 못 떼봤다. 알아서 하겠지. 출판 일 집어치우고 광고에 손대볼 생각인 것 같더라. 뭐 괜찮은 줄을 잡았다나."

"엄만 어때요? 포드모어 오두막도 무사한가요?"

"아름다운 집이야."

페넬로프의 음성이 밝아졌다.

"온실을 다 지었어. 얼마나 예쁜 줄 아니? 흰 재스민하고 포도나무를 한 그루씩 심었지. 등의자도 하나 사다 놓고."

"곧 새 정원이 생기겠는걸요."

"그렇고말고. 목련이 제일 처음 피더라. 등나무 가지치기도 했어. 에킨슨 씨네 식구들이 주말에 다녀갔다. 다행히 날씨가 좋아서 정원에서 저녁 식사를 했어. 네 안부 묻더라."

그녀는 포근하게 웃었다. 만족해 있을 때만 보여주는 엄마의 미소로.

"집에 돌아가면 할 말이 있겠구나. 네가 이렇게 기분 좋아 보이기는 처음이었다고. 아주 살결도 고와지고 예뻐졌어."

"놀라지 않았어요? 내가 직장도 팽개치고 코스모랑 살고 있다는 소리 듣고."

"약간은. 하지만 있을 수 있는 일 아니냐. 넌 그동안 눈코 뜰 새 없었어. 네가 기진맥진해 있는 걸 볼 때마다 저 몸으로 온전히 버틸 수 있을까 하는 걱정을 했었다고."

"그런 말 한 적 없잖아요."

"올리비아, 네 인생 네 맘대로 하는데 내가 뭐랄 순 없잖겠니. 그렇다고 내가 걱정하지 않는단 뜻은 아니야."

"그래, 엄마 말이 옳아요. 난 병들어 있었어. 런던 일을 대충 정리하고 나서 사흘 동안 잠만 잤어요. 아마 쓰러지기 일보 직전이었나 봐. 코스모가 아주 헌신적이었어요. 자고 나니까 개운하더라고요. 난 내가 그렇게 지친 줄 몰랐는데, 이런 휴식이 없었더라면 신경 발작으로 정신병원에 들어갔을지도 몰라."

"그건 끔찍하다, 얘."

얘기 도중에도 페넬로프는 속옷은 개켜서 서랍에 넣고, 낡고 구질구질한 겉옷은 옷걸이에 걸면서 침대와 옷장을 오갔다. 그녀가 가져온 옷 중에 새것이나 파티에 입을, 모양 나는 디자인이 있을 리는 없었다. 시대와 유행을 무시한 옷은 그녀가 독특해 보이는 데 큰 몫을 한다는 사실을 올리비아는 모르지 않았다.

하지만 놀랍게도 처음 보는 옷이 하나 있었다. 엄마가 옷 가방 맨 밑에서 꺼낸 청록색 실크 가운은 가장자리에 금사로 수까지 놓여 있어서 아라비안나이트를 연상시킬 정도로 화려했다.

놀란 그녀가 페넬로프에게 물었다.

"이런 천사한테나 어울릴 옷은 어디서 났어요?"

"예쁘지? 모로코 분위기가 감돌지 않니? 로즈 필킹톤한테서 샀어. 어머니가 아랍 쪽을 여행하다가 샀대. 오래된 트렁크 밑바닥에 처박혀 있더래."

"그 옷 입으면 왕비 마마 같겠는데요."

"옷만 입어서야 뭘 그렇겠니."

가운을 다른 빛바랜 면 옷들과 겹쳐서 옷걸이에 건 페넬로프는 가죽 손가방을 집어다 무릎 위에 놓고 뒤지기 시작했다.

"에델 고모 돌아가신 거 너한테 얘기했지? 고모가 나한테 유산을 좀 남겼어. 며칠 전에 도착했더구나. 그래서 내가 가지고 왔다."

"에델 할머니가 엄마한테? 난 빈털터리로 알고 있었는데."

"나도 그랬어. 그런데 마지막 순간에 우리 모두를 놀라게 했지 뭐야."

사실 에델 할머니는 사람 놀래주는 재주는 타고난 사람이었다. 딸이라고 해도 곧이들을 만큼 나이 차이가 많이 나는 로런스 스턴의 유일한 여동생이었는데, 그녀는 1차 세계대전 말엽에 서른세 살이었지만 프랑스와의 전투에서 영국 남자들이 떼죽음을 했을 때라 자의건 타의건 독신을 고수해야 했다. 그래도 그녀는 시대적 상황에 전혀 주눅 들지 않고 독신 생활을 맘껏 즐기며 사람 냄새가 물씬 나는 삶을 꾸려갔다. 퍼트니(런던 남서쪽의 번화가 _옮긴이)가 각광받기 훨씬 전부터 퍼트니의 낡은 집에서 살면서 그녀는 남자 하숙생(애인이었는지도 모르나 거기에 대해 가족들은 결코 확실하게 알지를 못했다)을 하나 치고 동네 아이들에게 피아노도 가르쳤다. 별로 신날 일이 없을 것 같은 삶이었는데도 에델 할머니는 매일매일을 즐겁게 지냈다. 올리비아와 낸시, 노엘은 어릴 적에 에델 할머니가 오시는 날을 손꼽아 기다렸다. 꼭 선물을 가져와서가 아니라, 보통 어른하고는 딴판인 그녀의 모든 게 너무 재미있어서였다. 물론 기상천외한 일들이 쉴 새 없이 벌어지는 에델 할머니네 집에 가는 것도 좋아했다. 한번은 그녀가 케이크를 구워주어서 홍차와 함께 먹기 위해 테이블에 둘러앉아 있는데 침실 천장이 무너져 내렸었다. 그리고 언젠가는 마당 끝에서 불장난을 하다가 담장으로 불길이 옮아가는 바람에 소방차가 사이렌을 울리며 달려온 적도 있었다. 또 그녀는 캉캉 춤과 가사가 음란한 노래도 가르쳐 주었었는데, 올리비아는 쿡쿡거리며 웃었지만 낸시는 전혀 이해 못하는 척 내숭을 떨면서 끝까지 태연하게 배우곤 했다.

올리비아의 기억에 그녀는 작고 빼빼 마른 벌레처럼 생겼고 발은 어린애만큼 작았으며 머리는 칙칙한 빨간색이었다. 그리고 손에선 담배가 떠날 날이 없었다. 외모와 사는 방법이 약간 상스러워 남 보기에 만만했는지 모르지만 친구는 굉장히 많았다. 에델 할머니는 도시마다 동창생이나 옛날 애인을 한 사람쯤 두고 살았다. 그녀는 대부분의 시간을 친구 집에 놀러 다니는 데 썼는데도 언제나 부족했다. 웃음에 허기진 그녀의 친구들이 어서 와서 좀 웃겨달라고 늘 졸라댔기 때문이었다. 거의 변두리에 처박혀 지냈지만 가끔은 고향인 런던 시내로 와서 미술 전시회나 콘서트엘 가곤 했다. 그렇게 변화를 줌으로써 그녀는 편지 대필이나 하숙생 치다꺼리, 피아노 레슨, 전화 받는 일로 채워지는 일상에 활기를 불어넣곤 했다. 그녀는 하루에도 몇 번씩 증권 브로커를 전화로 들볶았는데(그는 꽤 무던한 사람이었던 것 같다) 주가가 한 포인트라도 오른 날이면 석양을 틈타 핑크 진을 두 잔씩 마셨다. 주가는 그녀가 진을 한 잔 더 마시는 좋은 구실이었다.

칠십 대에 접어들면서 런던의 물가가 감당하기 벅찰 정도로 오르자 그녀는 친한 친구인 밀리와 보비 로드웨이가 사는 배스로 이사했다. 그러나 곧 보비가 세상을 떠나고 얼마 지나지 않아 밀리가 뒤따르는 바람에 에델 할머니는 외톨이가 되었다. 처음엔 전과 다름없이 쾌활하게 잘 지냈지만 점차 나이 탓인지 우유 컵을 떨어뜨리거나 계단에서 엉덩방아를 찧는 일이 생기면서 급격히 쇠약해져 보건 당국자들이 그녀를 양로원으로 데려갔다. 거기서 에델 할머니는 숄을 뒤집어쓴 채 우울한 나날을 간신히 지탱해 가는 잊힌 사람이 되어 페넬로프의 정규적인 방문을 받으며 살았다. 엄마는 그녀의 낡은 볼보를 타고 런던에서, 그리고 최근엔 글로스터셔에서 배스로 가곤 했다.

두어 번 엄마와 동행했던 올리비아는 돌아올 때의 착잡한 기분 때문에 늘 가지 않을 구실을 찾으려고 애썼었다. 엄마가 기분 좋게 얘기를 계속했다.

"너도 알지만 아흔다섯이 거의 다 되셨었잖니. 오래 사셨지……. 아, 여기 있다."

그녀가 감탄사와 함께 가방에서 꺼낸 것은 낡은 가죽 보석함이었다. 뚜껑을 열자 빛바랜 벨벳 쿠션 위에 있는 귀걸이 한 쌍이 보였다.

귀걸이를 본 올리비아는 눈이 즐거워져서 무의식중에 탄성을 질렀다. 모양이 아주 예뻤다. 금과 에나멜의 바탕 위에 루비와 진주로 십자가가 놓이고 자잘한 진주로 테두리를 두른 르네상스적 화려함을 갖춘 장신구였다.

"정말 에델 할머니 거예요?"

놀란 올리비아는 달리 할 말이 없었다.

"놀랍지?"

"이런 게 어디서 났을까요?"

"몰라. 50년 동안 은행 금고 속에 있었다는 사실밖에는."

"굉장히 오래된 물건 같은데요?"

"아니, 내가 보기엔 빅토리아 시대에 이탈리아에서 제조된 것 같아."

"할머니 엄마한테 물려받았을까요?"

"아마 그럴 거야. 아니면 카드놀이에서 땄거나 부자 애인한테서 받았겠지. 에델 고모 일이니 누가 알겠니?"

"감정은 해봤어요?"

"시간이 없었어. 예쁘긴 하지만 값이야 얼마 나가겠니? 어쨌든 내 카프탄드레스랑 아주 잘 어울려. 꼭 두 개가 세트인 것처럼."

"그렇겠어요."

올리비아가 보석함을 엄마에게 돌려줬다.

"나하고 약속해요, 집에 가면 꼭 감정해 보고 보험에 들겠다고."

"그래야겠지. 하지만 그런 일엔 워낙 게을러서."

페넬로프는 가방 속으로 보석함을 떨어뜨리며 대꾸했다.

짐 정리가 끝났다. 빈 옷 가방을 닫아 침대 밑으로 밀어 넣은 페넬로프가 벽에 달린 거울 앞으로 다가갔다. 그녀가 머리에 꽂고 있던 작은 실핀들을 뽑자 희끗희끗하고 결이 억센 머리 다발이 등 뒤로 늘어졌다. 그러고는 한쪽 어깨로 모아 쥐고 머리빗으로 빗질을 시작했다. 올리비아는 들어 올린 팔과 늘어진 머릿결이 만들어내는 눈에 익은 포즈를 흐뭇해하며 바라보았다.

"그런데 넌 앞으로 어쩔 생각이지?"

"한 일 년 여기서 빈둥거릴 거예요."

"사장도 네가 휴식을 원하는 거 아니?"

"아니."

"그럼 비너스로 다시 갈 게 아니야?"

"아니 그럴 거예요. 안 되면 딴 데로 옮기든지."

머리빗을 내려놓은 페넬로프는 머리를 양손으로 모아 쥐고 몇 가닥으로 갈라 땋은 뒤 다시 쪽을 짓고 핀을 꽂았다.

"이젠 좀 씻고 슬슬 일할 준비를 해야겠다."

"계단 조심해요."

엄마는 욕실로 들어갔다. 올리비아는 그녀가 현실을 차분하게 받아들여 준 걸 뿌듯해하면서 침대에 앉아 기다렸다. 여느 엄마 같으면 뒷모습이 요염하게 디자인된 웨딩드레스를 입은 딸의 모습을 상상하며 코스모와 그녀의 관계를 호기심 어린 눈초리로 살폈을지도 모를 일이었다. 올리비아는 자신의 상상이 우스워 깔깔대며 웃었다.

욕실에서 페넬로프가 나오자 그녀는 자리에서 일어섰다.

"이제 뭘 좀 먹는 게 어때요?"

"사실은 나도 배가 고파."

대답하면서 시계를 본 엄마가 말했다.

"맙소사! 11시 반이 다 됐잖아!"

"11시 반이 무슨 상관이에요? 여긴 스페인이야. 마리아가 차린 식탁을 구경하러 가요."

둘은 함께 테라스로 나갔다. 불빛에서 바라본 어둠은 포근하고 따스한 푸른 벨벳 같았다. 올리비아의 안내로 돌계단을 내려가 부엌으로 가자 코스모와 안토니아, 마리아, 토메우는 벌써 촛불이 반짝이는 식탁에 둘러앉아 와인을 마시며 캐스터네츠가 맞부딪치는 듯한 스페인어로 떠들고 있었다.

"대단하신 분이야."

코스모가 말했다.

둘만 있게 되자 꼭 고향에 온 기분이었다. 어둠 속에서 사랑을 끝내고 올리비아는 그의 팔에 감겨 누워 있었다. 그들은 집 안에 있는 다른 사람들이 깰까 봐 조용조용 얘기했다.

"엄마 말인가요? 당신이 엄마를 좋아할 줄 알았어요."

"당신 모습이 어디서 왔는지 이젠 알았어."

"엄마가 나보다 훨씬 낫지요."

"그분을 자랑해야겠어. 그냥 영국으로 돌아가시게 했다가는 용서받지 못할 거야."

"무슨 뜻이죠?"

"파티를 열 거야, 가능한 한 빨리."

파티. 그건 아주 참신한 생각이었다. 두 사람이 처음 만난 선상 파티 이후 코스모와 올리비아는 토메우와 마리아, 그리고 페드로네 술집에서 만나는 몇몇 시골 사람만 상대하며 지냈다.

"그런데 누굴 초대하죠?"

그녀가 대답 대신 들은 건 웃음소리였다. 그녀의 어깨를 휘감고 있던 그의 팔에 힘이 들어갔다.

"생각보다 답답한 아가씨군. 이 섬 도처에 내 친구들이 널려 있어. 여기서 25년을 살았어. 날 따돌림 당하는 외톨이로 생각했나?"

"아뇨, 절대로. 하지만 난 당신만 있으면 됐거든요."

그녀는 진지하게 말했다.

"나도 마찬가지야. 어쨌건 당분간은 사람들과 떨어져 있는 휴식이 당신한테 필요하다고 여겼었어. 계속 잠만 자는 당신을 보고 겁은 좀 났지만. 그래서 큰 소리 나지 않는 분위기를 만들어주는 게 최선이라고 여겼지."

"네, 제겐 휴식이 필요했어요."

그런 사실도 모르는 채 그녀는 조용한 걸 당연하게 여기며 지내왔다. 이제 보니 한 번도 의문을 품어보지도 않았을 정도로 달라진 자신이 놀랍기도 했다.

"파티 생각은 미처 못 했어요."

"지금부터 생각하면 돼. 파티, 어때?"

"멋있어요."

"조촐하게? 아니면 성대하게?"

"아주 성대하게요. 우리 엄만 파티복도 가져왔어요."

다음 날 아침 식사를 끝내고 그는 딸의 도움을 받으며 리스트를 만들었다.

"아빠, 마담 생은요?"

"그녀는 죽었어."

"그럼 안토니는요? 그분은 오실 거예요."

"난 네가 그런 늙은 염소는 좋아하지 않는 줄 알았는데."

"질색이에요, 하지만 보고는 싶어요. 하드백집 남자애들도 불러주세요. 걔들은 나한테 윈드서핑을 가르쳐줄 거예요. 그러면 레슨비를 낼 필요도 없어요."

리스트가 만들어지자 코스모는 전화를 하기 위해 페드로네 술집으로 갔다. 전화로 연락이 안 된 사람들에게는 토메우가 차를 타고 다니며 일일이 초청장을 전했다. 속속 날아든 답장은 모두 70장이나 됐다. 올리비아는 놀랐지만 코스모는 태연했다. 놀라는 그녀에게 그는 자신은 재능을 숨기고 사는 편이라고 설명했다.

풀장 둘레에는 색색의 전등이 늘어섰다. 테이블과 의자를 나르느라 녹초가 된 토메우는 땀이 비 오듯 했고 안토니아는 유리잔에 광을 내고 평소에 쓰지 않던 테이블보와 냅킨을 찾느라 정신이 없었다. 파티에 필요한 식품 목록을 작성해서 시내로 간 올리비아와 코스모는 채소와 올리브유, 튀긴 아몬드, 얼음 주전자, 오렌지, 레몬, 그리고 와인을 잔뜩 사서 녹초가 되어서 돌아왔다. 마리아와 페넬로프는 하루 종일 부엌에서 일했다. 말이 통하지 않는 두 사람이었지만 햄을 삶고, 닭을 튀기고, 소스를 버무리고, 빵을 굽고, 달걀을 휘젓고, 토마토를 썰고, 샐러드를 만들고 하는 데 손발이 척척 맞았다.

마침내 모든 준비는 끝이 났다. 손님은 9시에 오기로 되어 있었다. 8시가 되자 올리비아는 샤워를 하러 갔다. 그녀는 말끔히 면도를 하고 은은한 향수까지 뿌린 코스모가 가장 좋은 셔츠를 입고 침대에 걸터앉아 순금 커프스를 채우고 있는 걸 발견했다.

"마리아가 풀을 너무 먹였나 봐. 도무지 구멍이 벌어지지 않아."

그녀는 그의 옆에 앉아 소매를 잡으며 커프스 버튼을 받아들었다.

"당신은 어떤 옷을 입을 건데?"

"로스 피노스 호텔 투숙객들을 놀래주려고 멋있는 드레스를 두 벌 사 가지고 왔었어요. 기회가 없어 입진 못했지만. 당신을 알게 된 후부턴 맨발로 자연인처럼 살았잖아요."

"둘 중에 어떤 걸 입을 건데?"

"옷장 안에 놔뒀어요. 당신이 골라줘요."

그는 일어나서 옷장 문을 열고 옷걸이를 들썩여서 드레스를 찾아냈다. 하나는 밝은 핑크색 시폰으로 된 미니드레스로 치마에 층층이 레이스가 달려 있었고, 또 하나는 청보라색 롱드레스로 허리는 밋밋하고 밑부분은 깊은 주름이 잡혀 있었으며, 소매 대신 가느다란 어깨끈만 있었다. 예상했던 대로 그가 청보라색을 고르자 그녀는 그에게 키스를 하고 커프스를 채워준 뒤 욕실로 들어갔다. 그녀가 욕실에서 나왔을 땐 그는 이미 방에 없었다. 천천히, 조심스럽게 속옷을 챙겨 입고 화장을 하고 머리를 빗고 귀걸이를 달고 향수를 뿌린 그녀는 샌들을 신고 고리를 채웠다. 그러고는 드레스를 들어 올려 머리부터 끼우고 아랫단을 밑으로 끌어내렸다. 드레스는 착용감이 아주 상쾌하고 광택도 좋았다. 그녀가 움직일 때마다 사르르 감기는 촉감은 꼭 바람을 입은 느낌을 들게 했다.

누가 문을 두드렸다. 안토니아였다.

"올리비아, 내 옷 어때요……?"

그녀는 잠시 말을 끊고 올리비아를 쳐다봤다.

"멋져요. 정말 아름다운 드레스예요."

"고마워. 안토니아도 좀 볼까?"

"엄마가 웨이브리지에서 사주신 거예요. 가게에서 볼 땐 맘에 들었는데 지금은 모르겠어요. 마리아는 좀 더 우아했더라면 좋겠다고 했어요."

안토니아는 스커트에 주름이 잡힌 흰 세일러 드레스를 입고 있었는데 크고 네모난 파란색 칼라와 리본이 깜찍했다. 그녀는 가무잡잡한 맨발에 흰 샌들 차림이었는데 붉은 기가 도는 금발은 두 갈래로 느슨하게 땋아서 파란 나비 리본을 달고 있었다.

"완벽해, 깨끗하고 청순하고…… 또…… 잘 모르겠다. 빳빳한 새 종이봉투 같달까?"

안토니아가 쿡쿡 웃었다.

"아빠가 이젠 나오시래요. 손님들도 도착하고 있어요."

"우리 엄만?"

"테라스에 계세요. 아주 환상적이세요. 자 어서 가요."

그녀는 올리비아의 손을 잡고 문을 나서서 반짝이는 불빛 속을 걸어 나갔다. 올리비아는 벌써 남자 몇 사람과 얘기 장단에 푹 빠진 엄마를 쳐다봤다. 그러고는 실크 가운에 귀걸이가 잘 어울릴 거라던 그녀의 말이 옳았음을 확인했다. 엄마, 페넬로프는 정말이지 여왕이었다.

그날 저녁 이후 칸 달트의 생활은 완전히 달라졌다. 외롭게 빈둥거리던 시간은 사라졌다. 초대장이 빗발치듯 날아들었다. 디너파티, 피크닉, 바비큐 파티, 보트 여행…….. 종류도 무척이나 다양했다. 차들이 쉴 새 없이 오갔고 풀장엔 안토니아 또래의 어린애들이 늘 여남은 명 이상씩 들끓었다. 마침내 코스모가 윈드서핑을 허락했다. 그래서 그들 모두는 레슨이 열리는 해변으로 차를 타고 갔다. 올리비아와 페넬로프는 모래사장에 누워 과격하고 어려운 서핑을 배우기 위해 애쓰는 안토니아를 바라보았다. 사람 구경하는 걸 페넬로프는 몹시 재미있어했다.

가끔씩 게으름을 피워도 좋은 날이 선물처럼 오곤 했는데, 그런 날은 집에서 나가지 않고 각자의 취향대로 즐겼다. 햇볕에 그을린 페넬로프가 빛바랜 면 원피스를 입고 낡은 밀짚모자를 쓴 모습은 영락없이 이곳 출신 원주민 할머니 같았다. 그녀는 전지가위를 들고 코스모의 장미밭을 신나게 누비고 다녔다. 어떤 날은 운동 삼아 온종일 수영만 했다. 그러다가 서늘한 저녁이 오면 옥수수밭과 옹기종기 모여 있는 시골집들 사이로 난 오솔길을 산책했다. 아랫도리를 드러낸 아이들이 염소와 닭과 어울려 뽀얀 흙먼지를 일구며 노는 광경과 아낙네들이 우물에서 빨래를 하거나 물을 길어 올리는 모습이 보이곤 했다.

마침내 페넬로프가 떠나는 날이 왔지만, 아무도 그녀가 가는 걸 원하지 않았다. 올리비아와 안토니아의 성화로 코스모가 정식으로 그녀에게 좀 더 머물기를 부탁했지만 거절당했다.

"사흘이 지나면 생선이고 손님이고 냄새가 나기 마련이라네. 그런데 난 벌써 한 달이나 있었어."

"하지만 할머니는 생선도 손님도 아니잖아요. 냄새도 안 나고."

안토니아가 졸랐다.

"말은 고맙다만 난 가야 돼. 너무 오래 있었어. 내 정원이 용서 안
할 거야."

"다시 오실 거죠, 그렇죠?"

안토니아가 한 발짝 양보했다.

페넬로프는 대답하지 않았다. 침묵 중에 코스모는 올리비아의 눈
을 쳐다보았다.

"꼭 다시 오겠다고 약속하세요."

페넬로프가 웃으며 아이의 손을 잡았다.

"가능하다면."

그들 모두는 공항으로 배웅을 나갔다. 작별 인사를 마친 다음에도
그녀가 탄 비행기가 이륙하는 걸 보기 위해 기다렸다. 이륙하고 엔진
소리가 희미해지자 비행기는 구름 속으로 자취를 감췄다. 하늘을 쳐다
볼 구실을 잃은 그들은 차로 돌아와 말없이 집을 향해 달렸다.

"할머니가 안 계시니까 딴 집 같아요."

안토니아가 테라스에서 말했다.

"무엇이든 영원히 그대로 있는 건 없는 법이야."

올리비아가 대꾸했다.

8월 17일,
글로스터셔 템플 서드베리 마을
포드모어 오두막에서.

사랑하는 올리비아와 코스모에게

나한테 베풀어준 친절과 멋진 추억에 대해 감사할 적당한 말이
있었으면 좋겠어.

칸 달트는 아주 멋진 곳이었어. 자네 친구들은 모두 하나같이 친
절하고 멋있고, 그리고 그 섬—특히 웃통 벗고 즐기는 그 해변
들—은 말이야, 정말 매력적인 곳이었어. 그곳의 모두가 그립지
만 안토니아가 각별히 더 보고 싶구먼. 나이 어린 사람과 그렇게
즐거운 시간을 가져보긴 참 오랜만이야. 이런 식으로 말하려면
끝이 없을 것 같구나. 그러니 이쯤에서 내 고마움을 짐작해 주
게. 더 일찍 소식 못 전해서 미안해. 도무지 짬이 안 났었네. 정원
은 온통 잡초밭이고 장미밭은 죄다 시들어버렸어. 아무래도 정
원사를 불러 손을 봐야 할 것 같아.

정원사 얘기 도중에 미안하네만, 오는 길에 트리드먼 씨 집에서
며칠 묵으면서 콘서트 구경을 했어. 귀걸이도 콜링우드에 가서
감정했다. 믿기 어렵겠지만 적어도 4천 파운드 값어치는 된다고
하더라. 보험에 들려고 했더니 보험료가 너무 비싸. 그래서 집
에 오는 즉시 은행 금고에 갖다 넣었다. 가엽게도 그 물건은 아
마 평생 은행에서 썩을 운명일 거야. 팔 수도 있지만 너무 예뻐
서 말이야. 돈 될 수 있는 게 수중에 있다는 사실이 좋구나. 갑자
기 트랙터가 사고 싶어진들 뭐 어떻겠냐. *(이게 정원상 연결이 되는*
얘기긴 하지)

지난 일요일엔 낸시랑 조지가 아이들을 데리고 왔더라. 점심 먹

으면서 이비자 얘기를 해줬어. 그 애들은 크로프트웨이 부부의 흥을 보고 주지사한테서 점심 초대를 받은 일을 자랑했지. 배랑 정원에서 딴 콜리플라워를 줘 보냈어. 멜라니하고 루퍼트가 티 격태격하면서 떼를 쓰고 난리 치는데도 낸시는 속수무책이고 조지는 아예 관심 밖이더라. 짜증스러운 분위기가 싫어서 낸시 한테 귀걸이 얘기를 했지. 처음엔 시큰둥하게 들었어. 너도 알잖 니, 에델 고모 가난하다고 한 번 찾아가 보지도 않은 거. 그러다 가 4천 파운드 소릴 듣더니 총 맞은 강아지처럼 날뛰더구나. 그 앤 속마음을 너무 쉽게 드러내는 게 흠이야. 난 그 애가 펼치는 상상 속까지 훤히 들여다봤단다. 아마도 머잖아 있을 멜라니의 사교계 데뷔의 한 장면이《하퍼스 앤드 퀸》잡지에 이런 설명을 달고 실리는 거였지.

"올해 최고의 스타, 멜라니 체임벌린은 흰 레이스 드레스에 할 머니가 준 값진 루비와 순금으로 된 귀걸이를 달고 있다."

이런 얘길 너한테 농담 삼아 하는 내가 잔인할까?

고맙다는 얘길 또 한 번 하마. 진부하겠지만 다른 표현이 생각 안 나는구나.

사랑을 보내며,

페넬로프

몇 달이 또 지나갔다. 크리스마스도 지나갔다. 때는 2월이었다. 비 와 함께 폭풍이 몰려오는 바람에 집 안에서 벽난로와 함께 며칠을 보내는 동안 바깥에선 봄기운이 피어올라 아몬드 가지에 꽃봉오리를 틔우고 한낮엔 잠깐 나와 있어도 좋을 만큼 기온을 올려놓았다.

2월. 올리비아는 코스모에 대해 알아야 할 것은 모두 알고 있다고 믿고 있었지만, 그것은 오산이었다. 어느 오후 그녀는 달걀 바구니를 들고 정원을 걷다가 차 소리를 들었다. 테라스로 올라가 보고 있자니까 올리브나무에서 차가 멎고 낯선 사람이 차에서 내려 그녀를 향해 걸어왔다. 틀림없는 시골 사람인데 평상복이 아닌 밤색 양복에 타이를 맨 차림이었고 밀짚모자를 쓰고 손에 서류 다발을 들고 있었다.

그녀가 어색하게 웃자 그는 모자를 벗었다.

"안녕하십니까."

"네, 안녕하세요."

"해밀턴 씨 계신가요?"

코스모는 안에서 편지를 쓰는 중이었다.

"그런데요?"

그가 영어로 말했다.

"카를로스 바르셀로라고 전해 주십시오, 기다리겠습니다."

올리비아는 거실 책상에서 편지를 쓰고 있는 코스모에게로 갔다.

"누가 찾아왔어요. 카를로스 바르셀로래요."

"카를로스? 깜빡 잊고 있었군."

그는 펜을 놓고 나가며 말했다.

"나가서 만나야겠어."

급하게 계단을 뛰어 내려가는 소리가 그치자 "오랜만이오!" 하는 들뜬 인사말이 들렸다.

그녀는 달걀 바구니를 들고 부엌으로 가서 도자기 그릇에 하나씩 담았다. 갑자기 궁금해진 그녀가 창가로 달려가자 코스모와 바르셀로가 진지하게 얘기하며 풀장 쪽으로 걸어가는 모습이 보였다. 잠시 풀장에 있다가 테라스로 돌아온 그들은 우물을 조사하기 시작했다. 실내로 들어오는 소리가 나고 침실에서 가까운 보일러실에 불이 켜졌다. 바르셀로는 배관공일지 모른다고 그녀는 생각했다.

다시 테라스로 나가 얘기를 하던 그들의 작별 인사 다음엔 바르셀로의 차가 출발하는 소리가 들렸고, 곧 계단을 오르는 코스모의 발걸음 소리로 이어졌다. 그는 거실로 들어가 벽난로에 장작 한 개비를 던져 넣은 후 책상에 앉아 중단했던 편지 쓰기를 계속했다.

5시가 거의 다 된 시각이었다. 그녀는 물을 끓여 차를 한 잔 만들어서 그에게로 갔다.

"누구예요?"

그녀가 쟁반을 내려놓으며 물었다.

"음."

그는 펜을 멈추지 않았다.

"바르셀로 씨가 누구냐고요?"

그는 약간 놀라는 표정으로 그녀에게로 돌아앉았다.

"묻는 소리가 좀 이상한데?"

"네, 궁금하니까요. 한 번도 본 적 없는 사람이에요. 게다가 배관공 같은 행동만 하다가 돌아갔고요."

"누가 배관공이라고 했지?"

"그럼 아닌가요?"

"맙소사, 우리 집 주인이야."

"집주인이요?"

"응, 집주인."

갑자기 소름이 돋은 그녀가 팔짱을 끼면서 그를 쳐다보았다. 그녀가 잘못 들었다는 설명을 듣기를 바라면서.

"그럼 이 집이 당신 집이 아니잖아요."

"맞아."

"25년간 여기 살면서 집을 사지 않았다고요?"

"그렇다니까."

올리비아는 기가 막혔다. 그들에게 추억을 만들어준 아름다운 정원, 풀장, 그리고 그림 같은 경치가 코스모의 것이 아니었다니. 아니 한 번도 그의 것인 적이 없었다니. 모두 카를로스 바르셀로의 것이었다니.

"왜 이 집을 사지 않았죠?"

"그가 팔지 않으니까."

"다른 집 찾아볼 생각도 안 했어요?"

"다른 집은 싫어."

편지 쓰기가 지겨운 듯 천천히 의자에서 일어난 그는 벽난로 위 선반에 있는 상자에서 시가를 하나 집으며 등을 돌린 채 말했다.

"또 안토니아가 학교에 다니게 된 이후로 학비 부담 때문에 뭘 사볼 엄두를 못 냈고."

그는 불쏘시개용 갈대를 단지에서 꺼내 시가에 불을 붙였다.

뭘 사볼 엄두를 못 냈다고? 그들은 돈 얘기는 한 번도 해본 적이 없었다. 돈은 별로 중요한 문제가 아니었다. 올리비아는 이곳에서 지내는 동안 아무 생각 없이 그녀의 돈으로 식료품이나 휘발유 값 같은 생활비 일부를 지출했었다. 외출을 하면 그가 가진 돈으로 모자랄 때가 가끔 있었다. 그럴 때는 그녀가 술값이며 외식비를 내곤 했다.

그녀는 빈털터리도 아니었고 그에게 신세를 질 생각도 없었다. 마음 밑바닥에서 궁금증이 꼬리를 물고 있었지만 선뜻 물어보진 않았다. 듣게 될 대답이 두려워서였다.

그녀는 말없이 그를 쳐다봤다. 시가에 불을 붙이고 갈대 줄기를 불 속으로 던진 그가 고개를 돌려 얼굴을 마주쳤다.

"몹시 놀란 모양이군."

"네, 코스모. 믿기 어려워요. 내 성미와는 맞지 않는 일이에요. 자기 집이 있다는 것을 가장 커다란 만족으로 여겼거든요. 안심도 되고요. 오클리 가 집이 엄마 거라는 사실은 어린 내게 큰 위안이었어요. 아무도 우리에게서 집을 빼앗지 않았어요. 집에 가는 게 얼마나 큰 기쁨인데요. 현관문을 닫으며 느끼는 안락감을 상상해 보세요."

그는 그녀의 말에 대꾸하지 않고 물었다.

"런던에 있는 집은 당신 거요?"

"아직은요. 2년만 더 갚으면 완전히 내 소유가 되죠."

"대단한 커리어 우먼이군."

"커리어 우먼이 못 돼도 25년 동안 집세를 무는 게 비경제적이라는 건 누구나 다 알아요."

"날 바보 취급하는군."

"코스모, 그런 건 아니에요. 앞으로 닥칠 일이 걱정돼서 그래요."

"나를 위한 걱정?"

"네. 난 지금까지 당신이 무슨 돈으로 살고 있는지 모르고 있었어요."

"알고 싶나?"

"말하고 싶지 않으면 됐어요."

"할아버지가 물려주신 유산에서 돈이 조금 나오고 군인 연금을 받아."

"그게 전부인가요?"

"그래."

"당신한테 무슨 일이 생기면 군인 연금은 끝이겠군요."

"물론이지."

이마에 주름까지 잡으며 심각해 있는 그녀를 향해 그는 웃어 보이려고 애썼다.

"하지만 난 아직 죽지 않아. 겨우 쉰다섯인걸."

"안토니아는요?"

"내가 가진 것만 물려주겠지. 소원이 있다면 내가 죽기 전에 그 애가 부자 남편을 만나는 거야."

이제까지 그들은 언쟁을 벌이면서도 흥분은 삼갔었다. 하지만 올리비아는 남의 일처럼 태연한 그를 끝까지 참아내지 못했다.

"코스모, 그런 식으로 말하지 말아요. 안토니아의 인생을 남자한테 떠맡기려는 생각은 비겁해요. 그 앤 혼자서도 살아갈 수 있을 만큼의 돈이 필요해요."

"난 당신이 돈을 그 정도로 중요하게 여기는 줄은 몰랐는데."

"내가요? 나야 그렇지 않지만 돈 없는 사람한테는 돈이 중요한 거예요. 돈으로는 좋은 것들을 얻을 수 있기 때문이죠. 좋은 차, 모피 코트, 하와이 여행이나 보석을 말하는 것은 아녜요. 독립, 자유, 품위, 배움, 시간같이 진짜로 소중한 걸 살 수 있으니까."

"당신이 일하는 이유도 그거였나? 빅토리아 시대적인 고리타분한 생각을 가진 남자를 깔보기 위해서?"

"말투가 좀 이상하군요. 나를 꼭 플래카드나 높이 들고 여성해방을 외치는 레즈비언 취급하는 것 같아."

그는 아무 말도 하지 않았다. 그녀는 너무 비약해서 화를 낸 게 부끄러워졌다. 예전엔 한 번도 이런 다툼을 벌이지 않았었다. 감정을 누그러뜨리고 이성을 회복한 그녀가 차분하게 그의 물음에 대답했다.

"네, 그것도 이유 중의 하나예요. 아버지가 건달이었다는 얘기 했었죠. 아버진 나한테 아무 영향도 미치지 못했어요. 엄마에 의해서 강하고 독립적인 성격으로 키워진 거죠. 글을 쓰고 싶은 욕심이 내 직업하고 맞아떨어진 것은 행운이었지요. 그렇다고 다 좋은 건 아니에요. 끝없는 경쟁, 판단, 마감에 목을 졸려야 해요. 스트레스의 연속이죠. 하지만 나는 그런 것들하고 싸워 이겨내면서 말로 표현할 수 없는 뿌듯한 성취감을 느껴요."

"그게 당신을 행복하게 해주는가?"

"코스모, 행복이 파랑새나 무지개는 아니잖아요? 일을 하고 있을 때 전적으로 불행하진 않으며 일을 안 하고 있을 때도 전적으로 행복하진 않는다는, 뭐 그런 얘기가 되겠네요. 이해가 돼요?"

"그럼 여기서는 전적으로 행복하지 못했겠군."

"당신하고 보낸 시간들은 좀 색달랐어요. 꿈같고, 정지된 세상 속에 사는 것 같았죠. 아무도 내게 줄 수 없었던 걸 준 당신한테 어떻게 고마워해야 할까요. 재미있었어요. 그렇지만 영원히 꿈만 꾸며 살 수는 없겠지요. 꿈에서 깨어나야 할 때가 있는 법이니까. 이제 얼마 안 있으면 나는 불안하고 초조해할 거예요. 그렇게 되면 당신은 무슨 일인가 궁금해하고 나도 그럴 테죠. 그래서 혼자 문제를 심사숙고해 보다가 '아, 이제는 런던으로 돌아가 전투태세를 갖추고 내 생활을 계속해야 할 때로구나' 하는 것을 알게 될 거예요."

"돌아가?"

"다음 달쯤에요. 3월에."

"일 년 있겠다고 하더니 열 달이군."

"4월이면 안토니아가 다시 와요. 그땐 있고 싶지 않아요."

"난 당신이 그 앨 좋아하는 줄 알았는데."

"맞아요. 그래서 가는 거예요. 그 애가 내가 여기 있을 걸로 기대하는 건 좋지 않아요. 그 애한테 내가 중요한 존재로 자리 잡기 전에 떠나야 해요. 그리고 해결되길 기다리는 문제도 많아요. 직장을 구하는 일도 그렇고."

"다시 편집 일로 돌아가려고?"

"그럴 수 없다면 더 좋은 걸 찾아야죠."

"자신만만하군."

"그래야 살 수 있으니까요."

깊이 한숨을 쉰 그가 참기 힘든 시늉을 하며 반쯤 남은 시가를 불 속으로 집어 던졌다.

"당신한테 청혼을 하면 있어 줄 건가?"

그녀는 약간 당황하며 대답했다.

"코스모!"

"난 당신 없는 미래는 생각하기가 어려워."

"내가 결혼을 한다면 상대는 당신일 거예요. 하지만 여기 온 첫날 얘기했어요. 결혼이나 아이는 원하지 않는다고. 난 사람들을 좋아해요. 가끔 반하기도 하죠. 하지만 나 자신도 중요해요, 내 프라이버시 말이에요."

"당신을 사랑해."

그녀는 그에게로 다가서서 두 팔로 그의 허리를 감싸며 그의 어깨에 머리를 기댔다. 스웨터와 셔츠를 뚫고 나온 그의 심장 소리를 들으면서.

"차를 가져왔는데 그만 식어 버렸어요."

"알고 있어."

그는 손으로 그녀의 머리를 어루만졌다.

"이비자에 다시 올 텐가?"

"글쎄요."

"편지는?"

"크리스마스카드를 보낼게요. 울새가 그려진 것으로……."

그녀의 얼굴을 그가 두 손으로 받쳐 들자 그의 슬픔에 젖은 창백한 눈동자가 바로 보였다.

"알았어."

"뭘요?"

"영원히 당신을 잃게 된다는 사실을."

4

노엘

춥고 부슬부슬 내리는 비 때문에 더욱 스산한 3월의 어느 금요일 오후 4시 30분. 올리비아가 픽션 담당자에게 해고하겠다고 으름장을 놓고 있을 때, 낸시는 해러즈를 멍청하게 돌아다니는 중이었고, 남동생 노엘은 '웬본 앤드 와인버그'라는 광고회사 사무실의 자기 책상을 정돈하고 집으로 향하는 중이었다.

그가 5년간 일한 회사의 업무시간은 5시 30분까지였지만 가끔 일찍 퇴근한다고 해서 큰일 날 것은 없었고, 이미 그에게 익숙해진 동료들도 눈썹 한 올 까딱 안 했다. 어쩌다 엘리베이터로 향하다 상사와 마주쳐도 변명거리는 있었다. 몸이 찌뿌둥한 게 감기가 올 것 같아 집에 가서 쉬려고 한다면 그만이었다.

하지만 다행스럽게도 상사와 마주치지 않았고, 쉬러 집에 가는 길도 아니었다. 한 번도 만난 적 없는 얼리라는 사람 집에서 주말을 보내러 윌트셔로 가는 길이었다. 커밀라 얼리는 애머벨의 학교 친구이고, 애머벨은 그의 최근 애인이었다.

"토요일 날 집에서 파티가 있대."

애머벨은 말했었다.

"아마 재미있을 거야."

"중앙난방은 되는 집이야?"

노엘이 심각하게 물었다. 이 시기에 미적지근한 장작불 옆에서 떨고 싶지는 않았다.

"물론이지. 부잣집 딸이야. 학생 때 벤틀리를 타고 다녔어."

괜찮은 얘기였다. 그리고 그런 곳에선 이용 가치가 있는 사람을 만날 수도 있다. 엘리베이터에 오른 그는 업무 생각을 떨쳐 버리려고 애썼다. 애머벨이 제시간에만 온다면 런던의 교통지옥에 걸리지 않아도 된다. 그는 그녀가 차를 가지고 와서 그 차로 갈 수 있게 되기를 바랐다. 그의 재규어는 시동 소리가 이상하기도 하지만, 그럴 경우 휘발유 값을 쓸 필요도 없을 테니까.

사무실을 나오자 비에 젖은 나이츠브리지가 차를 잔뜩 얹고 있는 모습이 눈에 들어왔다. 노엘은 첼시까지 버스로 가곤 했는데 여름에는 슬론 가로 걸어 다녔다. 그렇지만 오늘처럼 추운 날은 큰맘 먹고 택시를 탔다. 킹스로드를 반쯤 왔을 때 그는 택시를 세우고 버넌 맨션을 향해 쏜살같이 뛰었다.

그의 차는 길가에 세워져 있었다. 10년 된 E타입 재규어. 한 파산한 건달이 입에 풀칠하기 위해 내놓은 것을 헐값에 사들였는데 집까지 끌고 온 다음에야 섀시 밑에는 녹이 잔뜩 슬었고, 브레이크는 뻑뻑하고, 목마른 사내가 맥주 들이켜듯 휘발유를 왕창 잡아먹는 사실을 발견했었다. 그가 차체를 손으로 누르자 '끽끽'하는 소리가 났다. 타이어를 살핀 다음 한 방 걷어차자 푹 쭈그러 들었다. 불행하게도 오늘 저녁에 쓰게 된다면 주유소에 들러 공기를 넣어야 할 것이다.

차를 내버려두고 인도를 가로질러 빌딩 정문으로 들어서자 습하고 우중충한 공기가 코끝으로 확 몰려왔다. 작은 엘리베이터가 있었지만 2층에 사는 그는 그냥 계단으로 올라 다녔고, 카펫이 깔린 좁은 복도는 곧장 그의 현관으로 연결돼 있었다. 문을 열고 들어가서는 다시 잠갔다. 이제 그는 '집'에 왔다.

참 거짓말 같은 사실이지만.

이 아파트는 셔리나 서섹스, 혹은 버킹엄셔 중심부로 매일 출퇴근하느라 녹초가 된 직장인에게 알맞게 독신용으로 설계돼 있었다. 좁은 공간에 옷가지를 넣을 수 있는 장과 작은 욕실, 1인용 요트만 한 거실 겸 부엌이 있고, 두 쪽으로 된 여닫이문을 열면 더블베드가 간신히 들어가는 침실인데 여름철엔 후텁지근해서 그나마도 사용할수가 없어서 날씨가 더워지면 노엘은 주로 소파에서 잠을 자곤 했다.

베이지나 브라운 같은 지루한 색상의 가구나 집기는 하늘 높은 줄모르고 오른 집세에 포함된 거였다. 거실 창으론 유리벽돌로 된 새로지은 슈퍼마켓 건물과 좁은 골목, 그리고 줄지어 늘어선 열쇠 가게가 내다보였다. 햇볕이 거의 들지 않는 바람에 크림색 내벽은 오래된 마가린 색깔처럼 언제나 우중충했다.

그렇지만 주소만은 아주 그럴듯하다. 노엘에게는 뭐니 뭐니 해도주소가 중요했다. 차나 '하비 앤드 허드슨' 셔츠, 구찌 구두와 마찬가지로 그의 이미지의 한 부분이라고 여겼다. 형편이 넉넉지 못해서 퍼블릭 스쿨 대신 런던의 공립학교로 진학한 탓에 이튼이나, 해로, 웰링턴 출신과 교제하기가 쉽지 않은 그는 이런 세세한 부분까지 신경을 곤두세워야 했는데, 서른이 다 된 오늘까지도 공립학교 출신이라는 사실에 열등감을 갖고 있었다.

학교를 졸업하면서 직장은 수월하게 얻었다. 그의 친가 쪽에서 경영하는 세인트 제임스 가의 유서 깊은 출판사, '킬링 앤 필립스'에 그의 일자리가 기다리고 있었기 때문에 흥미진진하고 긴박감 넘치는 광고계로 발을 들이기 전까지 5년간 그곳에서 일했다. 하지만 개인적인 사교 생활은 다른 문제였다. 그것은 완전히 개인의 능력에 달린 문제였는데, 다행히도 그는 이 방면에 뛰어났다. 키가 큰 데다 미남이었고, 게임에도 능했을 뿐 아니라 어리지만 사람의 마음을 여는 법까지 익히고 있었는데, 나이 든 남자와 여자의 환심을 살 줄도 알았고 참을 줄도 알았다. 잘 훈련된 스파이처럼 어렵잖게 런던의 상류층으로 파고들었다. 사교계 데뷔 댄스에 나온 아가씨들에게 훌륭한 상대가 될 수 있는 청년들로 짜인 귀족 노부인들 클럽의 리스트에도 몇 년 동안 이름이 올라가 있었던 그는 사교 시즌에는 거의 잠잘 시간도 없었다. 새벽녘에 어스름한 여름 햇살을 받으며 돌아와 연미복과 풀 먹인 셔츠를 벗고 샤워를 하면 곧장 직장으로 향해야 했다. 주말은 헨리나 카우즈, 애스콧 같은 클럽에서 지냈다. 다보스 스키장이나 서덜랜드의 낚시터로 초대도 받았고《하퍼스 앤드 퀸》에 '파티 여주인과 담소하는 노엘'이라는 설명과 함께 잘생긴 얼굴도 가끔 실렸다.

이런 것도 처음엔 일종의 성공이었지만, 시간이 지날수록 욕심이 자꾸만 커졌다.

그를 둘러싸고 있는 실내가 그가 움직여 주기를 기다리며 지루한 표정으로 그를 지켜보고 있는 것 같은 기분이 들었다. 커튼을 치고 전등 스위치를 올리자, 분위기가 조금 나아졌다. 코트 주머니에 있던 《타임스》지를 꺼내어 테이블에 올려놓고 코트는 의자에 걸쳐 두었다. 부엌으로 가서 컵에 위스키를 따르고 얼음을 가득 채운 다음 소파에 앉아《타임스》지를 펼쳤다.

제일 먼저 증권면을 펴자 콘솔리데이티드 케이블스가 1포인트 오른 걸로 나와 있었다. 그다음엔 경마면으로 넘겼다. 스칼릿 플라워는 4위였다. 그가 50파운드를 잃었다는 의미였다. 그는 다시 문화면으로 넘겨 상연 중인 연극 제목과 경매 소식을 읽었다. 크리스티 화랑에서 밀레의 그림이 80만 파운드에 팔렸다.

80만 파운드.

생각만 해도 소름 끼칠 정도로 부럽고 배가 아픈 액수였다. 신문을 내려놓고 위스키를 한 모금 마신 다음, 로런스 스턴과 다음 주 부스비 화랑에서 경매에 부쳐질 그의 그림 「물동이를 나르는 여인들」을 생각했다. 외할아버지의 그림에 대해선 누나 낸시처럼 관심이 없었지만, 그녀와는 다르게 빅토리아 시대 화가들에 대한 미술계의 새로운 평가에 대해선 훤히 알고 있었다. 벌써 몇 년째 조금씩 오르던 낙찰 가격이 최근엔 상상할 수도 없던 거대한 액수로 불어났다.

최고가가 형성돼 있지만, 그에겐 팔 그림이 하나도 없었다. 로런스 스턴이 외할아버지지만 아직은 아무것도 물려받지 못했다. 아무것도. 오클리 가 집에는 석 점의 그림이 있었는데, 엄마가 글로스터셔로 이사하면서 옮겨와 포드모어 오두막의 작은 방에다 처박았다.

그림값이 얼마나 될까? 50, 아니 60만 파운드? 어렵겠지만 그림을 처분하도록 엄마를 설득해야 한다. 설득에 성공하면 돈을 나눠 가질 수 있다. 낸시가 악착같이 자기 몫을 챙긴다 하더라도 많은 액수가 그의 손에 들어온다. 그는 조심조심 달콤한 상상의 나래를 펼쳤다. 우선 웬본 앤드 와인버그의 '나인 투 파이브' 노예 생활을 집어치우고 사업을 시작할 것이다. 광고업이 아닌 상품 중개업에 크게 한번 승부를 걸어보자.

그러려면 웨스트 엔드 같은 근사한 주소와 전화기 한 대, 컴퓨터 한 대, 그리고 우둑한 배짱이 필요하다. 하지만 그런 거라면 이미 갖췄다. 투자자들을 모으고 거물에게 아부해서 크게 한탕 한다? 성적 쾌감만큼이나 짜릿한 자극이 느껴졌다. 그날이 꼭 오고야 말 것이다. 돈이 없어서 당장 행동으로 옮길 수 없는 게 아쉬울 따름이다.

「조개 줍는 아이들」. 다음 주말엔 엄마한테 가야겠다. 몇 달 못 가봤지만 최근에 건강이 좋지 않다는 것은 알고 있었다. 낸시가 우울한 목소리로 전화해 줬었다. 이 정도면 포드모어 오두막을 방문할 좋은 구실이다. 얘기하다가 아주 자연스럽게 그림 쪽으로 화제를 돌리면 된다. 혹시 그녀가 양도소득세 때문에 망설인다면 유럽 전역에 손이 닿은 노련한 골동품 상인 친구 에드윈 먼디를 말하리라. 그러면 국세청 손길이 닿지 못하는 스위스 은행으로 돈을 빼돌리는 것도 가능할 것이다. 맨 처음 노엘에게 뉴욕과 런던에서 세기말 화가들의 그림이 엄청난 값에 팔리고 있다고 귀띔한 것도 동업을 제의한 것도 모두 에드윈이었다. 하지만 노엘은 잠시 생각하다 거절했다. 그가 알기로 에드윈은 물불을 안 가리는 사람이었고, 그는 웜우드 스크럽스 감옥에는 일주일도 들어가 있을 의사가 없었기 때문이었다.

하지만 설득이 어디 쉬운 일인가. 그는 한숨을 깊이 쉬며 위스키를 마저 마시고는 시계를 봤다. 5시 15분. 애머벨은 5시 30분에 오기로 했다. 그는 소파에서 일어나 찬장을 열고 주말에 필요한 옷을 챙겼지만 수년간 숙달된 일이라 5분도 채 안 걸렸다. 옷을 벗고 욕실로 가 면도와 샤워를 했다. 물이 따끈했다. 어두침침한 토끼장 같은 집이지만, 그거 하나는 맘에 들었다. 샤워를 마치고 로션을 바르자 한층 기분이 상쾌해졌다. 간편하게 면 셔츠, 캐시미어 스웨터, 코르덴 재킷 순서로 옷을 갈아입고 세면도구를 여행 가방 맨 위에 넣고 지퍼를 채웠다. 그러고는 파출부가 찾기 쉽도록, 아니 빨아주길 바라면서 벗은 옷을 부엌 한 모퉁이에 갖다 놓았다.

가끔씩 파출부는 세탁을 빼먹었고, 또 가끔은 오지도 않았다. 그는 뭉클한 그리움으로 오클리 가의 집을 떠올렸다. 엄마 페넬로프가 독단적으로 집을 팔아버리기 전까지 누리던 옛날 생활이 그리웠다. 그는 그곳에서 모든 것을 마음껏 즐겼었다. 무슨 짓을 해도 괜찮던 그만의 다락방과 자기 집에서 사는 무한한 혜택들. 하루 종일 나오는 더운 물과 스팀, 냉장고에 가득한 음식, 선반에 꽉 찬 와인, 여름날의 멋진 정원, 길 건너의 술집, 담 밑으로 흐르는 강, 벗어놓기만 하면 다리미 발이 잘 선 깨끗한 상태로 되돌아오던 빨래, 자고 나면 정리돼 있는 침대, 그리고 두루마리 휴지 하나 값도 낼 필요가 없는 공짜 생활. 엄마는 아들의 사생활을 철저히 인정했다. 층계가 삐걱거리고 여자애들의 그림자가 엄마 침실 문에 어른거려도 그녀는 모르는 척, 한마디도 하지 않았다.

그는 그런 멋진 생활이 언제까지나 이어질 걸로 여겼다. 혹시 변화가 생긴다면 그 주체는 자신일 걸로 믿었다. 그런 그에게 집을 팔고 시골로 이사할 계획이라는 엄마의 말은 땅속으로 가라앉을 것 같은 청천벽력이었다.

"그럼 나는요? 나는 어떻게 하죠?"

"노엘, 내 아들아. 이제 너도 스물셋인데 평생 이 집에서만 살았잖니. 둥지를 떠날 때가 된 것 같구나. 너라면 알아서 잘 해낼 거야."

알아서 잘 해낸다니. 집세와 식비, 술값, 세탁비, 비누 같은 시시콜콜한 것까지 돈이 들어간다는 의미였다. 그는 이사 가는 날까지도 엄마가 생각을 바꿔주기를 간절히 바랐다. 글로스터셔로 엄마 물건을 운반할 트럭이 도착했을 때도 꼼짝하지 않았다. 결국 그의 짐도 대부분 포드모어 오두막으로 실려 갔다. 코딱지만 한 이 집에는 당장 입을 옷 몇 벌밖에는 들어갈 공간이 없어서였다. 그의 짐들은 아직도 노엘 방이라고 이름 지어진 포드모어 오두막의 작은 방에 쌓여 있다.

그는 웬만하면 포드모어에 가지 않았다. 엄마의 특이한 생활이 싫었고, 그가 없이도 시골에 안락하게 뿌리내린 그녀의 모습이 보고 싶지 않아서였다. 그는 엄마가 모두 함께 살던 시절을 조금이라도 그리워해 주길 바랐지만, 그녀는 그가 전혀 필요하지 않은 눈치였다.

그녀를 무척 그리워하던 그로서는 이해하기 힘든 일이었다.

애머벨이 약속 시간보다 15분이나 늦는 바람에 그때까지 그의 회상은 이어졌다. 초인종이 울리고 그가 나가 문을 열자, 그녀는 커다란 가방을 양손에 들고 서 있었는데 한 가방에는 진흙 묻은 녹색 웰링턴 부츠(무릎까지 오는 장화 같은 부츠_옮긴이)가 삐죽 나와 있었다.

"안녕!"

"늦었어."

그가 말했다.

"알아, 미안해."

그녀가 들어서며 가방을 내려놓자 그는 문을 닫고 그녀에게 키스했다.

"왜 늦은 거야?"

"택시가 잘 안 잡혔어. 길도 무지하게 막히고."

택시. 가슴이 철렁했다.

"차를 두고 온 거야?"

"펑크가 났는데 스페어타이어가 있어야지. 아니, 있었어도 갈아 끼우는 법을 모르니까."

예상할 수 있는 상황이었다. 그녀는 도무지 할 줄 아는 게 없었고, 만났던 여자 중에 제일 멍청했다. 스무 살이지만 어린애 같았고 꽉 쥐면 으스러질 것처럼 가냘팠다. 피부는 핏줄이 비칠 정도로 창백하고 굵고 긴 눈썹 아래 있는 눈동자는 초록색이고 길고 탐스러운 머리는 늘 얼굴 위로 흘러내려 있었다. 오늘처럼 춥고 비 오는 저녁에도 그녀는 두껍게 입지 않았다. 얇은 청바지에 티셔츠, 역시 얇은 면 재킷이 전부였다. 발갛게 복숭아뼈가 드러난 발목엔 시원찮은 신을 신고 있었다. 얼핏 보면 버몬지 슬럼가 출신 같았지만 실상은 유명한 레밍턴—러드 집안의 딸이었고, 그녀의 아버지는 레스터셔에 부동산이 많은 은행가였다. 노엘이 그녀에게 접근한 것은 그 이유가 컸지만 그것 말고도 그녀의 떠돌이 소녀 같은 모습이 왠지 굉장히 섹시하게 느껴지기 때문이기도 했다.

어쨌든 그들은 재규어로 윌트셔에 가야 했다. 화를 간신히 참으며 그가 말했다.

"지금 출발하자. 가다가 기름도 넣고 타이어에 공기도 채워야 하니까."

"어머, 미안해."

"길 알아?"

"어디? 주유소?"

"아니, 윌트셔."

"응."

"집 이름이 뭔데?"

"샤본. 여러 번 가봤어."

그는 선 채로 그녀와 그녀의 가방을 번갈아 쳐다봤다.

"전부 옷인가?"

"응, 부츠도 가져왔어."

"애머벨, 지금은 아직 겨울이야. 내일은 경마 구경을 가야 하고. 코트는?"

"없어. 지난주에 시골에 두고 왔어."

그녀는 앙상한 어깨를 들어 올려 보였다.

"하지만 가서 빌리면 돼. 커밀라는 옷이 많으니까."

"그런 뜻이 아니야. 차에 타자마자 히터를 켜긴 하겠지만 제대로 말을 듣지 않을 것 같아서야. 독감에 걸린 너를 간호나 하며 지내고 싶지 않아."

"미안해."

마음속까지 미안한 목소리는 아니었다. 곤두서기 시작하는 신경을 자제하면서 노엘은 옷가지로 빽빽한 벽장을 열었다. 그러고는 토끼털 안감이 달린 코르덴으로 된 신사용 코트를 집어 들었다.

"자, 이걸 빌려줄게."

"세상에."

그녀는 놀라는 기색이 역력했다. 하지만 그의 세심한 배려 때문이 아니라, 낡을 대로 낡은 근사한 코트 때문임을 그는 모르지 않았다. 그녀는 오래된 옷에 특별한 기호가 있었다. 골동품 옷 구경에 많은 시간을 할애했고, 1930년대의 이브닝드레스나 구슬백을 구입하기 위해 페티코트 레인(일요일에만 의류를 비롯한 다양한 물품을 파는 장이 서는 런던 동쪽 외곽의 거리 _옮긴이)에서 거액을 쓰곤 했다. 그의 손에서 코트를 받아 쥔 그녀는 냉큼 팔을 끼웠다. 품이 많이 컸지만 바닥에 끌리지는 않았다.

"멋있어. 어디서 난 거야?"

"외할아버지 거야. 엄마가 런던 집을 팔았을 때 엄마 옷장에서 훔쳤어."

"내가 가지면 안 돼?"

"물론 안 돼. 주말 동안만 빌려주는 거야. 경마장에 온 사람들이 깜짝 놀라서 한마디씩 할걸."

그녀는 코트로 몸을 감싸며 웃었다. 포근한 토끼털의 촉감이 기분 좋은 모양이었다. 욕심 많은 아이처럼 천진스럽게 웃는 그녀를 보자, 그는 순간적으로 성적 충동을 느꼈다. 보통 때 같으면 당장 그녀를 침대로 안고 갔을 테지만 오늘은 그럴 시간이 없었다. 다음 기회로 미뤄야 했다.

윌트셔로 가는 길은 생각만큼 복잡하지 않았다. 비가 계속 내렸고 런던을 빠져나온 차들은 3차선으로 늘어서서 달팽이 걸음을 했지만 고속도로로 들어서면서 속력을 낼 수 있게 되자 끽끽거리던 엔진소리도 괜찮아졌고 히터도 희미하게나마 들어왔다.

잠시 얘기를 하고 나자 애머벨은 잠잠해졌다. 처음엔 늘 그랬던 것처럼 잠이 든 모양이라고 생각했지만, 옆자리에서 바스락거리는 소리가 들리는 바람에 그녀가 잠들지 않은 것을 알았다.

"왜 그래?"

"무슨 소리가 나."

"소리?"

그는 깜짝 놀랐고 눈앞에는 이미 불길에 휩싸인 재규어가 어른거렸다. 그가 속도를 좀 줄였다.

"응, 소리. 종이를 구기는 것 같은."

"어디서?"

"코트 속에서."

그녀는 코트를 더듬으며 말을 계속했다.

"주머니에 작은 구멍이 나 있어. 안감 속에 뭐가 있나 봐."

안도의 숨을 내쉰 노엘은 80킬로미터로 액셀을 밟았다.

"난 불이라도 나는 줄 알았어."

"언젠가 우리 엄마 코트 안감에서 반 파운드짜리 옛날 금화를 찾아낸 일이 있어. 이건 5파운드짜리 수표 같아."

"오래된 편지거나 초콜릿 포장지일 거야. 도착한 다음에 찾아보지."

약 한 시간 후 그들은 동네 어귀에 도착했다. 애머벨이 놀랍게도 제대로 길 안내를 했다. 작은 시골 마을을 여럿 지나 캄캄한 논밭 사이로 난 좁은 비탈길이 나왔는데 계속 달려가자 샤본 마을이었다. 어두운 빗속이지만 마을은 한 폭의 그림 같았다. 큰길 사이사이로 좁은 길이 갈래갈래 나 있고, 작은 마당을 품은 시골 울타리가 길 양옆으로 거미줄처럼 늘어서 있었다. 그들이 선술집과 교회를 지나 떡갈나무 길을 달리자 높고 큰 대문이 나왔다.

"여기야."

그는 문을 통과하고 작은 오두막을 지나 정원 사이로 난 길을 따라 계속 올라가자 재규어의 헤드라이트 불빛 속으로 흰 대리석으로 지은 조지안 양식의 화려하고 웅장한 저택이 보였다. 드리워진 커튼으로 불빛이 새어 나오고 있었다. 노엘은 마당을 크게 한 바퀴 돌아 현관 앞에 차를 세웠다.

엔진을 끄고 차에서 내린 그는 트렁크에서 가방을 꺼내 들고 닫혀 있는 현관문을 향해 걸었다. 쇠로 된 초인종 줄을 잡아당긴 애머벨이 들뜬 목소리로 말했다.

"기다릴 필요 없어."

그녀는 문을 열었다.

흰 대리석이 깔린 로비를 걸어 홀로 통하는 유리문 앞에 다다르자, 실내등이 모두 환하게 켜져 있었다. 노엘은 2층으로 난 층계를 따라 가지런히 달린 크고 화려한 전등을 쳐다봤다. 그들이 잠시 머뭇거리자 홀 저편에 있는 문이 열리면서 한 여자가 나타났다. 그녀는 그들을 향해 달려오며 어서 오라는 손짓을 했다. 은발에 뚱뚱했고, 푸른 작업복에 꽃무늬 앞치마를 두르고 있었다. 정원사 마누라쯤 될 거라고 노엘은 짐작했다. 주말엔 일손이 달리니까 도우러 왔을 것이다.

그녀가 문을 열었다.

"어서 오세요. 킬링 씨와 레밍턴러드 양이시죠? 얼리 부인은 샤워 중이시고 커밀라와 대령님은 마구간에 계세요. 얼리 부인이 두 분이 오면 방으로 안내하도록 부탁했어요. 이게 모두 두 분 짐인가요? 날씨가 나빠서 오는데 고생이 많았겠어요. 끔찍한 비예요, 그렇죠?"

그들은 안으로 들어갔다. 대리석으로 된 벽난로엔 불꽃이 너풀거렸고 실내는 몹시 따뜻했다. 정원사 마누라가 문을 닫았다.

"저를 따라오세요. 짐을 둬야 하니까."

그들은 시키는 대로 했다. 낡은 코트를 여전히 걸치고 있는 애머벨은 장화가 삐죽 나온 가방만 들고 나머지 짐은 노엘이 다 들었다. 그들은 그녀를 따라 계단을 올라갔다.

"커밀라의 다른 손님들은 티타임에 도착해서 모두들 방에 계세요. 얼리 부인이 저녁 식사는 8시에 있을 거라고 전하랬어요. 한 15분 전쯤 내려오면 서재에 칵테일이 차려져 있을 거예요. 손님들도 만나게 되고요."

둥글게 구부러진 층계를 올라가자 집 뒤쪽이었다. 바닥엔 주홍색 카펫이 깔려 있고 벽에는 스포츠 사진들이 걸려 있었다. 잘 가꿔진 시골 저택에서 풍기는, 잘 다린 리넨과 가구 광택제와 라벤더 향이 어우러진 산뜻한 냄새가 노엘의 코끝으로 느껴졌다.

"당신 방이에요."

그녀는 문을 열고 애머벨이 들어가도록 비켜섰다.

"킬링 씨는 이쪽 방을 쓰세요. 욕실은 사이에 있어요. 필요한 게 있으면 언제든지 부르세요."

"고마워요."

"얼리 부인한테 8시 15분 전에 내려온다고 전하겠어요."

함박웃음을 지으며 문을 나선 그녀가 문을 닫자 혼자 남은 노엘은 옷 가방을 내려놓고 주위를 둘러보았다. 수년간 주말을 낯선 집에서 보내면서 그가 익힌 습관은 현관을 들어서는 순간 그 집에서 펼쳐질 일을 상상해 보고 자기만의 기준으로 집의 수준을 가늠하는 거였다.

별 하나가 가장 낮은 축에 속했다. 먼지가 잔뜩 앉은 시골 오두막에 더러운 침구, 맛없는 음식, 음료수라곤 맥주가 전부이고 손님들은 자기들이 달고 온 버릇 나쁜 아이들을 제멋대로 내버려두는 곳. 이런 낌새를 느끼면 노엘은 일요일 아침 해 뜨기가 바쁘게 핑곗거리를 만들어 런던으로 돌아오곤 했다. 별 두 개에는 서레이 지역의 군사 지대에 있는 집들이 해당되었다. 운동선수 같은 여자애들과 샌드허스트 사관학교 생도들이 모여 파티를 벌였던 곳. 낮 동안엔 습기 찬 코트에서 테니스를 쳤고, 밤에는 동네 선술집으로 몰려갔었다. 별 셋은 마당엔 강아지들이 뛰어다니고 마구간엔 말이 있고, 통나무 장작불과 기름진 음식, 그리고 늘 잘 익은 와인이 있는 소박한 시골 저택을 꼽았고, 가장 훌륭한 별 넷엔 굉장한 부잣집을 넣었는데 짐꾼이 짐을 대신 날라주고, 침실마다 개별 난방시설이 있고, 초대된 손님끼리 댄스파티도 열리는 곳이었다. 커다란 샹들리에가 정원을 환히 밝혀주고, 런던에서 거금을 주고 불러온 밴드가 밤새도록 연주하고, 새벽 6

시까지 샴페인이 터져야 한다.

샤본엔 별 셋을 주기로 했다. 제일 좋은 객실을 배정받지는 못했지만 방은 그런대로 맘에 들었다. 고풍스러운 빅토리아 시대 가구와 두꺼운 사라사 면 커튼, 그리고 손님이 밤을 지내는 데 불편이 없도록 잘 갖추어놓은 비품들이. 그는 코트를 벗어 침대에 놓고 마호가니로 된 거대한 욕조가 있는 욕실 문을 열었다. 반대편에 난 문이 보이자 그는 욕실을 가로질러 반반의 가능성을 점치며 도어 핸들을 돌려 보았다. 문은 그냥 열렸다. 애머벨의 방이었다. 코트를 걸친 채 옷 가방을 뒤지는 그녀의 발밑에는 옷가지들이 낙엽처럼 뒹굴고 있었다.

그녀는 그의 짓궂은 미소를 보며 물었다.

"왜?"

"이 집 안주인은 눈치 빠르고 마음이 넓은 사람이네."

"뭔 소리야?"

애머벨은 가끔씩 분통 터지도록 둔할 때가 있었다.

"우리한테 더블 룸을 줄 생각은 없지만 밤 동안에는 알아서 하란 뜻인 거지."

"그래? 하긴 그녀는 이런 경험이 많을 테니까."

짧게 대구한 애머벨은 계속 가방을 뒤적거려서 검정 원피스를 찾아냈다.

"그게 뭐야?"

"오늘 밤에 입을 거."

"구겨지지 않았니?"

그녀는 고개를 저었다.

"저지 소재야. 안 구겨져. 물은 뜨거워?"

"그럴걸."

"목욕을 해야겠어. 물 좀 받아줄래?"

그는 욕실로 들어와 스위치를 올리고 수도를 틀었다. 그러고는 그의 방으로 나가 옷 가방을 열고 옷을 옷장에 걸었다. 옷 가방 맨 밑에서 휴대용 은제 위스키 병이 나왔다. 애머벨의 물 끼얹는 소리와 함께 더운 김이 열려 있는 문으로 새어 나왔다. 그는 은제 위스키 병을 들고 욕실로 가서 양치용 컵 두 개에 위스키를 반씩 붓고 수도를 틀어 찬물로 반을 채웠다. 애머벨이 머리를 감기로 했다. 그녀는 항상 머리를 감았지만 머리 모양은 전혀 달라지는 법이 없었다. 그는 애머벨 손이 닿을 만한 거리에 있는 욕조 옆 의자에 컵 하나를 놓았다. 그러고는 다시 그녀 방으로 건너가 바닥에 뒹구는 외할아버지의 코트를 그의 방으로 들고 왔다. 그는 자신의 양치 물컵을 비누 받침대 위에 살며시 내려놓은 다음 코트를 더듬기 시작했다.

더운 김이 걷히자 얼굴에 묻은 비누 거품을 닦아 낸 애머벨이 컵으로 손을 뻗는 것이 보였다.

"뭐해?"

"5파운드짜리 수표를 찾는 중이야."

두툼한 코트 사이로 바작거리는 물건이 잡히자, 그는 다른 손을 주머니에 넣어 구멍을 찾았다. 구멍이 너무 작아서 손가락이 들어가지 않자 그는 구멍을 조금 찢고 손가락을 들이밀었다. 코르덴 천과 바짝 마른 토끼 가죽 사이를 비집고 들어간 손가락에 푸실한 털 뭉치 같은 게 잡혔다. 죽은 쥐 같은 끔찍한 뭔가를 만지는 기분이었다. 그는 무서움을 참느라 이를 악물면서 손을 계속 움직였다. 마침내 코트 가장자리 부분에 있는 물건에 손가락 끝이 닿자 그는 조심스럽게 손가락을 끌어당기고 주머니에서 손을 빼냈다. 그러자 코트는 그의 무릎에서 바닥으로 흘러내렸다. 손가락에 딸려 나온 물건은 오래되어서 색이 누렇게 바랜 꼭꼭 접힌 종이쪽지였다.

"뭐야?"

애머벨이 궁금해했다.

"5파운드짜리 수표가 아니라 편지 같은데."

"실망이야."

찢어지지 않도록 소심하면서 쪽지를 펴자, 솜씨 있는 옛날 펜글씨체가 눈에 들어왔다.

1898년 5월 8일.
링컨셔, 더프톤 홀에서.

스턴 보게.

라팔로에서 보낸 편지 잘 받았네. 파리로 돌아갈 거란 사실도 알았고. 다음 달에 프랑스에 갈 수 있기를 고대하네. 자네 화실에 가서 「테라초 가든」의 유화 스케치를 보고 싶어. 여행 일정이 잡히면 날짜와 시간을 전보로 알림세.

친구 어니스트 울러스턴.

그는 숨을 죽이고 읽고 나서 잠시 생각에 잠겼다가 고개를 들어 애머벨을 처다봤다.

"놀라워라."

"뭐가?"

"굉장한 발견이야."

"노엘, 읽어줘."

그가 소리 내어 편지를 읽자 애머벨은 무덤덤하게 듣고 있다가 다시 물었다.

"도대체 뭐가 놀랍다는 거야?"

"우리 할아버지한테 온 편지야."

"그런데?"

"로런스 스턴이라는 이름 들어봤어?"

"아니."

"유명한 빅토리아 시대 화가야."

"그런 줄 몰랐어. 그렇게 멋진 코트를 가질 만하군."

노엘은 그녀의 말을 무시했다.

"어니스트 울러스턴한테서 온 편지야."

"그 사람도 화가야?"

"이런 바보. 그 사람은 빅토리아 시대의 대표적인 사업가야. 자수성가한 백만장자. 더프톤 경으로 불리었지."

"그림은? 제목이 뭐였더라?"

"「테라초 가든」. 주문받은 그림이지. 그는 로런스 스턴한테 그 그림을 의뢰했어."

"처음 듣는 얘기라서."

"들은 적이 있었을 거야. 워낙 유명한 그림이거든. 최근 10년 동안은 뉴욕에 있는 메트로폴리탄 박물관에 소장돼 있지."

"어떤 그림인데?"

노엘은 언젠가 도록에서 언뜻 본 그림을 생각해 내려고 애썼다.

"이탈리아의 한 테라스 풍경이야. 할아버지가 라팔로에 간 건 그때문이야. 여자 몇 사람이 한가롭게 앉아 있고 장미는 한창인데 멀리로는 푸른 바다와 사이프러스 나무가 보이고, 한 소년이 하프를 연주하고 있어. 아주 아름다운 광경이야."

편지를 한 번 더 읽고 나자 그는 대충 상황을 짐작할 수 있었다.

"재산을 모은 어니스트 울러스턴은 링컨셔에 대저택을 지어 가구를 들여놓고 프랑스에서 특별히 주문해 온 카펫도 깔았지만 선조로부터 초상화나 게인즈버러, 조파니 같은 미술품을 물려받지 못했기 때문에 벽에 걸 물건이 없었어. 그래서 그는 당대의 유명한 화가에게 그림을 부탁한 거지. 그 당시 그림을 의뢰하는 일은 지금 사진 촬영을 의뢰하는 거랑 비슷했을 거야. 배경과 장면, 모델을 심사숙고해서 구도를 결정하고 나면 화가는 의뢰인에게 보이기 위해 캔버스에 대충 스케치를 하지. 의뢰인이 만족해하면 그걸 몇 달에 걸쳐 완성해서 돈을 받는 거야."

"알 것 같아."

그녀는 욕조에 드러누우며 말했다. 그녀가 눕자 긴 머리가 알몸을 감싸 '햄릿'에 나오는 오필리아처럼 보였다.

"하지만 당신이 그렇게 흥분하는 이유는 모르겠어."

"그런 유화 스케치가 있는 걸 모르고 있다가 알았으니까."

"나한테 고맙다고 그래. 나 아니었으면 발견하지 못했을 테니까."

"그래, 영리한 아가씨. 고마워."

잠시 후 그는 편지를 접어 주머니에 넣고 위스키를 마저 마신 다음 일어서서 시계를 봤다.

"7시 30분이야. 빨리 끝내."

"어디 가?"

"옷 갈아입으러."

욕조에 누워 있는 그녀를 놔두고 방으로 온 그는 문을 닫았다. 그러고는 조용히 반대쪽 문을 열고 홀로 향하는 층계가 있는 복도로 걸어갔다. 카펫이 워낙 두꺼워 발소리는 나지 않았다. 마지막 계단까지 내려온 그는 잠시 주저했다. 집 뒤편에서 웃음소리와 얘기소리가 들렸지만, 사람 모습은 보이지 않았고 홀 안은 맛있는 냄새로 가득했다. 하지만 전화를 찾는 일에 신경이 곤두선 그에겐 모든 게 건성으로 다가왔다.

그는 층계 밑에 있는 유리로 된 작은 방에서 전화를 찾아냈다. 그는 방으로 들어가 문을 닫고 수화기를 든 다음, 런던 번호를 돌리자 곧 낯익은 음성이 들려왔다.

"에드윈 먼디입니다."

"에드윈, 노엘 킬링이야."

"어이, 오랜만이군."

그의 목소리는 허스키하면서도 윤기가 돌았고, 특유의 런던 사투리도 여전했다.

"요즘은 어떻게 지내나?"

"잘 지내. 그런데 시간이 없어, 지금 시골에 와 있거든. 뭘 좀 물어보려고."

"뭐든지."

"로런스 스턴에 대해서."

"그래."

"혹시 유화 스케치가 경매시장에 나온 적 없나?"

잠시 침묵이 흘렀다.

"흥미로운 질문인데? 왜? 뭐 가진 거 있어?"

"아니, 있을지도 몰라서 전화하는 거야."

"큰 경매에 나왔다는 소리는 못 들었어. 하지만 작은 경매는 도처에서 벌어지니까."

"그럼."

노엘은 목을 가다듬고 다시 말을 이었다.

"그런 게 나오면 값은 얼마나 될까?"

"글쎄, 그림에 따라 다르겠지. 중요한 작품이면 한 4, 5천. 내 말을 전부 믿지는 마, 그냥 짐작해 본 거니까. 실물을 보기 전엔 값을 못 매겨."

"얘기했잖아. 아직 손에 넣진 못했다고."

"그러면서 전화는 무슨."

"우리 가족이 모르는 것들이 어딘가 있을지도 모른다 싶어서."

"어머니 집에 있나?"

"글쎄, 어디든 간에."

"찾게 되면 나한테 일임해 주리라고 믿네."

에드윈의 음성이 사뭇 은근해졌다.

하지만 노엘은 그렇게 쉽사리 언질을 줄 생각이 아니었다.

"일단 손에 들어와 봐야지."

그러고는 에드윈이 더 뭐라고 하기 전에 황급히 덧붙였다.

"에드윈, 끊을게. 5분 후면 식사 시간인데 난 아직 옷도 못 갈아입었어. 귀찮게 해서 미안하네."

"전혀. 꽤 흥미 있는 건수 같은데 잘해봐."

그는 천천히 수화기를 내려놓았다. 4, 5천 파운드. 생각했던 것보다 훨씬 큰 액수였다. 그는 심호흡을 크게 한 다음 문을 열고 나왔다. 아직 내려온 사람은 없었다. 그렇다면 전화하는 걸 본 사람도 없을 테니까, 전화 요금은 안 내도 된다.

5
행크

행크 스포츠우드와의 저녁 식사 준비를 끝내고, 그가 오기만을 기다리던 올리비아는 엄마한테 함께 주말을 보내러 내일 글로스터셔로 가겠다는 전화를 하지 않은 생각이 났다. 흰 전화기는 그녀가 앉아 있는 소파 옆에 놓여 있었다. 다이얼을 돌리는데 택시가 속도를 늦추며 달려오는 소리가 들렸다. 그녀는 반사적으로 행크라는 걸 알고는 망설였다. 한번 수화기를 들면 이것저것 한참 얘기하길 좋아하는 엄마한테 그 말만 하고 끊는 것은 무리이다. 그녀는 택시가 그녀의 문 앞에서 멈추는 소리를 들으면서 수화기를 내려놓았다. 전화는 나중에 해도 된다. 엄마는 한밤중에야 잠자리에 드니까.

자리에서 일어난 그녀는 비뚤어진 쿠션을 바로 놓고 주변을 살피면서 완벽한지 다시 확인했다. 모두 좋았다. 희미한 불빛과 음료, 통에 담긴 얼음, 들릴락 말락 할 정도로 스피커에서 퍼져 나오는 부드러운 음악까지. 그녀는 벽난로 위에 걸린 거울로 돌아서서 머리를 만지고 크림색 새틴 샤넬 셔츠의 칼라를 바로잡았다. 귀에 단 진주 귀걸이처럼 화장도 부드럽고 우아하게 잘 먹었다. 낮 동안의 강렬한 분위기는 전혀 찾아볼 수 없었다. 문이 열렸다 닫히는 소리가 나고, 발걸음 소리, 그리고 초인종이 울렸다.

그녀는 천천히 걸어가 문을 열었다.

"어서 오세요."

그는 빗줄기를 배경으로 현관 계단에 서 있었다. 잘생긴 40대 후반인 그의 손엔 예상대로 빨간 장미 한 다발이 들려 있었다.

"안녕!"

"들어오세요. 날씨가 안 좋아서 집 찾는 데 고생했지요?"

"그렇긴 했지만 별 문젠 없었소."

그가 들어서고 그녀가 문을 닫자, 장미 다발이 그녀에게 건네졌다.

"작은 성의요."

그는 그녀가 그사이 잊고 지냈던 매력적인 웃음과 미국인 특유의 흰 이를 보여주었다.

"참 예쁜데요."

그녀는 꽃다발을 받아 쥐면서 향기를 맡기 위해 반사적으로 고개를 숙였지만, 온실에서 급히 키워낸 꽃이라 아무 냄새도 없었다.

"고마워요. 코트 벗고, 와인 한잔 들고 계세요. 꽃을 꽂고 금방 올게요."

주방으로 장미 다발을 들고 온 그녀는 작은 항아리를 찾아 물을 채우고 보기 좋게 매만지는 시늉도 없이 그냥 다발 째 풍덩 담갔다. 그래도 장미라서 우아한 게 모양이 그럴듯했다. 항아리를 거실로 들고 온 그녀가 무슨 기념품이라도 되는 듯 그녀의 떡갈나무 책상 위에 올려놓자 빨간 꽃송이는 흰 벽에 뿌려진 핏방울처럼 빛이 났다.

그녀가 그에게로 돌아섰다.

"아주 좋군요. 뭐 한잔 드셨어요?"

"스카치를 한잔하는 중이었소. 이거면 충분해요."

그는 잔을 내려놓았다.

"당신은 뭘 들겠어?"

"같은 걸로요. 물하고 얼음 섞어서."

그녀는 소파 모서리에 다리를 꼬고 비스듬히 앉으면서 그가 유리잔을 다루는 모습을 지켜보았다. 그가 내민 잔을 그녀가 손을 뻗어 받자 그는 자기 잔을 들고 소파 맞은편에 있는 안락의자로 가 앉았다.

"건배!"

그가 잔을 쳐들자,

"건강을 위하여."

올리비아가 맞받았다.

그들은 마셨고, 얘기를 시작했다. 가벼운 얘기를 나누는 동안 긴장도 풀렸다. 그는 그녀의 집을 맘에 들어 했고 사진도 관심 있어 했으며 그녀가 하는 일과 이틀 전 그들이 처음 만난 파티의 주인인 리치웨이 부부와는 어떻게 아는 사이인지를 궁금해했다. 그러고 나선 예상했던 대로 자기 얘기를 풀어나갔다. 카펫 사업을 하고 있고, 국제 직물협회 회의 참석차 이곳엘 왔으며, 리츠 호텔에 묵고 있고, 뉴욕에 살았지만 일 때문에 조지아주의 돌턴으로 이사했다고 했다.

"뉴욕에서 조지아라니, 생활방식이 꽤 달라졌겠어요."

"그렇죠."

그는 잔을 다른 손에 옮겨 쥐며 대답했다.

"하지만 시기가 좋았어요. 최근에 아내와 갈라섰거든요. 오히려 정리하기 쉬웠죠."

"안됐군요."

"아뇨. 흔한 일이죠."

"아이는요?"

"아들과 딸 하나. 둘 다 십 대죠."

"가끔 만나세요?"

"물론. 여름방학엔 함께 지내요. 남부는 아이들이 지내기에 아주 멋진 곳이니까. 테니스, 승마, 수영을 하면서. 컨트리클럽 회원이라 또래 친구도 많고."

"재미있겠군요."

잠시 얘기가 끊어지자, 그녀는 아이들 사진을 꺼내기 위해서일 거라고 짐작했지만, 다행스럽게도 그는 그런 짓은 하지 않았다. 그녀는 그런 그가 점점 좋아졌다.

"잔이 비었군요. 한 잔 더?"

그녀가 물었다.

그들은 얘기를 계속했다. 얘기는 미국의 정치, 미국과 영국의 경제적 균형과 같은 자못 심각한 문제로 이어졌다. 그는 진보적이고 현실적인 사람이었다. 공화당에 투표했다면서도 제3세계에 대한 관심이 대단했다. 조금 후 시계를 본 그녀는 9시가 거의 다 된 걸 알고 약간 놀랐다.

"이젠 식사를 해야겠어요."

그는 일어서서 빈 잔 두 개를 들고 그녀를 따라 식탁으로 갔다. 그녀가 불을 켜자 정갈하게 차려진 테이블이 모습을 드러냈다. 크리스털 식기와 반짝이는 은제 스푼, 싱싱한 백합이 손님을 맞았다. 파란 벽을 비추는 불빛이 그리 밝지는 않았지만 천장에서 바닥까지 가득 걸린 사진 패널을 알아보기엔 충분했다. 그는 곧 감탄했다.

"아이디어가 좋네요!"

"가족사진이 늘 골칫거리예요. 마땅한 장소가 없어서 여기다 걸었어요."

그녀가 작은 주방의 조리대 뒤로 가서 빵과 음식을 날라 오는 동안에도 그는 그녀에게서 뒤돌아선 자세로 계속 사진만 훑어봤다.

"이 예쁜 아가씬 누구죠?"

"언니 낸시예요."

"예쁜데."

"그랬죠."

올리비아도 인정했다.

"이젠 누가 봐도 펑퍼짐한 중년 부인이지만 어릴 땐 아주 예뻤어요. 이건 결혼 직전에 찍은 거예요."

"어디 살죠?"

"글로스터셔요. 버르장머리 없는 두 아이와 따분한 남편하고요. 언닌 소원이 래브라도 두 마리를 데리고 천천히 동네를 산보하면서 아는 사람 모두에게 인사를 건네는 거예요."

그가 알쏭달쏭한 표정을 하며 이마에 주름을 만들자 그녀는 웃었다.

153

"내 말이 이해가 안 되세요?"

"아니, 대충 알 것 같아요."

그는 다시 사진을 들여다보았다.

"그럼 이 멋진 부인은 누구죠?"

"엄마예요."

"아버지 사진은 없어요?"

"아빠 돌아가셨어요. 저기 푸른 눈에 잘생긴 남자애는 동생 노엘이에요."

"정말 미남이군. 결혼은 했고?"

"아뇨. 이제 서른이에요. 미혼이고요."

"여자친구는 있어요?"

"깊이 사귀는 여자는 없어요. 지금 애인보다 나은 여자가 어디 없나 해서 눈에 불을 켜고 다니는걸요. 아마 평생 그럴 거예요."

행크는 재미있다는 듯 쿡쿡거렸다.

"당신은 가족에게 감정이 많군."

"글쎄요. 이 나이가 돼가지고 감상적인 환상들에 매달려서 뭐 하겠어요?"

그녀는 버터와 빵, 샐러드를 식탁으로 옮겨오고 성냥을 찾아 촛불도 켰다.

"이 사람은?"

"누구 말인가요?"

"어린 여자애와 있는 이 남자."

"아……."

그녀가 그의 옆으로 와서 섰다.

"코스모 해밀턴이란 남자와 딸 안토니아예요."

"예쁜 아이군."

"5년 전 사진이에요. 지금은 열여덟 살이죠."

"당신하곤 친척 간인가요?"

"아뇨. 친구예요. 더 정확히 말하면 애인이고요. 이비자에 살아요. 5년 전에 한 1년 동안 거기서 지냈어요. 일종의 안식년이었죠."

행크가 눈썹을 치켜올렸다.

"한 남자하고만 지내기엔 긴 시간이군."

"아주 빨리 지나갔죠."

그녀는 얼굴로 그의 눈빛을 느꼈다.

"좋아했소?"

"네. 이전에 어떤 남자보다도."

"결혼하지 그랬어요? 아내가 있었나?"

"아뇨. 아내는 없었지만 그러고 싶지 않았어요. 지금도 그렇고요."

"아직도 만나나요?"

"아뇨. 그 이후론 전혀."

"딸 안토니아는?"

"소식을 몰라요."

"편지는 해요?"

올리비아는 어깨를 으쓱했다.

"크리스마스카드만 보내요. 그러기로 했거든요. 매년 크리스마스 카드 한 장씩만 보내기로."

"야박하군."

"아뇨. 당신은 이해 안 될지 모르지만 코스모는 이해하거든요."

그녀는 웃었다.

"이제 가족, 친구에 대한 심문은 그만하시고, 와인이랑 뭘 좀 먹죠?"

"내일은 토요일인데…… 보통 토요일엔 뭘 해요?"

"가끔은 여행, 그리고 가끔은 집으로 친구를 불러서 술 마시면서 수다를 떨어요."

"내일은 뭘 할 거죠?"

"왜요?"

"난 약속이 없는데. 어디 드라이브나 할까 해서……. 말로만 듣던 영국의 근교로 날 안내해 주지 않겠어요?"

저녁 식사가 끝나자 그녀는 테이블을 정리하고 식탁의 불을 껐다. 브랜디와 커피를 가지고 벽난로로 자리를 옮긴 두 사람은 소파 모서리에 각각 앉아 몸을 반쯤 틀고 마주 보았다. 올리비아가 인디언 핑크빛 쿠션에 머리를 기대고 다리를 꼬자 슬리퍼 한 짝이 카펫 위로 떨어졌다.

"내일은 글로스터셔 엄마한테 갈까 해요."

"어머니가 기다리시나요?"

"아뇨. 주무시기 전에 전화하려고요."

"꼭 가야 해요?"

올리비아는 잠시 생각했다. 가려고 했고 그래야 한다고 여겼었다.

"꼭 그렇진 않지만……. 오랫동안 못 갔고 요즈음은 엄마 건강도 좋지 않아서……."

"당신을 설득할 방법이 없을까?"

올리비아가 미소를 지었다. 그녀는 진한 커피를 한 모금 더 마시고 나서 잔을 받침 접시 정중앙에 조심스럽게 내려놓았다.

"날 어떻게 설득하시려고요?"

"4성급 호텔에서 저녁을 산다든가, 강가에서 드라이브를 하자든가, 교외로 소풍을 가자든가……. 아무튼 당신이 제일 좋아할 걸로."

올리비아는 잠시 그가 던진 미끼들을 생각해 보았다.

"엄마한테 가는 걸 일주일 미루겠어요. 기대하지 않으셨을 테니까 실망도 없을 테고."

"그럼 같이 가는 거요?"

그녀는 결정했다.

"네. 그러겠어요."

"차를 한 대 빌릴까요?"

"내 차도 좋은데요, 뭘."

"어디로 가는 게 좋아요?"

올리비아는 어깨를 으쓱거려 보인 후 커피잔을 내려놓으며 말했다.

"당신이 원하는 곳으로. 뉴 포레스트에서 헨리까지 강변을 거슬러 올라가든지, 켄트로 가서 시싱허스트 공원을 구경하든지요."

"그건 내일 결정할까요?"

"좋으실 대로."

"몇 시쯤 출발하죠?"

"일찍이요. 교통이 복잡해지기 전에."

"호텔로 갔다 다시 와야겠군."

"그래야겠지요."

말은 그렇게 했지만 두 사람은 움직이지 않았다. 가까운 거리를 두고 눈만 잠깐 마주쳤을 뿐이었다. 테이프도 다 돌아가 조용해진 실내에 유리창에 부딪히는 빗소리만 정적을 채우고 있는데, 차가 한 대 지나가는 소리에 맞춰 벽시계가 침묵을 깨뜨렸다. 새벽 1시였다.

예상했던 대로 그가 그녀에게로 다가와 한 팔로 어깨를 감쌌다. 그러고는 그녀의 머리를 가슴으로 끌어당겼다. 뺨에 흘러내린 그녀의 머리카락을 쓰다듬던 손을 옮겨 그녀의 턱을 들고 몸을 굽혀 입술에 키스했다. 그의 손은 턱에서 목으로 내려갔고 다시 가냘픈 가슴으로 이어졌다.

"저녁 내내 기다렸어."

"나도 속으로 당신이 이렇게 해주길 기다렸어요."

"내일 아침 일찍 떠날 거면 지금 리즈로 가서 네 시간 자고 다시 이리로 오는 건 바보 같은 짓이겠지?"

"정말 어리석죠."

"그럼 여기 그냥 있어도 되겠어요?"

"왜 안 되겠어요."

그녀를 바라보는 그의 두 눈엔 욕망과 즐거움이 가득 차 있었다.

"문제가 하나 있어요. 면도기도 칫솔도 없거든."

"비상용으로 준비해 둔 게 있어요."

"참 놀라운 여자군."

그가 웃음을 터뜨렸다.

"그렇게들 말하더군요."

올리비아는 습관대로 일찍 일어났다. 7시 30분이었다. 커튼을 반쯤 젖히자 맑고 차가운 아침 공기가 방 안으로 날아들었다. 날씨가 좋을 것 같았다.

그녀는 잠시 누워서 어젯밤과 앞으로 펼쳐질 오늘에 대해 생각했다. 입가에선 저절로 웃음이 흘렀다. 올리비아는 베개에 대고 있던 고개를 돌려 더블베드 한옆에서 자고 있는 행크를 깊이 만족한 눈빛으로 쳐다봤다. 한 팔은 팔베개를 하고, 한 팔은 두꺼운 흰 담요 위로 드러낸 채 깊은 잠에 빠진 그의 검게 탄 피부는 젊은 사람처럼 건강하고 탄력 있어 보였고, 얼굴 위로 가늘고 부드러운 금발이 몇 가닥 늘어져 있었다. 올리비아가 손을 뻗어 무슨 도자기나 조각품을 만지듯 손끝으로 그의 팔뚝을 살살 쓰다듬다가 손길을 거두어도 그는 계속 쿨쿨 잤다.

숙면으로 피로가 싹 가시자 몸에선 다시 생기가 솟았다. 잠이 더 오진 않을 것 같았다. 그녀는 살며시 담요를 쳐들고 일어나 조심스럽게 침대에서 내려왔다. 맨발로 슬리퍼를 신고 핑크색 울 가운을 입고 가냘픈 허리에 띠를 묶었다. 그러고는 방을 나와 문을 닫고 계단을 내려갔다.

올리비아는 커튼을 걷었다. 완벽한 하루가 될 것 같았다. 밤사이 서리가 좀 내렸지만 창백한 하늘엔 구름 한 점 없고 겨울 해의 어스름한 먼동은 벌써 텅 빈 아스팔트 위를 비추고 있었다.

그녀는 현관문을 열고 우유를 집어 부엌 냉장고에 갖다 넣었다. 싱크대에 포개져 있는 어제저녁의 식기들을 세척기에 담고 스위치를 누른 후 아침을 준비했다. 커피를 끓이고 베이컨과 계란, 콘플레이크

봉지를 꺼냈다. 거실로 나온 그녀는 커튼을 활짝 젖히고 벽난로 가에 있는 커피잔과 유리컵을 치웠다. 그가 사 온 장미는 밤사이 봉오리가 벌어지기 시작했다. 단단한 꽃받침을 비집고 나온 탐스러운 꽃잎은 무언가를 애원하는 손바닥 같았다.

한 번 더 코를 들이대고 냄새를 맡아봤지만 역시 향기는 없었다. "속상해하지 마. 넌 아름다우니까." 그녀는 장미를 향해 속삭였다.

편지함이 달그락거리는 소리가 나더니 현관문 안쪽 매트 위로 우편물이 떨어졌다. 그것을 집으러 거실을 반쯤 가로질러 갔을 때 전화벨이 울렸다. 그녀는 2층에서 자고 있는 행크에게 방해가 될까 봐 급히 달려가 수화기를 집어 들었다.

"헬로."

올리비아는 벽난로 선반 위에 걸린 거울에서 검은 머리가 한쪽 볼로 흘러내린 자신의 맨얼굴과 마주쳤다. 수화기 저편에서 아무런 반응이 없자 그녀는 머리카락을 뒤로 쓸어 넘기며 약간 톤을 높여 "헬로"를 다시 한번 말했다.

찍찍대고 왱왱거리는 잡음이 나더니 여자 목소리가 들려왔다.

"올리비아?"

"그런데요."

"올리비아 저, 안토니아예요."

"안토니아?"

"안토니아 해밀턴. 코스모의 딸 안토니아요."

"아, 안토니아!"

올리비아는 소파 귀퉁이에 풀썩 주저앉아 다리를 들어 올려 비스듬히 무릎 꿇은 자세로 포개며 수화기를 귀에 바짝 붙였다.

"어디서 전화하는 거야?"

"이비자예요."

"바로 집 앞인 것처럼 가깝게 들리는걸."

"저도 그래요. 다행이에요."

안토니아의 목소리에서 심상치 않은 기운을 느낀 올리비아는 얼굴에서 웃음기가 사라지며 수화기를 쥔 손가락에 힘이 들어갔다.

"그런데 무슨 일로 전화했지?"

"올리비아. 슬픈 소식이지만 알려야 할 것 같아서요. 아빠가 돌아가셨어요."

코스모가, 코스모가 죽었다.

"돌아가셨어."

그녀는 무의식중에 속삭이듯 그 말을 따라 했다.

"목요일 밤에 돌아가셨어요. 병원에서…… 어제 장례를 치렀어요."

"그런데……."

코스모가 죽다니, 믿기 어려웠다.

"그런데…… 어쩌다…… 왜?"

"전화로 말씀드리긴 곤란해요."

코스모가 없는 이비자에 안토니아가 혼자 있다.

"전화는 어디서 하는 거야?"

"페드로 씨네 술집이에요."

"어디서 지내?"

"칸 달트에서요."

"혼자서?"

"아뇨. 토메우하고 마리아가 임시로 들어와 있어요. 날 돌봐 주려고요. 참 고마운 사람들이에요."

"그렇지만……."

"올리비아, 나 런던으로 가려고 해요. 여기 계속 있을 수가 없어요. 남의 집이고, 상황이 복잡해요. 일자리를 구해야 해요. 내가 거처를 마련할 동안 아줌마 집에서 지낼 수 있을까요? 곤란한 일인 줄 알지만 달리 부탁할 사람이 없어서요."

올리비아는 잠시 주저했다. 그런 자신이 싫었지만 안토니아가 아닌 누구라도 자신의 소중한 사생활 속으로 침입하게 할 수는 없다는 본능적 자아가 '예스'를 가로막았다.

"엄마는 어쩌고?"

"엄마는 재혼했어요. 허더스필드 근처 북부에서 살고 있지만 거긴 가기 싫어요. 나중에 자세히 얘기할게요."

"언제 올 건데?"

"다음 주에요. 비행기 편만 가능하다면 목요일쯤에요. 올리비아, 숙식이 가능한 일자리를 구할 동안만 있을게요. 아마 며칠이면 될 거예요."

전화선을 타고 긴 거리를 달려와 간청하는 안토니아의 목소리는 어린 시절 그녀가 그랬듯 가냘프고 나약했다. 갑자기 이비자 공항의 윤나는 대합실 플로어를 달려와 코스모의 품 안으로 뛰어들던 안토니아와 처음 만났을 때의 모습이 떠오르면서 자신이 미워지기 시작했다. '이런 이기주의자 같으니. 도움을 청하는 사람은 바로 안토니

162

아야. 코스모의 딸 안토니아. 코스모는 죽었어. 그 애가 너한테 그런 부탁을 하는 건 그만큼 너를 좋아하고 믿기 때문이야. 이번 한 번만 이라도 너만 생각하는 이기주의에서 벗어나 봐.'

그녀는 안토니아가 앞에 있는 것처럼 다정스럽게 웃으며 따뜻하고 힘 있는 목소리로 말했다.

"그래, 와. 도착 시간을 알려줘. 히스로 공항으로 마중 나갈게. 긴 얘긴 그때 하자."

"너무 고마워요. 귀찮게 하지는 않을 거예요."

"그야 물론이지."

하지만 그녀의 현실적이고도 합리적인 생각은 혹시 모를 어려움 으로까지 옮아갔다.

"돈 문제는?"

안토니아는 아직 그렇게 세세히 따져보지는 않은 모양이었다.

"네, 괜찮을 거예요."

"비행기 푯값은 충분하겠어?"

"네. 그럴 거예요."

"그래. 기다릴게."

"정말 고마워요. 슬픈 소식이라 죄송하고요."

"그래. 슬픈 일이야."

올리비아는 감정 표현을 언제나 삼가는 편이었다. 아직은 푹 스며 들지 않은 슬픔을 쫓아버리려고 눈을 감았다.

"그이는 특별한 사람이었어."

"맞아요."

안토니아는 울고 있었다. 물기 섞인 목소리 너머로 눈물 어린 얼굴이 느껴졌다.

"그랬어요……. 안녕, 올리비아."

"안녕."

안토니아가 전화를 끊었다.

멍해진 올리비아는 잠시 후 수화기를 아무렇게나 내려놓았다. 갑자기 엄청난 한기가 온몸에 스며드는 듯 했다. 소파 한구석에 웅크리고 앉아서 두 팔로 자기 몸을 감싸안으며 그녀는 정돈되고 반짝이는 거실을 둘러보았다. 변한 건 아무것도 없었고 움직여진 것도 하나 없는데 모든 게 달라 보였다. 코스모가 사라졌기 때문에. 코스모는 죽었고 이제 올리비아는 남은 생을 코스모가 존재하지 않는 세계에서 살아야 할 것이다. 그와 함께 페드로네 술집에 가서 원주민 청년이 연주하던 로드리고 기타 협주곡을 들으며 앉아 있던 훈훈한 저녁과 스페인 음악으로 가득 찬 밤이 생각났다. 어째서 코스모와 보낸 시절의 하고많은 추억들 중에서 유독 그 기억이 떠오르는 것일까?

층계에서 나는 발소리에 그녀는 고개를 들었다. 행크 스포츠우드가 그녀를 향해 내려오고 있었다. 그녀의 흰 목욕 가운을 입고 있는 모습이 전혀 어색하지가 않았다. 아마도 그것이 원래 남자용이기 때문인 것 같았다. 그가 우스꽝스럽게 보이지 않아 얼마나 다행인지 몰랐다. 그 순간 그가 우스꽝스러운 모습으로 나타났다면 그녀는 도저히 참을 수가 없었으리라. 하지만 이 또한 가당찮은 생각이었다. 그의 모습이 어떻든 코스모가 죽어버린 마당에 무슨 상관이 있는가?

그녀는 아무 말도 하지 않고 바라보고만 있었다. 그가 입을 열었다.

"전화 소릴 들었어요."

"당신을 깨우지 않길 바랐는데."

그녀는 자신의 얼굴이 창백해지고 검은 두 눈이 퀭해진 걸 모르고 있었다.

"무슨 일이 있어요?"

그는 밤새 수염이 까칠해지고 머리는 헝클어진 채로였다. 그녀는 지난밤을 생각하고 그 순간 자신과 함께 있는 게 그라는 사실이 다행스럽게 느껴졌다.

"코스모가 죽었어요. 지난밤 얘기했었죠. 이비자에서 알던 남자라고."

"아니, 그럴 수가!"

그는 얼른 층계를 내려와 마루를 가로질러 그녀 옆으로 와 앉았다. 그러고는 마치 상처 입은 어린애라도 되는 양 그녀를 말없이 끌어안았다. 올리비아는 자신의 흰 목욕 가운에 얼굴을 묻은 채 울 수 있기를 격렬히 바랐다. 눈물이 터지길, 슬픔이 어떤 식으로든 흘러넘쳐서 그녀를 옥죄는 비참한 고통이 잠잠해지길 바랐다. 하지만 그것은 와주질 않았다. 그녀는 우는 덴 소질이 없었다.

"누가 전화를 했죠?"

그가 물었다.

"코스모의 딸 안토니아요. 불쌍한 것. 그 사람은 목요일 밤에 죽었대요. 장례식은 어제였고요. 내가 아는 건 그게 다예요."

"나이가 얼마나 됐죠?"

"이제…… 한…… 육십쯤 됐을 거예요. 하지만 굉장히 젊었어요."

"어쩌다 그렇게?"

"모르겠어요. 전화로 자세한 얘길 해주지 않았어요. 그냥 병원에서 죽었다고만 했어요. 그 애는…… 런던에 오길 원해요. 다음 주에 올 거예요. 나하고 며칠 같이 지내게 될 거고요."

그는 아무 대꾸도 하지 않고 그녀를 안은 팔에 더욱 힘을 주고는 어깨를 부드럽게 토닥거려 주었다. 마치 몹시 긴장한 짐승을 달래듯이.

잠시 후 마음이 편안해지면서 덜덜 떨리던 한기가 멎자, 그녀는 두 손으로 그의 가슴을 밀치며 품 안에서 빠져나와 따로 앉았다.

"미안해요."

그녀는 사과했다.

"늘 이렇게 감정적이진 않아요."

"내가 해줄 건 없어요?"

"누구도 해줄 수 있는 게 없어요. 이젠 모두 끝났어요."

"오늘 일은 어떻게 하지? 취소하고 싶어요? 당신이 원하면 지금 당장 사라져 줄 수도 있고. 혼자 있고 싶은지도 모르니까."

"아뇨, 혼자 있기 싫어요. 정말 그것만은 안 돼요."

뒤죽박죽인 생각들을 정리하고 나자, 제일 먼저 할 일은 엄마한테 코스모가 죽었다는 사실을 알려야 한다는 것이었다.

그녀가 말했다.

"시싱허스트나 헨리엔 못 갈 것 같은데요. 글로스터셔에 가서 엄마를 만나야겠어요. 건강이 좀 안 좋다곤 했지만 가벼운 심장마비 증세가 있었다는 얘긴 안 했죠, 엄마는 코스모를 무척 좋아했어요. 내가 이비자에서 지낼 때 엄마도 잠깐 머물렀죠. 참 즐거운 시간이었어요.

내 생애 제일 행복했던 시기였어요. 엄마한테도 그의 죽음을 알려야
해요. 그리고 그 얘긴 직접 만나서 하고 싶고요."

그녀는 행크를 쳐다봤다.

"나하고 함께 가겠어요? 드라이브로는 좀 먼 거리지만, 엄마가 점
심은 줄 테고 함께 평화롭게 오후를 즐길 수 있을 거예요."

"기꺼이. 운전은 내가 맡죠."

그는 꼭 바위 같았다. 그녀는 감사가 가득 담긴 웃음을 웃어 보였다.

"지금 당장 전화하겠어요."

그녀는 수화기를 집어 들었다.

"우리 점심도 준비하시라고."

"밖으로 모시고 나와서 식사를 하는 게 좋지 않겠어요?"

올리비아는 다이얼을 돌렸다.

"그건 우리 엄마를 몰라서 하는 말이에요."

그는 그녀의 말에 수긍하면서 일어났다.

"커피 끓는 냄새가 나는걸."

그는 잠시 살핀 후 다시 말했다.

"내가 아침 먹을 걸 좀 만들면 어때요?"

그들은 정각 9시에 집을 나섰다. 올리비아는 그녀의 짙은 초록색
알파수드의 조수석에 앉고 운전석엔 행크가 앉았다. 그는 처음엔 운
전석 방향이 바뀐 사실을 명심하면서 아주 조심스럽게 운전을 했지
만, 새로 주유를 하고 자신감이 붙자 속력을 내기 시작해 옥스퍼드로
가는 길목에선 시속 70킬로미터로 달렸다.

그들은 말을 하지 않았다. 그의 관심은 온통 다른 차와 저만치서

구부러지는 큰길에 쏠려 있었다. 올리비아도 조용한 게 좋았다. 그녀는 턱을 코트의 모피 칼라에 푹 파묻은 채 차창 밖으로 펼쳐지는 시골 풍경을 보려고 애썼지만 눈에 들어오지 않았다.

하지만 옥스퍼드를 지나면서부터는 좀 나아졌다. 아주 반짝이는 겨울날이었다. 늦겨울의 하늘로 해가 완전히 떠오르자 밭고랑과 잔디에 내린 서리가 녹기 시작했고 앙상한 검은 나무들은 길과 들판을 가로지르는 긴 그림자를 펼쳤다. 농부들은 쟁기질을 시작했고, 갈매기 떼는 트랙터와 새로 뒤집어 검은 흙이 드러난 밭고랑을 따라 날아다녔다. 그들은 토요일 아침 일과로 분주한 작은 동네를 지나갔다. 좁은 길엔 주말 쇼핑을 나온 인근 주민들의 차가 길게 늘어섰고, 인도는 엄마들과 아이들, 구경 나온 사람들, 번쩍이는 장식이 달린 옷가지며 플라스틱 장난감, 풍선, 꽃, 신선한 과일과 채소를 실은 리어카들로 빽빽했다. 조금 더 가자 한 선술집 마당에서 사냥꾼 모임이 열리고 있는 게 보였다. 자갈밭을 구르는 말발굽 소리며 사냥개 짖는 소리, 화려한 핑크색 코트를 차려입은 사냥꾼들의 고함 소리로 시끌벅적했다. 행크는 눈 앞에 펼쳐진 행운이 믿기 어렵다는 듯 말했다.

"저거 보고 갈래요?"

그가 구경을 위해 차를 세우려 하자 젊은 교통순경이 계속 가도록 손짓을 했다. 그는 마지못해 지나쳐 가며 어깨 너머로 전통적인 영국의 모습을 보이지 않을 때까지 뒤쫓았다.

"꼭 영화의 한 장면 같은데. 오래된 여관과 자갈 마당을 배경으로 펼쳐지는. 카메라를 가져왔더라면 좋았을걸."

올리비아도 기분 좋게 대꾸했다.

"돈만 쓰게 해놓고 제대로 구경도 안 시켜줬다는 얘기는 못 하실 거예요. 전국을 돌아다녀도 저런 진풍경은 만날 수 없을 테니까요."

"오늘 내가 운이 좋군."

코츠월드가 저만치 보였다. 길이 좁아지더니 목초밭 사이로 꼬부라져 작은 돌다리로 이어졌다. 벌꿀색 코츠월드산 돌로 지은 집들과 축사는 햇빛을 받아 금빛으로 반짝였고, 여름이면 화려해질 앞마당과 서양자두와 사과 과수원도 보였다.

"어머님께서 이곳에 사시는 이유를 알 것 같네요. 난 이런 시골은 본 적이 없어. 온통 초록빛이야."

"참 우습지만 엄마가 여기 살게 된 이유는 경치가 좋아서가 아니에요. 런던에 있는 집을 판 건 콘월로 돌아갈 의도에서였어요. 그러니까, 엄만 어린 시절을 보낸 그곳에 무척 되돌아가고 싶었던 거죠. 하지만 언니 낸시가 거리도 너무 멀고, 자식들하고도 멀어지게 된다고 반대했어요. 그러고는 이 집을 찾아냈고요. 지금은 그러길 잘했다고 생각하지만 당시엔 엄마 계획을 방해하는 언니가 싫었어요."

"어머닌 혼자 사시나요?"

"네. 그게 또 다른 걱정거리예요. 의사는 이젠 엄마를 말동무나 가정부와 함께 지내게 해야 한다지만, 엄만 이 말을 들으면 펄쩍 뛸 거예요. 아주 독립심이 강한 데다 그리 많은 연세도 아니거든요. 겨우 예순넷인걸요. 벌써 노인 취급 받는 건 엄마한테는 모욕일 거예요. 엄만 한시도 쉬지를 않아요. 음식을 만들고, 정원을 가꾸고, 손님을 접대하고, 손에 잡히는 건 뭐든지 읽고, 음악도 듣고, 사람들한테 전화해 오래오래 얘기하고. 가끔 옛 친구들을 만나러 외국도 가고요.

주로 프랑스지만. 외할아버지가 화가여서 엄만 어린 시절 대부분을 파리에서 보냈거든요."

그녀는 고개를 돌려 행크를 보며 웃었다.

"내가 왜 엄마 얘기를 하지요? 당신이 곧 보게 될 텐데."

"이비자를 좋아하셨어요?"

"너무 좋아하셨죠. 코스모의 집은 오래된 농가인데 언덕으로 둘러싸인 분지에 있었어요. 아주 전원적인 곳이었지요. 엄마 취향에 딱 맞는 집이었어요. 틈만 나면 집에서 하는 것처럼 전지가위를 들고 정원 속에 파묻히곤 하셨지요."

"안토니아도 아세요?"

"네. 엄마하고 안토니아는 함께 왔었어요. 서로 좋은 친구였지요. 세대 차이 같은 건 없었어요. 엄마는 애들을 정말 잘 다루세요. 나하곤 아주 다르죠."

그녀는 잠시 말을 멈췄다가 솔직해야겠다는 충동이 일자 한 마디 덧붙였다.

"난 지금도 내 마음을 모르겠어요. 코스모의 딸을 돕곤 싶지만 아무리 잠깐이라도 누군가와 함께 살아야 한다는 게 자꾸 마음에 걸려요. 나 참 못났죠?"

"못나긴. 그건 당연해요. 얼마나 있을 예정인데?"

"글쎄, 일자리를 구하고 살 곳을 찾을 때까지일 거예요."

"무슨 자격증 같은 건 있나요?"

"모르겠어요."

아마 없을 것이다. 올리비아는 깊게 한숨을 쉬었다. 오늘 아침 일로 그녀는 심신이 모두 지쳐 있었다. 코스모의 죽음에 대한 충격과 슬픔 때문이 아니라, 다른 사람들 문제로 포위당한 듯한 느낌 때문이었다. 안토니아가 올 것이고, 집에 머물 것이고, 자신은 그녀를 위로해 주고, 용기를 북돋아주고, 보살펴줘야 하는 데다 일자릴 찾도록 도와야 하리라. 낸시는 엄마의 간병 문제로 올리비아에게 끊임없이 전화를 해댈 것이고, 엄마는 엄마대로 누구와 함께 살아야 한다는 소릴 들으면 이빨과 손톱까지 동원해 반대에 나설 것이다. 그리고 무엇보다도…….

막 앞질러 가던 생각이 갑자기 전진을 멈추더니 이번엔 뒷걸음질을 쳤다. 낸시, 엄마, 안토니아. 그렇다. 해결책은 바로 그 안에 있다. 문제들을 잘 연결하면 학교 때 아주 간단히 약분되던 분수 값처럼 서로 상쇄되는 게 있을지도 모른다.

그녀가 말했다.

"방금 아주 좋은 생각이 떠올랐어요."

"뭔데요?"

"안토니아가 엄마랑 함께 지내면 돼요."

그녀는 그가 무릎을 치며 동의해 주길 바랐지만 그러지는 않았다. 행크는 한참을 생각해 보더니 조심스럽게 물었다.

"그러길 원하실까요?"

"물론이지요. 엄마를 좋아한다고 말했잖아요. 엄마가 이비자를 떠날 때 그 앤 무척 섭섭해했어요. 게다가 아버지도 잃은 상황에서 일자리를 구하느라 런던을 쏘다니기 전에 엄마 같은 사람하고 조용히 몇 주 지내면서 마음을 가라앉힐 수 있다는 게 얼마나 잘된 일이에요."

"일리 있는 얘기요."

"그리고 엄마 입장에서 봐도 가정부가 아닌 친구랑 함께 지내는 셈이고요. 오늘 얘길 꺼내겠어요. 엄마 반응이 어떤지 잘 보세요. 하지만 '노'라는 대답은 하지 않을 거라고 확신해요. 거의 내 짐작이 맞을 거예요."

문제가 되는 것의 해결 방법을 찾고 결정을 내리는 일은 언제나 그녀에게 활기를 되찾아 주었으므로 올리비아는 곧 기분이 나아졌다. 그녀는 등을 바로 세우고 차양을 끌어 내린 다음, 차양 뒤편에 붙어 있는 거울에 얼굴을 비춰 보았다. 안색은 여전히 죽은 사람처럼 창백하고 눈가엔 멍 든 것처럼 그늘져 있었는데, 그녀의 코트에 달린 짙은 모피 칼라 때문에 그늘이 더 강조돼 보였다. 그녀는 제발 엄마 눈에는 띄지 않기를 빌었다. 립스틱을 약간 덧바르고 머리를 빗은 다음 차양을 다시 밀어 올리곤 앞에 펼쳐지는 길을 정신 차리고 살폈다.

버퍼드를 지나 3마일 정도 더 달리자 낯익은 길로 접어들었다.

"여기서 오른쪽으로 꺾어야 해요."

그녀가 행크에게 말하자 그는 '템플 퍼들리'라는 표지판이 서 있는 좁은 소로로 차를 돌려 꼬불꼬불한 길을 조심조심 내려갔다. 언덕의 한쪽에 지그재그로 난 오르막길을 정상까지 오르자 윈드러시 강이 마을을 리본처럼 휘감고 있었다. 마을이 골짜기에 아이들 장난감처럼 펼쳐져 있는 게 한눈에 들어왔다. 황금빛으로 반짝이는 기막히게 아름답고 고풍스러운 돌오두막들이 맨 처음 그들 눈에 띄더니 주목으로 울타리를 한 오래된 교회와 양 떼 한 무리를 몰고 가는 남자 하나가 잇달아 보였다. 서들리 암스로 불리는 펍 마당엔 차들이 주차되어 있었다. 행크는 차를 멈추고 엔진을 껐다.

그의 이런 행동에 약간 놀란 올리비아가 그를 쳐다보며 물었다.

"혹시 한잔하고 싶으세요?"

아주 깍듯한 말투였다.

그는 웃으며 고개를 내저었다.

"아니, 그냥 당신이 어머니하고 잠시나마 둘이만 있고 싶을지 모른다는 생각에……. 약도만 일러주면 여기 있다가 조금 후에 갈게요."

"길을 내려가서 세 번째 집이에요. 오른편에 흰 대문 한 쌍이 보일 거예요. 하지만 그럴 필요까지는 없어요."

"알아요."

그는 그녀의 손을 두드렸다.

"그러는 편이 두 분한테 편하겠다는 생각을 했을 뿐이에요."

"정말 자상하시군요."

그녀는 말하면서 정말 그렇다고 느꼈다.

"당신 어머님께 뭔가를 가져가고 싶은데……. 술집 주인한테 그냥 와인 두 병만 달라고 하면 싫어할까요?"

"아뇨. 킬링 부인께 가져갈 거라고 하면 아마 제일 비싼 걸로 꺼내 줄 거예요."

그는 웃으며 문을 열더니 차에서 내렸다. 그녀는 그가 자갈 마당을 가로질러 문지방에 머리를 쩧을까 봐 큰 키를 조심스럽게 굽히면서 술집 출입문 안으로 사라지는 걸 지켜보았다. 그가 가고 나자 그녀는 안전벨트를 풀고 운전대 밑으로 비집고 들어가 엔진을 켰다.

페넬로프 킬링은 따스하지만 어수선한 주방 가운데 서서 다음엔 뭘 할지를 생각하다가 더 할 일이 없는 걸로 결론을 지었다. 할 만큼은 벌써 다 했기 때문이었다. 2층으로 올라가 작업복을 벗어버리고 뜻하지 않았던 점심 파티에 적당한 다른 옷으로 갈아입는 일도 이미 끝냈다. 올리비아는 언제나 우아하니까, 옷차림을 최소한 단정히는 해야 한다. 이런 생각으로 그녀는 두꺼운 브로케이드 스커트에(커튼을 가지고 만들었지만 무척 마음에 들어 아주 오랫동안 애용했다) 남성용 줄무늬 모직 셔츠에 소매 없는 진홍색 카디건을 덧입었다. 그녀는 색이 짙고 도톰한 스타킹에 두꺼운 끈으로 단단히 여민 신발을 신었다. 목에 금목걸이를 걸고 머리를 새로 묶고 군데군데 향수를 뿌리자, 기분 좋은 일이 생길 것 같은 예감이 들면서 마음이 들떴다. 집에 오는 일이 거의 없는 올리비아가 아주 오랜만에 온다는 사실만으로도 이번 방문은 더없이 귀중한 터라 그녀는 런던에서 걸려 온 전화를 받은 이른 아침부터 준비하느라 분주했다.

하지만 이제 모든 준비는 끝났다. 거실에 불을 피웠고, 식당엔 음료와 와인을 갖다 놨고, 이곳 주방에선 안심을 뭉근히 굽고, 양파를 삶고, 감자를 튀긴 냄새가 물씬하다. 그녀는 빵을 만들고 사과를 깎고, 꽁꽁 얼어 있는 콩을 다지고, 당근 껍질도 벗겨놓았다. 치즈를 목판에 배열하고, 커피 원두를 갈고, 마을 목장에서 가져온 진한 크림을 덜어놓는 일은 조금 있다 하기로 했다. 스커트를 버릴까 봐 앞치마를 두른 그녀는 널려 있던 주방 기구들을 씻어서 선반에 얹고 소스 팬도 한두 개 치웠다. 그러고는 두꺼운 행주로 테이블을 닦고 제라늄을 꽂은 꽃병을 올려놓았다. 그녀는 앞치마를 벗어 걸이에 걸었다.

세탁기도 벌써 멎어 있었다. 빨래 건조기가 없어서 빨래가 잘 마를 것 같은 날에만 세탁을 했다. 그녀는 빨래를 바깥에 너는 걸 좋아했다. 빨래가 마르는 동안 냄새도 상큼해지고, 구김살도 펴져서 다림질이 수월하도록 해주기 때문이었다. 올리비아와 친구가 언제 들이닥칠지 모를 시각이었지만, 그녀는 얼금얼금한 큰 바구니에 축축한 빨래들을 쏟아 담고 허리 높이까지 치켜들고서 부엌에서 온실을 지나 정원으로 나왔다. 그러고는 잔디밭을 가로질러 마당과 과수원을 구분 짓는 울타리의 터진 틈을 지나 과수원으로 왔다. 사실 절반가량은 더 이상 과수원이 아니었다. 그녀는 절반은 아주 비옥한 채소밭으로 잘 가꿔 놓았지만, 나머지 절반은 가지가 제멋대로 자란 오래된 사과나무와 산사나무 울타리를 따라 빽빽이 번식한 들풀을 그대로 놔둔 채 버려두고 있었다.

여기다 페넬로프는 사과나무 세 그루에 긴 줄을 매어 빨랫줄로 썼다. 날씨가 화창한 아침에 빨래를 털어 줄에 너는 일이 그녀에겐 큰 즐거움이었다. 개똥지빠귀가 지저귀고, 발밑에선 촉촉한 잔디 사이로 새순이 돋아 오르고 꽃들은 꽃망울을 터뜨리기 시작했다. 그녀는 수선화, 크로커스, 스킬라, 아네모네 같은 구근류를 수도 없이 심어 놓았다. 이 꽃들이 시들 무렵이면 여름 잔디는 초록빛이 한층 짙어지고 들꽃들이 고개를 쳐든다. 그녀가 흩뿌린 씨앗에서 자란 깨꽃, 수레국화, 주홍 양귀비 같은 것들이.

침대보와 셔츠, 베갯잇, 스타킹, 잠옷은 줄에 걸린 채 실바람이 불 때마다 너울거렸다. 바구니의 빨래를 모두 넌 페넬로프는 바구니를 들고 먼저 채소밭으로 가 양배추 새순을 토끼가 갉아 먹지 않았는지 살피고 나서, 가막살나무 가지 있는 데로 와 빽빽이 맺힌 분홍색 꽃 봉오리에 코를 대고 여름 냄새를 맡아보았다. 두어 가지쯤 꺾어다가 거실에 꽂고 방문객들을 기쁘게 해줄 수도 있었지만, 어서 집으로 가야 한다고 걸음을 재촉했다. 하지만 유혹은 거기서 끝나지 않았다. 이번에는 넓은 잔디밭 저편에 있는 오두막의 기막힌 경관이 발걸음을 붙잡았다. 앙상한 떡갈나무와 말간 하늘을 배경 삼아 그녀의 집이 햇빛 세례를 받으며 그림처럼 서 있었다. 반은 흰 페인트 벽이고 반은 나무로 된, 길고 나지막한 오두막의 계단에 난 유리창은 숱이 많은 굵은 눈썹처럼 툭 불거져 보였다.

포드모어 오두막. 올리비아는 좀 우스운 이름이라고 생각하며 그 이름을 입에 올릴 때마다 괜히 민망스럽다고 했다. 한때 그녀는 페넬로프에게 다른 이름을 붙이면 어떻겠느냐는 제안을 했었지만, 페넬로프는 사람의 이름을 함부로 바꿀 수 없듯 집의 이름도 바꿔선 안 된다고 거절했다. 한 2백 년 전에 이 마을의 교목을 지낸 윌리엄 포드모어 목사를 기념하기 위해 붙여진 이름이기 때문이었다. 그 문제는 그렇게 종결되고 더 이상 거론되지 않았다.

처음에 이 집은 두 채였지만, 예전 주인에 의해 분리된 벽에 통로가 뚫리면서 하나로 합쳐졌다. 그 때문에 이 집엔 현관도 욕실도 곧 무너질 것 같은 층계도 모두 둘씩이었다. 하지만 이것을 모든 방은 서로 통한다는 의미로 해석한다면 프라이버시 유지엔 좀 불편하다는 뜻도 되었다. 그래서 한쪽 집 아래층은 부엌, 식당, 거실로 썼고, 다른 한쪽 집의 부엌은 페넬로프가 밀짚모자, 장화, 앞치마, 꽃삽, 광주리, 꽃병 따위를 넣어두고 정원용 창고로 썼다. 그 바로 위쪽에 있는 좁은 방은 노엘의 물건들로 꽉 들어 차 있었고, 그 옆으로 나란히 이어지는 세 개의 큰 침실 중에서 부엌 위에 위치한 방이 페넬로프의 침실이었다.

지붕 바로 밑에 있는, 지붕만큼 길고 어둡고 습한 다락에는 페넬로프가 오클리 가를 떠나오며 차마 버리지 못하고 가져온 잡동사니들이 다른 물건은 더 넣지도 못할 정도로 빽빽이 쌓여 있었다. 5년 동안 그녀는 해마다 올겨울에는 꼭 정리해서 버리겠다고 다짐하면서 다락으로 기어 올라갔지만, 한번 휘이 둘러보고는 그 어마어마한 양에 놀라서 치우기를 뒤로 미루곤 했다.

정원은 그녀가 처음 이곳에 이사 왔을 때에는 황량하기 그지없었지만 즐거움의 원천이었다. 그녀는 거의 광적인 정원사가 되어 조금이라도 짬이 나면 그곳에서 지내면서 잡초를 뽑고, 밭을 갈고, 비료를 주고, 죽은 나무를 잘라내고, 나무를 심고, 가지를 치고, 씨를 뿌렸다. 그렇게 5년이 지난 지금에는 그녀가 기울인 노력의 결실을 바라볼 수 있게 가꾸어졌다. 그런 일을 하는 동안은 그녀는 올리비아도 시간도 잊고 지낸 셈이었다. 늙어가면서 몰두하기에는 아주 좋은 소일거리였다. 늙는 데 대한 조바심이 비집고 들어올 틈이라곤 없었다. 일생 동안 페넬로프는 남들을 돌보며 지냈지만 이제는 그녀 자신만 생각하면 되었다. 가끔 일손을 멈추고 주위를 둘러보면서 생각에 잠기곤 했다. 그러면 지나온 삶이 힘들여 오른 산의 정상에서 바라보는 것처럼 갑자기 아득해 보이면서 여기까지 왔는데 멈춰서 즐기지 않는 건 바보 같은 일이라는 생각이 들었다.

물론 나이가 몰고 오는 무서움도 있었다. 외로움과 병듦이 그것이었다. 사람들은 늘 노년의 외로움을 얘기하지만, 생각에 따라서는 별로 늙은 축이라고 볼 수도 없는 예순네 살의 페넬로프는 고독의 독특한 맛을 즐겼다. 이전에 한 번도 혼자 산 적이 없는 그녀라 처음엔 좀 이상하기도 했지만, 차츰 축복으로 받아들이는 지혜가 생겨나면서 일어나고 싶을 때 일어나고, 가려우면 긁고, 아침부터 2시까지 클래식 음악을 듣기도 하는, 비난의 여지가 있는 습관에 빠지게 되었다. 먹는 것은 두 번째였다. 일생 가족과 친구들을 위해 음식을 해온 터라 요리 솜씨가 뛰어난 그녀였지만, 시간이 갈수록 맛대가리 없는 인스턴트 식품에 대한 기호가 고개를 들기 시작했다. 구운 콩은 깡통에서 덜어낸 그대로 데우지 않고 스푼으로 떠먹었고, 병에 든 샐러드크림을 양상추에 뿌려 먹었으며 오클리 가 시절엔 식탁에 올리는 것조차 부끄러워했던 피클 종류를 즐겼다.

병에 걸렸을 때조차 얻은 것이 있었다. 약 한 달 전에 겪은 경미한 딸꾹질—멍청한 의사들이 심장마비 증세라고 주장했던—때문에 처음으로 죽음을 실감했다. 죽는 걸 겁낸 적은 없기 때문에 놀라진 않았지만, 막연하게 여기던 죽음을 현실로 받아들이게 되었고 교회에서 흔히 말하는 '생략의 죄'라는 것에도 생각이 미쳤다. 그동안 그녀는 신앙심이 깊지 않아서 교회에서 보면 죄악일 수도 있는 일에 신경 쓰지 않고 지냈지만, 이제는 그런 일에도 생각이 기울었다. 그래서 부탄에서 산악 트레킹을 하거나, 시리아 사막을 건너 팔미라 유적지를 가보는 것 같은, 이젠 자신이 결코 그러지 못하리라는 걸 받아들일 수밖에 없는 한때의 비현실적인 환상들이나 포스케리스로 돌아가고 싶어 하는 간절한 집념이나 다 비슷한 종류일 거라고 여겼다.

40년은 정말 긴 시간이었다. 전쟁이 끝나자 그녀는 아버지와 작별하고 낸시와 함께 기차에 올라 런던으로 떠나왔다. 그 이듬해에 아버지는 돌아가셨고, 그녀는 낸시를 시어머니께 맡기고 콘월로 가서 아버지 장례식에 참석했다. 장례식이 끝나자 그녀와 도리스는 이틀에 걸쳐 칸 별장에 있던 아버지의 유품을 정리했다. 그러고는 다시 런던으로 돌아왔고, 아내와 엄마의 의무에 짓눌려 지내느라 한 번도 그곳에 가보지 못했다. 늘 이런 다짐은 수없이 했었다. 이번 휴가는 아이들하고 그곳에서 지내야지. 내가 놀던 해변에도 데리고 가고, 언덕에 올라가 들꽃도 보여줘야지. 하지만 그런 일은 일어나 주지 않았다. 가지 못한 이유가 뭘까. 다리 밑으로 빠르게 흐르는 강물처럼 지나간 세월 동안 무슨 일들을 겪었던가. 기회는 항상 다가왔다 멀어져 갔지만, 그녀는 한 번도 그것을 낚아채지 못했다. 시간이 없거나 기차 삯이 없었다. 하숙생 치다꺼리, 아이들 양육, 남편 앰브로즈의 뒷바라지 같은 일로 그녀는 늘 큰 집 안을 뛰어다녔다.

긴 세월 동안 그녀는 집을 팔라는 유혹이나 앞으로도 돌아갈 수 없을 거라는 그녀 자신의 예감을 꾸준히 거부하면서 칸 별장을 지켰다. 그동안 그 집은 소개소를 통해 여러 사람에게 임대됐었고 그녀는 늘 언젠가 꼭 그곳으로 돌아가겠노라고 혼자서 다짐했었다. 아이들을 데리고 가 언덕 위 비밀스러운 정원에 둘러싸여 있는 흰 네모 집도 보여주고, 해변과 등대가 바라보이는 전망도 구경시키겠다고.

하지만 꿈은 그녀의 경제 사정이 최악일 때, 한 부동산 중개인으로부터 집을 구경한 어느 대단히 부유한 노부부가 노후 생활을 위해 그 집을 사고 싶어 한다는 소리를 들으면서 마침내 깨어졌다. 교육비가 엄청나게 드는 세 아이와 무능력한 남편을 부양하느라 허덕이던 페넬로프로선 그들이 제시하는 거액의 집값을 거부할 도리가 없었다. 그렇게 해서 칸 별장은 팔려버렸다.

그 이후로 콘월로 돌아갈 생각은 더 이상 하지 않았다. 오클리 가 집을 팔았을 때, 그녀는 화강암으로 지은 돌오두막에서 정원에 우뚝 솟은 한 그루 종려나무를 바라보며 사는 꿈에 젖어 그곳으로 돌아가 겠노라고 고집을 부렸었다.

낸시가 기를 쓰고 반대하는 바람에 꿈을 이루진 못했지만, 지금 생각하면 차라리 잘된 일이었다. 낸시가 소개한 포드모어 오두막은 처음 보는 순간부터 그녀의 마음에 쏙 들었다.

그렇긴 하지만…… 숨을 거두는 마지막 시간이 오기 전에 포스케리스로 되돌아갈 수 있다면 얼마나 좋겠는가. 그리로 돌아가면 도리스와 다시 함께 지내게 될 것이다. 아마 올리비아가 그녀와 동행해 줄 것이다.

올리비아는 알파수드를 몰아 열린 대문 안으로 들어가서 다시 울퉁불퉁한 자갈밭과 허름한 목조 연장 창고를 지나 포드모어 오두막 뒤꼍에 차를 세웠다. 절반이 유리창인 현관문을 열면 바로 복도였다. 코트와 비옷이 걸려 있고, 좀이 잔뜩 슨 박제된 수사슴 두상의 뿔에도 가지마다 모자가 장식처럼 걸려 있으며, 파랗고 하얀 중국제 파라솔 스탠드와 지팡이, 낡은 골프채 두어 개가 세워져 있는 곳이었다. 현관을 들어선 그녀는 바로 부엌으로 달려갔다. 따뜻한 부엌에서 나는 쇠고기 구이 냄새에 침이 고였다.

"엄마?"

대답이 없었다. 올리비아는 부엌을 지나 온실로 갔다. 멀리 잔디밭 끄트머리에서 빈 빨래 바구니를 한 팔에 끼고 머리카락을 바람에 날리며 황홀한 표정으로 서 있는 페넬로프가 보였다.

그녀는 정원으로 난 문을 열고 쌀쌀하지만 밝은 햇빛 속으로 걸어나갔다.

"안녕!"

페넬로프는 딸을 보자, 단숨에 잔디밭을 건너와 인사했다.

"아가."

편찮은 이후 엄마를 처음 보는 올리비아는 두려움을 느끼면서도 달라진 구석을 찾아보려고 애썼지만, 약간 야윈 것만 빼고는 혈색이 좋은 뺨과 나이보다 젊게 보이는 체격, 가벼운 발걸음. 모두 평소처럼 건강한 모습이었다. 그녀는 코스모의 죽음을 얘기해서 엄마의 얼굴에 펼쳐진 행복감을 걷어내고 싶지 않았다. 누군가로부터 죽었다는 소식을 듣기 전까지는 그 사람은 살아 있는 거라는 생각이 들었다. 그럼에도 그 소식을 굳이 전해야 한다니…….

"올리비아, 정말 반갑구나."

"빈 바구니 들고 서서 뭐 하셨어요?"

"그냥 쳐다보고 있었어. 얼마나 좋은 날씨냐. 드라이브는 즐거웠니?"

그녀는 올리비아의 어깨 너머를 쳐다봤다.

"네 친구는 어디 있지?"

"네. 요 앞 선술집에서 엄마 선물을 산다고 내렸어요."

"그럴 필요까진 없는데."

그녀는 올리비아를 지나쳐 안으로 들어가서는 깔개에 신발을 문

181

질렀다. 올리비아는 뒤쫓아 들어가며 문을 닫았다. 바닥이 석재로 된 온실엔 앉는 자리가 움푹한 그물 의자와 등받이가 없는 걸상, 그리고 색이 바랜 쿠션들이 놓여 있었는데 무척 따스한 실내에는 화초의 잎들이 초록 숲처럼 무성하고 페넬로프가 가장 좋아하는 프리지어 향기가 진동했다.

"빈틈없는 사람이거든요."

그녀는 가방을 소나무로 짠 테이블 위에 놓으며 말했다.

"할 얘기가 있어요."

페넬로프는 올리비아의 가방 옆에 빨래 바구니를 놓고 앉으며 딸의 얼굴을 쳐다봤다. 그러더니 천천히 검은 눈동자에 근심을 채우며 웃음을 거두었다.

"올리비아, 너 낯빛이 꼭 유령 같다."

그녀의 목소리는 여전히 힘이 넘쳤다. 힘 있는 음성에 용기를 얻고 올리비아는 입을 떼었다.

"그럴 거예요. 오늘 아침에 들었어요. 슬픈 소식이에요. 코스모가 죽었대요."

"코스모, 코스모 해밀턴이? 죽었다고?"

"안토니아가 이비자에서 전화했어요."

"코스모가……."

그녀는 다시 한번 말했다. 그녀의 얼굴엔 슬픔과 실망이 가득했다.

"믿어지지 않아. 그 좋던 사람이."

올리비아의 짐작대로 그녀는 눈물을 보이진 않았다. 그녀는 결코 울지 않을 것이다. 올리비아는 이제까지 엄마가 우는 걸 본 적이 없었다. 하지만 발그레하던 뺨이 창백해졌고 쿵쿵거리는 심장을 잠재우느라 손을 가슴에 대고 있었다.

"그 사람이, 그 좋던 사람이. 넌 그 사람하고 무척 친했잖니. 넌 괜찮으냐?"

"엄마는 괜찮으세요? 말하기가 겁났었어요."

"좀 놀랐다, 갑작스러운 일이라."

그녀가 손을 뻗어 의자의 팔걸이를 더듬어 찾고는 몸을 깊숙이 기대자 올리비아는 놀랐다.

"엄마?"

"좀 이상해서 그런다. 가만있거라."

"브랜디 한잔하시겠어요?"

페넬로프는 희미하게 웃으며 눈을 감았다.

"그거 좋지."

"가져올게요."

"저기."

"어디 있는지 알아요."

그녀는 테이블을 옆으로 밀고 등받이 없는 걸상을 앞으로 밀었다.

"발을 여기다 올려놓으시고. 금방 올 테니까 그대로 계셔요."

브랜디병은 식당 선반에 늘 있었다. 그녀는 병을 들고 부엌으로 와 찬장에서 잔을 두 개 꺼내 두 모금가량씩 따랐다. 병을 든 손이 덜덜 떨리는 바람에 병이 잔에 달그닥달그닥 부딪혔다. 테이블에 조금 흘렸지만 그건 문제가 아니었다. 엄마와 엄마의 위태위태한 심장만이 문제였다. 그녀의 심장이 멈추지 않도록 해주세요. 오 하느님, 그녀의 심장이 멈추지 않도록. 올리비아는 잔 두 개를 들고 온실로 갔다.

"여기 있어요."

그녀는 잔을 엄마의 손에 들려주었다. 말없이 두 사람은 브랜디를 마셨다. 브랜디는 몸을 데워주면서 마음을 편안히 해주었다. 두 모금 째 마신 페넬로프는 희미하게 웃었다.

"이런 구질구질한 이유로 술이 필요한 늙은이가 가여워 보이냐?"

"아뇨. 나도 마시고 싶었는걸요."

"가여운 것."

그녀는 한 모금 더 마셨고 뺨에 다시 혈색이 돌았다.

"이제 다시 한번 얘기해 보렴."

올리비아는 그렇게 했다. 별로 더 붙일 말은 없었다. 그녀가 잠자코 있자 페넬로프는 혼잣말처럼 지껄였다.

"넌 그 사람을 사랑했어. 안 그러냐?"

"네. 그랬어요. 그해 그는 나의 일부가 되었었죠. 그는 그 이전의 누구보다도 나를 바꿔놨어요."

"결혼할 수도 있었잖니."

"그는 그러기를 원했어요. 하지만 엄마, 난 그럴 수가 없었어요."

"난 네가 결혼하길 원했다."

"그런 건 바라지 마세요. 지금 이대로가 좋아요."

페넬로프는 고개를 끄덕였다. 이해하고 받아들인다는 의미였다.

"안토니아는? 그 가엾은 것은? 아비가 죽을 때 있었다던?"

"네."

"앞으로는? 그냥 이비자에 있겠대?"

"아뇨. 그럴 수 없대요. 그 집은 코스모 소유가 아니었어요. 그 애가 살 곳이 없는걸요. 그 애 엄마는 결혼해서 노스에 살고 있고. 돈도 별로 없을 거예요."

"그럼 어쩌지?"

"영국으로 오겠대요, 다음 주에. 런던으로요. 나하고 한 이틀 정도 같이 지낼 거예요. 일자리를 구하겠대요."

"너무 어리잖니. 몇 살이지?"

"열여덟이요. 어리진 않아요."

"참 귀여운 애였어."

"만나보고 싶으세요?"

"물론이야."

"그럼."

올리비아는 브랜디를 한 모금 더 들이켰다. 브랜디가 목과 위를 따스하게 하자 갑자기 힘과 용기가 솟아났다.

"여기서 함께 살면 어떨까요? 엄마랑 몇 달 같이 지내면?"

"그건 왜 묻지?"

"이유야 많지요. 안토니아가 마음 추스를 시간도 필요하고, 앞으로 뭘 할지 결정도 해야 하고. 그리고 낸시 언닌 의사가 엄마를 혼자 놔두면 안 된다고 했다면서 나를 들볶는다고요."

그녀는 늘 하던 대로 솔직하게 한 마디도 덧붙이지 않고 엄마에게 말했다. 둘 사이가 원만한 이유 중에 하나는 바로 이런 솔직한 대화에 있었다. 두 사람이 아무리 심각한 경우에도 목소리를 높이지 않는 것도 이런 이유였다.

"의사가 쓸데없는 소릴 했구나."

술기운이 오른 페넬로프가 고집스럽게 대꾸했다.

"나도 그렇게 생각하지만 언닌 그렇지 않거든요. 그러니 엄마가 누굴 하나 두기 전에는 언니가 계속 전화로 나를 들볶을 거예요. 그러니까 엄마가 안토니아하고 같이 지내는 건 나를 도와주는 일도 된다고요. 어떠세요? 이비자에서 두 사람 아주 친했잖아요. 그 애라면 엄마 말동무도 되고, 또 위급할 때는 큰 힘이 되어줄 거예요."

하지만 페넬로프는 마음이 놓이지 않는 모양이었다.

"그 애한테 너무 지루하지 않겠니? 내가 별로 재미있게 해주지도 못할 테고. 이젠 열여덟이니 많이 세련된 아가씨가 됐을 텐데."

"별로 그런 것 같진 않던걸요. 예전하고 같아 보였어요. 또 그 애가 술집이나 디스코텍 같은 곳엘 가고 싶어 하면 노엘이 데리고 가면 되고요."

맙소사. 하지만 페넬로프는 이 말을 입 밖에 내지 않았다.

"언제 오는데?"

"수요일에 런던에 도착한대요. 다음 주말에 함께 올 수 있을 거예요."

그녀는 동의해 주기를 간절히 바라면서 엄마를 쳐다봤다. 하지만 페넬로프는 다른 생각에 몰두하고 있는 것처럼 보였다. 그녀는 잠시 후 즐거운 표정으로 눈웃음을 활짝 웃었다.

"왜 그러세요?"

"갑자기 안토니아가 윈드서핑을 배우던 바닷가 생각이 나서. 모두들 바닷가에 벌거벗고 누워 있었잖니. 가죽 같던 노파들 젖가슴 생각나니? 우리가 얼마나 웃어댔냐?"

"잊지 못해요."

"참 즐거웠었지."

"네, 정말로. 그 애가 와도 될까요?"

"와도 되냐고? 그 애가 원한다면야 물론 와야지. 나도 즐거울 테니까. 날 다시 젊어지게 해줄 거다."

행크가 도착할 시간이 되자, 모든 일은 일단락 지어졌다. 올리비아의 제안이 받아들여졌고, 슬픔과 충격도 일단 진정되었다. 옆에 엄마가 있다는 든든함과 브랜디가 몰고 온 안락함 덕에 올리비아는 버틸수 있었다. 초인종이 울리자 그녀는 튈 듯이 일어나 부엌을 가로질러 현관으로 뛰어갔다. 행크가 갈색 종이봉투를 들고 있다가 페넬로페에게 인사하며 어색하게 건네자, 그녀는 종이봉투를 테이블에 놓고 선물을 받으면 즉시 풀어봐야 직성이 풀리는 사람처럼 봉투를 열었다. 보드라운 종이로 싼 병 두 개가 나오자 그녀는 고마움이 가득 담긴 목소리로 답례했다.

"샤또 라뚜르, 그랑 크뤼! 정말 고마워요. 설마 서들리 암스의 호킨스 씨를 설득해서 빼내온 건 아니겠죠."

"올리비아가 귀띔해준 대로였어요. 이 댁에 가져갈 거라는 말을 했더니 이걸 꺼내오더라고요."

"난 그 집 창고에 이런 것도 있는 줄은 정말 몰랐어요. 정말 감사해요. 점심때 마시면 되겠어요. 내가 다른 와인을 따놓긴 했지만."

"이건 그냥 두시죠, 뭐."

"그러든지요."

그녀가 옷걸이를 가리키자 행크는 코트를 벗었고, 올리비아는 그걸 받아 다른 옷 위에 포개어 걸었다. 세 사람은 거실로 향했다.

페넬로프가 가장 아끼는 소지품들로 빽빽한 별로 넓지 않은 거실을 보자 올리비아는 탄성이 나왔다. 엷은 인디언 무늬 침대 커버를 씌운 낡은 소파와 의자, 태피스트리 커버를 씌운 쿠션, 오래된 계산서와 편지가 수북하게 쌓여 늘 열어두는 개폐식 책상, 바느질 테이블, 램프, 카펫에 깔아둔 발 덮개, 여기저기 놓여 있는 책과 사진, 말린 꽃이 잔뜩 꽂힌 중국 자기, 편편한 곳마다 가득 놓인 은제 장식품과 사진틀, 잡지, 신문, 씨앗 카탈로그, 아직 덜 끝낸 뜨개질 꾸러미…… 페넬로프의 바쁘고, 열정적인 생활의 파편들이 네 면의 벽으로 된 공간 속에 고스란히 모아져 있었다. 하지만 거실에 들어온 사람이면 누구나 그랬듯, 행크가 제일 먼저 관심을 보인 것은 화구가 휑하니 뚫린 벽난로 윗벽의 그림이었다.

벽면을 가로 5피트, 세로 3피트나 차지한「조개 줍는 아이들」. 올리비아는 이제까지 사는 동안 거의 대부분을 그 그림을 보면서 지냈어도 싫증을 느낀 적은 없었다. 그림을 보면 차고 찝찌름한 해변에 온 기분이 들었다. 바람에 실린 구름이 떠다니는 하늘, 하얀 포말이 이는 파도. 쏴아아 해변으로 밀려오는 물결. 연한 분홍빛과 회색빛이 도는 모래. 파도가 남긴 얕은 모래 구덩이와 그 위로 반짝이는 투명한 햇빛. 그리고 그림 한쪽에 모여 있는 세 아이. 밀짚모자를 쓰고 치마를 걷어 올린 두 여자아이와 남자아이 하나. 햇볕에 그을린 맨발의 아이들이 빨간 양동이 속을 들여다보고 있다.

"이야!"

그는 말문이 막혀 보였다.

"훌륭한 그림이군요."

"정말 그래요."

페넬로프가 자랑스러운 얼굴로 동조했다.

"내가 제일 아끼는 물건이지요."

"세상에."

그는 사인을 찾으며 말을 이었다.

"도대체 누구 작품인가요?"

"내 아버지, 로런스 스턴이에요."

"아버님이 로런스 스턴이시라고요? 올리비아, 그런 말은 안 했잖아요?"

"엄마가 말씀하시도록 남겨뒀어요, 나보다 많이 아시니까."

"초기 라파엘 전파셨던 걸로 아는데."

페넬로프가 끄덕였다.

"네. 그러셨죠."

"하지만 이 작품은 인상파 쪽에 더 가까운걸요."

"맞아요. 재미있지요?"

"언제 그리신 거죠?"

"1927년경이에요. 포스케리스 북부 해변에 화실을 가지고 계셨는데 그곳 창밖 풍경이죠. 작품 이름은 「조개 줍는 아이들」이고요. 이 왼쪽에 있는 소녀가 바로 저예요."

"그런데 화법이 왜 이렇게 변하셨죠?"

페넬로프는 잠시 주저했다.

"이유는 많아요. 화가는 끊임없이 변화를 추구하는 사람들이니까요. 변화하지 못하는 화가는 가치가 없다는 뜻도 되고요. 당시 아버님은 손가락 관절염을 앓으셨어요. 사진처럼 섬세한 작업은 신체 조건상 무리셨죠."

"연세는 얼마나 되셨었는지요."

"1927년에요? 한 예순둘쯤 되셨던가? 아무튼 나이 많은 아버지셨어요. 쉰다섯에 결혼하셨거든요."

"다른 작품도 갖고 계세요?"

그는 다른 벽에 걸린 그림들을 무슨 전시회에라도 온 것처럼 둘러보았다.

"여긴 없어요."

페넬로프가 대답했다.

"여기 있는 그림들은 아버지 친구분들 거예요. 두 쪽짜리 미완성 패널이 있긴 하지만 층계참에 걸려 있어요. 그게 마지막 작품이에요. 그 후엔 관절염이 심해져서 붓을 쥘 수가 없었거든요. 그림을 못 끝낸 이유이기도 하지요."

"관절염이라고요?"

"네. 참 안된 일이었죠. 그치만 아버진 굉장히 긍정적이셨어요. 달관하신 것처럼. 아버진 '돈은 벌 만큼 벌었는걸.' 이렇게 말씀하시는 게 다였어요. 그래도 아버지께는 정말 끔찍이 힘든 일이었을 거예요. 붓을 놓은 지 오래된 이후에도 화실은 계속 벌려놓으셨지요. 울적하시거나 '검은 개가 어깨에 앉아 있다'고 표현하시던 날에는 화실 창가에 앉아 해변을 바라보시곤 하셨어요."

"할아버지를 기억해요?"

행크가 올리비아에게 물었다.

그녀는 머리를 흔들었다.

"아뇨. 돌아가신 후에 제가 태어났어요. 하지만 낸시 언니는 포스케리스의 할아버지 집에서 태어났어요."

"그 집을 아직 가지고 계신가요?"

"아뇨."

페넬로프가 슬프게 대꾸했다.

"어쩔 수 없어서 팔았어요."

"다시 가보신 적 있으세요?"

"40년 동안 못 갔어요. 그런데 이상하게도 오늘 아침엔 꼭 그곳에 가서 모든 걸 돌아봐야겠다는 생각이 문득 들지 뭐예요."

그녀는 올리비아를 쳐다봤다.

"나하고 같이 가련? 일주일만. 도리스네 집에서 지낼 수 있을 거야."

"아."

올리비아는 괜히 망설였다.

"글쎄, 잘 모르겠네요."

"언제든 괜찮아."

페넬로프는 입술을 깨물고는 말을 이었다.

"내가 바보지. 네가 갑작스럽게 시간 낼 수 없는 걸 뻔히 알면서."

"엄마, 미안해요. 하지만 좀 어려워요. 여름까지 조금도 짬이 안 나거든요. 그리고 여름휴가 땐 몇몇 친구하고 그리스에 가기로 해놨어요. 친구들이 빌라하고 요트를 갖고 있어요."

이것도 확실한 계획은 아니었다. 아직 결정을 본 일이 아니니까.

하지만 휴가란 얼마나 값진 시간인가, 올리비아는 태양이 그리웠다. 하지만 말을 하고 나서 곧 죄책감을 느꼈다. 페넬로프의 얼굴에 순간적으로 번지는 실망의 빛을 눈치챘기 때문이었다. 페넬로프는 곧 이해한다는 의미의 웃음으로 표정을 바꿨다.

"그냥 생각해 본 거야. 꼭 누구랑 같이 가야 하는 것도 아니고."

"엄마가 운전해서 가기엔 좀 먼 거리예요."

"기차로 가면 돼."

"랠라 프리드먼하고 가세요. 콘월에 간다고 하면 좋아할 거예요."

"랠라. 그래, 그 생각은 못 했구나. 자 그럼."

화제를 그 정도에서 일단락 지은 페넬로프는 행크를 돌아다보았다.

"우리가 떠드는 바람에 이 친구가 음료수도 한 모금 못 얻어 마셨구나. 뭘 마실래요?"

점심은 느긋하고 즐겁고 맛있었다. 그들은 행크가 친절하게 잘라준 소 안심 스테이크와 아삭아삭한 샐러드, 당근 소스, 요크셔푸딩, 맛이 진한 그레이비 수프를 먹으며 이야기꽃을 피웠는데, 페넬로프는 행크에게 폭발적인 질문 공세를 해댔다. 미국과 그의 가정, 부인, 아이들에 대해서. 손님 접대 차원에서 식사 동안 즐겁게 화제를 이끌어 가려는 의도라기보다는 그녀가 정말 관심이 있기 때문이라는 사실을 올리비아는 잘 알고 있었다. 사람들은, 특히 외국에서 온 이방인은 늘 페넬로프가 흥미를 보이는 대상이었는데 그 주인공이 교양 있고 매력적인 인물일 때는 흥미가 훨씬 더했다.

"조지아주 돌턴에 사세요? 난 그곳이 상상이 안 돼요. 아파트에 사세요? 아니면 정원이 있는 단독주택에?"

"집도, 정원도 있어요. 우린 그냥 마당이라고 부르지만."

"그런 기후라면 뭐든지 재배할 수 있을 것 같군요."

"그 분야는 솔직히 잘 몰라요. 정원사를 한 사람 두고 관리시키지요. 잔디 한번 손수 깎아본 일이 없다는 사실도 고백해야겠고요."

"그럴 수 있어요. 창피해하실 필요는 없어요."

"킬링 부인께서는요?"

"엄마는 뭐든지 손수 하세요."

올리비아가 대답했다.

"저기 창문 너머로 보이는 게 전부 엄마 작품이에요."

행크는 놀라워했다.

"믿어지지가 않는군요. 일이 무척 많을 텐데."

페넬로프는 웃었다.

"그렇게 질린 표정은 짓지 마세요. 나한텐 절대로 궂은 일이 아니니까. 오히려 한없는 즐거움이지요. 하지만 이젠 더 이상 그렇게 못하겠더라고요. 그래서 월요일 아침부턴 평생 처음으로 정원사를 쓰기로 했어요."

올리비아는 놀라서 입이 벌어졌다.

"정말요? 정말이에요?"

"한 사람 물색 중이라고 얘기했잖니."

"네. 그렇지만 진짜 그러실 줄이야."

"퍼들리에 아주 좋은 회사가 있어. 오토가든이란 곳인데 내 생각엔 이름이 썩 어울리진 않지만 그건 중요하지 않고. 일주일마다 세 번 젊은 사람을 보내주지. 땅파기같이 힘든 일을 부탁할 생각인데 사람이 고분고분하면 장작 패기나 조개탄 찍기 같은 일도 시키려고. 어쨌든 좀 두고 보자. 게으름뱅이를 보내거나 임금을 너무 비싸게 부르면 바로 계약을 취소할 수도 있어. 행크, 고기 더 들어요."

점심은 오후 내내 계속되었다. 그들이 테이블에서 일어났을 땐 거의 4시가 다 돼 있었다. 올리비아가 설거지를 하겠다고 했지만 페넬로프는 거절했다. 대신 그들은 코트를 걸치고 바람도 쐴 겸 정원으로 나갔다. 그들은 사방을 둘러보며 거닐었다. 행크는 비죽비죽 튀어나온 나뭇가지를 잡아주며 페넬로프의 걸음을 도왔고 올리비아는 사과나무 밑에 돋아난 백부자 한 줄기를 런던으로 가져가려고 꺾었다.

작별하면서 행크는 페넬로프에게 키스했다.

"뭐라고 감사드려야 할지 모르겠어요. 정말 즐거웠습니다."

"또 와요."

"네, 그러겠어요."

"미국엔 언제 가죠?"

"내일 아침에요."

"너무 빨리 돌아가시는군요. 만나서 정말 즐거웠어요."

"저도 그렇습니다."

그는 차 옆으로 가서 차 문을 열고 올리비아가 타기를 기다렸다.

"엄마, 잘 있어요."

"오냐, 귀여운 것."

두 사람은 서로 껴안았다.

"코스모 일은 안 됐다만 너무 슬퍼 마라. 그냥, 함께 보낸 시간에 감사하면 돼. 자꾸 떠올릴 필요도 없고. 후회하지도 말고."

올리비아는 자신 있게 웃어 보였다.

"네. 후회 안 해요."

"그래 별 소식 없으면 다음 주말에 기다리마. 안토니아와 함께 오렴."

"네."

"잘 가거라, 아가야."

그들은 갔다. 올리비아가 갔다. 그녀는 밍크 목도리를 귀까지 올라오게 두르고 밤색 코트에 감싸여 손에는 투구꽃 줄기를 들고 갔다. 꼭 어린애처럼. 페넬로프는 딸에 대한 안된 마음이 뭉클하게 솟았다. 부모 눈엔 자식은 언제나 어린애일까. 서른여덟의 성공한 직업인인데도. 자신의 아픔은 뭐든지 참아낼 수 있어도 자식이 아파하는 걸 보는 건 못 참는 게 부모 아닌가. 그녀의 마음은 올리비아와 함께 런던으로 달려가고 있었지만 몸은 낮 동안의 활동으로 고단했다. 그녀는 천천히 집 안으로 들어갔다.

다음 날 아침에도 여전히 피곤하고 몸이 찌뿌드드했다. 우울하게 잠에서 깨어 이유를 찾지 못하다가 코스모를 기억해 냈다. 비도 내리고 일요일 점심에 올 손님도 없자, 그녀는 침대에서 10시 30분까지 뒹굴다가 일어나 옷을 입고 일요일 신문을 가지러 마을로 내려갔다. 교회 종이 울리고 몇몇 사람이 아침 예배에 참석하러 묘지문을 지나 교회로 들어가는 게 보였다. 페넬로프는 가끔 자신이 정말 열렬한 신자였으면 하고 바라곤 했다. 물론 그녀도 막연히 신을 믿었고 크리스마스나 부활절에는 교회에 갔다. 뭔가 믿고 마음을 의지할 데가 없다면 인생은 더욱 힘들 것이기 때문이었다. 하지만 교회 묘지의 낡은 비석 사이로 난 오솔길에 이어진 마을 사람들의 행렬을 바라보는 지금은 위안을 얻을 수 있다는 확신을 가지고 저들의 무리에 끼어드는 일도 괜찮을 듯싶었다. 하지만 그녀는 실제로 그러진 않았다. 예전에 잘 되지 않았던 일이 이제 와서 새삼 잘 될 것 같지 않았다. 이것은 신에게 무슨 잘못이 있어서가 아니라 그녀 마음의 문제였다.

다시 집으로 와서 벽난로를 켜고《더 옵저버》를 읽은 다음 식은 고기 한 조각과 사과 한 개, 와인 한 잔으로 요기를 했다. 그녀는 부엌 테이블에서 먹고 거실로 가서 잠깐 낮잠을 잤다. 깼었을 땐 비가 그쳐 있었다. 그녀는 소파에서 일어나 장화를 신고, 낡은 재킷을 입고 정원으로 나갔다. 지난가을에 장미나무 줄기를 전지하고 퇴비를 잘 해주었지만, 아직 새싹이 올라오지 않은 죽은 가지가 몇 개 보였다. 그녀는 가시에 찔리지 않도록 조심하면서 줄기 밑동을 잘라버렸다.

늘 그랬듯이 일단 일을 시작한 그녀는 시간도 잊은 채 장미에만 온 신경을 쏟았다. 두 사람이 잔디밭을 가로질러 그녀 쪽으로 다가오는 것이 보이자 그녀는 움찔했다. 차 소리도 듣지 못했을뿐더러 오기로 한 손님도 아무도 없었다. 여자애 한 명과 남자 한 명이었다. 키가 크고 아주 잘생긴 젊은 남자는 짙은 밤색 머리에 푸른 눈을 하고서 주머니에 손을 넣고 있었다. 앰브로즈였다. 그녀는 심장이 멎어버리는 줄 알았다. 그녀는 바보처럼 굴지 말자고 스스로를 타일렀다. 앰브로즈라니 당치도 않았다. 그가 과거를 거슬러서 그녀 앞에 불쑥 나타날 리는 없다. 그녀의 아들, 노엘이었다. 죽은 자기 아버지를 쏙 빼닮은 그가 불쑥 나타날 때마다 그녀는 이렇게 깜짝깜짝 놀라곤 했다.

노엘이 여자애 한 명과 함께 오고 있었다.

그녀는 허리를 쭉 펴고 얼굴에 웃음을 띠며 전지가위를 주머니에 집어넣고 장갑도 벗었다. 그러고는 장미 덩굴에서 걸어 나왔다.

"안녕, 엄마."

손은 여전히 주머니에 넣은 채 그녀 옆으로 다가선 그는 몸을 구부리고 그녀의 뺨에 키스했다.

"놀래라. 어디서 오는 길이냐?"

"윌트셔에 있었어요. 어떻게 지내시나 해서 왔어요."

윌트셔? 윌트셔에서 오는 길에 들렀다고? 거긴 여기와 방향이 다른 곳이 아닌가.

"애머벨이에요."

"처음 보는군요."

"안녕하세요."

애머벨은 손을 내밀어 악수를 청하지도 않고 그대로 서 있었다. 그녀는 어린애처럼 가냘팠고 해초 같은 머리와 창백한 초록색 눈동자를 가지고 있었다. 그녀가 입고 있는 발목까지 오는 치렁치렁한 큰 코르덴 코트가 왠지 낯익어서 찬찬히 살펴본 페넬로프는 그 코트가 오클리 가에서 이사 올 때 슬그머니 없어진 로런스 스턴의 것이라는 걸 알아봤다.

그녀는 노엘에게로 돌아섰다.

"윌트셔에 있었다고? 누구하고?"

"얼리라는, 애머벨 친구 집에서요. 우린 점심 먹고 떠나왔어요. 병원에 입원하신 이후 못 뵈어서 잠깐 들렀어요. 몸은 좀 어떠세요?"

그는 밝게 웃으며 말을 계속했다.

"우선 정말 멋있어 보인다는 말부터 해야겠어요. 창백한 얼굴로 소파에서만 뒹구실 줄 알았는데."

병원 얘기가 그녀의 비위를 거슬렀다.

"어리석은 작자들이야. 난 아픈 데라곤 없어. 낸시가 괜히 호들갑을 떤 거야. 난 멀쩡하단 말이야."

그러다 문득 먼 길을 달려 찾아온 노엘을 자기가 너무 쌀쌀하게 대하고 있다는 느낌이 들어 말했다.

"신경 써줘서 정말 고맙구나. 난 아주 건강해. 두 사람 다 만나서 기쁘고. 몇 시지? 4시 30분이 다 돼 가네. 차 한잔하련? 들어가자꾸나. 노엘, 넌 애머벨을 데리고 먼저 들어가렴. 거실에 불이 아주 따뜻해. 난 잠시 후에 갈게, 장화를 벗어야 하거든."

그는 그녀를 뒤에 두고 잔디밭을 건너 온실 문 쪽으로 갔다. 그녀는 그들이 가는 모습을 바라보다가 창고로 들어가 신발을 바꿔 신고 재킷을 벗어 건 다음 계단을 올라 빈 침실들을 지나 그녀의 침실로 가서 손을 씻고 머리를 빗었다. 그러고는 반대쪽 계단을 내려와 부엌으로 가서 주전자를 레인지 위에 올려놓았다. 그녀는 깡통에 든 과일 케이크도 찾아냈다. 노엘은 과일 케이크를 좋아했고, 함께 온 아가씨 애머벨은 살이 좀 찔 필요가 있어 보였다. 페넬로프는 혹시 거식증에 걸린 아이가 아닐까 궁금해졌다. 하지만 별로 놀랄 일은 아니었다. 노엘은 언제나 특이한 여자를 친구로 삼아 왔으니까.

그녀는 차를 끓여 쟁반에 받쳐서 거실로 갔다. 로런스의 코트를 벗은 애머벨은 소파 모서리에 삐쩍 마른 고양이처럼 웅크리고 앉아 있었고, 노엘은 꺼져 가는 잿더미 위에 장작을 쌓고 있었다. 페넬로프가 쟁반을 내려놓자 애머벨이 말했다.

"참 굉장한 집이에요."

페넬로프는 다정하게 보이려고 신경 쓰며 대답했다.

"그래. 친근하지 않니?"

초록 눈동자는 「조개 줍는 아이들」에 가서 멈춰 섰다.

"굉장한 그림이네요."

"모두들 그렇게 말한다우."

"콘월 풍경이에요?"

"응. 포스케리스예요."

"그런 것 같았어요. 휴가 때 한 번 가본 적이 있거든요. 하루 종일 비만 내렸지만."

"저런."

그녀는 다른 할 말이 생각나지 않자, 차를 따라서 잔을 하나씩 건네주고 과일 케이크도 잘라 놓았다. 그러고는 다시 얘기를 시작했다.

"주말 얘기 좀 해보렴. 재미있었니?"

그들은 재미있었다고 그녀에게 말했다. 금요일 밤 10시에 파티를 열어 토요일까지 계속했고, 저녁은 또 다른 집에서 먹었고, 저녁 후에는 춤을 추다가 새벽 4시에야 잠자리에 들었다고 했다.

페넬로프는 그게 말할 수 없이 끔찍한 일로 들렸지만 겉으로는,

"참 좋았겠다."

라고 대꾸했다.

그들이 더 할 말이 없어 보이자, 그녀는 자기 얘기를 시작했다. 올리비아가 미국 남자와 다녀간 얘기도 했다. 애머벨은 하품을 연달아 했고 노엘은 불 옆에 있는 낮은 걸상에 앉아서 찻잔은 바닥에 놓은

채 긴 다리를 잭나이프처럼 접고 경청하듯 듣고 있었지만, 실상은 별로 주의를 기울이지 않고 있다는 걸 페넬로프는 알았다. 코스모 얘기를 할까 하다가 그만두었다. 안토니아가 이곳 포드모어 오두막에 와서 함께 지내게 되었다는 말도 할까 하다가 역시 그만두었다. 그는 코스모를 모를뿐더러 집안일에도 별 관심이 없었다. 정확히 말하면 그는 자기 자신밖에는 몰랐다. 그는 외모뿐 아니라 그런 성격까지도 자기 아버지를 쏙 빼닮았다.

그녀는 그가 하는 일은 어떤지 입을 떼려다가 그가 먼저 말을 꺼내는 바람에 도로 다물었다.

"엄마, 콘월 얘기 좀 해주세요. 외할아버지 작품 한 점이 이번 주에 부스비 화랑에서 경매에 부쳐지는 것 아세요? 「물동이를 나르는 여인들」이라는 작품인데 항간에선 20만 파운드를 호가할 거라고 해요. 그렇다면 정말 굉장한 구경거리일 거예요."

"응. 알고 있다. 어제 점심 중에 올리비아가 그러더구나."

"런던에 가셔야 해요. 봐두는 것도 괜찮다고요."

"너도 갈 거냐?"

"사무실을 비울 수 있으면요."

"그런 오래된 작품들이 빛을 보게 되다니 정말 뜻밖이에요. 어마어마한 가격도요. 이 일을 아시면 불쌍한 아버진 무덤 속에서도 일어나실 걸요. 부스비는 이번에 돈을 많이 벌 거예요. 《선데이 타임스》지에 실린 화랑 광고 보셨어요?"

"난 아직 《더 타임스》도 못 읽었단다."

그것은 그녀의 안락의자에 접힌 대로 놓여 있었다. 노엘이 집어들고 펼치더니 광고 지면을 찾아내 그녀에게 내밀었다. 그녀는 밑바닥 한 귀퉁이에 있는 미술 경매상 부스비의 정규 광고를 보았다.

'소품 또는 대작 발굴'이라고? 그녀는 시선을 작은 지면으로 옮겼다. 유화 소품 두 점을 판매한다는 내용인데 두 점은 화법이나 주제 면에서 아주 유사했다. 하나는 350파운드, 또 하나는 1만 6천 파운드 이상의 가격이라고 돼 있었다.

그녀는 노엘의 눈길을 느끼며 계속 읽어나갔다.

부스비의 이번 경매는 그동안 주목받지 못했던 빅토리아 시대 작품을 재평가하는 계기가 될 것입니다. 우리의 경험과 도움말 이 고객들에게 제공될 것입니다. 감정하고 싶은 그 시대 작품이 있으시면 우리의 전문가 로이 브루크너한테 전화하십시오. 그 는 언제든 무료 출장 상담에 응할 것입니다.

주소와 전화번호가 나와 있고, 그게 다였다.

페넬로프는 신문을 접어 있던 자리에 다시 놓았다. 노엘은 기다렸다. 그녀는 고개를 들어 그를 쳐다보았다.

"왜 이걸 나한테 보여주니?"

"엄마가 관심 있어 하실 것 같아서요."

"내 그림들을 감정해 보란 말이냐?"

"전부는 말고 로런스 스턴 것만요."

"보험이라도 들라고?"

페넬로프는 농담하듯 대꾸했다.

"원하시면요. 전 엄마가 그림에 대해서 어느 정도 액수의 보험에 가입하셨는지는 모르니까요. 하지만 지금이 값이 제일 좋을 때라는 사실은 명심하세요. 밀레 작품이 80만 파운드에 거래되는 정도니까."

"나한테 밀레 작품 같은 건 없어."

"그럼 그림을 팔 생각은 전혀 없으세요?"

"팔아? 내 아버지 그림을?"

"「조개 줍는 아이들」은 놔두더라도 패널화들은 팔 수 있잖아요?"

"그건 미완성작이야. 아마 가치도 없을 거다."

"그건 엄마 생각이지요. 바로 그래서 감정해 보자는 거예요. 그 작품의 가치를 알고 나면 생각이 바뀌실 거예요. 다락에 처박아 두니까 아무도 못 보잖아요. 엄마도 안 보게 되죠? 없어지더라도 생각도 안 날 걸요."

"내가 그 그림들을 그리워할지 안 할지 네가 어떻게 아니?"

그는 어깨를 으쓱했다.

"그냥 지레짐작이죠, 뭘. 작품성이 대단한 것도 아니고 주제도 좀 역겨운 거니까."

"네가 그렇게 느낀다면 눈앞에 보이지 않는 게 차라리 다행이구나."

그녀는 그에게서 고개를 돌렸다.

"애머벨, 차 한 잔 더 하겠수?"

노엘은 그녀가 냉담해지면서 위엄을 차리려 할 때는 화가 나기 시작했다는 증거이고, 이럴 때 계속 주장을 펴는 것은 이롭기는커녕 오히려 그녀의 고집을 부추기는 일일 뿐이라는 사실을 알고 있었다. 그는 자신의 생각이 무엇인지는 밝힌 셈이었다. 이제 혼자 있게 되면 그녀는 그의 말을 곰곰이 생각해 보기 시작할 것이다. 그는 아주 밝게 웃으며 자신의 생각이 너무 성급했음을 시인했다.

"맞아요. 엄마가 옳았어요. 더 이상 그 얘긴 하지 않을게요."

그는 자기 잔을 내려놓고는 소매를 들쳐 시계를 보았다.

"바쁜 일이 있나 보지?"

그녀가 그에게 물었다.

"오래 머물 순 없어요. 런던까지 갈 길이 먼데 도로가 몹시 막힐 거예요. 엄마, 내 방에서 스쿼시 라켓 보셨어요? 경기가 있는데 런던 집에선 보이지 않아서요."

화제가 바뀐 걸 다행으로 여기며 페넬로프는 대답했다.

"모르겠는데."

포드모어 오두막의 그의 작은 방에는 종이박스와 트렁크, 그리고 다양한 운동기구가 지저분하게 널려 있었지만, 그가 자고 가는 일이 드물었기 때문에 그녀가 들어갈 일도 거의 없었고 따라서 그 잡동사니 속에 뭐가 섞여 있는지는 전혀 알지 못했다.

"네가 가서 찾아보지 그러니?"

"그러지요."

노엘이 긴 다리를 쭉 펴고 일어났다.

"금방 갔다 올게요."

그가 자리를 뜨자 바로 계단을 오르는 발소리가 들렸고, 애머벨은 마음 붙일 곳 없는 인어처럼 처진 모습으로 하품만 하며 앉아 있었다.

"노엘을 안 지 오래됐어요?"

페넬로프는 그렇게 물으면서 너무 형식적인 자신의 태도를 속으로 못마땅해했다.

"석 달쯤요."

"런던에 살고?"

"부모님은 레스터셔에 계시지만 저는 런던 아파트에 살아요."

"직업은 있고?"

"필요할 때만 일해요."

"차 한 잔 더 하겠어요?"

"아뇨. 케이크 한 조각만 더 주세요."

페넬로프가 주자, 그녀는 받아먹었다. 페넬로프는 자신이 신문을 집어 들어 읽는 것을 혹시 그녀가 눈치채지 않았을까 궁금했다. 젊을 때는 웬만하면 매력적인 법인데 어떻게 이다지도 곱게 봐줄 데가 없을까……. 음식은 입을 다물고 씹어야 한다는 사실을 모르고 있는 것 같은 애머벨의 천박한 입놀림을 보면서 그녀는 생각했다.

결국 그녀는 더 이상 애써 봤자겠다 싶어져 곧 잠들어 버릴 것 같은 애머벨을 혼자 남겨둔 채 차 쟁반을 들고 부엌으로 나왔다. 그녀가 찻잔과 주전자, 쟁반을 닦는 동안에도 노엘은 나타나지 않았다. 아직 스쿼시 라켓을 찾고 있는 모양이었다. 그녀는 그를 도와야겠다고 생각하면서 부엌 쪽 계단을 올라가 침실들을 지나 집 맨 끝에 있는 노엘의 방으로 갔다. 방문은 열려 있었지만 방 안에는 노엘이 없었다. 참 이상한 일도 있다고 느끼며 그녀가 잠시 주저하는 사이 머리 위에서 발소리가 들렸다. 다락에? 다락에서 뭘 하지?

그녀는 천장을 쳐다봤다. 나무 사다리가 천장에 난 네모진 구멍으로 놓여 있었다.

"노엘?"

잠시 후 구멍 속에서 긴 다리와 상체가 순서대로 나타나더니 민첩하게 나무 사다리를 타고 내려왔다.

"도대체 거기서 뭘 했니?"

그가 그녀 옆으로 다가섰다. 윗도리는 먼지로 뿌옇고, 머리엔 거미줄이 걸쳐져 있었다.

"스쿼시 라켓이 방에 없어서 지붕 속 다락에 있나 하고요."

그가 대답했다.

"그런 건 거기 없다. 거긴 오클리 가에서 가져온 잡동사니뿐이야."

그는 먼지투성이가 된 채 껄껄 웃었다.

"잡동사니라니요?"

그녀가 작고 어질러진 침실로 들어가 코트 몇 개와 삼각의자 두 개를 들어 내자 스쿼시 라켓이 나왔다.

"여기 있잖니. 넌 뭐 찾는 데는 아주 밥통이야."

"아, 거기 있었군요. 어쨌든 고마워요."

그는 라켓을 받아 들었다. 그녀가 그의 얼굴을 살폈지만 특별히 다른 낌새가 느껴지거나 하진 않았다.

"애머벨이 네 외할아버지 코트를 입고 있더구나. 언제 가져갔니?"

그 말에도 그는 당황하지 않았다.

"이사할 때요. 엄마가 입을 것 같지는 않았고, 옷을 썩히기는 아깝고 그래서요."

"나한테 얘기하고 가져갔어야지."

"알고 있어요. 돌려드릴까요?"

"필요 없다. 그냥 가지고 있거라."

그녀는 애머벨이 코트를 누더기처럼 걸친 모습을 떠올려 보았다. 애머벨, 그리고 셀 수도 없이 많은 여자애들을.

"네가 나보다 그 옷을 잘 쓸 테니까."

두 사람이 거실로 가자 애머벨은 잠에 빠져 있었다. 노엘이 흔들어 깨우자, 그녀는 다시 다리를 구부리고 고양이처럼 웅크려 앉았다. 눈에는 졸음이 가득했다. 그는 그녀에게 코트를 입히고 나서 엄마에게 작별 키스를 했다. 그러고는 애머벨과 떠나갔다. 그들을 배웅한 그녀는 현관으로 들어와 문을 닫고 부엌으로 왔다. 기분이 영 개운치 않았다. 지붕 속에서 뭘 찾았을까? 스쿼시 라켓이 거기 없는 걸 뻔히 알면서도. 도대체 뭘 찾았을까?

그녀는 거실로 돌아와 벽난로에 장작 한 개비를 더 얹었다.《더 선데이 타임스》는 놔둔 자리에 그대로 있었다. 그녀는 허리를 굽혀 신문을 집어 들고 부스비 광고를 다시 한번 읽었다. 그러고는 책상으로 가서 가위를 찾아 조심스럽게 오려낸 후, 책상 서랍 속에 넣었다.

한밤중에 그녀는 자다가 벌떡 일어났다. 바람이 세게 불고 비가 내리는 칠흑 같은 밤이었다. 창문이 덜컹거리고 유리창에 빗방울이 요란스럽게 부딪쳤다.

애머벨이 그랬었지. "콘월에 갔을 땐 하루 종일 비가 내렸어요." 하고. 포스케리스. 그녀도 대서양 쪽에서 부는 바람에 실려 오던 비를 기억하고 있었다. 그리고 캄캄한 밤에 지금처럼 누워 있던 칸 별장, 그녀의 침실과 멀리 해변에서 부서지는 파도 소리, 열린 창으로 들어

온 바람에 휘날리던 커튼, 방 안까지 쏟아져 들어오던 등대의 불빛도. 그녀는 꽃향기가 진동하던 정원과 언덕으로 난 오솔길, 언덕 꼭대기에서 보이던 전망, 드넓은 해안, 눈이 시리도록 파란 바다도 생생하게 떠올릴 수 있었다. 돌아가고 싶은 간절한 이유 중에는 바다도 끼어 있었다. 글로스터셔도 아름답지만 바다는 없다. 그녀는 바다가 너무도 그리웠다. 지난날이 먼 나라라고 해도 여행은 할 수 있지 않은가. 돌아가는 걸 가로막을 구실은 하나도 없다. 혼자든 함께든 그것은 문제가 되지 않는다. 더 늦기 전에 서쪽 길을 따라 영국의 거친 땅끝 마을로, 한때 그녀가 살았고 사랑도 했던 젊은 시절의 그곳으로 돌아가자.

6

로런스

페넬로프는 열아홉 살이었다. 라디오 뉴스 전황 발표를 근심스럽게 귀담아듣다 보면, 사이사이로 「진보랏빛」, 「이 바보 같은 것들」 같은 가요들, 그리고 프레드 아스테어와 진저 로저스가 출연한 최신 영화 음악도 흘러나왔다. 여름 내내 마을은 행락객들로 꽉 차 있었다. 뜨거운 태양 속에 물통과 삽과 비치볼을 내다 건 가게들에서는 고무 냄새가 났다. 휴일이면 캐슬 호텔에 머무는 맵시 좋은 여자들이 파자마를 입고 거리를 활보하거나 대담한 비키니를 입고 일광욕을 하면서 현지 사람들한테 충격을 주었다. 이제 행락객들은 대부분 사라져 버렸지만, 백사장 여기저기에는 아직도 몇몇 사람이 남아 있었다. 천막이나 간이 탈의실도 아직 철거되지 않은 상태였다. 페넬로프는 바닷가를 거닐다가 아이들을 보았다. 유니폼을 입은 나이 든 하녀들이 접는 의자에 앉아, 모래성을 파거나 얕은 파도 속으로 들어가며 비명을 지르는 아이들한테 눈을 떼지 않으면서 손뜨개질을 하고 있었다.

따뜻하고 화창한 여름 아침이었다. 집 안에 있기에는 너무 좋은 날씨였다. 소피한테 함께 나오자고 했지만, 소피는 부엌에 남아 점심 준비를 하는 쪽을 택했다. 페넬로프는 소피가 닭고기 카술레(프랑스 남서부의 향토 요리. 일종의 스튜 _옮긴이)를 하기 위해 채소를 자르는 것을 보고 부엌을 나왔다. 아빠는 아까 아침 식사를 마친 뒤 낡은 넓은 테 모자를 쓰고 화실로 가셨다. 페넬로프는 화실에 가 아빠를 불러 올 작정으로 나선 참이었다. 아빠와 함께 다시 언덕을 올라와 칸 별장으로 돌아오면, 전통적인 점심 식사가 기다리고 있을 예정이었다.

"아빠가 펍에 들어가시게 하면 안 돼. 오늘은 안 돼. 곧장 집으로 모셔 와야 한다."

페넬로프는 그러겠다고 약속은 했다. 그러나 그들이 소피가 만든 카술레 앞에 앉을 때쯤이면 아빠가 펍에 들리건 말건 어차피 상관없게 될 터였다. 그때가 되면 아빠가 어찌했는지 알게 될 테니까.

페넬로프는 해변이 끝나는 곳까지 왔다. 바위와 다이빙대가 있는 곳이었다. 콘크리트 층계를 걸어 올라가니 좁고 자갈이 깔린 길이 나왔다. 길은 드문드문 널린 회백색으로 미장된 집들 사이를 굽이돌며 언덕 아래로 내려가고 있었다. 여기저기 수많은 고양이가 하수구에 있는 생선 찌꺼기들을 뜯고 있었다. 갈매기들이 머리 위로 높이 날아오르기도 하고 지붕 꼭대기나 굴뚝에 앉아 차갑고 노란 눈으로 세상을 둘러보며 딱히 대상도 없이 도전적인 비명을 질러대고 있었다.

언덕이 끝나는 곳에는 교회가 있었다. 아침 예배를 알리는 종이 울리고 있었다. 평소보다 훨씬 많은 신도들이 자갈길 위를 무겁게 걸어 교회의 커다란 참나무 문 너머 어둠 속으로 사라졌다. 신도들은 짙은 색 옷을 입고, 경건하게 모자를 쓰고, 진지한 얼굴에 엄숙한 걸음걸이로 온 마을에서 모여들었다. 웃음을 짓는 얼굴은 별로 없었다. 아무도 아침 인사를 하지 않았다.

11시 15분 전이었다. 항구에는 썰물이 반쯤 빠져나가 있었고, 벽에 묶인 어선들은 나무 기둥에 기댄 채 기울어 있었다. 이상하게도 사람들이 다 떠나가 황량해진 느낌이었다. 낡은 청어 상자를 가지고 놀고 있는 아이들 한 무리, 항구 맞은편 배 위에서 일하고 있는 남자 한 사람뿐이었다. 그 남자의 망치질 소리가 황폐한 모래밭을 가로질러 울려 퍼지고 있었다.

교회 시계가 울리기 시작하자 교회 탑 꼭대기에 앉아 있던 갈매기들이 하얀 날개를 퍼덕이며 구름처럼 날아올랐다. 교회 종소리에 방해받아 화가 난 갈매기들이 목청껏 울어댔다. 페넬로프는 계속 걸었다. 카디건 호주머니에 손을 넣은 채 천천히 걷고 있었다. 갑자기 산들바람이 몇 차례 가볍게 불며 페넬로프의 길고 검은 머리를 날렸다. 머리카락 몇 올이 뺨에 흘러내렸다. 페넬로프는 문득 자기가 고독하다는 느낌을 받았다. 주위에는 다른 사람이 없었다. 그녀가 항구에서 발길을 돌려 가파른 길을 올라가기 시작할 때, 열린 창문들 사이로 빅벤의 마지막 종소리가 울리는 것이 들렸다. 라디오에서 나오는 말소리도 들을 수 있었다. 집 안의 가족 모두가 라디오 주위에 모여 서로 가까이 다가앉은 채 위로를 주고받고 있겠지.

이제 페넬로프는 다운얼롱에 와 있었다. 마을 가운데서도 오래된 곳이었다. 페넬로프는 자갈이 깔린, 당황할 정도로 뒤엉킨 미로 같은 길을 걸어가다 느닷없이 광장과 만나기도 하면서 노스 비치의 넓은 해안을 향해 나아가고 있었다. 파도가 해안에 부딪히며 부서지는 소리가 들렸다. 바람도 느낄 수 있었다. 해풍이 페넬로프의 면 드레스의 치맛자락을 홱 잡아당기면서 머리카락을 흐트러뜨렸다. 모퉁이를 돌자 해변이 보였다. 토머스 부인의 작은 가게가 보였다. 신문을 팔기 위해 한 시간 동안 문을 열어놓은 것이었다. 문 밖의 신문 가판대 위에는 묘비명처럼 크고 묵직한 헤드라인을 실은 신문들이 가득 꽂혀 있었다. 호주머니에는 동전 몇 개가 있었다. 불안감에 울렁거리던 그녀의 배 속에 공복감이 몰려왔다. 페넬로프는 가게 안으로 들어가 2펜스를 주고 캐드베리 페퍼민트 초콜릿 바를 하나 샀다.

"산책 나왔구나?"

토머스 부인이 물었다.

"네. 아빠 모시러 왔어요. 아빤 화실에 계세요."

"이런 아침에는 그런 데 있는 게 제일 낫지. 집 밖에 나와서 말이야."

"네."

"그런데 야단났어."

부인은 카운터 너머로 초콜릿을 건네주며 말을 이었다.

"우리가 그 망할 독일 놈들과 전쟁을 시작했다고 체임벌린 씨가 그러더라."

토머스 부인은 예순이었다. 페넬로프의 아버지나 유럽 전역에 살고 있는 다른 수백만 명의 무고한 사람들처럼, 부인도 이미 한 번의 무서운 전쟁을 겪었다. 토머스 부인의 남편은 1916년에 전사했다. 그리고 부인의 아들 스티븐은 이미 콘월 공작의 경보병대 소속 사병으로 징집돼 나가 있었다.

"일어날 수밖에 없는 일이야. 난 그렇게 생각해. 계속 아무것도 안하고 있을 순 없지. 그 불쌍한 폴란드 사람들이 파리처럼 죽어가고 있는데."

"맞아요."

페넬로프가 초콜릿을 받아 들었다.

"그럼 아버지한테 안부 전해라. 아버진 여전히 정정하시지, 그렇지?"

"네, 건강하셔요."

"그럼 잘 가거라."

"안녕히 계세요."

다시 거리로 나오자 추웠다. 바람이 더 강하게 불고 있었다. 얇은 드레스와 카디건으로는 당할 수가 없었다. 페넬로프는 초콜릿 껍질을 까먹기 시작했다. 전쟁. 하늘을 올려다보았다. 무수한 폭격기들이 바로 여기에 나타날지도 모른다고 생각하면서. 뉴스나 영화에서 본 비행기 편대들처럼, 물결 뒤에 또 물결을 이루며 폴란드를 유린하는 그 비행기들처럼. 그러나 하늘에는 바람에 날려가는 구름뿐이었다.

전쟁. 이상한 말이었다. 죽음처럼. 그 말을 하면 할수록, 그 말에 대해 더 많이 생각하게 되고, 그럴수록 그 뜻은 더욱더 알기 힘들어졌다. 페넬로프는 초콜릿을 씹으며 계속 걸었다. 로런스 스턴의 화실로 향하는 좁은 자갈길을 걷고 있었다. 아빠를 찾아가서 점심 먹을 시간이 됐고 맥주를 마시러 펍에 들러서는 안 되며, 결국에는 전쟁이 시작되었다는 것을 알려드리려고.

아빠의 화실은 원래 그물을 넣어두던 낡은 다락이었다. 천장이 높았고 바람이 잘 통했으며, 북쪽에 난 커다란 창으로는 바깥 저 너머 해변과 바다를 마주 보고 있었다. 오래전에 아빠는 커다란 배불뚝이 난로를 갖다 놓고 지붕 꼭대기까지 닿는 연통을 세웠다. 그러나 그 난로에 불길이 활활 타오를 때도 그곳은 결코 따뜻하지 않았다.

지금도 따뜻하지 않았다.

로런스 스턴은 십 년 넘게 일을 하지 않았다. 그러나 작업에 필요한 연장들은 사방에 널려 있었다. 마치 당장이라도 그것을 집어 들고 다시 그림을 시작할 것처럼. 이젤, 캔버스, 반쯤 쓰다 남은 물감 튜브, 물감이 말라붙은 팔레트, 모델이 앉는 의자는 휘장을 친 상단에 놓여 있었으며, 쓰러질 듯한 탁자 위에는 남자 석고 두상과 낡은《더 스튜디오》잡지들이 쌓여 있었다. 방의 냄새는 강렬한 향수를 불러일으켰다. 유화 물감과 테레빈유가 열린 창문을 통해 쏟아져 들어오는 소금기 나는 바람과 섞인 냄새였다.

페넬로프는 여름에 쓰는 나무 서핑보드가 한쪽 구석에 쌓여 있는 것을 보았다. 줄무늬가 있는 목욕 타월은 한번 내던져진 다음, 잊힌 채 의자에 걸려 있었다. 페넬로프는 또다시 여름이 있을지, 그 서핑보드와 타월을 다시 사용하게 되는 날이 올지 궁금했다.

문이 바람을 맞아 등 뒤에서 쾅 소리를 내며 닫혔다. 아빠가 고개를 돌렸다. 아빠는 팔꿈치를 창틀에 기대고 긴 다리를 꼰 채 창 밑 의자에 옆으로 비스듬히 앉아 있었다. 아빠는 바닷새, 구름, 청록과 하늘색이 섞인 바다, 끝없이 부서지는 파도를 바라보고 있었다.

"아빠."

아빠는 일흔넷이었다. 키가 크고 기품 있는 모습이었다. 깊은 주름살, 짙게 탄 얼굴, 희미해질 줄 모르고 반짝거리는 파란 두 눈. 옷은 화려하면서도 젊은 분위기였다. 빛바랜 빨간 캔버스 천 바지, 낡은 초록색 코르덴 상의, 그리고 넥타이 대신 물방울무늬 손수건이 목을 감싸고 있었다. 오직 머리카락만이 나이를 드러냈다. 눈처럼 하얗고 유행과 동떨어지게 길게 기른 머리. 그 머리카락과 손. 관절염 때문에 뒤틀리고 불구가 된 그 손. 그것이 비극적으로 로런스 스턴의 화가 생활에 종지부를 찍게 하고 말았다.

"아빠."

아빠의 눈길은 우울했다. 마치 페넬로프를 못 알아보는 듯했다. 마치 페넬로프가 낯선 사람, 무서운 소식을 가지고 온 메신저라도 되는 것처럼. 사실 그랬다. 그러다가 갑자기 그의 얼굴에 웃음이 번졌다. 그러면서 한 손을 들어 익숙하고 따뜻하게 환영의 몸짓을 했다.

"내 귀여운 딸이로구나."

페넬로프는 아빠 곁으로 갔다. 페넬로프의 발밑은 바람에 날려 온 모래가 바삭거리는 울퉁불퉁한 나무 바닥이었다. 마치 누군가 설탕 한 봉지를 쏟은 것 같았다. 그는 페넬로프를 가까이 끌어당기며 부드럽게 물었다.

"뭘 먹고 있니?"

"초콜릿 페퍼민트요."

"그랬단 밥맛이 없을 텐데."

"아빠, 언제나 그러셔."

페넬로프는 아빠한테서 떨어지며 말을 이었다.

"좀 드릴까요?"

그는 고개를 저었다.

"됐다."

페넬로프는 남은 초콜릿을 카디건 주머니에 넣으면서 말했다.

"전쟁이 시작되었어요."

그는 고개를 끄덕였다.

"토머스 부인이 말해주셨어요."

"알아, 알고 있었다."

"소피가 카술레를 만들고 있어요. 나더러 아빠가 슬라이딩 태클에 술 마시러 가지 못하게 하래요. 바로 집으로 모셔 오라고 했어요."

"그렇다면 가는 게 좋겠구나."

그러나 그는 움직이지 않았다. 페넬로프는 창문을 닫고 빗장을 걸어 잠갔다. 그렇게 하고 나자, 파도가 부서지는 소리가 아까처럼 크고 가깝게 들리지는 않았다. 그의 모자는 바닥에 놓여 있었다. 페넬로프는 모자를 집어 들어 아빠한테 건네주었다. 그는 모자를 쓰면서 일어섰다. 페넬로프는 아빠에게 다가가 팔짱을 꼈다. 부녀는 집을 향해 긴 도보를 시작했다.

칸 별장은 마을을 내려다보는 언덕 위에 서 있었다. 높은 담으로 둘러싸인 정원 속에 들어앉은 작고 네모난 하얀 집이었다. 담에 있는 정문을 통해 안으로 들어가 문을 닫으면, 마치 아무것도—심지어 바람마저도 들어올 수 없는 비밀의 장소에 온 것 같았다. 여름이 끝날 무렵인데도 풀은 아직 진한 녹색이었다. 소피의 화단에는 까실쑥부쟁이, 금어초, 달리아가 찬란하게 피어 있었다. 집 앞면으로 분홍빛 담쟁이 잎을 가진 양아욱과 매년 5월이면 엷은 라일락 빛깔의 꽃이 흐드러지게 피는 참으아리가 기어오르고 있었다. 또한 에스칼로니

215

아 울타리 뒤에 감추어진 채소밭도 있었다. 집 뒤쪽에는 조그만 들판이 있었는데, 그곳에는 소피가 닭과 오리를 기르는 연못이 있었다.

소피는 정원에서 달리아를 한 아름 따며 그들을 지켜보고 있었다. 문이 닫히는 소리를 듣고 소피는 허리를 펴고 그들을 맞으러 나왔다. 바지에 운동화, 그리고 흰 바탕에 파란 줄무늬가 있는 스웨터를 입은 모습이 꼭 어린 소년 같았다. 검은 머리를 아주 짧게 치고 있었기 때문에, 햇볕에 탄 늘씬한 목과 아름다운 두상이 두드러져 보였다. 눈은 검고 컸으며, 광채가 있었다. 모두들 지금 이런 모습이 소피의 가장 훌륭한 모습이라고 말했으나, 소피가 웃음을 짓는 것을 한번 보면 생각이 달라지곤 했다.

소피는 로런스의 아내이자 페넬로프의 어머니였다. 그녀는 프랑스 사람이었다. 소피의 아버지 필리프 샤를루와 로런스는 비슷한 연배로, 1914년 이전 근심 없던 옛 시절, 파리의 한 화실을 함께 쓰며 살았다. 로런스는 소피가 아주 어린 꼬마였을 때부터 알았다. 소피는 튀일리의 정원에서 놀곤 했으며, 술을 마시고 파리의 예쁜 여자들과 함께 악의 없이 떠들어대곤 하던 카페에 아버지와 아버지의 친구들을 따라오곤 했다. 그들은 모두 서로 아주 친했으며, 그런 즐거운 삶이 결코 중단되리라곤 상상도 못 했다. 그러나 전쟁이 터지고 말았다. 전쟁은 그들과 그들 가족을 갈라놓았을 뿐만 아니라, 그들의 나라, 유럽 전체, 그들의 세계를 갈라놓았다.

그들은 서로를 잃었다. 1918년, 로런스는 쉰이 넘은 나이였다. 군인이 되기에는 너무 늙은 나이라, 그는 프랑스에서 구급차를 몰면서 끔찍한 4년을 보냈다. 마침내 로런스는 다리에 부상을 입고 부상

병이 되어 고향으로 돌아왔다. 그래도 그는 살아 있었다. 다른 사람들은 그렇게 운이 좋지 못했다. 그는 필리프가 죽었다는 소식을 들었다. 그러나 필리프의 아내와 아이가 어떻게 되었는지는 알 수 없었다. 모든 것이 끝났을 때, 로런스는 파리로 돌아가 필리프의 가족들을 찾아보았다. 그러나 절망적이었다. 파리는 슬프고 춥고 배고팠다. 사람들이 다 검은 상복을 입고 있는 것 같았다. 언제나 그에게 가득한 기쁨을 주던 파리의 거리들도 그 매력을 잃은 듯했다. 로런스는 런던에 돌아와, 오클리 가에 있는 오래된 가족의 집에 정착했다. 이제 부모님은 다 돌아가셨기 때문에, 집은 그의 것이었다. 그러나 독신 남자가 혼자 살기에 집은 너무 컸고 거추장스러웠다. 로런스는 지하실과 1층만 차지하고, 위층의 방들은 집이 필요하고 또 집세도 조금 낼 수 있는 사람이면 누구한테나 사용하게 해서 이 문제를 해결했다. 집 뒤에 있는 커다란 정원에는 그의 화실이 있었다. 로런스는 그 화실 문을 다시 열었다. 그동안 쌓인 쓰레기들을 깨끗이 치우고, 전쟁의 기억들은 단호히 뒤로 젖혀 둔 채 다시 붓을 잡았다. 그리고 붓과 함께 자기 인생의 실들을 다시 잡았다.

　힘든 시간이었다. 어느 날, 로런스가 끔찍하게 어려운 구성 작업과 씨름을 하고 있을 때, 세 든 사람이 와서 손님이 찾아왔다고 말했다. 로런스는 벌컥 성을 냈다. 그렇지 않아도 좌절감에 휩싸여 있던 터였다. 게다가 그는 작업을 하는 동안에 방해받는 것을 무엇보다 싫어했다. 로런스는 붓을 내던져 기분 나쁘다는 표정으로 걸레에 손을 닦고, 도대체 누가 왔는지 보러 정원 문을 통해 부엌으로 성큼성큼 걸어갔다. 난롯가에 젊은 여자가 서 있었다. 몹시 추운 듯 따뜻한 난로를 향해 두 손을 뻗고 있었다. 그는 그녀가 누군지 알아보지 못했다.

"무슨 일로 오셨죠?"

깡마른 여자는 검은 머리를 아무렇게나 뒤로 대충 묶고 있었으며 낡아 너덜너덜한 외투를 입고 있었다. 외투 밑으로 치맛자락이 들쑥날쑥하게 내려와 있었다. 신발은 다 망가져 있었다. 영락없이 집 없는 아이, 부랑자였다.

여자가 말했다.

"로런스."

여자의 목소리가 로런스의 기억 속 끈을 잡아당겼다. 그는 여자 쪽으로 가 턱을 쥐고 여자의 얼굴을 햇빛이 비치는 창문 쪽으로 천천히 돌려보았다.

"소피."

믿을 수가 없었다. 그러나 여자의 입에서 대답이 나왔다.

"네, 나예요."

소피는 로런스를 찾기 위해 영국으로 왔던 것이다. 혼자였다. 로런스는 아버지의 가장 친한 친구였다. 아버지 필리프는 말했었다.

"만일 나한테 무슨 일이 일어나거든, 로런스 스턴을 찾아가 보거라. 그 친구가 널 도와줄 거다."

이제 필리프는 죽고 없었다. 그리고 어머니 역시 전후 유럽을 노도처럼 휩쓴 유행성 독감에 휩쓸려 돌아가셨다.

"널 찾으러 파리에 갔었다. 도대체 어디 있었니?"

로런스가 물었다.

"리옹에요. 이모하고 살고 있었어요."

"왜 이모하고 계속 있지 않고……."

"아저씨를 찾고 싶었어요."

소피는 집에 머물렀다. 소피는 로런스가 예기치 않은 때에, 그가 애인들 틈바구니에 끼어 있을 때 도착했다. 로런스는 육감적이고 아주 매력적인 남자였기 때문에 파리의 첫 학창 시절부터 잇달아서 아름다운 여인들이 빵 가게 앞에 늘어선 잘 정돈된 줄처럼 로런스의 인생에 들어왔다가는 사라져 갔다. 그러나 소피는 달랐다. 아직 아이였다. 또한, 잘 교육받은 프랑스 소녀답게 아주 능숙하게 집안을 관리했으며, 요리와 장보기와 수선과 커튼 빨래나 바닥 닦는 일까지 했다. 로런스는 이제까지 이렇게 보살핌 받으면서 살아본 적이 없었다. 한편 소피는 그 부랑자 같은 외모를 벗어 던지게 되었다. 비록 몸무게는 1온스도 늘지 않았지만, 뺨에는 혈색이 돌았고, 머리카락은 밤색으로 윤기가 흘렀다. 곧 로런스는 소피를 모델로 쓰게 되었다. 소피는 그에게 행운을 가져다주었다. 그림도 잘 되었고, 또 잘 팔렸다. 로런스는 소피한테 옷을 사 입으라고 돈을 좀 주었다. 소피는 싸구려 드레스를 입고 우쭐거리며 돌아왔다. 그녀는 아름다웠다. 로런스가 그녀를 어린아이로 생각하지 않게 된 것이 바로 그 순간이었다. 소피는 여자였다. 어느 날 밤 소피가 로런스한테 다가온 것, 침착하게 침대로 들어와 그의 옆에 누운 것도 여자로서였다. 소피는 매력적인 몸을 가지고 있었다. 로런스는 소피를 쫓아내지 않았다. 아마 생전 처음으로 그가 사랑에 빠졌기 때문일 것이다. 소피는 로런스의 애인이 되었다. 얼마 후에 소피는 임신을 했다. 로런스는 무척이나 기뻐하면서 곧바로 소피와 결혼했다.

두 사람이 처음으로 콘월을 여행했던 것은 소피가 임신해 있을 때였다. 그들은 포스케리스에까지 갔다. 그곳은 이미 전국의 많은 화가들이 눈독을 들이고 찾아오던 곳이었다. 그곳에는 이미 로런스와 동시대의 화가들이 많이 정착해 있었다. 그들이 처음으로 한 일은 로런스가 화실로 쓸, 그물 보관용 다락을 빌리는 일이었다. 이곳에서 그들은 기나긴 겨울 두 달을 살았다. 끔찍한 불편과 완전한 행복 속에서 야영을 하는 것과 마찬가지인 생활이었다. 그때 칸 별장이 부동산 시장에 나왔다. 로런스는 수수료를 넉넉하게 지불한 중개인을 통해 그곳을 샀다. 페넬로프는 칸 별장에서 태어났다. 그들은 매해 여름을 그곳에서 보냈다. 그러나 추분이 되어 가을의 거센 바람이 불어오기 시작할 때면, 그들은 칸 별장을 닫아두거나, 아니면 겨울 동안 세를 주고 런던 오클리 가의 따뜻하고 친근하고 사람들이 북적대는 옛집 지하실로 돌아갔다. 이렇게 오갈 때는 늘 차를 이용했다. 이제 로런스는 묵직한 4.5리터짜리 벤틀리 승용차를 소유하고 있었기 때문이다. 그 차에는 접을 수 있는 캔버스 천 덮개와 거대한 루카스 헤드램프가 달려 있었다. 또 피크닉 갈 때 편리한 발판이 달려 있었으며, 보닛을 묶어두는 훌륭한 가죽 띠가 있었다.

몇 년 동안은 봄이 오면 로런스의 누이 에델을 불러서 헤아릴 수도 없는 가방과 상자를 꾸려 연락선을 타고 프랑스로 가기도 했다. 프랑스에 도착하면 미모사 나무와 빨간 바위들과 지중해의 푸른 바다가 있는 곳까지 차를 타고 내려가, 파리에서 전쟁 전에 사귀던 옛 친구들인 샤를과 상탈 레니에 부부와 함께 지냈다. 그 친구들은 매미와 도마뱀으로 가득 찬 정원이 딸린, 덧문을 장착한 낡은 별장을 하나 소유하고 있었다. 때로 사람들은, 에델 고모까지 포함해서 모두 프랑스어만 사용했다. 에델 고모는 칼레에 도착하자마자 완전히 프랑스 사람이 되어버리곤 했다. 방탕한 사람처럼 비스듬히 쓴 바스크 베레모를 자랑하고, 프랑스 담배를 셀 수도 없이 피워 댔다. 언니처럼 젊은 어머니와 할아버지처럼 늙은 아버지 사이에서 태어난 페넬로프도 어른들이 가는 곳이면 어디든 따라갔다.

페넬로프는 자기 부모가 최고라고 생각했다. 때때로 다른 아이들 집에 초대를 받아 식사 예절을 고집하는 엄한 유모와 함께 딱딱하고 공식적인 식사를 하거나, 아이의 뚱뚱한 아버지가 이끄는 대로 팀을 짜서 하는 놀이를 하게 되면, 페넬로프는 그 아이들이 이렇게 제한받고 규칙적인 생활을 어떻게 견디는지 의아해하며 어서 집에 가고 싶어 하곤 했다.

지금 칸 별장에서 아빠와 페넬로프를 맞아들이는 소피는 막 시작된 새로운 전쟁에 대해서 아무 말도 하지 않았다. 그저 남편한테 입을 맞추고, 딸의 몸에 팔을 두르고는 방금 딴 꽃을 보여주었을 뿐이다. 달리아였다. 오렌지색, 보라색, 진홍색, 노란색 달리아들이 사방으로 폭발해 버린 것처럼 흐드러지게 만발해 있었다.

소피가 말했다. 소피는 아직도 그 매력적인 악센트를 잃지 않고 있었다.

"이 꽃들을 보면 러시아 발레가 생각나요. 하지만 향기가 없어요."

소피가 웃음을 지으며 말을 이었다.

"그래도 상관없어요. 난 두 사람이 늦을지도 모른다고 생각했어요. 근데 늦지 않아 기뻐요. 가서 와인병을 따고, 뭘 좀 먹도록 하죠."

이틀 뒤인 목요일, 그들에게도 전쟁이 심각하게 다가오기 시작했다. 현관 벨이 울렸다. 문으로 나간 페넬로프는 미스 포슨이 문간에 서 있는 것을 보았다. 미스 포슨은 포스케리스에 이따금 출현하곤 하는 남성적 성향이 강한 여자들 가운데 하나였다. 로런스는 그런 여자들을 30년대의 별종들이라고 불렀다. 그들은 남편이나 가정생활 그리고 아이들이 주는 평범한 즐거움을 바라지 않고, 여러 가지 방법으로 생활비를 벌었다. 대개는 동물과 관련된 일을 하였는데, 승마를 가르친다든가, 개 사육장을 운영한다든가, 다른 사람들의 개 사진을 찍는다든가 하는 일이었다. 미스 포슨은 킹 찰스 스패니얼(털의 결이 곱고 귀가 큰 개 _옮긴이)들을 길렀는데, 미스 포슨이 이 개들을 해변에서 운동을 시키거나, 여러 개의 가죽 줄을 붙들고 개들에 이끌려 마을을 돌아다니는 모습은 눈에 익숙한 광경이었다.

미스 포슨은 춤을 가르치는 미스 프리디라는 새침한 여자와 함께 살았다. 미스 프리디가 가르치는 춤은 포크 댄스도 아니고 발레도 아닌 것으로, 그리스 건축물의 장식 패턴과 깊은 호흡 그리고 리듬교육에 바탕을 둔 낯설고 새로운 개념의 예술이었다. 이따금 미스 프리디는 공회당에서 발표회를 가졌다. 한번은 소피가 표를 사는 바람에 모두들 어쩔 수 없이 참석한 적이 있었다. 눈이 번쩍 뜨이는 광경이었다. 미스 프리디와 다섯 학생(어떤 학생들은 아주 어렸고, 또 어떤 학생들은 그래도 뭘 알 만큼 나이가 들었다)은 맨발로 무대를 걸어 다니고 있었다. 그들은 무릎까지 오는 오렌지색 튜닉을 입고 눈 바로 위에 머리띠를 두르고 있었다. 학생들이 반원을 그리고 정렬해 서자, 미스 프리디가 앞으로 걸어 나왔다. 그녀는 강당 맨 뒤까지 들릴 만한 높고 분명한 목소리로 아마 약간의 설명이 필요할 거라고 하면서, 설명을 하기 시작했다. 미스 프리디의 춤은 기존에 받아들여지고 있던 의미에서의 춤이 아니라, 그 자체가 신체 본연의 기능을 확장한 일련의 운동과 움직임인 것 같았다.

로런스가 중얼거렸다.

"맙소사."

페넬로프는 로런스가 입을 다물도록 팔꿈치로 그의 갈비뼈를 쿡쿡 쳐야만 했다.

미스 프리디는 조금 더 중얼거리더니 뒤의 자기 자리로 들어갔다. 이어 재미있는 놀이가 시작되었다. 미스 프리디는 손뼉을 치면서 "하나" 하고 명령을 했다. 미스 프리디를 포함한 학생들이 모두 기절하거나 죽은 듯이 뒤로 벌렁 누웠다. 매료당한 관객들은 그들을 보기 위해 목을 학처럼 길게 뺐다. 그러자 "둘" 하는 소리가 들렸다. 무대 위에 있는 사람들은 모두 아주 천천히 공중으로 다리를 들어 올렸다. 발가락들이 천장을 가리켰다. 오렌지색 튜닉이 밑으로 벌어지면서 여섯 개의 풍성한 블루머(반바지식의 여성용 속옷 _옮긴이)가 드러났다. 블루머는 무릎 부분에서 꽉 죄어져 있었다. 로런스는 기침을 하기 시작하면서 자리에서 벌떡 일어나더니, 황급히 통로로 나가 뒤에 있는 문을 찾아 나갔다. 로런스는 돌아오지 않았다. 소피와 페넬로프는 그냥 두 시간을 더 앉아서 끝까지 보았다. 터져 나오는 웃음을 억누르느라 몸이 마구 떨렸다. 의자가 흔들렸다. 그들은 손으로 입을 꼭 막았다.

페넬로프는 열여섯이 되었을 때 「고독의 우물」을 읽었다. 그 뒤로 미스 포슨과 미스 프리디를 새로운 눈으로 보게 되었다. 여전히 그들과 어떤 관계를 맺는 것에는 순진하게 당황했지만.

지금 문간에 그 미스 포슨이 와 있었다. 튼튼한 신발, 바지, 지퍼를 올리는 재킷, 칼라와 타이, 그리고 단발로 깎은 머리 위의 베레모는 건방져 보이는 비스듬한 각도로 기울어져 있었다. 미스 포슨은 서류판을 들고 있었다. 한쪽 어깨에는 가스 마스크가 걸려 있었다. 분명 전투를 위한 차림새였다. 거기에 총과 탄띠만 걸치면 어떤 자부심 강한 게릴라 무리에 끼워놓아도 손색이 없을 것 같았다.

"안녕하세요, 미스 포슨."

"어머니 안에 계시냐? 피난민 숙소 할당 문제로 왔단다."

소피가 나와서 미스 포슨을 응접실로 안내했다. 분명 공식적인 일이었기 때문에, 세 사람은 모두 방 중앙의 탁자에 앉았다. 미스 포슨은 만년필 뚜껑을 돌려 열었다.

"자."

빙빙 돌려 말할 일이 아니었다. 전쟁협의회 입장에서 긴급을 다투는 사안이니까.

"방이 몇 개 있죠?"

소피는 약간 놀란 표정이었다. 미스 포슨과 미스 프리디는 칸 별장에 몇 번 와 봤기 때문에, 방이 몇 개인지 정확히 알고 있었다. 그러나 미스 포슨이 그 일을 너무 즐기고 있었기 때문에 그 재미를 망치는 것은 인정상 못할 일 같아 소피는 대답해 주었다.

"넷이에요. 이 방과 식당, 그리고 로런스의 서재와 부엌."

미스 포슨은 가져온 양식의 해당란에 '넷'이라고 적었다.

"그리고 2층에는요?"

"우리 침실, 페넬로프의 침실, 그리고 손님방과 목욕탕이 있어요."

"손님방이요?"

"난 손님방에는 아무도 들이고 싶지 않아요. 로런스의 누이 에델이 런던에 있는데, 아주 나이도 많고 혼자 살아요. 만일 폭탄이 터지기 시작하면 에델은 이곳으로 와 우리와 함께 살고 싶어 할지도 몰라요."

"알았어요. 그럼, 화장실은요?"

"있지요. 화장실이 하나 있어요. 목욕탕에요."

"화장실이 하나뿐이란 말인가요?"

"밖에도 하나 있어요. 부엌 뒤쪽 뜰에. 하지만 그곳은 땔나무 저장고로 쓰고 있어요."

미스 포슨은 '화장실 하나, 옥외 변소 하나'라고 적었다.

"그럼, 다락은 어떻지요?"

"다락요?"

"다락에선 몇 명이나 잘 수 있느냔 말이에요."

소피는 깜짝 놀랐다.

"다락에서 누굴 자게 할 순 없어요. 깜깜하고, 온통 거미투성이인걸요."

그러면서 소피는 회의적인 말투로 덧붙였다.

"옛날에는 하녀들이 거기서 자곤 했던 것 같아요. 가엾게도."

미스 포슨에겐 그거면 충분했다.

"그렇다면, 다락에는 셋이라고 적죠. 아시겠지만, 요즘엔 이것저것 너무 가릴 수가 없지요. 전쟁 중이라는 것을 잊어선 안 됩니다."

"우리가 피난민을 들여야만 하나요?"

"그럼요, 모두 그래야 하죠. 모두들 자기 몫을 해야 하니까요."

"피난민들은 어떤 사람들이죠?"

"아마 런던 이스트엔더스(빈민가 _옮긴이) 사람들일 거예요. 이 집에는 어머니와 아이들 두엇을 들이도록 노력해 보죠. 그러면……."

미스 포슨은 서류를 모아 자리에서 일어서며 말을 이었다.

"이제 가야겠군요. 아직도 방문해야 할 데가 열두어 군데 더 있어서요."

미스 포슨은 여전히 딱딱하게 굳은 얼굴에 꼭 다문 입술로 떠났다. 페넬로프는 그녀가 작별 인사를 할 때 거수경례를 하지 않을까 생각했다. 그러나 그러지는 않았다. 그냥 성큼성큼 걸어 정원을 내려갔을 뿐이다. 소피는 문을 닫고는 딸을 향했다. 웃어야 할지 화를 내야 할지 모르겠다는 표정이었다. 다락방에 세 사람이 살다니. 모녀는 위층의 그 음침한 다락방을 확인해 보러 올라갔다. 기억 속에 있던 것보다 더 나쁜 상태였다. 깜깜하고 더럽고 먼지가 가득했다. 온통 거미줄이었고 쥐 냄새와 축축한 신발 냄새가 났다. 소피는 한 손으로 코를 틀어막고 지붕창 하나를 열려고 했다. 그러나 빡빡해서 열리지 않았다. 천장에는 무시무시한 무늬가 박힌 낡은 벽지가 벗겨지고 있었다. 페넬로프는 팔을 뻗어 너덜너덜한 한쪽 구석을 잡아 뜯어버렸다. 벽지는 둘둘 말리며 바닥으로 떨어졌다. 그와 함께 뽀얗게 먼지가 피어올랐다.

페넬로프가 말했다.

"모두 하얗게 칠해버리면, 그렇게 나쁘진 않을지도 몰라요."

페넬로프는 나머지 한쪽 창문으로 다가가 손으로 유리창을 닦아 내 밖을 내다보았다.

"그래도 전망은 아주 멋진데요……."

"피난민들이 전망을 감상하고 싶어 하겠니?"

"누가 알아요? 아이, 그러지 말아요, 소피. 너무 낙담하진 마세요. 만일 피난민들이 온다면 잠잘 방은 있어야 할 거 아니에요. 여길 쓰거나, 아님 말거나, 둘 중 하나라고요."

그것이 페넬로프의 전쟁에 관련된 첫 번째 일이었다. 페넬로프는 벽지를 벗겨 내고 벽과 천장에 회반죽을 발랐다. 창문을 닦고, 나무에 칠을 하고, 바닥을 문질렀다. 그러는 동안에 소피는 경매하는 곳에 가서 카펫, 의자 겸용 침대 세 개, 마호가니 옷장과 서랍장, 커튼 네 쌍, '발파라이소에서 떠나라'하는 제목이 붙은 판화, 비치볼을 든 소녀상을 사 왔다. 이 모두에 8파운드 14실링 9펜스를 주었다. 헝겊 모자에 길고 하얀 앞치마를 두른 상냥한 남자가 이 가구들은 운반해 위층으로 올려주었다. 소피는 그 남자한테 커다란 잔에 따른 맥주와 수고료 반 크라운을 주었다. 남자는 행복해하면서 갔다. 그런 다음에 소피와 페넬로프는 침대를 정돈하고 커튼을 달았다. 앞으로는 피난민을 기다리는 것밖에 할 일이 없었다. 그들이 오지 않기를 바라는 희망과는 반대되는 희망이었지만.

마침내 피난민들이 왔다. 젊은 엄마와 조그만 남자애 둘이었다. 도리스 포터, 로널드, 클라크였다. 도리스는 금발이었다. 여배우 진저 로저스 같은 머리 모양에 꼭 끼는 검은 치마를 입고 있었다. 도리스의 남편은 버트라고 했는데, 이미 징집이 되어 원정군으로 프랑스에

가 있었다. 도리스의 두 아들은 각각 일곱 살, 여섯 살이었는데, 로널드 콜먼과 클라크 게이블의 이름을 따 로널드, 클라크라는 이름을 붙였다. 아이들은 또래에 비해 몸집이 작고 여위고 창백했다. 울퉁불퉁한 무릎에 거칠고 윤기 없는 머리카락은 마치 뻣뻣한 붓털처럼 뻗쳐 있었다. 이들은 해크니에서 기차를 타고 왔다. 이들은 전에는 사우스엔드 밖으로는 나가본 적이 없는 사람들이었다. 도리스는 혹시 여행 중에 아이들을 잃을까 해서 아이들의 꼭 끼는 재킷 위에 수하물 표를 붙여놓았다.

포터 가족이 도착하자 칸 별장에서의 평화로운 생활은 산산이 부서지고 말았다. 이틀이 안 되어 로널드와 클라크는 유리창을 깨고, 침대에 오줌을 싸고, 소피의 화단에 있는 꽃들을 다 꺾어놓고, 설익은 사과를 먹고 배가 아프다고 야단이었으며, 연장 창고에 불을 질러 잿더미로 만들어 버렸다.

로런스는 이 마지막 사건에 대해 달관한 태도를 보였다. 그저 안에 사람이 없었던 게 다행이라고 한마디 했을 뿐이다.

한편으로 아이들은 또 애처로울 정도로 겁이 많았다. 아이들은 시골을 좋아하지 않았을뿐더러, 바다는 너무 거대했다. 아이들은 소, 닭, 오리, 쥐며느리를 무서워했다. 또한 다락방에서 잠을 자는 것도 무서워했는데, 이것은 자기들끼리 번갈아 가며 유령 이야기를 죽어라고 해댔기 때문이었다.

식사 시간은 악몽이 되었다. 대화가 뜸해졌기 때문이 아니라, 로널드와 클라크가 아주 간단한 식사 예절조차도 배워본 적이 없었기 때문이었다. 아이들은 입을 벌리고 음식을 먹었으며, 음식을 입안 가득 넣은 채 음료를 마셨고, 버터 접시를 밀어주길 기다리지 않고 낚아챘으며, 물 주전자를 넘어뜨렸고, 서로 말다툼을 하다 치고받았으며, 소피가 가꾼 건강에 좋은 채소와 푸딩을 안 먹겠다고 진저리를 쳤다.

또 시끄러운 소리가 끊일 새가 없었다. 별것 아닌 일에도 기쁨, 분노, 억울함, 모욕을 표현하는 비명이 뒤따랐다. 도리스도 나을 것이 없었다. 도리스는 아이들한테 말할 때 고함치지 않는 일이 없었다.

"뭐 하는 짓이야, 이 꼴통들아! 한 번만 더 그래 봐. 귀싸대기 맞을 줄 알아. 네놈들 손이랑 무릎 좀 봐. 더러워 죽겠네. 언제 씻은 거야? 더러운 놈들 같으니라고."

페넬로프는 그 소란 때문에 어지러워하면서 두 가지를 깨달았다. 하나는 도리스가 거칠고 분별없이 굴지만 좋은 엄마이며, 그 말라빠진 두 아이를 좋아한다는 사실이었다. 또 한 가지는 도리스가 아이들한테 고함을 지르는 것은 별다른 이유가 있어서가 아니라, 그저 예전부터 언제나 그래왔기 때문이라는 사실이었다. 아이들이 태어나고 자라난 해크니 거리에서 아이들을 쫓아다니면서 하루 종일 고함을 질러왔기 때문이다. 아마 도리스의 어머니가 도리스한테 그랬을 것처럼. 도리스는 어떤 다른 방법이 있다는 것을 깨닫지 못할 뿐이었다. 그러니 도리스가 로널드와 클라크를 부를 때 아이들이 절대 대답을 하지 않는 것도 놀랄 일은 아니었다. 아이들이 대답하지 않으면 도리스는 아이들을 찾아 나서는 대신 목소리를 한 옥타브 더 올려 다시 소리를 질러댔다.

마침내 로런스는 더 이상 견딜 수가 없었다. 그는 소피한테 만일 포터 가족이 좀 잠잠해지지 않으면, 짐을 싸서 집을 떠나 화실에 가

서 살 수밖에 없다고 말했다. 그는 실제로 그럴 작정이었다. 소피는
이런 상황이 된 것에 화가 치밀어 그 길로 부엌으로 득달같이 달려가
도리스와 한판 벌였다.

"왜 당신은 언제나 애들한테 소리를 지르고, 막, 그러는 거여?"

소피는 화가 나면 보통 때보다 프랑스 말 악센트가 더 강해졌다.
지금은 너무나 화가 난 상태라 마치 마르세유의 어부 마누라들이 하
는 말처럼 들렸다.

"당신 애들은 그냥 코앞에 있는데, 왜 소리를 지르는지 몰라. 미치
겠네, 여긴 조그만 집이에요. 당신 때문에 다들 미치게 생겼다고요."

도리스는 주춤했다. 그러나 그런 말에 불쾌해하지 않을 만큼 분별
력을 지니고 있었다. 도리스는 마음 편하게 살아가는 여자였으며, 그
런 동시에 약삭빠르기도 했다. 도리스는 스턴네 집에서 자기와 두 아
이가 좋은 피난처를 얻어 살고 있다는 것을 알고 있었다. 다른 피난
민 가족들로부터 몇 번 안 좋은 이야기를 듣기도 했다. 그 때문에 이
집에서 나가 어떤 거드름 피우는 늙은 여자네 집으로 옮겨가 부엌데
기처럼 대우받으면서 부엌에서만 살고 싶지는 않았다.

"미안해요."

도리스가 예의 그 별생각 없는 듯한 태도로 말했다. 그리고 싱긋
웃으며 말을 이었다.

"이건 그저 제 방식일 뿐이에요."

"그리고 당신네 아이들 말이에요."

소피는 화가 가라앉고 있었다. 그러나 이왕 칼을 뺀 김에 할 말을
다 하겠다고 마음먹고 있었다.

"······식사 예절을 좀 배워야겠어요. 만일 당신이 못 가르친다면 내가 가르치겠어요. 그리고 아이들은 어른들이 하라는 대로 하는 것도 배워야 돼요. 그러면 당신이 조용조용 말해도 애들이 그 말을 들을 거예요. 애들도 귀가 안 들리는 게 아니니까요. 당신이 소리를 지르기 때문에 오히려 애들이 더 안 듣는 거란 말예요."

도리스가 어깨를 으쓱했다.

"좋아요."

도리스는 흔쾌히 동의하고는 말을 이었다.

"한번 해보죠. 그런데 저녁으로 이 감자, 어떨까요? 내가 껍질을 좀 벗길까요?"

그런 뒤로는 좀 나아지는 게 있었다. 시끄러운 소리도 줄어들었으며, 아이들도 소피와 페넬로프가 번갈아 가며 다그치는 바람에 말투도 공손해졌고, 입을 다물고 음식을 먹게 되었고, 소금이나 후추를 달라고 예의 바르게 말하기도 했다. 이렇게 되자 도리스의 모난 점들도 닳아 없어지게 되었다. 도리스는 아주 고상하게 변했으며, 가끔 술을 한잔하기도 했고, 냅킨으로 입 가장자리를 톡톡 문지르기도 했다. 페넬로프는 애들을 해변으로 데려가 모래성을 쌓는 법을 가르쳐 주었다. 아이들은 무척 용감해져서 물에 들어가 헤엄을 치기도 했다. 이어 학교가 시작되자, 아이들은 거의 하루의 대부분을 집에서 나가 있게 되었다. 수프는 다 깡통에서 나온다고 생각하던 도리스는 초보적인 요리법도 약간 배우게 되어 집안일을 돕게 되었다. 모든 게 안정되어 갔다. 그들이 결코 가족과 같이 될 수는 없었지만, 이제 적어도 견딜 만은 했다.

오클리 가에 있는 집의 2층 방들은 피터와 엘리자베스 클리퍼드 부부가 차지하고 있었다. 다른 세입자들은 들어왔다 나갔다 했지만, 그들 부부는 거기서 15년을 살았다. 그러는 동안에 그들은 스턴 가족과 가장 가까운 친구가 되었다. 피터는 이제 일흔이었다. 정신분석학 박사였던 피터는 비엔나에서 프로이트 밑에서 공부했으며, 런던의 큰 의과대학 병원 교수직을 끝으로 그 명망 있는 경력을 마감했다. 그러나 피터는 은퇴한 뒤에도 일을 멈추지 않고, 매년 비엔나로 돌아가 대학에서 강의를 하곤 했다.

그들 부부는 자식이 없었기 때문에 늘 부부가 함께 다녔다. 부인 엘리자베스는 피터보다 몇 살 아래였는데, 자기 나름의 방식으로 피터만큼 뛰어났다. 결혼 전에 엘리자베스는 독일과 프랑스 여러 곳을 여행하면서 공부를 했다. 그리고 깊은 통찰이 담긴 정치적 색채가 짙은 일련의 소설과 신문 기사와 에세이를 발표했다. 정밀하고 학문적인, 주옥같은 구문 분석 논문들을 발표하기도 했는데, 이런 것들을 통해 엘리자베스는 많은 존경을 받으며 국제적 명성을 얻게 되었다.

로런스와 소피한테 독일에서 불길한 일들이 벌어지고 있다는 것을 처음 알려준 사람들이 바로 클리퍼드 부부였다. 클리퍼드 부부는 커피와 브랜디를 놓고 커튼을 내린 채, 로런스와 소피한테 밤늦도록 이야기를 해주었다. 그들의 고통스러운 목소리에는 근심과 불안이 담겨 있었다. 그러나 그것은 오직 그들끼리 있을 때뿐이었다. 바깥세상과 마주하게 되면, 그들은 아주 신중한 태도를 유지했으며, 자기들 생각은 혼자만 간직하고 있었다. 오스트리아와 독일에 있는 그들 친구들 가운데 많은 사람들이 유대인이었는데, 그들은 비엔나 공식 방문이라는 보호막 아래서 그들의 개인적 비밀공작을 은밀히 수행하고 있었던 것이다.

당국의 감시하에, 개인적으로 큰 위험을 무릅쓰면서 그들은 친구들과 접선을 하고 여권을 얻고 여행 알선을 하고 돈을 빌려주었다. 그들의 일과 용기 때문에 많은 유대인 가족들이 그 나라를 벗어나 국경의 경비병들을 피해 안전한 영국에 도착하거나 또는 여행을 계속해서 미국에 정착할 수 있었다. 그 피난민들은 모든 재산과 소유물을 버려야만 했기 때문에 무일푼으로 도착했다. 그러나 적어도 자유는 얻을 수 있었다. 이런 위험한 일은 1938년 초까지만 계속되었다. 새 정부가 그들의 방문을 더 이상 환영하지 않는다는 점을 분명히 했기 때문이다. 누군가가 비밀을 부는 바람에 그들이 의심을 받게 되고 블랙리스트에 오르게 된 것이다.

1940년 정월 초하루, 로런스와 소피와 페넬로프는 가족회의를 열었다. 칸 별장도 이제 살림이 커졌고, 도리스와 애들도 전쟁이 계속되는 동안은 칸 별장에 눌러살 것이기 때문에, 오클리 가로 돌아가는 것은 불가능한 일이라는 데 모두 동의했다. 그러나 소피는 런던 집을 그냥 버려두고 싶지가 않았다. 이미 여섯 달이나 못 보았기 때문에, 세입자들을 확인하고, 지하실에 등화관제용 커튼을 만들고, 물품 목록을 작성하고, 정원을 손볼 사람을 구해야 했다. 소피는 겨울옷들을 가져오고 싶어 했다. 날씨가 갑자기 추워졌는데, 칸 별장에는 중앙난방 장치도 없었기 때문이다. 또 소피는 클리퍼드 부부도 보고 싶었다.

로런스는 이것이 좋은 생각이라고 했다. 무엇보다도 로런스는 「조개 줍는 아이들」을 걱정하고 있었다. 폭격이 시작되면—틀림없이 그렇게 되겠지만—그 그림이 부서질까 걱정이었다.

소피는 자기가 「조개 줍는 아이들」을 챙기겠다고 말했다. 상자에
잘 넣어 좀 더 안전한 포스케리스로 적절하게 운반하겠다고 했다. 소
피는 엘리자베스 클리퍼드한테 전화를 해 그들이 곧 갈 것이라고 전
했다. 사흘 후 세 사람은 역으로 걸어가고 있었다. 페넬로프와 소피
는 기차에 탔다. 로런스는 타지 않았다. 그는 뒤에 남아 집을 보는 쪽
을 택했다. 도리스가 그를 돌봐주기로 했다. 도리스는 이런 책임을
떠맡아 아주 기쁜 것 같았다. 결혼 이후로 로런스와 소피가 이렇게
떨어져 있어 본 것은 이번이 처음이었다. 소피는 기차가 출발하자,
마치 다시는 로런스를 보지 못할 것처럼 눈물을 흘렸다.

여행은 끝도 없이 계속되는 것 같았다. 기차는 얼음 속처럼 추웠
다. 식당 칸도 없었다. 플리머스에서는 해군 병사들이 탔다. 군인들
은 기차가 빽빽할 때까지 계속 들어찼다. 통로에는 배낭과 담배를 피
우는 해군과 카드 게임하는 사람들로 가득 찼다. 페넬로프는 구석 자
리에 꼭 끼어 앉아 있었다. 어떤 젊은 군인이 옆에 앉았기 때문이었
다. 그 군인은 새 군복을 입어 뻣뻣하고 불편해 보였다. 기차가 다시
출발하자 그 군인은 곧 머리를 페넬로프의 어깨에 기대고 잠이 들었
다. 날은 일찍 어두워졌다. 날이 어두워진 후로는 그 약하고 희미한
불빛 때문에 책도 읽을 수가 없었다. 설상가상으로 기차는 리딩에서
한참을 섰다가, 마침내 패딩턴에서 세 시간이나 연착했다.

등화관제가 된 런던은 신비의 도시였다. 모녀는 아주 운이 좋게도
택시를 잡을 수가 있었다. 택시에는 같은 방향으로 가는 낯선 부부가
합승했다. 택시는 어두컴컴하고 사람이 거의 없는 거리를 조용히 달

렸다. 비가 엄청나게 퍼부었으며, 또 살을 에는 듯이 추웠다. 페넬로프는 우울했다. 귀향이 이래서는 안 되는데.

미리 연락을 받은 엘리자베스는 그들을 기다리고 있다가, 택시가 도착하는 소리를 들었다. 모녀는 택시비를 주고 칠흑같이 어두운 곳을 더듬거려 지하실 현관으로 통하는 계단을 찾아갔다. 문이 활짝 열리자마자 모녀는 등화관제를 어기고 불빛이 새어 나갈까 봐 얼른 안으로 들어갔다.

"오, 이런. 너무 늦어서 오지 않는 줄 알았어요."

멋진 재회였다. 껴안고 입을 맞추고 그 끔찍한 여행에 대해 설명을 하고 묘사를 했다. 마침내 많은 웃음이 터져 나왔다. 추위와 어둠과 기차에서 벗어나 드디어 집에 왔다는 것에 커다란 안도감을 느낄 수 있었기 때문이다.

지하실 깊은 곳에 커다랗고 낯익은 방이 뻗어 있었다. 길과 맞닿은 곳은 부엌 겸 식당이었으며, 정원과 맞닿은 곳은 응접실이었다. 이제 불빛으로 환했다. 엘리자베스가 등화관제 커튼 위에다 담요까지 덮어씌우고 난로에 불을 붙였기 때문이다. 닭고기 수프가 든 냄비가 끓고 있었고, 주전자가 노래를 했다. 소피와 페넬로프는 외투를 벗고 손을 녹였다. 엘리자베스가 차와 따뜻한 계피가 든 토스트를 만들어 주었다. 오래지 않아 그들은 늘 그래왔던 것처럼 식탁에 둘러앉아 우선 바로 먹을 수 있는 스낵부터 먹었다(페넬로프는 몹시 배가 고팠다). 곧 모두들 한 달은 걸려야 다 들을 수 있을 만한 소식 보따리를 풀기 시작했다. 우울함은 걷혔다. 짜증스러운 기차 여행도 이미 과거가 되어 잊혔다.

"그런데 로런스는 어떻게 지내요?"

"아주 잘 지내요. 그런데 「조개 줍는 아이들」 걱정을 하고 있어요. 집에 폭탄이 떨어져 그 그림이 망가질까 봐. 그것도 우리가 여기 온 이유 가운데 하나예요. 그림을 포장해서 콘월로 갈 때 가져가려고."

소피가 웃음을 터뜨리며 말을 이었다.

"그이는 나머지 재산에 대해서는 신경도 안 쓰는 것 같아요."

"그럼 로런스는 누가 돌보고 있죠?"

소피는 도리스가 돌본다고 이야기해 주었다.

"피난민요! 오, 저런. 꼭 습격당한 느낌이었겠군요."

엘리자베스는 계속 지난 몇 주 동안 일어났던 일들을 이것저것 이야기해 주었다.

"고백할 게 있어요. 다락에 있던 젊은이가 징집을 당해 방을 나갔어요. 그래서 젊은 부부가 그 방을 쓰도록 허락하였죠. 뮌헨에서 온 피난민들이에요. 일 년 동안 영국에서 살았는데, 세인트 존스 우드에 있는 하숙집을 떠나야만 할 처지였어요. 다른 데 살 곳도 없는데. 너무 절망적인 것 같아서 이곳으로 와서 살라고 제안을 했어요. 내 멋대로 한 걸 용서해 주시기 바라요. 하지만 보기가 너무 딱해서. 그 사람들은 틀림없이 착한 세입자가 될 거예요."

"그럼요, 정말 기쁘군요. 참 현명하세요."

소피가 애정 어린 웃음을 지었다. 엘리자베스는 그 용감한 일을 지금도 쉬지 않고 있었다. 소피가 말을 이었다.

"그 사람들 이름이 뭐래요?"

"프리드먼이에요. 윌리와 렐라죠. 한번 만나 보셨으면 좋겠어요.

오늘 밤에 커피 한잔하러 내려오기로 했어요. 저녁 드신 후에 페넬로프도 데리고 그 사람들을 한번 만나보는 게 어떻겠어요? 푹 쉬고 난 다음에 말이에요. 피터도 두 사람을 보고 싶어 해요. 함께 이야기를 나누면 좋을 거예요. 꼭 옛날 같은 기분이 들 거예요."

말하는 엘리자베스의 얼굴이 열정으로 환해졌다. 그 열정이야말로 남한테 강한 영향을 주는 엘리자베스의 가장 고귀한 특징이었다. 엘리자베스는 전혀 변한 게 없었다. 그 주름이 잡힌 잘생긴 얼굴도 예전과 다름없었다. 눈이 반짝거리는 아주 지적인 얼굴이었다. 숱이 많은 빳빳한 잿빛 머리는 뒤쪽에서 매듭을 지어 묶어놓고 있었다. 검은 머리핀 몇 개를 꽂아놓긴 했지만, 그 매듭이 불안하게 흔들리고 있었다. 엘리자베스의 옷은 유행을 따르지 않으면서도 어느 시절에나 어울리는 것이었다. 그녀의 부어오르고 마디진 손을 반지 여러 개가 장식하고 있었다.

"물론 가야죠."

소피가 말했다.

"9시 어때요? 정말 즐거울 거예요."

소피와 페넬로프가 올라갔을 때, 프리드먼 부부가 클리퍼드네 구식 응접실의 활활 타오르는 가스난로 주위에 앉아 있었다. 무척 젊었지만 또 무척 예의 발랐다. 그들은 소피와 페넬로프를 보자 소개를 받기 위해 자리에서 벌떡 일어섰다. 그러나 페넬로프는 그들이 왠지 늙은 것 같기도 하다고 생각했다. 그들은 나이를 초월한, 일종의 가난에 찌든 위엄을 지니고 있었다. 그들이 웃음을 지으며 인사를 했을 때도 그 웃음은 눈에까지 이르지는 못했다.

처음에는 잘 나갔다. 별것 아닌 잡담이 시작되었다. 윌리 프리드먼은 뮌헨에 있을 때에는 법률 공부를 했지만, 지금은 런던의 어떤 출판사에서 번역 일을 해서 생계를 유지하고 있었다. 랠라는 음악과 피아노를 가르쳤다. 랠라는 묘하고 창백한 아름다움을 지니고 있었다. 랠라는 차분하게 앉아 있었다. 그러나 윌리의 손은 신경질적으로 떨리고 있었다. 계속 줄담배를 피워댔으며, 가만히 있는 게 무척이나 힘든 것 같았다.

윌리는 영국에서 일 년을 살았다. 그러나 페넬로프는 몰래 윌리를 관찰해 보고는 그가 방금 영국으로 도망 나온 사람처럼 보인다고 생각했다. 페넬로프는 윌리에 대한 커다란 동정심을 느꼈다. 그의 인생을 상상해 보았다. 윌리처럼 친구도 동료도 다 빼앗기고 낯선 외국에 와서 혼자 미래를 개척해야 한다는 압박감에 시달린다면 난 어떨까. 그리고 도전도 만족감도 없는 어떤 일을 하면서 생계를 유지하고 있다면. 그뿐만 아니라 윌리는 아직도 독일에 살고 있는 가족에 대한 참을 수 없는 불안감 때문에 늘 괴로워하고 있는 것 같았다. 페넬로프는 당장이라도 한밤중에 소환되어 운명에 종지부를 찍을 수도 있는 아버지와 어머니, 형제와 자매를 상상해 보았다. 밤의 정적을 깨는 벨소리, 문을 두드리는 소리가 가장 끔찍한 두려움을 사실로 확인시켜 준다면.

엘리자베스는 작은 부엌으로 나가더니 쟁반 위에 컵과 뜨거운 커피와 비스킷 접시를 들고 돌아왔다. 피터는 꼬르동 블루 코냑과 색깔이 있는 아주 작은 잔을 내왔다. 잔과 음식이 나누어졌다. 소피는 매력적인 웃음을 지으며 윌리를 보고 말했다.

"여기 와서 살게 되셨다니 정말 기뻐요. 행복하시길 바라요. 우리가 여기 함께 살 수 없어 유감이지만, 우린 콘월에 가서 거기 있는 사람들을 돌봐야 하거든요. 그리고 지하실은 세를 놓지 않을 거예요. 우리가 런던에 와서 여러분 모두를 보고 싶을 때, 우리가 머물만한 방이 있는 게 좋으니까요. 하지만 폭격이 시작되면 꼭 지하실을 공습 대피소로 사용하셔야 돼요."

그것은 사려 깊고 시의적절한 제안이었다. 지금까지는 이따금 공습경보만 있었고, 그때마다 거의 즉시 그 명령을 따랐다가 공습경보 해제 사이렌을 기다리면 되었다. 그러나 모두 각오를 하고 있었다. 런던 곳곳에 모래주머니가 쌓아 올려졌으며, 공원에는 참호와 공습 대피소가 파였고, 물탱크가 세워졌으며, 비상용 물품이 공급되었다. 방공기구망이 공중을 떠다녔고, 도시 전역에 방공 포화가 그물에 위장된 채 웅크리고 있었다. 또 군대들이 배치되어 매분, 매시간, 매주 공격이 시작되기를 기다리고 있었다.

사려 깊고 시의적절한 제안이었지만, 그것은 윌리 프리드먼한테 충격적인 영향을 미쳤다.

윌리는 대답했다.

"네."

그러면서 윌리는 갑자기 브랜디를 훌쩍 들이마셨고, 피터가 아무 말 없이 잔을 채워 줄 때도 거절하지 않았다. 윌리는 말을 하기 시작했다. 소피한테 고맙다고 했다. 엘리자베스한테도 그 친절함에 대해 고맙다고 했다. 엘리자베스가 없다면 집도 없는 신세가 되었을 것이다. 엘리자베스와 피터 같은 사람들이 없다면, 자기와 랠라는 아마 죽었을 것이다. 아니면 더 나쁘게도.

피터가 말했다.

"아, 이제 그만하게, 윌리."

그러나 윌리는 한번 시작하면 어떻게 그만두어야 하는지 모르는 것 같았다. 윌리는 브랜디를 두 잔째 마시더니, 이번에는 자기가 병으로 손을 뻗어 직접 세 잔째를 따랐다. 랠라는 꼼짝도 하지 않고 앉은 채 두려움에 가득 찬 동그랗고 검은 눈으로 남편을 응시했다. 그러나 제지하려고는 하지 않았다.

윌리는 계속 이야기를 했다. 말의 물결이 격류가 되어 앉아 있는 다섯 명의 넋을 잃은 사람들의 머리 위로 퍼부어졌다. 페넬로프는 피터를 보았다. 그러나 피터는 심각한 표정으로 이 가난한 정신착란 상태의 젊은이를 보고만 있을 뿐이었다. 아마 피터는 윌리가 말을 할 필요가 있다고 생각하는 것이리라. 때때로 말을 쏟아내야 할 때가 있다는 것을 알고 있는 것이리라. 그렇다면 그와 그의 아내가 이 두꺼운 커튼이 쳐진 방에서 친구들과 함께 따뜻함과 안전함을 누리고 있는 지금보다 더 좋은 때가 어디 있으랴.

윌리의 이야기는 끝도 없이 계속되었다. 그가 본 것들, 그가 들은 것들, 친구들한테 일어난 일들……. 페넬로프는 조금 듣다가 더 이상 듣고 싶지 않은 기분을 느꼈다. 두 손으로 귀를 막고 눈을 감고 그 시커먼 이미지를 지워버리고 싶은 마음뿐이었다. 그러나 페넬로프는 그냥 그 자세로 이야기를 듣고 있었다. 그러는 동안에 천천히 공포와 혐오감에 휩싸이고 있었다. 뉴스, 영화를 보거나 라디오 전황 보도 뉴스를 듣거나 신문을 읽을 때는 전혀 느껴 보지도 못하던 공포와 혐오감. 갑자기 그 공포와 혐오감이 페넬로프 개인의 감정이 되고 말았다. 공포가 페넬로프의 목뒤를 짓누르고 있었다. 억제되지 않는 인간의 인간에 대한 비인간적 행위는 차라리 외설이었다. 그러한 외설은 각 개인 모두의 개인적인 책임이라고 할 수 있었다. 순간 페넬로프는 그것이 '전쟁'이라는 낱말의 뜻이라는 것을 깨달았다. 그것은 단지 방독면을 들고 다니고, 등화관제를 하고, 미스 포슨을 보고 깔깔거리고, 피난민을 위해 다락방을 새로 칠하는 일이 아니었다. 그것은 무한히 끔찍해지기만 하는 악몽, 고맙게 깨어나는 일이라고는 있을 수 없는 악몽이었다. 견뎌야 한다. 달아나거나 머리를 담요 밑에 파묻는 것이 아니라, 칼을 뽑아 들고 맞서야만 해결될 수 있는 것이다.

페넬로프에게는 칼이 없었다. 그러나 다음 날 아침 일찍 페넬로프는 집에서 나가면서 소피한테 시장에 갔다 오겠다고 했다. 점심 식사 직전에 페넬로프가 빈손으로 돌아오자 소피는 어리둥절했다.

"시장에 갔다 오는 줄 알았는데."

페넬로프는 의자를 끌어내 앉으며 부엌 탁자 너머로 소피를 정면으로 마주 보았다. 그러면서 징집 사무실을 찾을 때까지 걸어 다녔다고, 징집 사무실을 찾아 안으로 들어가 전쟁이 계속되는 동안 영국 해군 여군에 가입하겠다는 서류에 서명을 했다고 말했다.

7
안토니아

새벽은 몰래 머뭇거리며 다가왔다. 마침내 페넬로프는 다시 잠이
들었으나 뿌연 어둠 속에 다시 깨어났다. 아침이 다가오고 있다는 것
을 알 수 있었다. 아주 고요했다. 차가운 바람이 열린 창문을 통해 흘
러들었다. 네모난 창 속으로 밤나무가 벌거벗은 가지들을 별 없는 잿
빛 하늘로 들어 올린 것이 보였다.

과거에 그랬던 것처럼 콘월은 여전히 페넬로프의 마음을 채워주
었다. 마치 밝은 꿈처럼. 그러나 거기 그렇게 누워 있는 상태에서 그
꿈은 날개를 접고 스르르 빠져나가 과거로, 아마 그 꿈이 본래 속해
있었을 과거로 돌아가 버렸다. 이제 로널드와 클라크는 더 이상 어린
애들이 아니라, 다 큰 남자로 세상에서 제 몫들을 하고 있었다. 그들
의 어머니는 도리스 포터가 아니라 도리스 펜버스로 이제 일흔이 거
의 다 된 나이였다. 도리스는 아직도 포스케리스의 자갈이 깔린 옛
거리 깊숙이 들어선 작고 하얀 집에서 살고 있었다. 로런스와 소피는

세상을 떠난 지 오래였다. 클리퍼드 부부도 마찬가지였다. 칸 별장도
사라져 버렸다. 그리고 마침내 오클리 가도 사라져 버렸다. 그 결과
페넬로프는 지금 여기 글로스터셔의 자기 집 포드모어 오두막의 자
기 침대에 누워 있게 된 것이다. 그녀는 현실로 돌아와 현재를 깨달
을 때마다 마치 세월이 가만히 웅크리고 있다가 문득 잔인한 속임수
를 써서 자신을 놀래는 양 느끼곤 했다. 자신은 이제 열아홉이 아니
라 예순넷이며, 중년도 아닌 노인이었다. 바보 같은 작은 심장이 파
닥거리는 바람에 병원에 입원까지 했던 할머니. 다 자란 세 자식—
각자 저마다의 문제를 가지고 페넬로프의 삶을 차지하고 있는 완전
히 새로운 등장인물들—에 둘러싸인 할머니였다. 낸시, 올리비아, 노
엘. 그리고 또, 이제 이곳에 살러 올 안토니아 해밀턴이 있었다. 걔
가…… 언제 도착한다고 했더라? 다음 주말인가? 아냐, 이번 주말이
야. 오늘이 월요일이니까. 월요일 아침이니까. 월요일 아침이면 플라
켓 부인이 왔다. 엉덩이는 들고 고개는 숙여야 하는 경주용 자전거
위에 바위처럼 묵직하게 앉아 퍼들리에서부터 페달을 밟으며 왔다.
그리고 새로 올 정원사가 오늘부터 일을 시작한다고 했지, 8시 반에.

그 사실 때문에, 그 무엇으로도 움직여지지 않을 것 같던 페넬로
프의 몸이 움직이기 시작했다. 페넬로프는 침대맡의 불을 켜고 시계
를 보았다. 7시 반. 정원사가 오기 전에 일어나서 옷을 차려입고 주위
를 어슬렁거려야 해. 그렇지 않으면 새 정원사는 게으른 노인네 집에
일하러 오게 되었다고 생각할 테니까. '게으른 주인은 게으른 하인을
만든다.' 누가 그 케케묵은 속담을 끄집어냈었더라? 말할 것도 없이
시어머니였다. 돌리 킬링. 아니면 누구겠어? 아직도 그 속담을 읊어

대는 목소리가 귀에 생생했다. 먼지가 있나 보려고 벽난로 가장자리를 손가락으로 훑으면서, 또는 집안일을 도맡아 고생하는 하녀가 제대로 해놓았는가 확인하기 위해 자기 침대보를 벗겨보면서 하던 말. 불쌍한 돌리. 이제 돌리 역시 가버리고 없었다. 마지막 순간까지도 남들한테 어떻게 보일지를 끝끝내 신경 썼었지. 하지만 난 그녀가 떠나버린 뒤에 어떤 상실감도 느낄 수 없었어. 그건 슬픈 일이야.

7시 반. 한 번도 좋아한 적이 없던 돌리 킬링을 기억하느라 낭비할 시간은 없었다. 페넬로프는 침대에서 나왔다.

한 시간 뒤, 페넬로프는 목욕을 하고 옷을 입고 문에 자물쇠들을 다 풀어놓고 아침까지 먹어치웠다. 진한 커피, 삶은 달걀, 토스트와 꿀. 두 번째 커피잔을 앞에 놓고 앉아 페넬로프는 차가 다가오는 소리에 귀를 기울였다. 페넬로프는 전에는 원예 사업체와 거래를 해본 적이 없었다. 그러나 그 회사에서 사람을 보낼 때 옆면에 하얀 대문자로 '오토가든'이라고 쓴 작고 예쁜 녹색 밴에 태워 내보낸다는 것은 알고 있었다. 페넬로프는 그 밴들이 바쁘게 돌아다니는 것을 본 적이 있었다. 아주 예쁘장하면서도 능률적으로 보였다. 페넬로프는 약간 불안했다. 평생 정원사라고는 한 번도 고용해 본 적이 없었다. 오늘 오는 정원사가 퉁명스럽거나 고집스럽지 않기를 바랐다. 만나자마자 아주 단호하게 내 허락 없이는 어떤 가지도 치지 말고, 어떤 것도 자르지 말라고 해야지. 우선 단순하고 현실적인 일부터 시켜야지. 과수원 맨 아래에 있는 산사나무 산울타리부터. 그걸 좀 다듬으면 될 거야. 내가 가지고 있는 작은 사슬톱은 사용할 줄 알겠지. 차고에 있는 모터에는 석유가 충분하던가? 아직 시간이 좀 남아 있을 때

가서 더 챙겨와야 하지 않을까?

그러나 시간이 없었다. 그러한 염려스러운 생각들은 자갈을 밟으며 집으로 다가오는 예기치 않은 발소리에 대번에 흩어지고 말았다. 페넬로프는 커피잔을 내려놓고 일어서서 방을 가로질러 가 창밖을 내다보았다. 남자가 수수한 차림으로 쌀쌀한 아침 빛 속에 페넬로프를 향해 다가오는 것이 보였다. 카키색 방수포 재킷에 청바지를 검은 고무장화 속으로 쑤셔 넣은 키 큰 젊은이였다. 모자를 쓰지 않은 머리는 갈색이었다. 젊은이는 잠시 발걸음을 멈추더니, 아마 주위 환경이 낯설었던지 주위를 둘러보았다. 건장한 어깨, 치켜 올린 턱 끝, 턱의 각도. 어제 아들 노엘이 잔디를 가로질러 다가오는 것을 보면서 페넬로프의 심장은 잠시 박동이 멈추었었다. 그런데 지금 그때와 똑같은 무서운 일이 벌어지고 있었다. 페넬로프는 식탁에 손을 얹고 눈을 감았다. 깊이 숨을 들이마셨다. 두근거리던 심장이 진정되었다. 다시 눈을 떴다. 초인종이 울렸다.

페넬로프는 현관을 지나 문을 열러 갔다. 젊은이가 거기 서 있었다. 키가 컸다. 페넬로프보다 더 컸다. 젊은이가 인사를 했다.

"안녕하십니까?"

"안녕하세요?"

"킬링 부인이시죠?"

"그래요."

"전 오토가든에서 나왔습니다."

젊은이는 웃음을 짓지 않았다. 유리 조각처럼 파란 눈을 깜박이지도 않았다. 갈색의 여원 얼굴은 이른 아침의 추위 때문에 꺼칠했다.

높이 솟은 광대뼈 사이의 살갗이 팽팽했다. 목에 빨간 모직 스카프를 매고 있었지만 손은 맨손이었다.

페넬로프는 젊은이 어깨 너머를 보며 말했다.

"차 오는 소리가 나나 귀 기울이고 있었는데요."

"자전거를 타고 왔습니다. 문간에 세워두고 왔습니다. 여기가 제가 찾는 집인지가 확실치 않아서요."

"오토가든에서는 직원들을 일하러 내보낼 때 언제나 그 녹색 밴을 태워 보내는 줄 알았는데."

"아녜요. 전 자전거 타고 왔습니다."

페넬로프가 얼굴을 찌푸렸다. 젊은이는 한 손을 호주머니에 넣었다.

"여기 저희 사장님이 준 편지가 있습니다."

젊은이는 편지를 꺼내 펼쳤다. 페넬로프는 편지 윗부분의 문구를 보았다. 젊은이의 신원 확인서였다. 순간 페넬로프는 당황했다.

"난 한순간이라도 젊은이가 가짜라고 생각하진 않았어요. 난 단지⋯⋯."

"여기가 포드모어 오두막 맞죠?"

젊은이가 편지를 다시 주머니에 집어넣으면서 물었다.

"그럼, 물론 맞지요. 일단 좀 들어오는 게 좋겠군요."

"됐습니다. 폐 끼치기 싫군요. 그냥 무슨 일을 해야 할지 말씀만 해 주시면⋯⋯. 그리고 정원일 하는 연장을 어디에다 두시는지만 말씀 해 주시면 됩니다. 자전거를 타고 오느라고 연장들을 가져오지 못했 거든요."

"아, 괜찮아요. 나한테 다 있으니까."

246

페넬로프는 자기 목소리가 당황한 기색을 드러내고 있다는 것을 알았다. 사실 당황했지만.

"잠시. 잠시만 기다려 줘요. 가서 외투를 가져올 테니……."

"그러죠."

페넬로프는 가서 외투와 장화를 찾아 들고, 또 고리에 걸린 차고 열쇠를 집어 들었다. 다시 밖으로 나오자 젊은이가 대문에서 자전거를 집어다 집 벽에 세워놓는 것이 보였다.

"저기다 세워 놔도 되겠죠?"

"그럼, 괜찮고말고요."

페넬로프는 앞장서서 자갈밭을 가로질러 가 차고 문을 열었다. 젊은이가 문 여는 것을 도와주었다. 그녀는 불을 켰다. 평소와 마찬가지로 어수선했다. 페넬로프의 낡은 볼보 차, 차마 내버리지 못했던 세 아이의 자전거, 고장 나 내려앉은 유모차, 모터가 달린 잔디 깎는 기계, 갈퀴와 괭이와 삽과 갈퀴 등 일련의 연장들.

페넬로프는 가장자리 길을 택해 이런 잡동사니 사이를 걸어 낡아 빠진 서랍장을 향했다. 오클리 가의 유물이었다. 페넬로프는 그 서랍장에 망치, 스크루드라이버, 녹슨 못, 정원에서 쓰는 자투리 끈 등을 넣어두었다. 그 서랍장 위에 사슬톱이 있었다.

"이거 쓸 줄 알아요?"

"그럼요."

"그럼, 석유가 남아 있는지 봐야 하는데."

다행히도 남아 있었다. 많지는 않았지만 충분했다. 페넬로프가 말을 이었다.

"산사나무 산울타리를 좀 다듬어주면 좋겠는데."

"좋습니다."

젊은이는 사슬톱을 어깨에 걸고 다른 손으로 석유 깡통을 집어 들며 말을 이었다.

"어느 쪽에 있는지만 가르쳐 주십시오."

그러나 페넬로프는 젊은이가 길을 잃고 헤매지 않도록 직접 그곳으로 안내했다. 페넬로프는 앞장서서 집을 빙 둘러 서리가 내린 잔디를 가로질러 쥐똥나무 산울타리 사이를 지나 과수원을 건넜다. 산사나무 덤불과 가시 많은 가지들이 뒤엉켜 있는 곳이 눈앞에 불쑥 나타났다. 그 너머로 작은 윈드러시 강이 조용히, 차갑게 흐르고 있었다.

"참 아름다운 곳이군요."

젊은이가 말했다.

"그래요. 아름다운 곳이지. 이 산울타리를 이 정도 높이로 깎아주면 좋겠어요. 더 낮게 깎지는 마세요."

"깎아낸 나무들을 땔감으로 쓰도록 보관해 둘까요?"

페넬로프는 그 생각은 해보지 않았다.

"보관할 만한 가치가 있나요?"

"아주 잘 타오르거든요."

"좋아요. 쓸모 있을 만한 것들은 보관해 주세요. 그리고 나머지는 모닥불로 태워 버리고요."

"알겠습니다."

젊은이는 톱과 석유통을 내려놓으며 말을 이었다.

"그럼 된 거군요."

젊은이의 말에는 페넬로프더러 이제 가라는 뜻이 포함되어 있었다. 그러나 페넬로프는 자리를 뜨지 않았다.

"하루 종일 여기 있을 건가요?"

페넬로프가 물었다.

"4시 반까지만요. 그래도 괜찮다면 말입니다. 여름에 일하는 시간은 이렇죠. 8시에 시작해서 4시에 끝냅니다."

"점심시간은 어떻게 하나요?"

"한 시간입니다. 12시부터 1시까지요."

"그럼……."

페넬로프는 젊은이의 뒤통수에 대고 말을 이었다.

"필요한 게 있으면 불러요. 난 집 안에 있을 테니까."

젊은이는 쭈그리고 앉아 손가락이 긴 능숙한 손으로 사슬톱의 뚜껑을 열었다. 젊은이는 페넬로프의 말에 대답은 하지 않고 고개만 끄덕였다. 페넬로프는 자기가 젊은이를 방해하고 간섭하고 있다는 느낌을 받았다. 페넬로프는 은근히 화가 나, 몸을 돌려 정원 쪽으로 발걸음을 옮겼다. 그러나 젊은이가 그렇게 대담하게 맞서는 것이 약간은 즐거웠다. 부엌에 들어서니 반쯤 빈 커피잔이 식탁 위에서 기다리고 있었다. 한 모금 마셔 보았지만, 이미 식어 있었기 때문에 싱크대에 내려놓고 말았다.

플라킷 부인이 도착했을 때는 이미 사슬톱이 30분은 윙윙대고 난 후였다. 과수원 아래쪽에서 모닥불 연기가 사슬처럼 고요한 아침 공기 속으로 말려 올라가면서 나무 타는 달콤한 향기로 정원을 가득 채웠다.

"드디어 왔군요."

플라킷 부인이 돛을 한껏 올린 배처럼 문으로 횡하니 들어서면서 말했다. 겨울인지라 플라킷 부인은 모피 뾰족 모자를 쓰고 있었다. 그리고 플라스틱 가방에 작업화와 앞치마를 넣어서 왔다. 플라킷 부인은 페넬로프가 정원사를 고용하겠다고 결정을 내린 것을 알고 있었다. 페넬로프의 삶에 일어난 거의 모든 일을 알고 있듯이. 두 사람은 무척이나 친해져서 서로 간에 숨기는 게 없었다. 플라킷 부인의 딸 린다가 퍼들리 자동차 정비소에서 일하는 젊은이의 아이를 가졌을 때도, 플라킷 부인이 처음 그 이야기를 털어놓은 사람이 킬링 부인이었다. 당시 킬링 부인은 의지할 수 있는 사람이었다. 킬링 부인은 린다가 그 무책임한 놈과 결혼한다는 데 격렬하게 반대하였고, 아기한테 아름다운 하얀 마티네 외투를 짜주었다. 결국 킬링 부인이 옳았다는 게 증명되었다. 아기가 태어난 직후에 린다는 찰리 휠라이트를 만났으니 말이다. 찰리는 플라킷 부인이 알던 젊은이들 가운데 가장 멋진 젊은이였으며, 결국 그는 린다와 결혼해서 아버지가 다른 아이까지도 떠맡았다. 이제 곧 새 아기가 태어날 예정이었다. 일이란 가장 좋은 쪽으로 풀려나가는 길을 알고 있기 마련이었다. 그것을 부정할 수는 없었다. 지금까지도 플라킷 부인은 정말 힘들던 때에 자상하고 실질적인 조언을 해준 킬링 부인한테 감사하는 마음을 지니고 있었다.

"정원사 말이야? 그래, 왔지."

"자전거를 타고 마을을 지나다 모닥불 연기를 봤어요."

플라킷 부인은 뾰족 모자를 벗고 외투 단추를 풀며 말을 이었다.

"그런데 밴은 어디 있지요?"

"자전거를 타고 왔대."

"이름이 뭐래요?"

"묻지 않았어."

"어떤 사람이에요?"

"젊고, 말씨가 세련되고 아주 잘생겼어."

"하루 일하고 그만둬버릴 사람을 보낸 건 아니어야 할 텐데."

"하루 일하고 그만둘 사람같이 보이진 않던데."

"그럼 잘됐네요."

플라킷 부인이 앞치마를 두르며 말을 이었다.

"하지만 두고 봐야 해요."

플라킷 부인이 벌겋게 부어오른 손을 마주 비비며 다시 말을 이었다.

"오늘 아침 날씨가 영 사납네요. 춥다기보다는 습기 차요."

"차 한 잔 마셔."

페넬로프가 언제나 그러듯이 권했다.

"그럼, 마시지요."

플라킷 부인도 늘 하던 식으로 대답했다.

아침 일과가 시작되었다.

플라킷 부인은 집 안 구석구석 청소기를 돌리고, 계단의 황동 누르개를 닦고, 부엌 바닥을 문지르고, 다림질감을 한 무더기 처리하고, 적어도 가구 광택제 반 통 이상 써버린 다음에, 12시 15분 전에 남편한테 제때 식사를 차려주기 위해 퍼들리에 있는 집으로 돌아갔다. 플라킷 부인이 떠나고 난 집은 깨끗하게 윤이 났고 향긋한 냄새가 났다. 페넬로프는 시계를 흘끗 보고는 두 사람을 위한 점심을 준비하기 시작했다. 집에서 만든 야채수프를 불에 올려놓았다. 식료품실에 가서 차가운 닭 반토막과 껍질이 딱딱한 갈색 빵 한 조각을 내왔다. 뭉근한 불로 끓인 사과 소스 한 접시와 크림 한 주전자가 있었다. 페넬로프는 부엌 식탁에 바둑판무늬의 무명 식탁보를 깔았다. 날이 화창했으면 식탁을 온실에 내놓았겠지만, 구름이 짙고 낮게 깔려 있어 도무지 갤 전망이 없어 보였다. 젊은이가 앉을 자리에는 컵과 맥주 한 캔을 갖다 놓았다. 식후에 젊은이가 차를 마시고 싶어 할지도 모른다. 향기로운 묽은 수프가 김을 내며 끓고 있었다. 곧 오겠지. 페넬로프는 기다렸다.

12시 10분이 되어도 젊은이가 오지 않자, 페넬로프는 젊은이를 찾아 나섰다. 말끔하게 깎인 산울타리, 연기가 피어오르는 모닥불, 작은 땔나무 한 무더기. 그러나 정원사의 모습은 보이지 않았다. 소리쳐 부르려 했지만 이름을 몰랐기 때문에 그럴 수 없었다. 페넬로프는 그냥 집으로 돌아왔다. 오전 일을 한번 해보고 나서는 손을 털고 집으로 가 다시 오지 않기로 한 것이나 아닌지 걱정이 되었다. 그러나 집 뒤쪽에 젊은이의 자전거가 그대로 있는 걸로 봐, 근처 어디에 있는 건 틀림없었다. 페넬로프는 자갈밭을 건너 차고로 가다가 바로 문 안에서 젊은이와 마주쳤다. 젊은이는 물통을 뒤집어놓고 앉아 흰 식빵으로 만든 맛없어 보이는 샌드위치를 먹으면서 《더 타임스》의 십자말풀이를 푸는 데 몰두해 있었다.

마침내 젊은이를 발견한 곳이 고작 이런 비좁고, 춥고, 불편한 환경이라는 것 때문에 페넬로프는 분개했다.

"도대체 뭐 하고 있는 거예요?"

젊은이는 벌떡 일어섰다. 뜻밖에 페넬로프가 나타난 데다가 말투가 그랬기 때문에 깜짝 놀라고 말았다. 손에서 신문을 떨어뜨리고 물통이 벌렁 자빠지면서 요란한 소리를 냈다. 입에는 아직도 샌드위치가 한가득이었다. 무슨 말을 하기 전에 우선 그것부터 씹어 넘겨야 했다. 젊은이는 얼굴이 새빨개졌다. 엄청나게 당황한 것 같았다.

"점…… 점심을 먹고 있는데요."

"점심을 먹고 있다고요?"

"12시부터 1시까지요. 괜찮다고 하시지 않았습니까?"

"하지만 여기 밖에 나와 먹어선 안 돼요. 차고에서 물통 위에 앉아 먹어선 안 된단 말이에요. 집 안으로 들어와 나와 함께 먹어야 돼요. 난 젊은이가 그렇게 생각하고 있는 줄로 알았어요."

"부인과 함께 먹는다고요?"

"그럼 누구겠어요? 다른 고용주들은 점심도 안 주던가요?"

"안 주던데요."

"그런 끔찍한 일이 있을 수가. 어떻게 샌드위치만 먹고 하루 종일 일을 한단 말이에요?"

"할 수 있습니다."

"나하고는 그렇게 할 수 없어요. 그 맛없는 빵조각은 버리고 안으로 들어와요."

젊은이는 난처해하는 것 같았다. 그러나 시키는 대로 했다. 샌드위치는 버리지 않고 종이에 싸서 자전거에 달린 가방에 넣어두었다. 그런 다음에 신문도 집어 들어 그것 역시 자전거에 넣어두고, 물통을 집어 원래 있던 곳에 갖다 놓았다. 젊은이가 준비되자 페넬로프는 앞장서서 집 안으로 들어갔다. 젊은이는 재킷을 벗었다. 여러 번 기운 짙은 감색 털실 스웨터가 드러났다. 젊은이는 손을 씻고 말리더니 식탁에 앉았다. 페넬로프는 젊은이 앞에 김이 솟아오르는 커다란 수프 그릇을 놓고, 빵을 잘라 버터를 발라 먹으라고 했다. 페넬로프 자신도 좀 작은 수프 그릇을 들고 젊은이 옆에 앉았다.

젊은이가 말했다.

"정말 친절하십니다."

"전혀 친절한 게 아녜요. 내가 늘 하던 대로 하는 것뿐이에요. 아냐. 그건 말이 안 돼. 난 전에는 정원사를 둬본 적이 없으니까. 하지만 우리 부모님이 사람을 불러 밖에서 일을 시킬 때는 늘 안으로 불러서 함께 점심을 먹었어요. 난 한 번도 그렇게 하지 않는 경우를 생각해본 적이 없어요. 미안해요. 좀 혼란이 생겼던 건 다 내 잘못이니까. 내가 좀 더 말을 분명히 했어야 하는 건데."

"잘 몰랐습니다."

"그래, 물론 몰랐겠지. 자, 젊은이에 대한 얘기나 좀 해보구려. 이름은 뭐요?"

"데이너스 뮤어필드입니다."

"완벽한 이름이군."

"전 아주 평범한 이름이라고 생각하는데요."

"정원사 이름으로 완벽하단 뜻이에요. 어떤 사람들은 자기 직업에 꼭 맞는 이름을 가지고 있지요. 예를 들어 샤를 드골 같은 사람은 프랑스의 구세주가 될 수밖에 없지 않겠어요. 그리고 불쌍한 앨저 히스를 봐요. 그런 이름을 가지고 태어나니 첩자가 될 수밖에 없는 게지."

"제가 어렸을 때 우리 교회에는 목사님이 한 분 계셨는데, 그분 이름이 페이터노스터(주기도문_옮긴이) 씨였습니다."

"바로 그거예요……. 그런 게 내 말을 증명해 주는 거지. 어렸을 땐 어디 있었어요? 어디서 자랐수?"

"에든버러입니다."

"에든버러라. 그럼 스코틀랜드 사람이구먼."

"네, 그런 것 같습니다."

"아버지는 뭐 하시고?"

"변호사이십니다. '옥새에 글을 쓰는 분(스코틀랜드에서 변호사라는 뜻_옮긴이)'이죠."

"정말 멋진 명칭이야, 정말 낭만적이야, 젊은이도 변호사가 되고 싶수?"

"잠시 그렇게 생각한 적도 있었습니다만."

젊은이는 어깨를 으쓱하고는 말을 이었다.

"생각을 바꿨습니다. 대신 원예 학교에 갔죠."

"나이가 몇이지?"

"스물넷입니다."

페넬로프는 놀랐다. 나이가 더 들어 보였던 것이다.

"오토가든에서 일을 하는 건 재미있어요?"

"괜찮습니다, 다양하니까요."

"거기서 얼마나 일을 했는데?"

"한 여섯 달이요."

"결혼은 했나?"

"아뇨."

"어디 살지?"

"소콤가 농장의 작은 집에서요. 퍼들리에서 조금 더 가면 되죠."

"아, 나도 소콤가는 알아요. 좋은 집인가?"

"그냥 살 만합니다."

"누가 돌봐주지?"

"혼자 삽니다."

페넬로프는 아까 그 맛없어 보이던 흰 식빵 샌드위치를 생각했다. 즐거움이 없는 집, 정돈도 안 된 침대에 난로 주위에 빨래가 걸려 있는 집을 상상할 수 있었다. 과연 이 젊은이가 제대로 식사를 한 적이 한 번이나 있을까?

"에든버러에서는 고등학교에 다녔수?"

페넬로프가 갑자기 이 젊은이에게 호기심을 느끼며 물었다. 이 젊은이가 무엇을 했는지, 무슨 환경과 동기 때문에 이렇게 소박한 생활을 하게 되었는지 알고 싶었다.

"네."

"고등학교에서 바로 원예 대학으로 간 건가?"

"아뇨. 한 2년 미국에 나가 있었습니다. 아칸소 주의 소 떼 목장에서 일을 했었죠."

"난 미국엔 한 번도 못 가봤는데."

"굉장한 곳입니다."

"거기 그냥 머물 생각은 안 했군⋯⋯. 영원히 말이야."

"생각은 해봤지만 그러지 않았습니다."

"내내 아칸소에만 있었수?"

"아뇨, 돌아다녔습니다. 미국 여러 곳을 가보았죠. 버진 제도에서 여섯 달을 보낸 적도 있습니다."

"대단한 경험이군!"

젊은이는 수프를 다 먹었다. 더 먹겠냐고 했더니 그러겠다고 해서 페넬로프는 다시 젊은이의 그릇에 수프를 채워주었다. 젊은이는 숟가락을 들면서 말했다.

"전에 한 번도 정원사를 둬본 적이 없다고 하셨지요. 그럼 이곳을 혼자 다 돌보신 겁니까?"

"그래요. 내가 왔을 때 여긴 황무지였지."

페넬로프가 약간 자랑스러운 마음으로 대답했다.

"그럼 정원 일에 대해 아주 잘 아시겠네요."

"잘은 몰라요."

"이곳에 쭉 사셨나요?

"아니. 대부분은 런던에서 살았어요. 하지만 그곳에도 커다란 정원이 있었지. 그리고 그 전에 처녀 때 콘월에서 살 때도 정원이 있었고. 난 운이 좋아요. 늘 정원을 가지고 살았으니까. 정원 없이 산다는 건 상상할 수가 없다우."

"가족은 있으세요?"

"그래요, 자식이 셋이지. 다 컸어요. 하나는 결혼을 했고, 손자도 둘이나 있지."

"제 누이도 자식이 둘 있습니다. 퍼스셔의 농부와 결혼을 했죠."

"스코틀랜드에는 가보나요?"

"네, 1년에 두세 번."

"정말 아름다운 곳이겠구려."

"네, 아름답죠."

수프를 먹은 뒤 젊은이는 닭도 거의 다 먹고, 뭉근한 불에 끓인 사과 소스도 다 먹었다. 맥주는 마시지 않았지만 차는 감사히 받아 마셨다. 차를 마신 뒤에 젊은이는 시계를 흘끗 보더니 일어섰다. 1시 5분 전이었다.

젊은이가 말했다.

"산울타리는 다 끝났습니다. 땔나무를 집으로 가져올 테니 쌓아둘 곳을 알려주세요. 그리고 다음에 무슨 일을 할지도 말씀해 주세요. 또 제가 일주일에 몇 번이나 오면 좋을지도."

"오토가든에다가는 사흘이라고 얘기해 두었어요. 하지만 이런 속도로 일을 한다면 이틀이면 되겠네요."

"좋습니다. 부인이 정하시는 거니까요."

"보수는 어떻게 지불할까요?"

"오토가든에 지불하시면, 그쪽에서 나한테 줍니다."

"그쪽에서 젊은이한테 보수를 잘 주면 좋겠군요."

"괜찮게 줍니다."

젊은이는 재킷을 집어 들어 걸쳤다. 페넬로프가 말했다.

"왜 일하러 오는데 오토가든에서 밴을 내주지 않았지요?"

"전 운전 안 합니다."

"하지만 요즘 젊은이들은 다 차를 몰던데. 젊은이도 쉽게 배울 수 있을 거예요."

"운전 못 한다고는 하지 않았습니다. 하지 않는다고 했죠."

데이너스 뮤어필드가 말했다.

페넬로프는 장작을 쌓아 둘 곳을 알려주고, 채소밭에 도랑을 이중으로 파라고 일러준 뒤에, 다시 부엌으로 돌아와 설거지를 했다. '운전 못 한다고는 하지 않았습니다. 하지 않는다고 했죠.' 그는 맥주 캔도 받으려 하지 않았다. 페넬로프는 젊은이가 혹시 음주 운전을 하다 걸려서 면허를 정지당한 게 아닌가 생각했다. 어쩌면 사람을 치어 죽이고 더 이상 술은 입에 대지 않는다고 맹세를 했는지도 모르지. 그런 생각을 하는 것만으로도 페넬로프는 두려움에 몸이 떨렸다. 그러나 그런 엄청난 비극도 가능성의 범위를 넘어서 있는 것은 아니었다. 그리고 그렇게 생각하면 젊은이에 대해서도 대부분 설명할 수 있었다……. 긴장된 얼굴, 웃지 않는 입, 밝고 깜빡거리지 않는 눈. 뭔가 있었다. 무척이나 조심하는 어떤 것이. 어떤 수수께끼가. 그러나 젊은이가 마음에 들었다. 그래, 그래, 정말 마음에 들어.

화요일인 다음 날 저녁 9시, 노엘 킬링은 재규어 자동차를 타고 랜펄리 로드 쪽으로 방향을 틀었다. 어둡고 비가 오는 길을 따라 달리다가 그의 누이 올리비아 집 앞에 차를 세웠다. 미리 온다는 연락을 안 했기 때문에 노엘은 올리비아가 아마 집에 없을 거라고 생각했다. 대체로 올리비아는 집에 있는 경우가 드물었으니까. 올리비아는 노엘이 알고 있는 가장 사교적인 여자였다. 그러나 놀랍게도 올리비아의 응접실 창문의 걷힌 커튼 뒤로 불빛이 빛나고 있었다. 노엘은 차

에서 내려 차 문을 잠그고 좁은 길을 따라 올라가 벨을 눌렀다. 잠시
후 문이 열리고 올리비아가 나타났다. 불꽃처럼 빨간 모직 홈드레스
를 입고 있었다. 화장은 하지 않은 채 안경을 쓰고 있었고, 분명 손님
을 맞는 복장은 아니었다.

노엘이 말했다.

"안녕."

"어머, 노엘."

놀란 목소리였다. 그럴 만도 하지. 노엘은 한 두어 마일 떨어진 곳
에 살면서도 올리비아한테 들르는 일이 없었으니까.

"무슨 일이야?"

"그냥 온 거야. 바빠?"

"응, 조금. 내일 아침 회의 준비를 위해 뭘 좀 읽고 있었어. 하지만
대단한 건 아냐. 어서 들어와."

"퍼트니에서 친구들하고 술을 좀 마셨어."

노엘은 머리를 쓰다듬으며 올리비아의 응접실로 올리비아 뒤를
따라 들어갔다. 평소와 마찬가지로 놀라우리만치 따뜻했고, 난로가
켜져 있었고, 꽃이 가득했다……. 올리비아가 부러웠다. 언제나 부러
웠다. 단지 올리비아의 성공뿐만이 아니라, 그 바쁜 생활 중에도 모
든 일들을 처리하는 그 유능함. 난로 옆의 낮은 탁자에 올리비아의
서류철, 서류 뭉치, 교정쇄들이 놓여 있었다. 올리비아는 그것들을
정돈하여 한데 묶어 책상으로 옮겨 놓았다. 노엘은 난롯가로 갔다.
불길에 손을 녹이는 척했지만, 사실은 올리비아가 벽난로 위에 세워
놓은 초대장을 훑어보기 위한 것이었다. 그저 올리비아의 사교계 약

속을 확인해 보고 싶었다. 올리비아가 노엘 자신은 초대받지 못한 결혼식에 초대받은 것, 그리고 월튼 가의 새 화랑의 비공개 특별 초대전에 초대받은 것을 알 수 있었다.

올리비아가 말했다.

"뭘 좀 먹었어?"

노엘이 고개를 돌려 올리비아를 보며 말했다.

"카나페 몇 개."

노엘은 카나페를 영어 발음인 캐너피가 아니라 철자 그대로 카나페라고 발음했다. 그것은 가족 간에 통용되는 몇 안 되는 우스갯말 가운데 하나였다.

"뭐 좀 먹을래?"

"뭐가 있는데?"

"저녁에 먹던 키쉬가 좀 남았어. 먹고 싶으면 다 먹어도 돼. 그리고 비스킷과 치즈."

"좋지."

"그럼 가져올게. 술이나 한잔 따라 마시고 있어."

노엘은 고마운 마음으로 그 제안을 받아들여 독한 위스키 소다를 따랐다. 올리비아는 식당 너머에 있는 작은 부엌으로 갔다. 가면서 불을 켰다. 노엘은 붙임성 있게 올리비아에게 따라붙어 두 방을 나누고 있는 작은 조리대 앞의 등받이 없는 높은 의자를 끌어내 앉았다. 영락없이 술집에 앉아 바텐더 여자를 꼬셔보려 하는 사내의 모양새였다.

노엘이 말했다.

"일요일에 엄마를 보고 왔어."

"그래? 난 토요일에 뵈었는데."

"그랬다고 하시더군. 잘생긴 미국인을 한 사람 달고 왔다던데. 엄마는 어때 보여?"

"생각과는 달리 놀라울 정도던데?"

"그게 정말 심장마비였을까?"

"글쎄, 어쨌든 심장마비에 대한 경보 정도는 되겠지."

올리비아는 입술을 비틀고 노엘을 보며 말을 이었다.

"낸시는 벌써 엄마를 데이지 꽃밭 아래 깊숙이 묻었던데."

노엘은 웃음을 터뜨리며 머리를 저었다. 낸시는 노엘과 올리비아가 늘 의견을 같이하는 몇 안 되는 대상들 가운데 하나였다.

"물론 낸시는 너무해. 언제나 너무하지만 말이야. 하지만 적어도 낸시는 엄마 정원 일에 도움을 좀 주자는 데는 동의했어. 그게 시작이었지."

"난 엄마한테 내일 런던으로 오시라고 설득하려 했었어."

"왜?"

"부스비에 가려고. 로런스 스턴 작품이 경매에 나오는 걸 보려고. 그게 얼마나 받을지 봐야지."

"아 그래, 「물동이를 나르는 여인들」. 그게 내일인 걸 잊고 있었네. 엄마가 오시겠대?"

"아니."

"그래, 왜 오시겠어? 그래서 엄마 손에 돈이 들어오는 것도 아닌데."

"아니지."

노엘은 손에 든 잔을 내려다보며 말을 이었다.

"하지만 엄마가 가진 것을 팔게 되면 오실 거야."

"「조개 줍는 아이들」을 말하는 거라면 다시 생각해 보는 게 좋을 걸. 그건 엄마가 돌아가시고 나서야 엄마 손에서 놓여날 거야."

"패널화들은 어때?"

올리비아의 얼굴에 깊은 의심의 빛이 드리워졌다.

"엄마한테 그 얘기 했어?"

"왜 아니겠어? 그건 형편없는 그림들이야. 그건 인정해야 돼. 그것들은 계단 꼭대기에서 그냥 썩고 있어. 그게 없어져도 엄만 눈치도 못 챌걸."

"그건 미완성 작품들이야."

"제발 그게 미완성이란 얘기 좀 그만뒀음 좋겠어. 그것들은 가격을 알 수 없을 정도로 진귀한 물건임에 틀림없단 말이야."

잠시 후에 올리비아가 말했다.

"엄마가 그것들을 파는 데 동의하신다면."

올리비아는 쟁반을 꺼내 그 위에 접시와 포크와 나이프를 올려놓고, 버터 한 접시, 치즈가 든 큰 나무 접시도 올려놓았다. 올리비아가 말을 이었다.

"만일 그걸 팔아 돈이 생긴다면 엄마한테 그 돈을 가지고 뭘 하시란 제안을 할 생각이야? 아니면 그걸 엄마 마음대로 하시도록 내맡겨 두겠다는 거야?"

"살아 있을 때 주는 돈이 죽을 때 남겨 주는 돈의 두 배 가치는 있어."

"그러니까 그 돈에 네 그 탐욕스러운 손바닥을 대겠단 뜻이로구나."

"나만이 아니지. 우리 셋 모두지. 아, 그렇게 찝찝한 표정 짓지 마. 올리비아, 부끄러워할 일이 아니야. 요즘에는 누구나 다 자본이 부족해. 낸시만큼은 더 많은 돈을 갖고 싶어 환장하지 않았다고 말하지 마. 낸시도 늘 물가가 너무 비싸다고 한숨을 쉰단 말이야."

"너하고 낸시는 그럴지 모르지. 하지만 난 빼 줘."

노엘이 잔을 돌리며 말했다.

"그렇지만 싫다고 말하진 않겠지."

"난 엄마한테서 아무것도 원치 않아. 엄만 이미 우리한테 충분히 주셨어. 난 엄마가 그곳에서 건강하고 안전하게 돈 걱정 없이 사시기를 바라. 즐기시면서."

"엄만 아주 안락해. 그건 우리 모두 알고 있는 사실이잖아."

"그래? 앞으로는 어떻게 하고? 엄마는 아주 오래오래 사실 수도 있어."

"그러니까 더욱더 그 음침한 요정들을 팔아야지. 엄마의 황혼기를 위해 자본을 투자해야지."

"그 얘긴 하고 싶지 않아."

"그러니까 내 생각이 좋지 않다는 거지?"

올리비아는 그 말에는 대답하지 않고, 쟁반을 들고 다시 난롯가로 갔다. 올리비아를 따라가면서 노엘은 세상에 올리비아처럼 등을 꼿꼿이 세우고 완강하게 구는 여자는 없을 거라고 생각했다. 특히나 올리비아가 인정하지 않는 어떤 일을 하라고 설득할 때.

올리비아는 낮은 탁자에 쿵 소리를 내며 쟁반을 내려놓았다. 그러고 나서 허리를 펴고 방 건너의 노엘을 바라보았다. 올리비아가 말했다.

"좋지 않아."

"왜?"

"엄마를 내버려둬."

"그래."

노엘은 선뜻 굴복했다. 결국에는 이것이 자신이 원하는 것을 얻을 수 있는 가장 좋은 방법이라는 것을 알기 때문에. 노엘은 올리비아의 푹신푹신한 팔걸이 의자 한 곳에 앉아 즉석에서 차려온 음식을 먹기 위해 몸을 앞으로 숙였다. 올리비아는 난로 쪽으로 가 벽난로에 어깨를 기대고 두 손을 가운 호주머니에 푹 꽂고 섰다. 노엘은 올리비아의 눈이 자신에게 고정되어 있는 것을 느끼며, 포크를 집어 들어 키쉬를 자르며 말했다.

"패널화를 파는 일은 잊어버려. 다른 이야기를 하자."

"무슨 얘기?"

"예를 들어, 로런스 스턴이 중요한 작품의 스케치를 유화로 대강 그려 놓은 걸 본 적 있어? 아니면 엄마가 그런 얘기를 하는 걸 듣거나, 또는 그런 게 있다고 생각해 본 적 있어?"

노엘은 하루 종일 그 생각을 했다. 낡은 편지에서 찾아낸 것, 그리고 그것에 바탕을 둔 가능성에 대해 올리비아에게 알려줄까 말까 하는 생각. 결국 노엘은 모험을 하기로 결심했다. 승리하기 위해서는 올리비아가 중요한 동맹자였다. 셋 가운데서 오직 올리비아만이 어머니에게 어떤 영향력을 가지고 있었다. 노엘은 질문을 하면서 올리비아의 얼굴을 빤히 쳐다보았다. 올리비아의 표정이 경계심 때문에 굳어지는 것, 의심으로 긴장하는 게 보였다. 예상했던 일이었다.

잠시 후 올리비아가 말했다.

"아니."

이것 역시 예상했던 일이었다. 그러나 그 대답이 진실이라는 것을 알았다. 올리비아는 언제나 정직했으니까. 올리비아가 말을 이었다.

"그런 적 없어."

"틀림없이 몇 개 있었을 거야."

"뭣 때문에 그런 희한한 생각을 하게 된 거지?"

노엘은 올리비아한테 편지를 찾은 이야기를 했다.

"「테라초 정원」? 그건 뉴욕 메트로폴리탄에 있는 거야."

"맞아. 「테라초 정원」의 유화 스케치가 있다면, 「물동이를 나르는 여인들」이나 「어부의 구혼」 등 자존심 있는 모든 세계 주요 도시들의 따분한 미술관에 유폐된 다른 고전적 작품들의 스케치도 있을 거 아니야."

올리비아는 그 생각을 해보았다. 이윽고 올리비아가 입을 열었다.

"아마 다 없애버렸을 거야."

"에이, 말도 안 돼. 그 노인네는 결코 아무것도 없애지 않았어. 누나도 나만큼이나 그걸 잘 알잖아. 오클리 가의 집만큼이나 낡은 잡동사니로 가득 찬 집은 세상에 없었어. 포드모어 오두막을 제하고 말이야. 알겠지만 엄마의 다락은 불이 날 위험이 아주 높아. 만일 어떤 보험사 직원이 그 안에 빽빽이 들어찬 것을 보게 되면 아마 발작을 일으킬 거야."

"최근에 거기 가 봤어?"

"일요일에 갔었지. 내 스쿼시 라켓을 찾으러."

"네가 찾으려고 한 게 그것뿐이야?"

"그리고 뭐, 좀 둘러보았지."

"유화 스케치를 찾으러 말이지."

"뭐 그런 셈이지."

"하지만 찾진 못했잖아."

"물론 못 찾았지. 그 잡동사니들 속에서는 코끼리라도 찾을 수 없을 거야."

"네가 뭘 찾는지 엄마도 아셨니?"

"아니."

"넌 야비한 좀도둑이야, 노엘. 왜 넌 모든 일을 그렇게 남의 등 뒤에서 하는 거니?"

"엄마가 오클리 가의 다락에 뭐가 있는지 모르는 것처럼 그곳 다락에도 뭐가 있는지 모르기 때문이지."

"거기 뭐가 있는데?"

"모든 게 다 있어. 낡은 상자들. 옷 상자와 편지 묶음들. 옷 가게 마네킹, 장난감, 유모차, 발판, 벽에 거는 털실 융단이 든 가방, 체중계, 나무토막이 든 상자, 줄로 묶어 쌓아 놓은 잡지 더미, 뜨개질 본, 낡은 액자…… 뭐든 말만 해봐, 거기 다 있으니까. 그리고 아까 말한 것처럼 그곳은 불이 날 위험이 너무 높아. 그 집엔 아무런 방비가 되어 있지 않아. 바람 부는 날 불꽃만 한번 일어나면 집 전체가 아궁이처럼 변해버릴 거야. 그 속에 갇히기 전에 엄마가 창문으로 빠져나올 시간이나 있기를 바랄 뿐이지. 이거 정말 맛있는 키쉬인데. 누나가 만든 거야?"

"난 아무것도 안 만들어. 전부 슈퍼마켓에서 사 오지."

올리비아는 벽난로에서 떨어져 나와 방을 가로질러 노엘 뒤의 탁자로 갔다. 노엘은 올리비아가 술을 따르는 소리를 듣고 웃음을 지었다. 드디어 올리비아가 근심을 하게 되었다는 것을 알았기 때문이다. 이것으로 올리비아의 관심을 끌게 된 셈이고, 잘하면 동정심도 끌어낼 수 있었다. 올리비아는 벽난로로 돌아와 잔을 손에 든 채 노엘을 마주 보며 소파에 앉았다.

"노엘, 정말 거기가 위험하다고 생각하는 거야?"

"그래, 정말이야. 진심으로 하는 얘기라고. 정말 위험하다고 생각해."

"그럼 어쩌면 좋겠니?"

"그 집 전체를 싹 청소해서 쓸데없는 건 다 버리는 거야."

"엄마가 절대 동의하지 않으실 텐데."

"그럼 좋아. 그게 안 되면 거길 정돈이라도 해야지. 하지만 그 위에 있는 것 가운데 반은 불에나 태워 버릴 만한 것들이야. 헌 잡지 묶음, 뜨개질 본, 벽걸이 융단 같은 것들은……."

"벽걸이 융단은 왜?"

"좀나방이 살고 있더라고."

올리비아는 아무 대꾸도 하지 않았다. 노엘은 키쉬를 다 먹고, 치즈를 먹기 시작했다. 특별히 맛있는 브리 치즈였다.

"노엘. 그곳을 뒤질 핑계를 만들려고 과장을 하고 있는 건 아니겠지? 설사 네가 스케치나 다른 가치 있는 걸 찾아낸다 해도 그 집에 있는 모든 건 엄마 거라는 걸 알아야 해."

노엘은 탓할 수 없는 순진한 표정으로 그녀의 눈을 마주 받았다.

268

"내가 그걸 훔칠 거라고 생각하는 건 아니겠지."

"네가 지나가는 곳에 그런 걸 놓지는 않을 거다."

노엘은 그 말은 무시하기로 했다.

"만일 우리가 그 스케치를 찾아낸다면 그게 얼마나 가치가 있는 건지 알아? 적어도 하나에 오천은 돼."

"왜 넌 꼭 그것들이 거기 있기라도 한 것처럼 이야기하는 거니?"

"나도 그게 거기 있는지는 몰라! 난 그저 그럴지도 모른다고 생각하는 것뿐이야. 하지만 더 중요한 것은 그 다락에는 화재가 날 가능성이 있다는 것이고, 어떻게든 그 대비책을 세워야 한다는 거야."

"우리가 할 수 있을 때 그 집 전체를 다시 보험 사정해 보아야 한다고 생각하는 거니?"

"조지 체임벌린이 그 집을 엄마한테 사줄 때 그런 문제는 다 처리했어. 아마 누나가 그 사람과 이야기를 좀 해봐야 할 거야. 그리고 난 이번 주말엔 별일이 없어. 금요일 저녁에 내려가 그 엄청난 일을 해볼 작정이야. 엄마한테 가겠다고 전화하겠어."

"엄마한테 그 스케치에 대해 물어볼 거니?"

"물어봐야 한다고 생각해?"

올리비아는 즉각 대답하지 않았다. 이윽고 올리비아가 입을 열었다.

"아니, 그렇지 않아."

노엘은 약간 놀라서 올리비아를 바라보았다. 그녀가 말을 이었다.

"그러면 엄마가 귀찮아하실 거야. 난 엄마가 귀찮아하시는 걸 원치 않아. 만일 그런 스케치가 나타나면 그때 엄마한테 말씀드리면 돼. 그리고 만일 그런 게 없으면 그것으로 끝이야. 하지만 노엘, 너 다시는 엄마한테 그림을 팔라는 얘기는 하면 안 된다. 그건 정말이지 엄마한테는 안 통하는 얘기야."

노엘은 손을 가슴에 얹으며 말했다.

"보이스카우트의 명예를 걸고."

노엘이 웃음을 지으며 말을 이었다.

"결국 누나도 나처럼 생각하게 되었군."

"넌 교활한 악당이야. 난 절대 너처럼 생각하지는 않을 거야."

노엘은 그 말을 침착하게 받아들이고 말없이 식사를 끝냈다. 그러고는 일어서서 잔을 다시 채웠다.

올리비아가 노엘의 등에 대고 말했다.

"정말 갈 거야? 포드모어 오두막에 말이야."

"안 그럴 이유가 있나."

노엘이 의자로 돌아와 말을 이었다.

"왜?"

"날 위해 뭘 좀 해주었으면 해서."

"내가?"

"코스모 해밀턴이 누군지 알지?"

"코스모 해밀턴? 물론 알지. 누나가 화창한 스페인에서 사귀던 애인이었잖아. 설마 그 사람이 다시 누나 삶 속으로 들어왔단 얘긴 아니겠지?"

"아냐. 그 사람은 내 삶 속으로 들어오지 않았어. 내 삶에서 나갔지. 죽었거든."

처음으로 노엘은 정말로 놀라고 충격을 받았다.

"죽었어."

올리비아의 얼굴은 평온했다. 그러나 아주 창백하고 움직임이 없었다. 노엘은 농담을 한 게 후회되었다.

"아, 미안. 도대체 어떻게 된 거야?"

"나도 몰라. 병원에서 죽었대."

"언제 들은 얘기야?"

"금요일에."

"젊은 사람이잖아."

"예순이었어."

"정말 안된 일이군."

"그래. 나도 알아. 하지만 문제는 그 사람한테 안토니아라는 젊은 딸이 있다는 거야. 이비자를 떠나 내일 히스로에 도착할 거야. 여기서 며칠 머문 뒤에 포드모어 오두막으로 가서 잠시 엄마 말동무를 해 주기로 했어."

"엄마도 아셔?"

"물론. 토요일에 만났을 때 그렇게 계획을 잡았어."

"나한텐 아무 말씀 안 하시던데."

"안 하셨겠지."

"그 여자앤 몇 살이야……, 안토니아라는 애?"

"열여덟. 원래는 내가 직접 주말을 함께 보낼 생각이었어. 하지만 어떤 남자와 약속이 있어서."

노엘은 다시 본래 모습으로 돌아와 눈썹을 치켜올렸다.

"일이야 아니면 즐기는 거야?"

"순수하게 일이야. 검둥오리처럼 이상한 프랑스 디자이너가 리츠에 머물고 있어. 진짜로 그 사람과 시간을 좀 보내고 싶어."

"그래서?"

"그래서 네가 금요일 밤에 글로스터셔에 갈 거면, 안토니아를 좀 태워다 달라고 부탁하려고."

"예뻐?"

"그것에 따라 네 대답이 달라지니?"

"아니. 하지만 알고 싶어서."

"열세 살 때는 매력적이었지."

"뚱뚱하고 점박이는 아니겠지."

"전혀. 엄마가 이비자에서 우리와 함께 있으러 오셨을 때 안토니아도 함께 지냈었어. 엄마와 안토니아는 아주 좋은 친구가 되었지. 그런데 엄마가 아프고 나자, 낸시는 엄마가 혼자 사시면 안 된다고 잔소리를 늘어놓기 시작했어. 그러니까 안토니아가 엄마와 함께 있게 되면 엄마는 혼자 있으시지 않아도 되잖아. 난 괜찮은 생각인 것 같은데."

"이미 모든 일을 다 꾸며 놓고 나서 하는 얘기지, 그렇지?"

올리비아는 이 비웃음을 무시했다.

"데려가 줄 거야?"

"물론이지, 난 괜찮아."

"언제 데리러 올래?"

금요일 저녁이라……. 노엘은 생각했다.

"6시."

"그때까지 퇴근하도록 할게. 그리고 노엘…….

갑자기 올리비아가 웃음을 지었다. 저녁 내내 웃음 한번 짓지 않다가 이제야 웃음을 짓고 있었다. 순간적으로 둘 사이에 좋은 감정, 우애가 형성되었다. 마치 즐거운 시간을 함께 보낸, 서로 깊은 애정을 지닌 남매 같았다.

"……고마워."

다음 날 아침 올리비아는 사무실에서 페넬로프에게 전화를 했다.

"엄마."

"올리비아로구나."

"엄마, 계획을 바꿨어요. 이번 주말엔 내려갈 수 없게 됐어요. 어떤 깐들거리는 프랑스 사람과 일을 좀 해야 하거든요. 그 사람은 토요일, 일요일이 아니면 안 되겠대요. 정말 미안해요."

"그럼 안토니아는 어떻게 하니?"

"노엘이 데려갈 거예요. 아직 전화 안 했어요?"

"안 했는데."

"할 거예요. 노엘이 금요일에 내려가서 한 이틀 있다 온다고 했어요. 우리 둘이 어젯밤 오랜 시간 가족회의를 한 끝에, 그곳이 몽땅 불에 타버리기 전에 엄마가 그 집 다락을 치워야 한다고 결론을 내렸어요. 난 그곳에 그렇게 잡동사니가 잔뜩 쌓여 있는지 몰랐지 뭐예요. 엄만 정말 괴팍한 노인네예요."

"가족회의?"

페넬로프의 목소리는 놀란 기색을 띠고 있었다. 실제로 놀랐다.

"너하고 노엘하고?"

"네. 노엘이 어제저녁에 들렀길래 저녁을 줬지요. 노엘이 뭘 찾으러 다락에 올라갔었는데 그곳에 잡동사니가 너무 많아 불이 날 위험이 크다고 하더라고요. 그래서 노엘이 내려가 그걸 치워야 한다는 데 합의를 했죠. 걱정 마세요. 우린 건방지게 구는 게 아니라, 그저 걱정하는 것일 뿐이니까요. 노엘은 엄마 허락 없이는 어떤 것도 버리거나 태워버리지 않겠다고 약속했어요. 노엘이 그렇게 해준다니 친절하지 뭐예요. 그리고 사실 노엘은 자기가 그 일을 하겠다고 자원하기까지 했어요. 그러니 우리가 엄마를 바보 취급한다고 너무 골을 내진 마세요."

"난 전혀 골나지 않았다. 나도 노엘이 기특하다고 생각해. 나도 지난 5년 동안 겨울만 되면 거길 좀 청소해야겠다는 생각을 하곤 했단다. 하지만 어디 보통 일이어야지. 그걸 하지 못할 핑계를 찾는 건 너무 쉬운 일이었어. 노엘이 혼자 그걸 할 수 있을 것 같니?"

"안토니아도 갈 거잖아요. 안토니아도 아마 그런 일 하는 걸 즐거워할 거예요. 엄마도 풀 죽어 있으면 안 돼요."

페넬로프는 좋은 생각이 번뜩 떠올랐다.

"데이너스한테 하루 와달라고 해도 되겠구나. 튼튼한 팔을 가진 젊은이가 와주는 것도 나쁘지 않지. 데이너스가 모닥불 피우는 일을 맡아줄 수도 있겠어."

"데이너스가 누구예요?"

"새로 온 정원사란다."

"그 일을 깜빡했었네요. 그래, 그 사람 어때요?"

"훌륭한 사람이지. 안토니아는 도착했니?"

"아뇨. 오늘 저녁에 공항으로 마중 나갈 거예요."

"내가 사랑한다고 전해주고 너무 보고 싶어 한다는 말도 전해주려무나."

"그러겠어요. 안토니아랑 노엘은 금요일 저녁 식사 시간에 맞추어 갈 거예요. 함께 못 가서 미안해요."

"나도 섭섭하구나. 하지만 또 기회가 있겠지."

"그럼 끊을게요, 엄마."

"잘 있거라."

저녁에 노엘이 전화를 했다.

"엄마."

"노엘이구나."

"어떠세요?"

"아주 좋다. 주말에 이리 내려오겠다고 했다며?"

"올리비아가 말했어요?"

"그래, 오늘 아침에."

"나더러 내려가서 다락을 치워야 한다고 하더라고요. 엄마 집이 불에 탈까 악몽을 꾸고 있대요."

"안다. 올리비아도 그러더구나. 좋은 생각인 것 같아. 너도 참 기특하고."

"그거 책에 쓸 만한 이야긴데요. 우린 엄마가 화낼 줄 알았어요."

"그랬다면 잘못 생각한 거지."

페넬로프가 쏘아붙였다. 고집 세고 비협조적인 노인네로 나타나는 자신의 이런 새로운 이미지에 약간 짜증이 났다.

"난 널 도와주기 위해 데이너스를 하루쯤 부를까 한다. 데이너스는 새로 온 정원사야. 틀림없이 괜찮다고 할 거다. 게다가 모닥불을 피우는 데도 아주 능숙해."

노엘은 머뭇거리다 말했다.

"좋아요."

"그리고 네가 안토니아를 데려온다며. 그럼 금요일 저녁에 기다리고 있으마. 과속하지 않도록 하고."

페넬로프는 수화기를 내려놓아 노엘의 말을 자르려 했다. 그러나 노엘이 그것을 느끼고 소리를 질렀다.

"엄마."

페넬로프는 다시 수화기를 귀에 갖다 댔다.

"얘기가 끝난 줄 알았는데."

"그림 파는 것에 대해 말씀드리고 싶었어요. 오늘 오후에 부스비에 갔다 왔거든요. 「물동이를 나르는 여인들」이 얼마나 나갈 것 같아요?"

"나야 모르지."

"24만 5천8백 파운드예요."

"맙소사. 누가 그걸 샀는데?"

"어떤 미국 화랑이요. 콜로라도 주 덴버에 있다는 것 같았어요."

페넬로프는 마치 노엘이 자신을 보고 있기라도 한 듯이 놀라워하며 고개를 저었다.

"대단한 돈이구나."

"속이 쓰리죠, 그렇죠?"

"넌 확실히 그런 것 같구나."

목요일. 페넬로프가 침대에서 일어나 아래층에 내려갔을 때, 데이너스는 벌써 일을 하고 있었다. 페넬로프가 전에 차고 열쇠를 주었기 때문에, 데이너스는 정원용 연장을 꺼내 쓸 수 있었다. 페넬로프는 침실 창문을 통해서 데이너스가 채소밭에서 수고하는 모습을 볼 수 있었다. 페넬로프는 그를 방해하지 않았다. 첫날 데이너스가 열심히 일하는 사람일 뿐만 아니라, 혼자 있고 싶어 하는 사람이라는 것을 깨달았기 때문이다. 데이너스는 페넬로프가 계속해서 나타나 시간을 알려주고, 일하는 걸 확인하는 등 귀찮게 구는 것을 달가워하지 않을 터였다. 만일 그가 뭘 필요로 하는 게 있다면 와서 청하겠지. 그런 게 없으면 그냥 일을 계속하겠지.

그러나 12시 15분 전이 되어 대충 집안일이 끝나고 빵 한 덩어리를 부풀리기 위해 오븐 위에 올려놓고 나서 페넬로프는 앞치마를 풀고 정원으로 나섰다. 데이너스한테 점심시간에 집 안에서 기다리고 있다는 사실을 일깨워주기 위해서였다. 오늘은 좀 따뜻해졌다. 파란 하늘이 많이 드러나 있었다. 해가 별로 따뜻하진 않지만, 식탁을 온실에 내놓고 거기서 점심을 먹어야겠어.

"좋은 아침."

데이너스가 고개를 들어 페넬로프를 보고는 허리를 펴며 삽에 몸을 기댔다. 고요한 아침 공기에는 강건하고 원기를 북돋우는 냄새가 가득 배어 있었다. 새로 갈아엎은 땅에서 나는 냄새, 그리고 페넬로프가 조심스럽게 모아 놓은 말똥 더미로부터 데이너스가 손수레로 실어 온 말똥과 퇴비가 섞인 것에서 나는 냄새였다.

"좋은 아침입니다, 킬링 부인."

데이너스는 재킷과 스웨터를 벗고 속옷만 입고 일을 하고 있었다. 데이너스의 팔뚝은 갈색이었으며 여윈 근육들로 뭉쳐 있었다. 페넬로프는 데이너스가 손을 들어 올려 손목으로 턱 끝에 묻은 진흙을 닦아내는 모습을 지켜보았다. 전에 어디선가 본 것 같은 동작이었다. 통절한 느낌의 기시감이 일어났다. 그러나 이제 페넬로프는 이런 상황에 대비하고 있었으므로, 심장이 요동치지는 않았다. 그저 온몸 가득히 기쁨을 느꼈을 뿐이다.

"더워 보이는군."

페넬로프가 말했다. 데이너스가 고개를 끄덕였다.

"땀이 나는 일이죠."

"12시에 점심 준비가 될 거예요."

"고맙습니다. 들어갈게요."

데이너스는 다시 땅을 파기 시작했다. 울새가 주위를 배회하고 있었다. 벌레를 찾기 위해서이기도 하겠지만, 또한 짝을 찾기 위해서이리라. 울새들은 워낙 사교적이라 보기만 해도 즐거웠다. 페넬로프는 몸을 돌려 일하는 데이너스를 남겨 두고 집으로 돌아갔다. 가는 도중에 아직 때 이른 수선화를 꺾었다. 꽃은 부드러웠고 향기도 풍부했다. 콘월의 창백한 앵초꽃들이 생각났다. 온 땅이 겨울의 손아귀에 잡혀 있을 때 그늘진 산울타리에 점점이 흩어져 있던 꽃들.

어서 가 봐야지. 페넬로프는 혼자 중얼거렸다. 콘월에서 맞는 봄은 마법과도 같은 시간이리라. 어서 가야지. 안 그러면 너무 늦어져 버릴 거야.

페넬로프가 말했다.

"데이너스, 주말엔 뭐해요?"

오늘 페넬로프는 데이너스한테 차가운 햄과 구운 감자, 콜리플라워 치즈를 주었다. 푸딩으로는 잼 타르트와 구운 달걀 커스터드를 주었다. 간식이 아니라 제대로 된 식사였다. 페넬로프도 앉아서 함께 먹었다. 이렇게 먹다간 내 몸집이 엄청나게 커지는 게 아닐까.

"별일 안 합니다."

"내 말은 주말에도 누굴 위해 일하냐는 거예요."

"때때로 토요일 아침에 퍼들리 은행 매니저네 집에서 일하기도 하지요. 그 양반은 정원 일보다는 골프를 치는 걸 더 좋아하기 때문에 부인이 잡초 때문에 불평을 해요."

페넬로프가 웃음을 지었다.

"저런. 일요일은 어때요?"

"제 일요일은 언제나 비어 있습니다."

"하루 와줄 수 있겠어요……. 일로서 말이에요. 보수를 줄게요. 오토가든에 주는 게 아니라. 그게 공정한 거예요. 왜냐하면 젊은이가 해주었으면 하는 일은 정원 일이 아니니까."

데이너스는 약간 놀란 표정이었다. 당연한 일이었다.

"제가 해야 할 일이 뭔데요?"

페넬로프는 노엘이 온다는 이야기와 다락에 대한 이야기를 했다.

"저 다락에는 잡동사니가 워낙 많아서, 다 아래로 가지고 내려와 정리를 해야 돼요. 노엘이 혼자 그걸 다 할 수는 없을 거야. 데이너스가 여기 와서 좀 도와주면 정말 큰 도움이 될 텐데."

"물론 와야죠. 하지만 그냥 호의를 베푸는 거라고 생각하십쇼. 돈을 주실 필요는 없습니다."

"하지만—"

"아닙니다."

데이너스가 단호하게 말을 이었다.

"전 돈을 받고 싶지 않습니다. 몇 시에 오면 되죠?"

"아침 9시쯤."

"좋습니다."

"점심때는 자그마한 파티가 열릴 거예요. 젊은 아가씨도 와서 몇 주 머물기로 되어 있으니까. 노엘이 그 아가씨를 내일 저녁에 데려올 거라우. 이름이 안토니아야."

"부인께 좋은 일입니다."

"그래요."

"말벗이 되어 주겠군요."

낸시는 신문을 그렇게 열심히 읽는 사람이 아니었다. 낸시는 거의 매일 아침 장을 보러 마을에 가야만 했다. 낸시와 크로프트웨이 부인 사이에는 이상하게도 의사 전달이 제대로 안 되어, 늘 버터나 인스턴트 커피나 그레이비 소스가 떨어지곤 했다. 낸시는 장을 보러 갈 때마다 보통 신문 파는 곳에 들러《데일리 메일》이나《여성 자신》을 한 부 사서 샌드위치와 초콜릿 비스킷으로 점심을 먹으면서 그것을 정독하곤 했다. 그러나《타임스》는 저녁에 조지가 서류 가방에 넣어올 때에야 비로소 집 안으로 들어왔다.

목요일은 크로프트웨이 부인이 쉬는 날이었다. 그것은 조지가 퇴근할 때 낸시가 부엌에 있는다는 것을 의미했다. 저녁으로는 생선 완자를 먹을 작정이었다. 크로프트웨이 부인이 이미 양념을 다 해놓은 상태였다. 그러나 크로프트웨이가 맛도 없고 너무 자라 씁쓸한 방울양배추 한 바구니를 갖다 놓는 바람에 낸시는 싱크대 앞에서 그것을 다듬고 있었다. 하기도 싫은데다가 아이들도 틀림없이 안 먹겠다고 할 것 같았다. 그때 차가 들어오는 소리가 들렸다. 잠시 후 뒷문이 열리고 닫히면서 남편이 부엌으로 들어왔다. 음침한 옷을 입은 모습이 지치고 허약해 보였다. 낸시는 남편이 피곤한 하루를 보내지 않았기를 바랐다. 지친 하루를 보냈을 때는 그 스트레스를 낸시한테다 풀어대는 경향이 있기 때문이었다.

낸시는 고개를 들고 굳은 표정으로 웃어 보였다. 조지는 명랑한 표정을 짓는 경우가 거의 없었기 때문에, 남편의 우울함 때문에 덩달아 우울해하지 말고, 애정이 가득하고 친구와 같은 관계라는 환상—설사 그것이 자기기만이라 할지라도—을 유지하는 게 중요했다.

"안녕, 여보. 좋은 하루였어요?"

"괜찮았어."

조지는 서류 가방을 탁자에 던지고 거기에서《타임스》를 꺼냈다.

"이것 좀 봐."

낸시는 조지가 그렇게 빨리 말을 거는 것에 놀랐다. 대부분 저녁에는 그저 몇 마디 내던지고 서재로 가 저녁 먹기 전에 한두 시간 조용히 보내곤 했기 때문이다. 뭔가 주목을 끌만 한 일이 생긴 게 틀림없었다.

낸시는 그게 원자폭탄이 아니기를 바랐다. 낸시는 방울양배추를 놓고 손을 말린 다음, 조지 곁에 가서 섰다. 조지는 신문을 탁자 위에 펼치고 예술란으로 넘겼다. 그리고 길고 창백한 검지로 어떤 부분을 가리켰다.

낸시는 무력하게 희미하게 번진 활자들을 바라보다 말했다.

"안경이 없어요."

조지는 한숨을 쉬며 낸시의 대책 없음에 체념했다.

"경매장 소식이오, 낸시. 당신 할아버지 그림이 어제 부스비에서 팔렸다는군."

"그게 어제였어요?"

낸시가 「물동이를 나르는 여인들」에 대해 잊은 건 아니었다. 오히려 레스카르고에서 올리비아와 점심을 먹으며 나누었던 이야기들이 그 이후로 낸시의 마음을 완전히 사로잡고 있었다. 그러나 포드모어 오두막에 아직도 걸려 있는 그림들이 얼마나 가치가 있는 것일까 하는 생각에 너무 빠져 있는 바람에 날짜가 어떻게 되는지는 잊은 것이었다. 사실 날짜를 기억하는 데는 전혀 능력이 없기도 했다.

"그게 얼마에 팔렸는지 알아?"

낸시는 입을 벌린 채 고개를 저었다.

"24만 5천8백 파운드요."

조지는 그 마법의 숫자를 정확한 음조로 발음했기 때문에 낸시가 잘 못 들었을 가능성은 없었다. 낸시는 정신이 어찔했다. 낸시는 쓰러지지 않기 위해 손을 식탁 위에 올려놓으면서 계속 남편을 바라보았다.

"어떤 미국인이 샀다는군. 좀 가치 있다 싶은 건 죄다 국외로 팔려 나가고 마니, 구역질 나는구먼."

마침내 낸시는 입을 열 수가 있었다.

"게다가 그건 형편없는 그림이었어요."

조지는 싸늘하게 웃음을 지었다. 그러면서 전혀 유머가 아닌 투로 말했다.

"부스비나 전 소유자한테는 모든 사람이 당신 의견과 같지 않다는 게 다행이겠지."

그러나 낸시는 이 말이 공격이라는 것도 거의 알아차리지 못했다.

"그러니까 올리비아 말이 틀린 게 아니었군요."

"그게 무슨 말이오?"

"레스카르고에서 점심을 먹던 날 우린 그 애기를 했어요. 올리비아는 이런 일이 일어날 거라고 추측하고 있었어요."

낸시는 조지를 보며 말을 이었다.

"그리고 올리비아는 「조개 줍는 아이들」과 어머니가 아직도 가지고 계신 다른 두 그림이 50만의 가치는 있을 거라고 했어요. 아마 그 애기 역시 맞을 거예요."

"틀림없지. 우리 올리비아 님께선 어떤 일이든 좀처럼 틀리는 일이 없으니까. 어울리는 사교계 사람들 덕분에 언제나 그 긴 코로 냄새를 잘 맡을 수가 있거든."

낸시는 의자를 가져다가 다리에 실리는 무게를 덜었다.

"조지, 어머니가 그 그림들의 가치를 알고 계실 것 같아요?"

"그럴 것 같지 않은데."

조지가 입을 꽉 다물더니 말을 이었다.

"얘길 한번 하는 게 좋겠어. 보험료도 올려야 할 거야. 누구든 그 집에 들어가 벽에서 간단히 그림을 떼어갈 수 있으니까. 내가 아는 한, 장모님은 평생 문을 잠근 적이 한 번도 없어."

낸시는 흥분을 느끼기 시작했다. 낸시는 올리비아와 했던 이야기를 조지한테 하지 않았었다. 조지가 올리비아를 좋아하지 않기 때문이었다. 그리고 분명히 낸시가 하는 얘기에 관심이 없을 것이라고 생각했기 때문이다. 그러나 이제 조지가 그 문제를 스스로 꺼냈으니 모든 게 훨씬 쉬워진 셈이었다.

쇠뿔도 단김에 빼랬다고, 낸시가 말을 꺼냈다.

"가서 어머니를 뵈어야 할 것 같아요. 이것저것 이야기도 할 겸."

"보험 얘기 말이오?"

"보험료가 너무 높이 올라가면 어머니는 아마……."

갑자기 쉰 목소리가 나왔다. 낸시는 목을 가다듬었다.

"……어머니는 아마 그 그림을 팔아버리는 게 더 편할 거라고 생각하실지도 몰라요. 올리비아 얘기로는 그 낡은 빅토리아풍 작품들은 지금 시장 경기가 정점에 달해 있대요……."

(그렇게 말하는 것이 놀라울 정도로 세련되고 박식한 것 같았기 때문에 낸시는 스스로가 매우 자랑스러웠다.)

"……그리고 이번 기회를 놓치면 아까울 거래요."

처음으로 조지는 낸시가 말하는 요점을 생각해 보는 것 같았다. 조지는 입을 꽉 다물고 그 기사를 한 번 더 읽더니, 신문을 말끔하고 정확하게 접었다.

"당신이 알아서 해요."

"오, 조지. 50만이에요. 나로선 상상하기조차 힘든 큰돈이잖아요."

"물론 세금은 따로 내야겠지."

"그렇다 쳐요! 가야 돼요. 어쨌든 난 어머니를 너무 오랫동안 못 뵈었잖아요. 어머니가 어떻게 사시나 확인해 볼 때란 말이에요. 그러고 나서야 그 문제를 꺼낼 수 있지요. 요령있게."

조지는 의심스러운 표정이었다. 둘 다 그런 요령이 낸시의 강점은 아니라는 것을 알고 있었다.

"당장 가서 어머니한테 전화를 드리겠어요."

"어머니."

"낸시구나."

"어떠세요?"

"잘 있다. 넌 어떠냐?"

"너무 무리하는 거 아니죠?"

"내 얘기 하는 거냐, 네 얘기 하는 거냐?"

"물론 어머니 얘기죠. 정원사는 일을 시작했어요?"

"그래. 월요일에 왔지. 오늘도 또 왔다."

"정원사가 맘에 들었으면 좋겠네요."

"마음에 든다."

"그리고 누구랑 함께 사는 것에 대해 더 생각해 보셨어요? 우리 지방 신문에 광고를 냈는데 아직 아무런 반응이 없지 뭐예요. 전화조차 없네요."

"아, 그건 더 이상 걱정할 필요 없어. 안토니아가 내일 저녁에 오기로 했는데, 이곳에서 얼마 동안 나와 함께 살 거야."

"안토니아요? 안토니아가 누구예요?"

"안토니아 해밀턴 말이다. 아 이런, 우리 둘 다 너한테 얘기하는 걸 잊은 모양이구나. 난 올리비아가 그 소식을 너한테 전했을 거라고 생각했지."

"안 했어요."

낸시가 쌀쌀맞게 말을 이었다.

"아무도 나한테 어떤 이야기도 안 해줘요."

"그러니까, 그 왜 올리비아의 멋진 친구, 올리비아가 이비자에 있을 때 같이 살던 사람 말이다. 정말 슬픈 일이 있었지. 그 사람이 죽었거든. 그래서 그 사람 딸이 마음도 정리하고 다음에 뭘 할지도 생각할 겸 이곳으로 오기로 했단다."

낸시는 성을 냈다.

"그랬다면 누가 나한테 그 얘길 해줬어야죠. 미리 알았더라면 광고까지 내고 그럴 필요가 없었을 것 아녜요."

"정말 미안하게 됐다. 하지만 이런저런 일 때문에 바빠 그만 잊고 말았구나. 하지만 어쨌든, 이젠 나에 대해 더 걱정할 필요가 없게 되었지."

"그런데 어머니, 그 여자애는 어떤 애예요?"

"아마 아주 착한 애겠지."

"몇 살인데요?"

"열여덟 밖에 안 되었어. 아주 좋은 말동무가 될 것 같구나."

"언제 도착하는데요?"

"말했잖아. 내일 저녁이라고. 노엘이 런던에서 데려온대. 노엘은 주말 동안 머물면서 다락을 청소하겠다는구나. 노엘과 올리비아가 다락에 불이 날 위험이 있다고 합의를 했대지 뭐냐."

잠시 대화가 끊겼다. 페넬로프가 말을 이어갔다.

"일요일에 너희도 다 와서 함께 점심을 먹는 게 어떻겠냐. 아이들도 데려오거라. 그럼 노엘도 보고 안토니아도 만날 수 있을 것 아니냐."

그리고 그림 얘기도 꺼낼 수 있겠지.

"아……."

낸시는 머뭇거리다가 말을 이었다.

"……괜찮을 것 같은데요. 잠깐만요, 조지와 얘길 좀 해보고."

낸시는 수화기를 그대로 놓아둔 채 남편을 찾으러 갔다. 오래 찾을 필요도 없었다. 예상대로 남편은 《타임스》로 몸을 가린 채 팔걸이 의자에 깊숙이 앉아 있었다.

"조지."

조지가 신문을 내렸다.

"어머니가 우리 모두 일요일에 점심 먹으러 오래요."

전화기는 멀리 있었음에도 불구하고 낸시는 마치 어머니가 듣고 있기라도 한 것처럼 아주 작은 소리로 속삭였다.

"난 못 가."

조지가 즉시 대답하고는 말을 이었다.

"교구 주교와의 오찬 모임에 참석해야 돼."

"그럼 아이들을 데려갈게요."

"애들은 웨인라이트 집 애들과 하루를 보내기로 한 것 같은데."

"그렇군요. 제가 깜빡했어요. 그럼 혼자 가는 게 낫겠네요."

"그게 좋을 것 같소."

낸시가 전화기로 돌아왔다.

"어머니?"

"그래."

"조지하고 애들은 일요일에 다른 일로 약속이 있대요. 하지만 괜찮다면 저 혼자라도 가고 싶어요."

"너 혼자."

(어머니가 좀 안심한 걸까? 낸시는 그 생각을 머리에서 지워버렸다.)

"그거 잘 됐구나. 12시쯤 오너라. 우리끼리 이야길 좀 할 수 있겠지. 그럼 그때 보자."

낸시는 수화기를 내려놓고 조지에게 약속을 말해 주러 갔다. 낸시는 올리비아의 무심함과 또 유능함에 대해 좀 길게 이야기를 늘어놓았다. 아무 어려움 없이 어머니 말벗을 찾아내고, 또 그렇게 한 것에 대해 낸시에게 한마디도 안 한 올리비아.

"……그런데 그 애는 이제 겨우 열여덟이래요. 아마 하루 종일 침대에 누워 시중이나 받고 싶어 하는 헛바람 난 계집애겠죠. 오히려 어머니 일만 늘어날 거예요. 올리비아가 나한테 그 사실을 알려 주었어야 해요. 그렇지 않아요, 조지? 적어도 상의는 했어야지. 사실 어머니를 돌보는 책임은 내가 떠맡아 왔으니까. 그런데 아무도 날 떠올리기조차 안 하다니. 정말 믿어지지 않을 정도로 생각 없는 짓이지 뭐예요······. 안 그래요, 조지?"

그러나 조지는 이미 스위치를 끄고 있었다. 듣지 않고 있었단 뜻이다. 낸시는 한숨을 쉬며 다시 부엌으로 돌아가 방울양배추 다듬던 일을 다시 하면서 혼자 화를 풀어야 했다.

노엘과 안토니아는 저녁 9시 15분이 다 되도록 런던에서 도착하지 않았다. 페넬로프는 둘 다 길가에서 우그러진 쇠붙이 차 안에서 죽어 있는 줄 알았다. 비가 심하게 내리는 깜깜한 밤이었다. 페넬로프는 연신 부엌 창으로 가 기대 섞인 표정으로 대충 대문 쪽을 살펴보곤 했다. 경찰에 전화를 할까 하는 생각을 하는 순간, 마을 쪽으로부터 길을 따라 달려오는 차 소리가 났다. 차는 속력을 늦추더니, 기어를 바꾸고, 방향을 틀어―고맙습니다, 하느님!―대문으로 들어오더니 뒷문에 멈추어 섰다.

페넬로프는 잠시 마음을 진정시켰다. 잔소리를 해 귀찮게 하는 것보다 노엘을 나쁜 기분으로 몰아가는 것은 없었다. 사실 그들이 6시나 그 이후 비로소 런던에서 출발했을 거라고 생각했다면 내가 이런 법석을 떠는 일도 없었을 텐데. 페넬로프는 얼굴에서 근심을 지워내려 차분하게 웃음 띤 표정을 지으며 바깥 불을 켜고 문을 열었다.

길고 독특하고 약간 낡은 노엘의 차 모습이 눈에 들어왔다. 노엘은 벌써 차에서 나와 다른 쪽 문을 열어주러 가고 있었다. 그쪽 문에서 등에 배낭 같은 것을 메고 무겁게 몸을 움직이는 안토니아가 나타났다. 노엘이 말하는 소리가 들렸다.

"비를 피하려면 뛰는 게 좋겠어."

안토니아는 그렇게 했다. 비를 피하려고 머리를 숙이고 현관을 향해 종종걸음으로 달려 기다리고 있던 페넬로프의 품으로 곧장 들어왔다.

안토니아가 배낭을 문간의 깔개에 내려놓자, 두 사람은 서로를 꼭 끌어안았다. 페넬로프는 안도감과 애정으로 가득 차서. 안토니아는 그저 마침내 여기에 안전하게 도착하여 지금 이 순간 함께 있고 싶은 유일한 사람의 품에 안기게 되었다는 것에 감사하면서.

"안토니아."

둘의 몸이 떨어졌다. 그러나 페넬로프는 여전히 안토니아의 팔을 잡은 채 문 안으로 이끌었다. 둘은 축축한 밤의 어둠과 추위로부터 부엌의 따뜻함 속으로 들어오게 되었다.

"네가 여기 아예 오지 못 하는 줄 알았지 뭐냐."

"저도 그랬어요."

안토니아는 똑같아 보였다. 열세 살 때 보던 모습 거의 그대로였다. 물론 키는 더 컸다. 그러나 여전히 늘씬했다. 안토니아는 다리가 긴 아름다운 몸매를 지니고 있었다. 얼굴이 좀 길어진 것 같았지만, 다른 것은 거의 변한 게 없었다. 코 위의 주근깨, 눈꼬리가 약간 올라가고 녹색이 섞인 눈, 길고 숱이 많고 아름다운 속눈썹. 모두 그대로였다.

어깨까지 내려오는 숱 많고 곧은, 붉은빛을 띤 금발도 그대로였다. 심지어 옷도 비슷한 종류였다. 청바지, 하얀 면 셔츠, 그 위에 두꺼운 브이넥 남자 스웨터.

"여기서 다시 보게 되다니 정말 기쁘구나. 내려오는 길은 재미있었어? 끔찍하게 비가 왔지?"

"정말 심하게 왔어요."

안토니아는 노엘이 들어오는 것을 보고 고개를 돌렸다. 노엘은 안토니아의 옷 가방과 자기 가방뿐만 아니라 문간에 놔두었던 배낭까지 들고 들어왔다.

"아, 노엘."

노엘이 짐을 내려놓았다.

"정말로 끔찍한 밤이로구나."

"주말에는 내내 비가 오지 말아야 할 텐데요. 그렇지 않으면 일을 하나도 못 할 거예요."

노엘이 코를 킁킁거리더니 말을 이었다.

"좋은 냄새가 나는데요."

"셰퍼드 파이란다."

"몹시 배고파요."

"당연하지. 우선 안토니아를 데리고 올라가 방을 보여주고, 그런 다음에 저녁을 먹자꾸나. 뭐 한잔 마시고 있거라. 분명 한잔 필요하겠지. 금방 내려오마. 따라오너라, 안토니아."

페넬로프는 배낭을 들고, 안토니아는 옷 가방을 들었다. 페넬로프가 앞장서서 계단을 올라갔다. 작은 층계참을 건너 첫 번째 침실을 지나 두 번째 침실로 들어갔다.

"정말 멋진 집인데요."

안토니아가 등 뒤에서 말했다.

"하지만 사생활은 보장이 안 되지. 모든 방이 서로 통하고 있으니까."

"칸 달트에 살던 때처럼요."

"이 집은 원래 두 채였단다. 아직도 계단이 두 개고 문도 두 개지. 자, 다 왔다."

페넬로프는 배낭을 내려놓으며 정성 들여 준비한 방을 둘러보았다. 혹시 빼먹은 건 없겠지. 아주 훌륭해 보였다. 촘촘하게 짠 흰 카펫은 새것이었다. 하지만 그 외 모든 것은 오클리 가에 있던 것들이었다. 윤이 나는 바퀴 달린 받침대가 있는 트윈베드, 침대보와는 어울리지 않는 장미꽃 무늬의 커튼. 작은 마호가니 화장대, 풍선 모양의 등받이가 있는 의자들. 페넬로프는 미리 광택이 나는 꽃병에 수선화를 가득 채워놓고, 한쪽 침대보를 들추어 풀을 먹인 하얀 시트와 분홍색 담요가 드러나게 해놓았다.

"이 벽장은 옷장이다. 그리고 저쪽 문으로 나가면 욕실이야. 노엘의 방은 바로 저 너머에 있으니까, 노엘하고 욕실은 같이 써야 해. 하지만 노엘이 욕실을 사용하고 있으면, 집 저쪽 끝에 있는 내 욕실을 쓰면 되고. 자, 이제……."

설명을 마치자 페넬로프는 안토니아를 돌아보았다.

"뭘 했음 좋겠니? 목욕을 할래? 시간은 많다."

"아녜요. 괜찮으시다면 손만 씻고 내려갈게요."

안토니아의 눈 밑에 얼룩처럼 그늘이 져 있었다. 페넬로프가 말했다.

"피곤한가 보구나."

"약간요. 아마 시차 때문에 좀 그럴 거예요. 그리고 아직 제정신이 아니에요."

"괜찮다. 이제 여기 왔잖니. 네가 원할 때까지 아무 데도 안 가도 돼. 준비되면 내려오너라. 노엘이 마실 걸 한잔 줄 거다."

페넬로프는 부엌으로 돌아갔다. 노엘이 크고 진한 위스키 소다 잔을 들고 식탁에 앉아 신문을 읽고 있었다. 페넬로프는 문을 닫았다. 노엘이 쳐다보며 말했다.

"괜찮아요?"

"불쌍한 것, 완전히 진이 빠진 것 같더구나."

"네. 오는 동안에도 거의 말이 없었어요. 자나 보다 했지만, 자진 않더라고요."

"전혀 변한 게 없더구나. 옛날에도 내가 아는 애들 가운데 가장 매력적인 아이였는데."

"저한테 망상을 품게 하지 마세요."

페넬로프는 노엘한테 주의를 주는 눈빛을 보내며 말했다.

"이번 주엔 얌전하게 굴어야 한다, 노엘."

노엘은 아주 순진한 표정으로 물었다.

"그게 무슨 말씀이세요?"

"무슨 말인지 네가 잘 알잖니."

노엘은 전혀 부끄러운 기색 없이 기분 좋게 웃음 지었다.

"엄마 다락에서 그 잡동사니들을 모조리 끌어냈을 때쯤에는 너무 지쳐 내 방에 들어가 쓰러지는 것 외에는 아무 짓도 할 수 없을 거예요."

"정말 그러길 바란다."

"아, 그만하세요, 엄마. 엄마도 저 애가 내가 좋아하는 타입이 아니라는 걸 아셔야 해요. 하얀 속눈썹은 내 취향에 맞지 않는다고요. 꼭 토끼 생각이 나거든요. 배고파 죽겠어요. 뭘 먹을 거예요?"

"안토니아가 내려오면."

페넬로프는 오븐 문을 열어보고, 셰퍼드 파이가 너무 익거나 설익지는 않았는지 확인을 했다. 제대로 익었다. 페넬로프는 오븐 문을 닫았다. 노엘이 말했다.

"수요일 경매에 대해서는 어떻게 생각하세요? 「물동이를 나르는 여인들」 말이에요."

"말했잖니. 정말 믿어지지 않는다고."

"어떻게 할지 마음은 정하셨어요?"

"내가 뭘 해야 하는 거냐?"

"왜 이렇게 둔하게 구세요. 그게 거의 25만에 팔려 나갔단 말예요! 엄만 로런스 스턴의 작품 세 개를 가지고 있잖아요. 다른 건 차치하고라도 재정적 책임을 질 일이 발생하면 상황이 완전히 바뀔 거예요. 지난번에 제가 여기 왔을 때 제안한 대로 하세요. 그 그림들을 전문가에게 보여 가치 평가를 받아보시라고요. 그래도 팔고 싶지 않으시면, 제발 보험이라도 다시 드세요. 좀 교활한 놈이라면 엄마가 장미밭에라도 나가 있을 때 집 안으로 그냥 걸어 들어와 그 그림들을 가지고 나갈 수 있단 말예요. 이 일을 가지고 너무 어리석게 굴지 마세요."

페넬로프는 식탁 건너로 노엘을 빤히 바라보았다. 아들이 염려해주는 데 대한 엄마로서의 고마움과 함께 자기 아버지의 성정을 쏙 빼닮은 그가 어떤 다른 목적이 있는 게 아닌가 하는 불쾌한 의심이 들었다. 노엘은 맑고 솔직한 파란 눈으로 엄마의 눈길을 받았다. 그러나 페넬로프는 여전히 어느 쪽인지 판단을 내릴 수 없었다.

마침내 페넬로프가 말했다.

"알았다. 생각해 보마. 하지만 「조개 줍는 아이들」은 절대 팔지 않는다. 난 앞으로도 그걸 보는 걸로 아주 큰 만족과 위안을 얻으며 살게 될 거야. 그 그림은 내게 남은 유일한 추억이다. 콘월과 포스케리스에서 아이로 보낸 그 시절 말이야."

노엘은 약간 놀란 표정이었다.

"엄마, 흐느끼는 바이올린 소리 같네요. 감상적으로 되는 건 엄마답지 않은 일이에요."

"난 감상적이지 않다. 다만 최근 들어 다시 그곳에 가고 싶은 갈망이 생겼을 뿐이야. 바다 때문이지. 다시 바다를 보고 싶어. 안 될 이유가 있겠니? 내가 거길 못 가게 막는 건 아무것도 없어. 다만 며칠이라면."

"그게 잘 생각하는 거라고 믿으시는 거예요? 그냥 과거 모습 그대로 추억만 가지고 있는 게 더 나은 것 아니에요? 모든 건 변해요. 그리고 절대 더 좋은 쪽으로 변하는 건 없어요."

"바다는 변치 않아."

페넬로프가 고집스럽게 말했다.

"가보셔야 아는 사람 하나 없을 거예요."

"도리스는 있어. 도리스네 집에 가 있을 수도 있겠고."

"도리스요?"

"전쟁이 시작될 때 우리 집에 왔던 피난민이었지. 칸 별장에서 우리와 함께 살았어. 다시 해크니로 돌아가지 않았다. 그냥 포스케리스에 눌러살았지. 우린 아직도 서로 연락을 하고 있는데, 늘 나더러 한

번 찾아오라고 하고 있어."

페넬로프는 망설이다가 말을 이었다.

"나랑 같이 갈래?"

"같이 가자고요?"

노엘은 페넬로프의 제안에 기습을 당한 꼴이었기 때문에 놀라움을 감추는 시늉조차 할 수 없었다.

"친구 삼아서."

그 말은 애처롭게 들렸다. 마치 페넬로프가 외롭기라도 한 것처럼. 페넬로프는 또 하나의 못을 박으려 했다.

"그리고 우리 둘 다한테 재미있을 게다. 난 인생에서 후회하는 게 많지 않은 삶이지만, 너희가 어렸을 때 너희 모두를 한 번도 포스케리스에 데려가지 못한 건 후회가 돼. 하지만 모르겠다. 일이 그렇게는 풀려가지 않았으니까."

둘 사이에 약간 어색한 분위기가 깔렸다. 노엘은 그 말들을 모두 농담으로 돌리기로 마음먹었다.

"전 해변에서 모래성을 짓기에는 좀 늦은 것 같은데요."

페넬로프는 별로 즐거워하지 않았다.

"다른 걸 하고 놀 수도 있다."

"예를 들어 어떤 거요?"

"우리가 살던 칸 별장을 보여줄 수 있지. 네 할아버지의 화실도. 네 할아버지가 건립을 도운 화랑도. 넌 갑자기 할아버지 그림에 무척 관심을 보이는 것 같더구나. 내가 진작에 그 모든 것이 시작된 곳에 네가 관심을 가질 거라는 걸 생각했어야 하는데."

페넬로프는 가끔 이렇게 했다. 비꼬는 말로 바로 허리띠 밑에 한 방 먹이는 것. 노엘은 한입 가득 위스키를 마셔 마음을 진정시켰다.

"언제 가실 건데요?"

"아, 곧. 봄이 다 가기 전에. 여름이 오기 전에."

노엘은 확실한 핑계가 있다는 것에 안심했다.

"그때는 못 가요."

"주말에도 한 번 갈 수 없단 말이냐?"

"엄마, 우린 사무실에 묶인 몸이에요. 전 암만 빨라도 7월까지는 휴가를 낼 수가 없어요."

"아 그래, 그럼 불가능하겠구나."

다행스럽게도 페넬로프는 화제를 돌렸다.

"노엘, 와인병 좀 따 주겠니?"

노엘은 일어섰다. 약간 죄책감이 들었다.

"죄송해요. 엄마랑 같이 가야 하는데."

"안다, 알아."

안토니아가 다시 나타났을 때는 10시 15분 전이었다. 노엘은 와인을 따랐다. 모두 앉아 셰퍼드 파이를 먹었다. 그리고 신선한 과일샐러드와 비스킷과 치즈도. 노엘은 직접 커피를 만들더니 내일 일을 시작하기 전에 다락을 미리 한번 훑어보러 올라가겠다고 말하고 커피잔을 들고 계단을 올라갔다.

노엘이 사라지자 안토니아도 자리에서 일어서서 접시와 잔을 치우기 시작했다. 페넬로프가 말렸다.

"그럴 필요 없어. 내가 모두 식기세척기에 넣으마. 11시가 다 됐다.

297

무척 졸릴 거야. 지금 목욕하겠니?"

"네, 그럴게요. 왠지 모르지만 몸이 아주 더럽단 느낌이 들어요. 런던에 좀 있어서 그런가 봐요."

"나도 거기 갔다 오면 늘 그런 느낌이 든단다. 뜨거운 물을 많이 받아 몸을 푹 담그거라."

"저녁 맛있었어요, 고마워요."

"아니, 뭘……"

페넬로프는 감동을 받아 갑자기 할 말을 잊었다. 하지만 할 말은 아주 많았다.

"네가 잠자리에 들 때쯤 내가 올라가 밤 인사를 하마."

"어머, 그래 주시겠어요?"

"그럼."

안토니아가 사라지자, 페넬로프는 천천히 식탁을 닦고 그릇들을 식기세척기에 넣고 우유 병을 내오고 아침 먹을거리를 내놓았다. 이 집은 모든 소리가 열린 문과 나무 천장을 통해 메아리쳤기 때문에, 위층에서 안토니아가 목욕하는 소리를 들을 수 있었다. 그리고 더 위쪽에서 잡동사니가 가득 찬 다락 가장자리를 타고 걸어 다니는 노엘의 둔탁한 발소리도 들렸다. 불쌍한 녀석, 엄청난 일을 떠맡았군. 페넬로프는 노엘이 일을 반쯤 하다가 낙담해서 손을 놓아 결국 자신이 전보다 더 엉망진창인 상황과 맞닥뜨리게 되지나 않을지 걱정했다. 목욕물이 쿨럭거리며 하수관을 통해 흘러갔다. 페넬로프는 행주를 걸어놓고 불을 끄고 2층으로 올라갔다.

안토니아는 침대에 누운 채 잠을 자지 않고 페넬로프가 침대맡에 놓아둔 잡지를 뒤적이고 있었다. 안토니아의 맨팔은 갈색으로 늘씬했다. 안토니아의 비단 같은 머리카락이 하얀 베갯잇 위로 풍성하게 흩어져 있었다.

페넬로프는 들어서면서 문을 닫았다.

"목욕은 잘했니?"

"기분 좋았어요."

안토니아가 웃음을 지으며 말을 이었다.

"향기로운 목욕용 소금이 있길래 물에 좀 넣었어요, 괜찮죠?"

"그러라고 갖다 놓은 건데, 뭐."

페넬로프는 침대 가에 앉으며 말을 이었다.

"목욕하길 잘했구나. 이제 그렇게 지쳐 보이지 않네."

"피로가 풀렸어요. 목욕하는 바람에 잠도 깼어요. 정신도 바짝 들고 이야기도 막 하고 싶어요. 잠이 오지 않을 것 같아요."

머리 위, 불빛이 환한 천장에서 바닥에 뭔가를 끄는 소리가 났다. 페넬로프가 말했다.

"노엘이 저렇게 법석을 떨어도 상관은 없겠지?"

순간 뭔가 무거운 것이 잘못해서 떨어지는 쿵 소리가 났다. 이어 노엘의 목소리가 들렸다.

"이런 제기랄."

페넬로프는 웃음을 터뜨렸다. 안토니아도 웃음을 터뜨렸다. 그러다 갑자기 웃음이 뚝 그쳤다. 안토니아의 눈에 눈물이 고였기 때문이다.

"오, 이런."

"바보 같죠……."

안토니아는 코를 훌쩍이며 손수건을 더듬어 찾아 코를 풀었다.

"그냥 여기 있는 게, 할머니와 함께 있는 게, 그리고 별것 아닌 일로 다시 웃을 수 있는 게 너무 좋아서 그래요. 우리가 웃음을 터뜨리곤 하던 일 기억 나세요? 할머니가 우리와 함께 계실 때 줄곧 웃기는 일들이 일어났죠. 할머니가 떠나신 뒤로는 전 같지 않았어요."

안토니아는 괜찮았다. 더 울 것 같지 않았다. 눈물도 들어가 거의 떨어지지 않고 있었다. 페넬로프가 부드럽게 말했다.

"얘기하고 싶니?"

"네, 그런 것 같아요."

"코스모에 대해 얘기해 주련?"

"네."

"정말 안됐다. 올리비아한테 얘기를 들었을 때…… 난 정말 충격을 받았어……. 너무 안됐어."

"암으로 돌아가셨어요."

"그건 몰랐는데."

"폐암이었어요."

"하지만 담배도 피지 않았잖니."

"전에는 피셨어요. 할머니가 아시기 전에요. 올리비아가 알기 전에요. 하루에 쉰 개비 넘게 피셨어요. 아빤 그 습관을 떨쳐 버리셨지만, 그래도 그게 아빨 죽인 거예요."

"아버지와 함께 있었니?"

"네. 지난 두 해 동안 아빠와 함께 살았어요. 어머니가 재혼한 후로요."

"어머니 때문에 속상했니?"

"아뇨. 오히려 기뻤어요. 어머니가 택한 남자가 별로 마음에 들진 않았지만, 그건 중요한 게 아니잖아요. 어머니가 결혼하시는 거니까. 그러고 나서 어머니는 웨이브리지를 떠나 북부에 가서 사셨어요. 그 남자 고향이 그곳이라서요."

"뭐 하는 사람인데?"

"무슨 모직 사업을 한대나 봐요……. 소모사, 직물, 뭐 그런 거 말예요."

"너도 거기 가 봤니?"

"네, 두 분이 결혼하고 맞은 첫 번째 크리스마스에 가 봤어요. 하지만 끔찍했어요. 그 남자한테는 정말 무시무시한 아들이 둘 있었어요. 그 두 아들 가운데 하나가 저를 사실상 강간하기 전부터 난 그 집에서 나오고 싶어 견딜 수 없었어요. 강간했다는 건 어쩌면 좀 과장인지도 모르지만 그게 제가 아빠가 돌아가신 다음에도 어머니한테 갈 수 없었던 이유예요. 그럴 수가 없었어요. 제 생각에 절 도와줄 수 있을 것 같은 유일한 사람은 올리비아였어요."

"그래, 알겠다. 코스모 이야기 좀 더 해주겠니?"

"아빠 괜찮았어요. 제 말은, 아빠 건강에 아무런 문제가 없는 것 같았다는 거예요. 그런데 한 여섯 달 전부터 아빤 무시무시하게 기침을 하기 시작하셨어요. 밤에 주무시다가도 깨곤 하셨죠. 전 누워서 그 소리를 들으며 별일 아닐 거라고 스스로 타이르곤 했어요. 그러다 마침내 제가 아빠를 의사한테 가보도록 설득했죠. 아빤 엑스레이를 찍고 검사를 받으러 그 지역 병원에 가셨어요. 그랬다가 그 병원에서 나오지 못하셨죠. 의사들은 아빠 몸을 열고 한쪽 폐를 반쯤 드러낸 다음 다시 꿰맸어요. 곧 퇴원하실 수 있을 거라고 하면서요. 하지만 아빠 수술 후 깨어나지 못하셨어요. 그러다 그렇게 된 거예요. 아빠 병원에서 돌아가셨어요. 한 번도 의식을 회복하지 못하셨죠."

"그때 너 혼자였니?"

"네, 저 혼자였어요. 하지만 마리아와 토메우가 늘 곁에 있었죠. 전 한 번도 그런 일이 일어날 거라고 상상도 해보지 않았어요. 그래서 사실 그렇게 걱정도 하지 않고 무서워하지도 않았어요. 그런데 모든 일이 너무 빨리 일어났어요. 마치 어느 하루 언제나 그랬던 것처럼 칸 달트에서 함께 있다가, 다음 날 돌아가신 것 같은 느낌이에요. 물론 바로 다음 날은 아니었지만. 하지만 그런 느낌이었어요."

"너 혼자 어떻게 했니?"

"끔찍한 이야기지만, 장례를 치러야만 했어요. 아시겠지만 이비자에서는 죽음과 매장 사이에 아주 짧은 시간밖에 없어요. 바로 다음 날 장례를 치러야 하죠. 실제로 전화를 가진 사람이 하나도 없는 섬에서 하루 만에 그 소식이 퍼질 거라고 생각하긴 힘드실 거예요. 하지만 그랬어요. 정글에서 북을 쳐서 연락을 한 것처럼요. 아빠 친구가 아주 많았어요. 꼭 우리 같은 사람만이 아니라, 그 지역 사람들이 다 친구였어요. 페드로네 술집에서 함께 술을 마시던 사람들, 저 아래 항구에 있는 어부들, 우리 집 근처에 살던 농부들. 모두들 다 와주었지요."

"아버진 어디 묻혔니?"

"마을에 있는 작은 교회 묘지에요."

"하지만. 그건 가톨릭교회 아니냐."

"그래요, 하지만 괜찮았어요. 아빤 교회에 다니는 사람이 아니었지만, 어렸을 때 세례를 받고 가톨릭교회에 적을 두었대요. 게다가 우리 마을 신부님하고도 아주 친했거든요. 신부님은 아주 친절한 분이셔요. 큰 위안을 주셨죠. 신부님이 우리를 위해 예배를 인도해 주셨어요. 교회가 아니라 묘지에서요. 햇빛이 화창할 때. 장례가 끝날 때쯤 해서는 꽃 때문에 무덤이 보이질 않았어요. 너무 아름다웠어요. 그러고 나서 모두 칸 달트로 돌아왔죠. 마리아가 먹을 걸 좀 만들었어요. 모두들 술을 약간 마셨죠. 그러고는 다시 다 흩어졌어요. 그렇게 된 거예요."

"알겠다. 정말 슬픈 이야기지만, 아주 완벽하게 되었구나. 올리비아한테도 이 얘길 다 했니?"

"조금요. 올리비아는 별로 알고 싶어 하지 않았어요."

"걔 성격이 원래 그래. 깊이 자극받거나 고통스러우면 감정을 숨기지. 마치 아무 일도 일어나지 않은 것처럼."

"네. 그런 것 같았어요. 하지만 전 상관없었어요."

"런던에서 올리비아랑 있을 때 뭘 하고 지냈니?"

"별로 한 건 없어요. 마크스 앤 스펜서스에 가서 옷을 몇 벌 샀어요. 그러고선 아빠 변호사를 만나러 갔지요. 꽤나 우울한 면담이었어요."

페넬로프는 가슴이 덜컹 내려앉았다.

"아빠가 뭐 남기신 거 없어?"

"거의 아무것도 없어요. 남길 게 뭐 있어야죠, 불쌍한 아빠."

"이비자에 있는 그 집은?"

"그건 우리 소유였던 적이 없어요. 카를로스 바르셀로란 사람 것이죠. 거기서 더 살아볼 생각도 못 했고요. 저는 집세를 낼 수가 없으니까요."

"요트는? 그건 어찌 됐어?"

"올리비아가 떠나고 곧 팔아 버렸어요. 그러고는 다시 안 샀죠."

"다른 것들은? 책, 가구, 그림들……."

"토메우가 제가 그것들이 필요해지거나 다시 돌아가 챙겨올 엄두가 날 때까지 보관해 줄 지인을 알아봐 주었어요."

"그래, 안토니아. 그럴 때가 반드시 올 거야. 지금은 생각하기 어렵겠지만."

안토니아는 머리 뒤로 두 팔을 받쳐 팔베개를 하고 천장을 보며 말했다.

"전 이제 괜찮아요. 슬프지만, 아빠가 삶을 더 이어가지 못했다는 게 슬프지는 않아요. 어차피 너무 아프고 허약해져 열두 달도 못 버텼을 테니까요. 의사가 그렇게 말했어요. 차라리 그렇게 가신 게 나아요. 제가 정말 슬픈 것은, 올리비아가 떠난 후로 아빠의 삶이 허깨비였다는 거예요. 다른 여자는 안 사귀었죠. 아빠는 올리비아를 정말 사랑했어요. 아마도 아빠 인생에서 다시 없을 그런 사랑이었던 것 같아요."

주위는 이제 정적에 휩싸였다. 다락에서 통탕대던 소리와 발소리도 멈추었다. 페넬로프는 노엘이 손을 떼고 아래로 내려간 거라 짐작했다.

잠시 후 그녀가 조심스럽게 입을 뗐다.

"올리비아도 네 아빠를 사랑했어. 이전에 마음을 준 다른 어떤 남자보다도."

"아빠는 올리비아와 결혼하고 싶어 했어요. 올리비아가 받아들이지 않았죠."

"올리비아가 원망스럽니?"

"아뇨. 저는 그런 모습이 좋게 보였어요. 솔직하고 꿋꿋했으니까요."

"좀 특별나긴 하지."

"맞아요."

"결혼이란 걸 하고 싶어 한 적이 없었어. 의존하고 얽매이고 자기 뿌리를 내려놔야 할까 봐 두려워했지."

"자기 일이 있잖아요."

"그래 일이 있지. 이 세상 무엇보다 그게 올리비아한테는 제일 중요하니까."

안토니아는 좀 생각해 보는 듯하더니 말했다.

"근데 좀 이상하긴 해요. 불우한 어린 시절을 보냈다거나 끔찍한 트라우마를 겪었다거나 그랬으면 이해하기가 좀 쉬웠을 텐데요. 할머니 같은 분이 엄마셨으니 그런 일이 일어날 법 하질 않잖아요. 할머니의 다른 자식들하고 많이 다른가요?"

"완전히 다르지."

페넬로프가 웃으며 말했다.

"낸시는 그 정반대고. 걔는 자기 소유의 집이 있는 결혼한 여자가 되는 거 말고는 다른 꿈이 없었지. 이를테면 '장원의 귀부인' 같은 거 말이야. 그러면 뭐 어때? 남한테 해가 되진 않잖아. 행복하게 살고 있고. 적어도 행복할 거란 생각은 들어. 늘 원하던 삶을 얻었으니까."

"할머니는 어떠셨어요?"

안토니아가 물었다.

"결혼하길 원하셨나요?"

"나? 아이쿠, 너무 오래 전 일이라 잘 생각나지 않는구면. 결혼에 대한 생각을 그다지 많이 해봤던 것 같지는 않아. 열아홉밖에 안 됐고 전시였으니. 전시에는 미래에 대해 길게 생각해 보기가 어렵단다. 그냥 하루하루 살아갔던 거지."

"남편분한테 무슨 일이 생겼어요?"

"앰브로즈? 아, 죽었지. 낸시가 결혼하고 몇 년 후에."

"외로우셨나요?"

"혼자이긴 했어. 하지만 그건 외로운 거랑은 달라."

"전에는 내가 알던 사람이 죽은 적이 없었어요. 아빠 이전에는."

"가까운 누군가를 잃는 첫 경험은 늘 가슴을 찢어놓기 마련이지. 하지만 시간이 흐르면 그것과도 타협하게 돼."

"그럴 것 같아요. 아빠 말씀하시곤 했어요. '인생은 모든 것이 타협이란다.'"

"현명한 말씀이지. 그래야만 하는 사람들도 있단다. 너한테는 앞으로 더 좋은 일들이 기다리고 있을 것 같구나."

안토니아가 웃음을 지었다. 잡지는 이미 오래전에 바닥에 떨어져 있었다. 눈은 그 열띤 반짝거림을 잃었다. 안토니아는 어린애처럼 졸음에 겨워하고 있었다.

"너 피곤하구나."

페넬로프가 말했다.

"네, 이제 자겠어요."

"너무 일찍 일어나지 말거라."

페넬로프는 침대에서 일어나 커튼을 닫으러 갔다. 비는 그쳐 있었다. 어둠 속에서 부엉이 울음소리가 들렸다.

"잘 자거라."

페넬로프는 문으로 다가가 문을 열고 불을 껐다.

"페넬로프."

"왜 그러냐?"

"여기 있게 된 게 너무 좋아요, 할머니하고요."

"그래, 푹 자거라."

페넬로프는 문을 닫았다.

집 안은 고요했다. 아래층에도 불이 다 꺼져 있었다. 노엘은 이제 일을 다 마치고 잠자리에 든 게 분명했다. 더 할 일이 없었다.

페넬로프는 자기 방을 천천히 거닐면서, 이를 닦고 머리를 빗고 얼굴에 나이트 크림을 발랐다. 이윽고 잠옷을 입고 묵직한 커튼을 내리러 갔다. 열린 창으로 산들바람이 살랑거렸다. 차고 축축했다. 그러나 땅이 달콤한 냄새를 풍기고 있었다. 정원은 봄이 거의 다가오자 몸을 떨며 오랜 겨울잠에서 깨어나고 있는 것 같았다. 다시 부엉이가 울었다. 너무 조용했기 때문에 페넬로프는 과수원 저 너머로 자기 길을 따라 흘러가고 있는 윈드러시 강의 부드러운 속삭임을 들을 수 있었다.

페넬로프는 창문에서 몸을 돌려 침대로 들어가 불을 껐다. 몸이 무겁고 지친 느낌이라 서늘한 시트와 부드러운 베개가 주는 편안함이 고마웠다. 그러나 마음은 완전히 깨어 있었다. 안토니아의 순진한 호기심 때문에 당황스럽고 별로 즐겁지 않게도 과거가 뒤흔들리며 떠올랐기 때문이다. 페넬로프는 안토니아의 질문에 조심스럽게 대답했다. 거짓말을 하지도 않았지만, 그렇다고 진실을 다 말하진 않았다. 진실을 말해 주기에는 자신의 과거가 너무 혼란스러웠고, 일탈적이었고, 오래되었다. 그 일들의 동기와 이유와 흐름의 실타래를 풀기에는 너무 많은 시간이 흘러버렸다. 페넬로프는 자신이 기억할 수 없을 정도로 오래전부터, 앰브로즈 이야기를 하거나, 그의 이름을 언급하거나, 그에 대해 생각해 본 일이 없었다. 그러나 지금, 눈을 뜨고 완전히 깜깜하지는 않은 어둑어둑한 어둠을 바라보면서, 그 과거로 돌아갈 수밖에 없다는 것을 알았다. 특별한 경험이었다. 마치 옛 영화를 보는 것 같은 느낌. 또는 우연히 낡은 사진첩을 발견하여 페이지를 넘기다 거기 있는 세피아빛 스냅 사진들이 전혀 바래지 않았고, 오히려 전과 다름없이 강렬하고 선명하고 예리한 감정을 불러일으키는 걸 알고 놀라게 된 것 같은 느낌이었다.

8

앰브로즈

영국 해군 여군 부대의 장교는 페넬로프의 서류를 펼치며 만년필 뚜껑을 돌려 열었다.

"자, 스턴, 이제 결정해야 할 사항은 너를 어떤 분야에 배속시킬 것인가 하는 일이야."

페넬로프는 책상 맞은편에 앉아 장교를 바라보았다. 여군 장교는 소매에 파란 줄무늬 두 개가 있었고, 머리를 말쑥하게 짧게 치고 있었다. 칼라와 타이가 너무 딱딱하고 꽉 끼어서 저러다 목이 졸리지 않을까 걱정이 될 정도였다. 장교가 찬 손목시계는 남자 시계였다. 장교가 앉은 쪽 책상 위에는 가죽 담뱃갑과 묵직한 금제 라이터가 놓여 있었다. 페넬로프는 이 장교가 또 한 사람의 미스 포슨이라는 것을 알아보고, 아주 친근한 감정을 느낄 수 있었다.

"무슨 자격증 있나?"

"아뇨, 없는데요."

"속기나 타자는?"

"못합니다."

"대학 졸업장은?"

"없습니다."

"대답할 땐 날 장교님이라고 불러야 돼."

"네, 장교님."

여자 해군 장교는 목을 가다듬었다. 이 새로운 여자 해군 신참자의 가식 없는 표정과 꿈꾸는 듯한 갈색 눈동자에 당황하고 있었다. 신병은 군복을 입고 있었지만, 왠지 딱 어울리는 것 같지 않았다. 키가 너무 컸고, 다리가 너무 길었다. 게다가 그 머리가 또 큰일이었다. 부드럽고 검은 그 머리는 느슨하게 둘둘 말아 대충 묶고 있었는데, 말끔해 보이지도 안전해 보이지도 않았다.

"학교는 다녔겠지?"

그러면서도 장교는 여군 스턴이 집에서 품위 있는 가정교사한테 교육받았다는 대답을 들을 것을 예상하고 있었다. 스턴은 그런 종류의 여자로 보였기 때문이다. 프랑스어와 수채화나 조금 배우고 그 외다른 것은 별로 배우지 않은. 그러나 여군 스턴은 대답했다.

"네."

"기숙사 학교인가?"

"아뇨. 통학 학교입니다. 런던에 살 때는 미스 프리셋의 학교에 다녔고, 포스케리스에 살 때는 그 지방 초등학교에 다녔죠. 포스케리스는 콘월에 있습니다."

스턴이 친절하게 덧붙였다.

여군 장교는 담배를 한 대 물고 싶었다.

"집을 나와본 게 이번이 처음이지?"

"네."

"날 장교님이라고 부르라니까."

"네, 장교님."

여군 장교는 한숨을 쉬었다. 여군 스턴은 또 그런 문젯거리들 가운데 하나가 되겠군. 교양 있고, 대충 교육을 받았지만, 하나도 쓸모없는 여자.

"요리는 할 줄 아나?"

장교가 별로 기대하지 않고 물었다.

"잘은 못 합니다."

다른 대안이 없었다.

"그렇다면 안됐지만 널 식사계에 배치해야겠군."

여군 스턴은 기분 좋게 웃었다. 마침내 어떤 결정을 내리게 되었다는 사실이 기쁜 것 같았다.

"괜찮습니다."

여군 장교는 양식에 몇 가지를 기입한 다음 만년필 뚜껑을 닫았다. 페넬로프는 다음 말을 기다리다 말했다.

"된 것 같군요."

페넬로프는 자리에서 일어났지만, 여군 장교는 아직 볼일이 끝나지 않았다.

"스턴, 네 머리 말이야. 그거 어떻게 좀 해야겠어."

"어떻게요?"

"알겠지만 머리가 옷깃에 닿아서는 안 돼. 해군 규칙이야. 미장원에 가서 자르는 게 어때?"

"자르고 싶지 않은데요."

"그럼…… 좀 수고를 해야 할 거야. 빵 모양으로 단단히 묶도록해봐."

"아, 네. 그러겠습니다."

"그럼 가 봐."

페넬로프는 나가면서 말했다.

"안녕히 계세요."

페넬로프가 나가고 문이 반쯤 닫혔다가 다시 열렸다.

"장교님."

페넬로프는 웨일 아일랜드에 있는 황실 소속 엑설런트호의 군함기지에 위치한 영국 해군 사격술 학교에 배치되었다. 페넬로프는 식사계였다. 아마 예의 바르게 말할 줄 알았기 때문인지 장교의 식사계가 되었다. 그 결과 사관실에서 근무하게 되었다. 식탁을 놓고, 음료를 날라주고, 전화 왔다고 알려주고, 은그릇을 닦고, 식사 때 시중드는 일이었다. 또한 어두워지기 전에 선실을 돌면서 등화관제를 실시하고, 문을 두드려 안에 사람이 있으면 "배에 등화관제를 하라는 허가를 내려 주십시오, 장교님." 하고 말하는 일이었다. 사실 페넬로프는 이름만 그럴듯했지 잔심부름하는 하녀였다. 그리고 보수 역시 잔심부름 하는 하녀 수준의 임금으로, 2주에 삼십 실링을 받았다. 2주마다 페넬로프는 월급 행렬에 참가하여 심술궂은 얼굴의 봉급 지급장교한테 경례를 할 때까지 줄을 서 있어야 했다. 그 장교는 여자를 싫어하는 것 같았으며 또 아마 실제도 그랬던 것 같다. 장교는 페넬로프의 이름을 부르고는 얄팍한 봉투를 건네주었다.

배에 등화관제를 하라는 허가를 요청하는 일은 페넬로프가 배웠던 완전히 새로운 언어의 일부에 지나지 않았다. 페넬로프는 훈련 본부에서 일주일 동안 그런 언어들을 배워야 했다. 침실은 '선실', 바닥은 '갑판', 일하러 갈 때는 '배 위로 올라간다'라고 했다. '만들고 고친다'는 반나절을 뜻했다. 친구와 시끄럽게 말다툼을 할 때는 '놋쇠 조각을 쪼갠다'고 했다. 그러나 페넬로프는 말다툼할 친구도 없었기 때문에 그 선원 투의 말을 사용해 볼 기회는 결코 생기지 않았다.

웨일 아일랜드는 진짜 섬이었다. 그 섬에 가려면 다리를 건너야 했다. 다리를 건너는 것은 정말 흥분되는 일이었으며, 설사 배를 타러 가는 것이 아닐 때도 꼭 그런 기분이 들었다. 오래전, 웨일 아일랜드는 포츠머스 항구 중앙에 있는 진흙 둑으로 처음 사용되기 시작했다. 그러나 지금은 크고 중요한 해군 훈련 기지가 되어 연병장, 훈련소, 교회, 방파제, 사람들이 훈련을 받는 거대한 포대 등이 있게 되었다. 행정 사무실과 설비는 수많은 깨끗한 빨간 벽돌 블록과 건물에 자리 잡고 있었다. 해병 숙소는 공영주택처럼 네모나고 평범했다. 그러나 사관실은 아주 훌륭하여 시골의 장원 같았으며, 그 영토로서 축구장을 가지고 있었다.

그곳에서는 소음이 끊이지 않았다. 나팔 소리가 울려 퍼졌고, 파이프에서 소리가 났고, 스피커를 통해 나날의 군령들이 딸깍거리며 쏟아져 나왔다. 어디서나 훈련병들이 속보로 걸어 다니는 바람에 그들 장화가 타르 포장도로를 쿵쿵거리며 밟아대는 소리가 났다. 연병장에서는 해군 상사들이 겁에 질린 신병들을 앞에 놓고, 정밀한 명령 훈련의 복잡한 항목들을 철저하게 가르치느라 비명을 질러대는 바람에 졸도할 지경이었다. 매일 아침 선장의 열병식과 군기 게양식이 있어 영국 해군 군악대가 「브라간자」와 「참나무의 마음」을 불어댔다. 아침에 밖에 나갔다가 영국 군함기가 깃대에 올라가는 것을 보게 되면, 그 자리에서 후갑판을 향해 차렷 자세로 서서 게양식이 끝날 때까지 경례를 하고 있어야 했다.

페넬로프가 살게 된 여군 숙소는 마을 북단에 있는 징발된 호텔에 자리 잡고 있었다. 페넬로프는 이곳에서 다른 다섯 명의 여자와 함께 하나의 선실을 함께 썼다. 모두들 2층짜리 침대에서 잤다. 한 여자 몸에서 끔찍한 냄새가 났다. 그 여자는 절대 씻는 일이 없었으니 그럴 만도 했다. 숙소는 웨일 아일랜드에서 2마일 떨어져 있었다. 해군의 수송 수단도 제공되지 않았고 또 버스도 없었으므로 페넬로프는 소피한테 전화를 걸어 옛날에 학교 다닐 때 타고 다니던 자전거를 보내 달라고 했다. 소피는 그렇게 하겠다고 약속했다. 소피가 기차로 자전거를 보내면 페넬로프가 포츠머스역에 가서 가져오면 될 일이었다.

"그런데 어떻게 지내니?"

"괜찮아요."

소피의 목소리를 들으면서도 함께 있을 수 없다는 것은 끔찍한 일이었다.

"소피는 어때요? 아빠는요?"

"미스 포슨이 아빠한테 소화용 손 펌프를 사용하는 법을 가르쳐 주었단다."

"그리고 도리스는요? 애들은요?"

"로널드는 축구팀에 들어갔어. 그리고 클라크는 홍역에 걸린 것 같아. 그리고 정원에 아네모네가 피었단다."

"벌써요?"

페넬로프는 그 꽃들을 보고 싶었다. 그곳에 가 있고 싶었다. 칸 별장에 있는 모두를 생각하면서도 그들과 함께 있을 수 없다는 것은 끔찍한 일이었다. 내 침실에 누워 커튼이 바닷바람에 흔들거리는 것, 등대의 불빛이 벽을 가로지르는 것을 볼 수 있었으면.

"얘야, 거기서 행복하니?"

그러나 페넬로프가 미처 대답도 하기 전에 삐— 삐— 삐— 소리가 나더니 전화가 끊기고 말았다. 페넬로프는 수화기를 내려놓았다. 대답을 하기 전에 전화가 끊긴 게 다행스러웠다. 페넬로프는 행복하지 못했기 때문에. 페넬로프는 외로웠고 향수에 젖어 있었고 따분했기 때문에. 페넬로프는 이 낯설고 새로운 세계에 적응하지 못하고 있었으며, 앞으로도 그러지 못할 것이란 두려움을 품고 있었다. 간호사가 되거나, 농업촉진부인회(1, 2차 대전 중 영국에서 농업 일손 부족을 메우기 위해 모집된 여자들_옮긴이)에 가담하거나, 아니면 군수품을 만들러 갔어야 하는데……. 이 비참하고 영원히 끝날 것 같지 않은 곤경에 떨어지게 된 그 극적이고 충동적인 결정을 하는 것 말고 뭐든 다른 것을 택했어야 하는데.

다음 날은 목요일이었다. 이제 2월이었다. 아직도 추웠지만 해가 하루 종일 반짝이고 있었다. 5시가 되어 페넬로프는 마침내 일을 끝내고 섬을 떠나 경비 장교한테 경례를 하고 좁은 다리를 건너왔다.

밀물이 높이 밀려들고 있었다. 포츠다운 힐은 사그라져 가는 빛 속에서 고요한 시골의 모습을 띠고 있었다. 자전거가 도착하면 아마 자전거를 타고 나가 어디 혼자 앉아 있을 풀밭이라도 찾아볼 수 있으리라. 그러나 지금은 텅 빈 저녁 시간만이 앞에 길게 놓여 있을 뿐이었다. 영화 구경을 갈 수 있는 돈이나 될지…….

페넬로프 뒤에서 차가 한 대 내려오고 있었다. 페넬로프는 계속 걸어갔다. 차는 속력을 늦추더니 페넬로프 옆에서 멈추었다. 덮개를 접은 잘 빠진 조그만 MG 자동차였다.

"어디로 가십니까?"

잠시 페넬로프는 그 남자가 자신한테 말을 걸었다는 것을 믿을 수가 없었다. 콩과 당근을 달라거나, 핑크 진을 주문할 때를 빼고는 남자가 말을 건 것은 이번이 처음이었다. 그러나 주위에 페넬로프 외에는 아무도 없었기 때문에 남자는 페넬로프한테 말을 건 것이 틀림없었다. 페넬로프는 그 남자를 알아보았다. 큰 키, 검은 머리, 파란 눈의 해군 중위로 이름이 킬링이었다. 페넬로프는 킬링이 사격술 훈련을 받고 있다는 것을 알고 있었다. 사관실에서 킬링이 각반, 하얀 플란넬, 하얀 머플러를 착용하고 있는 것을 보았는데 그것은 훈련받는 장교가 입는 복장이었기 때문이다. 그러나 지금 킬링은 보통 때의 군복을 입고 있었다. 명랑하고 아무런 근심이 없어 보였다. 어디 즐기러 나가는 사람의 모습이었다.

페넬로프가 대답했다.

"여군 숙소요."

킬링은 몸을 옆으로 기울이더니 문을 열었다.

"그럼 타세요. 태워다 드리죠."

"그쪽으로 가세요?"

"아뇨. 하지만 태워드릴 수 있습니다."

페넬로프는 킬링 옆에 앉아 문을 쾅 닫았다. 조그만 차가 총알처럼 빠르게 튀어 나갔기 때문에 페넬로프는 모자를 움켜쥐어야 했다.

킬링이 말했다.

"전에도 본 것 같습니다, 그렇죠? 사관실에서 일하시죠?"

"맞아요."

"재미있습니까?"

"별로요."

"그런데 왜 그 일을 택했습니까?"

"다른 일은 할 줄 아는 게 없어서요."

"처음 배치받은 곳입니까?"

"네. 겨우 한 달 전에 입대했는걸요."

"해군은 어떤 것 같아요?

킬링은 너무 예민하고 열정적인 것 같아 페넬로프는 해군이 싫다는 말을 하고 싶지 않았다.

"괜찮아요. 익숙해지고 있어요."

"기숙사 학교와 비슷하죠?"

"난 기숙사 학교에 다녀본 적이 없어요. 그래서 모르겠는데요."

"이름이 뭡니까?"

"페넬로프 스턴이에요."

"난 앰브로즈 킬링입니다."

더는 이야기할 시간이 없었다. 5분 뒤에 그들은 목적지에 도착하여 여군 숙소 정문으로 들어갔기 때문이다. 차가 멈추면서 문 앞의 자갈이 부서지는 소리를 냈다. 그 소리에 규율 상사가 창문 밖을 흘끗 내다보며 마음에 안 든다는 듯 얼굴을 찌푸렸다.

킬링이 엔진을 끄자 페넬로프가 말했다.

"정말 고마웠어요."

페넬로프는 문을 열려고 손을 뻗었다.

"저녁 시간에는 뭘 합니까?"

"아무것도 안 해요."

"나도 마찬가지입니다. 하급 장교 클럽에 가서 뭐 한잔 마시죠."

"어머…… 지금요?"

"네, 지금요."

킬링의 파란 눈이 즐거움으로 춤을 추고 있었다.

"그게 그렇게 끔찍한 제안입니까?"

"아녜요……. 전혀 그렇지 않아요. 단지……."

군복을 입은 일반 병사는 장교 클럽에 들어갈 수가 없었다.

"……안에 들어가서 사복으로 갈아입어야 할 것 같아서요."

그것도 페넬로프가 훈련소에서 배운 것 가운데 하나였다. 일반인이 입는 옷을 '사복'이라고 부르는 것. 페넬로프는 이런 규칙과 규율을 기억하고 있다는 게 아주 자랑스러웠다.

"좋습니다. 기다리죠."

페넬로프는 킬링을 남겨놓고 안으로 들어갔다. 킬링은 작은 차에 앉은 채 시간을 때우기 위해 담배를 찾았다. 페넬로프는 안으로 들어가자마자 한 번에 두 개씩 계단을 뛰어 올라갔다. 시간을 낭비하고 싶지 않아서. 혹시나 너무 시간을 오래 끌면 킬링이 인내심을 잃고 떠나버려 앞으로는 다시 말을 안 걸까 두려워서.

선실에 들어서자 페넬로프는 잽싸게 군복을 벗어 침대에 걸쳐 놓고 얼굴과 손을 씻은 다음 핀을 뽑아 머리를 늘어뜨렸다. 머리를 빗으면서 어깨에 닿는 머리카락의 그 편안하고 익숙한 느낌을 한껏 즐겼다. 다시 자유로워진 것 같았다. 다시 자신의 모습으로 돌아온 것 같았다. 페넬로프는 자신감이 다시 회복된 것을 느꼈다. 페넬로프는 공동으로 쓰는 옷장을 열고 소피가 크리스마스 선물로 준 드레스를 꺼냈다. 그리고 초라하고 낡은 사향쥐 모피 재킷을 꺼냈다. 그것은 에델 고모가 바자회에 내놓으려던 것을 페넬로프가 가로채 보관하던 것이었다. 페넬로프는 올이 풀리지 않은 스타킹 한 쌍과 제일 좋은 신발을 꺼냈다. 핸드백은 필요 없었다. 돈은 한 푼도 없었고 화장을 해본 적도 없었기 때문이다. 페넬로프는 다시 아래층으로 달려 내려가 규율부에 기록을 하고 나서 문밖으로 나왔다.

이제 어둑어둑해지고 있었다. 그러나 킬링은 여전히 그 자리에 있었다. 작은 차에 앉은 채 아까 꺼냈던 담배를 계속 피우고 있었다.

"너무 오래 걸려서 미안해요."

페넬로프가 숨을 헐떡이며 킬링 옆자리로 돌아왔다.

"오래 걸려요?"

킬링이 웃음을 터뜨리며 담배를 비벼 꺼 던져버렸다.

"이렇게 빠른 여자는 처음인데요. 난 적어도 30분은 기다릴 준비를 하고 있었는데."

그가 그렇게 오래 기다릴 준비를 하고 있었다는 사실이 놀라운 동시에 고맙기도 했다. 페넬로프는 킬링을 향해 웃음을 지었다. 페넬로프는 향수를 뿌리는 걸 깜빡 잊었기 때문에, 킬링이 에델 고모의 외투에서 나는 좀약 냄새를 못 맡기를 바랐다.

"입대한 후로 군복을 벗어보기는 처음이에요."

킬링이 시동을 걸었다.

"기분이 어떻습니까?"

"천국에 온 기분이에요."

그들은 사우스시에 있는 하급 장교 클럽으로 갔다. 킬링이 앞장서서 2층으로 데려가더니 바에 앉았다. 킬링이 페넬로프한테 뭘 마시겠냐고 물었다. 페넬로프는 뭘 골라야 할지 몰랐다. 킬링이 진 앤드 오렌지 두 잔을 주문했다. 페넬로프는 평생 진을 한 번도 마셔본 적이 없다는 이야기를 하지 않았다.

술이 나오자 두 사람은 이야기를 나누었다. 아주 편안했다. 페넬로프는 포스케리스에 산다는 얘기, 아버지가 화가이기 때문에 그곳으로 갔다는 얘기, 그러나 지금은 그림을 그리지 않는다는 얘기를 했다. 그리고 어머니가 프랑스 사람이라는 이야기도 했다.

"그래서 그랬군요."

킬링이 말했다.

"뭐가요?"

"나도 정확히는 모르겠습니다. 당신이 풍기는 분위기가 그랬어요. 단번에 눈치챘죠. 검은 눈, 검은 머리. 당신은 다른 여군들과는 다르더군요."

"난 다른 여군들보다 한 십 피트쯤 키가 더 커 보일 거예요."

"나도 키 큰 여자를 좋아하긴 하지만, 그건 아닙니다. 일종의……."

그는 어깨를 으쓱하더니 금방 프랑스 사람이라도 된 것처럼 프랑스어로 덧붙였다.

"……나도 뭔지 잘 모르겠군요."

그리고 이어 물었다.

"프랑스에서 산 적이 있습니까?"

"아뇨. 잠시 머무른 적은 있어요. 한번은 파리에서 아파트를 얻어 겨울을 지낸 적이 있죠."

"프랑스 말을 합니까?"

"그럼요."

"형제들은 있습니까?"

"아뇨."

"나도 없습니다."

킬링은 자기 얘기를 하기 시작했다. 스물한 살이었다. 그의 아버지는 출판과 관계된 가족 사업을 했는데, 앰브로즈가 열 살 때 죽었다. 공립학교를 졸업한 뒤에 같은 출판 회사에 들어갈 수도 있었다. 그러나 사무실에서 평생을 보내고 싶지 않았다……. 게다가 전쟁이 다가오고 있음이 확실해지고 있었다……. 그래서 그는 영국 해군에 입대했다. 과부가 된 어머니는 월브러험 플레이스의 나이츠브리지에 있는 한 아파트에 사시지만, 전쟁이 시작되자 그곳을 떠나 데본의 외딴 구석에 있는 한 시골 호텔에 머물고 계셨다.

"어머닌 런던을 떠나 그곳에 계신 것이 더 낫습니다. 쇠약하시기

321

때문에 폭격이 시작되면 도움이 되기보단 방해가 될 테니까요."

"웨일 아일랜드에는 얼마나 계셨어요?"

"한 달입니다. 다행히도 이제 2주만 더 있으면 끝납니다. 물론 시험 결과에 따라 달라지지만. 사격술이 내 마지막 훈련 과정이죠. 다행히도 항해, 어뢰, 신호는 다 끝냈습니다."

"그다음엔 어디로 가세요?"

"함대 학교에 가서 마지막 일주일을 보내고, 그다음엔 바다로 갑니다."

둘 다 술을 다 마셨기 때문에 킬링은 다시 한 잔을 주문했다. 그러고 나서 식당으로 가 저녁을 먹었다. 저녁 식사 후에는 차를 타고 사우스시 주위를 잠시 돈 다음에 킬링은 페넬로프를 숙소로 데려다주었다. 숙소에서는 10시 반에 점호를 했기 때문이다.

페넬로프가 말했다.

"정말 즐거웠어요."

그러나 그런 형식적인 말로는 페넬로프가 느끼는 고마운 마음을 다 표현할 수가 없었다. 그들이 함께 보낸 저녁에 대한 고마움만이 아니었다. 가장 사람을 필요로 할 때 킬링이 와주었으며, 이제 페넬로프한테는 친구가 생겼고, 더 이상 외로움을 느낄 필요가 없었기 때문이다.

킬링이 말했다.

"토요일엔 한가해요?"

"네."

"콘서트 티켓이 있는데, 함께 갈래요?"

페넬로프는 자신의 얼굴에 억제할 수 없이 웃음이 번져가는 것을 느낄 수 있었다.

"좋아요."

"그럼 내가 데리러 오죠. 7시쯤에. 아참, 페넬로프. 통행증을 얻어 놓으세요."

콘서트는 사우스시에서 열렸다. 앤 자이글러와 웹스터 부스가 「오직 장미뿐」과 「만일 당신이 세상에서 유일한 여자라면」 같은 노래들을 불렀다.

무슨 일이 있더라도
난 기억하리
햇살이 쏟아지는 그 산등성이를

앰브로즈는 페넬로프의 손을 잡았다. 그날 밤 앰브로즈는 페넬로프를 데려다주다가 숙소에서 조금 떨어진 고요한 오솔길에 차를 세우고, 좀약 냄새가 나는 외투와 함께 페넬로프를 품에 안고 입을 맞추었다. 남자가 페넬로프한테 입을 맞춘 것은 처음 있는 일이었다. 때문에 익숙해지는 데는 시간이 필요했다. 그러나 잠시 후 페넬로프는 요령을 터득하게 되었으며 입맞춤이 전혀 불쾌한 것이 아니라는 것을 알게 되었다. 사실 앰브로즈가 가까이 있다는 것, 그의 깨끗하게 다듬어진 남자다움, 그의 살갗의 산뜻한 냄새는 페넬로프의 몸속에서 육체적인 반응을 불러일으켰다. 그것은 전적으로 새로운 경험이었다. 가슴속 깊은 곳의 떨림. 아픔이 아닌 아픔.

"페넬로프, 당신은 세상에서 가장 사랑스러운 존재요."

그러나 페넬로프의 눈에 앰브로즈 어깨 너머로 자동차 계기판의 시계가 보였다. 10시 25분이었다. 페넬로프는 머뭇거리며 몸을 떼어 내고 그의 포옹에서 빠져나왔다. 그리고 습관적으로 손이 올라가며 헝클어진 머리를 매만졌다.

페넬로프가 말했다.

"가야 돼요. 늦으면 안 돼요."

앰브로즈는 한숨을 쉬며, 머뭇거리다 페넬로프를 놓아주었다.

"무정한 시계, 무정한 시간."

"미안해요."

"당신 잘못이 아닙니다. 다른 계획들을 짜야겠군요."

"무슨 계획이요?"

"이번 주말에는 휴가를 낼 수 있습니다. 당신은 어때요? 당신도 휴가를 낼 수 있어요?"

"이번 주말에요?"

"네."

"해보겠어요."

"런던까지 드라이브를 할 수 있을 겁니다. 쇼도 보고. 밤을 함께 보내요."

"오, 정말 멋진 생각이에요. 난 아직까지 휴가를 낸 적이 없어요. 그러니 틀림없이 내줄 거예요."

"한 가지 문제는……."

앰브로즈가 근심스러운 표정을 지으며 말을 이었다.

"어머니가 아파트를 어떤 따분한 육군 장교한테 세를 줘서 거기로는 갈 수 없다는 거예요. 내 클럽으로 갈 수는 있지만……."

그의 문제를 해결해 줄 수 있다는 것은 즐거운 일이었다.

"내 집으로 가죠, 뭐."

"당신 집이요?"

페넬로프는 웃음을 터뜨렸다.

"바보같이, 포스케리스에 있는 집 말고요. 런던에 있는 집 말이에요."

"런던에 집이 있어요?"

"네. 오클리 가예요. 아주 간단해요. 나한텐 열쇠를 포함해 모든 게 있으니까요."

너무 간단했다.

"그게 당신 집입니까?"

페넬로프는 아직도 웃음을 터뜨리고 있었다.

"꼭 내 집이라고 할 수는 없죠. 우리 아빠 집이니까."

"그러면 싫어하시지 않을까요? 당신 부모님께서 말입니다."

"싫어해요? 도대체 왜 싫어하시겠어요?"

앰브로즈는 그 이유를 말해 줄까 하다가 그러지 않기로 마음먹었다. 프랑스인 어머니와 화가인 아버지라. 보헤미안(인습에 얽매이지 않은 자유분방한 사람들을 뜻함 _옮긴이)들이야. 앰브로즈는 이제까지 보헤미안을 만난 적이 없었다. 그러나 지금 보헤미안을 하나 만나고 있다는 것을 깨닫기 시작했다.

"그럴 이유야 없죠."

앰브로즈는 다급히 페넬로프를 안심시켰다. 앰브로즈는 자신의 행운을 믿을 수가 없었다.

"하지만 굉장히 놀란 것 같은데요."

페넬로프가 말했다.

"아마 놀랐을 겁니다."

앰브로즈도 인정하고는 가장 매력적인 웃음을 지어 보였다. 앰브로즈가 말을 이었다.

"하지만 이제 당신한테 놀라지 말아야 할 것 같습니다. 당신이 하는 어떤 일에도 놀라지 않아야 한다는 사실을 내가 받아들여야만 할 것 같습니다."

"그게 좋은 거예요?"

"나쁠 리 없죠."

그러고 나서 앰브로즈는 페넬로프를 숙소로 데려다주었다. 작별 입맞춤을 하고 페넬로프는 안으로 들어갔다. 페넬로프는 너무 멍하고 정신이 없어 규율부에 서명하는 것도 잊었다. 그 바람에 여군 규율 장교한테 호출을 당해 다시 불려 내려갔다 왔다. 장교는 아주 기분이 나쁜 상태였다. 자기가 호감을 가지던 젊고 유력한 해군 장교가 다른 여자를 데리고 영화 구경을 갔기 때문이었다.

페넬로프는 휴가증을 얻었고, 앰브로즈는 계획을 추진해 나갔다. 한 친구, 극장 계통에서 부러움을 살 만한 인맥을 지닌 영국 해군 자원 예비대의 한 대위가 드루리 레인 극장의 「춤추는 세월」의 공연 티켓 두 장을 얻어주었다. 앰브로즈는 휘발유도 좀 얻고, 또 다른 호인 친구한테서 5파운드짜리 지폐도 한 장 빌렸다. 다음 토요일 오후, 앰브로즈는 차를 타고 여군 숙소 정문을 통과해 들어가 자갈을 튀기며 문간에 차를 세웠다. 앰브로즈는 여군 한 사람이 지나가는 것을 보고 여군 스턴을 찾아 킬링 중위가 와서 기다리고 있다고 좀 알려달라고 부탁했다. 잘 빠진 작은 차와 잘생긴 젊은 장교를 보고 그 여군의 눈이 좀 동그래졌다. 그러나 앰브로즈는 여자들이 자기를 보고 눈이 동그래지는 데 익숙해 있었기 때문에, 그 여군의 강한 부러움과 감탄하는 표정을 그저 평소에 받던 것 이상으로 여기지 않았다.

'당신이 하는 어떤 일에도 놀라지 않아야 한다.' 앰브로즈는 페넬로프한테 그렇게 그럴듯하게 말했었다. 그럼에도 불구하고 마침내 페넬로프가 나타났을 때 앰브로즈는 좀 놀라지 않을 수 없었다. 페넬로프는 군복을 입고, 낡은 모피 웃옷과 작은 가방을 어깨에 둘러메고 나타났기 때문이다. 그게 전부였다.

"짐은 어디 있어요?"

페넬로프가 차에 타 모피 외투를 자기 발 사이의 공간에 쑤셔 넣는 것을 보며 앰브로즈가 물었다.

"여기요."

페넬로프가 핸드백을 가리켰다.

"그게 짐이란 말입니까? 우린 주말여행을 떠나는 건데. 극장에도 갈 건데. 내내 그 벌건 군복을 입고 다닐 거란 말입니까?"

"아뇨, 물론 안 그러죠. 하지만 집에 갈 거 아니에요? 집에 가면 옷이 있어요. 거기 가면 입을 옷을 찾을 수 있을 거예요."

앰브로즈는 어머니 생각을 했다. 어머니는 무슨 일이 있을 때마다 옷을 사는 걸 좋아했으며, 또 그 옷을 입는 데 두 시간은 잡아먹었다.

"칫솔은요?"

"칫솔하고 빗은 가방에 있어요. 그거면 돼요. 자, 런던에 갈 거예요, 말 거예요?"

화창하고 밝은 날이었다. 탈출하기에, 휴가를 즐기기에, 정말 좋아하는 사람과 주말 동안 어디로 떠나기에 딱 좋은 날이었다. 앰브로즈는 포츠다운 힐을 넘어가는 길을 택했다. 그 꼭대기에서 페넬로프는 포츠머스를 뒤돌아보며 즐거운 마음으로 작별 인사를 했다. 그들은 퍼브룩을 거쳐 다운스 강을 건너 피터스필드에 도착했다. 피터스필드에서 그들은 배가 고파 차를 세우고 선술집에 들어갔다. 앰브로즈는 맥주를 주문했다. 친절한 여자가 그들한테 스팸 샌드위치를 만들어 주었다. 여자는 야채 절임 통에서 꺼낸 옅은 노란색 콜리플라워의 어린 줄기를 곁들여 샌드위치를 내놓았다.

그들은 해슬러미어, 파넘, 길드포드를 거쳐 나가다가 해머스미스를 거쳐 런던으로 들어가, 킹스로드를 타고 내려가서 오클리 가로 접어들었다. 그 끝의 앨버트 다리. 그 눈에 익은 모습에 페넬로프는 너무 기분이 좋았다. 그리고 갈매기, 강의 소금과 진흙 냄새. 예인선의 경적 소리.

"다 왔어요."

앰브로즈는 차를 세우고 엔진을 껐다. 앰브로즈는 차 안에 앉은 채 테라스가 달린 위엄 있는 낡은 집의 우뚝한 정면을 경외심에 찬 표정으로 바라보았다.

"여깁니까?"

"네. 난간에 페인트를 좀 칠해야 하지만 시간이 없었어요. 그리고 너무 크기도 하고요. 게다가 늘 여기 사는 건 아니니까요. 가요, 내가 보여드릴게요."

페넬로프는 가방과 외투를 챙겼다. 그리고 비가 올 경우에 대비해 앰브로즈가 차 덮개를 닫는 것을 도와주었다. 일을 다 마치자 앰브로즈는 여행 가방을 들고 서서 즐거운 기대감에 차 기다렸다. 페넬로프가 위압적인 기둥이 선 현관을 올라가 커다란 현관문 앞에 서서 열쇠를 꺼내 문을 열고 들어오라고 하기를. 그러나 그러는 대신에 페넬로프가 보도를 따라 약간 내려가다 주철 대문을 열고 지하실로 통하는 계단을 내려가자 약간 실망했다. 앰브로즈는 페넬로프의 뒤를 따라가며 문을 닫았다. 지하실이라고 하지만 음침한 기색은 없이 아주 밝은 곳임을 알 수 있었다. 회칠한 하얀 벽, 주홍색 쓰레기통, 수많은 화분. 여름에는 틀림없이 그 화분에서 양아욱, 인동덩굴, 제라늄이 싹 트겠지.

문도 쓰레기통처럼 주홍색이었다. 앰브로즈는 페넬로프가 잠긴 문을 여는 것을 기다렸다가 조심스럽게 뒤따라 들어갔다. 들어간 곳은 밝고 바람이 잘 통하는 부엌이었다. 그전에 본 어떤 부엌과도 달랐다. 그렇다고 부엌들을 많이 본 것은 아니지만. 그의 어머니는 요리 책임자인 릴리한테 다음 날 점심에 식사할 사람이 몇이라는 얘기를 해줄 때를 제외하고는 부엌에 들어가는 일이 없었다. 어머니는 부엌에서 전혀 시간을 보내서는 안 된다는 것을 규칙으로 삼고 있었고, 또 한 번도 부엌에서 일한 적이 없었기 때문에 부엌의 장식은 어머니한테는 전혀 중요한 일이 아니었다. 앰브로즈는 부엌을 들어가기 싫고 불편한 장소, 아주 음침하고 병 색깔 같은 녹색으로 칠해져 있고, 물에 젖은 나무 하수판의 냄새가 진동하는 장소로 기억하고 있었다.

릴리는 석탄을 나르거나 음식을 준비하거나, 가구 청소를 하거나, 식탁에서 시중들 때가 아니면 그 부엌에서 멀리 떨어진 침실에 가 있었다. 그 침실에는 쇠로 된 침대 틀과 노랗게 니스를 칠한 옷장이 있었다. 릴리는 자기 옷을 문 뒤의 고리에 걸어놓아야 했다. 목욕을 하고 싶으면 한낮에 아무도 목욕탕을 안 쓸 때 해야 했다. 그러고 나서는 검은 드레스와 모슬린 앞치마로 된 유니폼으로 갈아입고 있어야 했다. 전쟁이 터지자 릴리는 군수품 만드는 곳으로 가겠다는 통지를 하고 떠나면서 킬링 부인의 생활을 뒤흔들어 버렸다. 킬링 부인은 릴리를 대신할 수 있는 사람을 찾을 수가 없었다. 릴리가 없다는 사실이, 킬링 부인이 전쟁이 끝날 때까지 어두침침한 데본에 물러나 있겠다고 체념한 이유 가운데 하나였다.

그러나 이 부엌은 달랐다. 앰브로즈는 여행 가방을 내려놓고 주위를 둘러보았다. 잘 닦인 긴 식탁, 다양한 종류의 의자들, 색색의 도기 접시와 항아리와 그릇이 놓인 소나무 찬장. 난로 불빛 위쪽에 크기에 따라 아름답게 배치되어 걸린 구리 스튜 냄비, 그리고 그 옆에 걸린 허브 다발과 정원에서 꺾어 말린 꽃들. 엮어 만든 의자, 하얗게 빛나는 냉장고, 그리고 창문 아래에는 속이 움푹한 하얀 도자기 싱크대도 있었다. 설거지를 하는 사람은 창밖 보도로 지나가는 사람들의 발을 구경하면서 설거지를 할 수 있었다. 바닥에는 골풀 매트가 여러 군데 깃발처럼 깔려 있었다. 부엌에서는 프랑스 시골의 향신료 같은 마늘과 풀 냄새가 났다.

앰브로즈는 자기 눈을 믿을 수가 없었다.

"여기가 부엌입니까?"

"이곳은 모든 것을 다 하는 곳이에요. 우린 여기 내려와 살죠."

순간 앰브로즈는 지하실이 집 전체의 바닥을 다 차지하고 있다는 것을 깨달았다. 한쪽 끝의 프랑스식 유리문밖으로 녹색 정원이 내다보였기 때문이다. 그러나 부엌은 폭넓게 휘어지는 아치길을 통해 두 부분으로 나뉘어 있었다. 그 아치길에는 묵직한 커튼이 드리워져 있었는데, 앰브로즈가 알아보지 못한 그것의 디자인은 윌리엄 모리스(19세기 영국 시인 겸 디자이너. '현대 디자인의 아버지'로 불린다 _옮긴이)의 작품이었다.

페넬로프가 외투와 가방을 식탁에 내려놓으면서 말을 이었다.

"물론 처음 집을 지었을 때는 이 공간들은 그저 식료품실과 창고가 들어선 어수선한 곳이었어요. 그런데 할아버지가 이곳을 다 터서 방을 만들고 정원실이라고 불렀죠. 하지만 우린 이곳을 응접실로 사용하고 있어요. 와 보세요."

앰브로즈는 여행 가방을 놓고 모자를 벗고 페넬로프 뒤를 따랐다.

아치길 밑을 지나자 밝은 이탈리아 타일로 세운 넓은 벽난로, 직립형 피아노, 구식 전축이 눈에 들어왔다. 색 바랜 다양한 크레톤 사라사 커버를 헐렁하게 씌우고, 비단 숄을 늘어뜨리고, 멋진 두꺼운 천 쿠션을 여기저기 흩어놓은 커다랗고 낡은 소파와 의자들이 이곳저곳에 놓여 있었다. 벽에는 하얗게 회반죽을 발라 놓았으며, 책을 위해 배경 막을 쳐놓았고, 장식품과 사진들이 있었다…… 오랜 세월의 기념품들이군. 앰브로즈는 생각했다. 그러고도 남은 벽에는 그림들이 걸려 있었다. 햇빛을 흠뻑 빨아들인 색깔들이 너무 강렬하여 앰브로즈는 그림 속의 판석을 깐 테라스, 그 검은 그림자를 드리운 끓어

오르는 정원에서 열이 반사되어 나오는 듯한 느낌을 받았다.

"저게 아버지가 그린 그림들입니까?"

"아뇨. 아빠가 그린 그림은 세 개밖에 안 가지고 있는데, 모두 콘월에 있어요. 아빠 손에 관절염이 생겼어요. 그래서 오랫동안 일을 안 했죠. 이 그림들은 모두 아버지의 친한 친구인 샹탈 레니에가 그린 거예요. 두 분은 지난 전쟁 전에 파리에서 함께 일을 했고, 그 후로 계속 친구 관계를 유지했어요. 레니에 가족은 프랑스 남부 바로 아래 있는 진짜 천국 같은 집에 살고 있어요. 우린 그곳에 가서 함께 지내다 오곤 했죠. 아주 자주요……. 우린 거기까지 차를 타고 가곤 했어요……. 보세요……."

페넬로프는 선반에서 사진을 꺼내 앰브로즈한테 보여주며 말을 이었다.

"여기 다 있어요. 그곳으로 가던 도중에 찍은 거죠……."

앰브로즈는 조심스럽게 자세를 잡은 평범한 가족의 모습을 보았다. 페넬로프는 꼭 끼는 면 드레스를 입고 머리를 땋은 모습이었다. 그리고 페넬로프의 부모님, 그리고 어떤 여자 친척으로 보이는 사람도 하나 있었다. 그러나 진짜로 앰브로즈의 관심을 끈 것은 그 차였다.

"이건 구식 4.5리터짜리 벤틀리 아닙니까!"

앰브로즈의 목소리에서는 경외심이 역력히 배어 나오고 있었다.

"알아요. 아빠는 그 차를 무척 아끼죠.「버드나무에 부는 바람」에 나오는 토드 씨처럼요. 아빠 그 차를 몰 때 검은 모자를 벗고 가죽으로 된 운전용 모자를 써요. 그리고 절대 차 뚜껑을 닫지 않기 때문에 비가 오면 모두 흠뻑 젖고 말지요."

"아직도 가지고 계십니까?

"그럼요, 물론이죠. 아빠 절대 그 차를 없애지 않을 거예요."

페넬로프는 사진을 제자리에 갖다 두러 갔다. 앰브로즈의 눈은 본능적으로 다시 샹탈 레니에의 유혹적인 그림으로 돌아갔다. 4.5리터짜리 벤틀리를 타고 전쟁 전의 근심 없던 세월의 프랑스 남부를 드라이브하는 것보다 더 훌륭한 일을 상상할 수 없었다. 내리꽂는 햇살, 송진향 풍겨나는 솔밭, 노천에서의 식사, 지중해에서 헤엄을 칠 수 있는 세상을 향한 드라이브. 포도 덩굴이 타고 올라간 정자 밑에서 마시는 와인. 해를 막기 위해 셔터를 내린 서늘한 곳에서 길고 한가한 낮잠. 오후의 사랑, 그리고 포도처럼 달콤한 입맞춤.

"앰브로즈."

앰브로즈는 백일몽에서 깜짝 깨어나며 페넬로프를 보았다. 페넬로프는 천진난만하게 웃음을 지으며 군복 모자를 벗어 의자에 내려놓고 있었다. 앰브로즈는 아직도 자신의 환상에 빠져 정신이 멍한 상태에서 페넬로프가 모자만이 아니라, 다른 모든 것도 다 벗는 상상을 했다. 그리고 페넬로프와 사랑을 나누는 상상. 바로 지금 여기에서, 저 아늑해 보이는 커다란 소파에서.

앰브로즈는 페넬로프를 향해 다가갔다. 그러나 이미 늦었다. 페넬로프는 몸을 돌려 프랑스식 유리문으로 가 걸쇠를 벗기려고 애쓰고 있었다. 차가운 공기가 방 안으로 밀려들었다. 앰브로즈는 한숨을 쉬며, 어쩔 수 없이 페넬로프 뒤를 따라 살을 에는 런던 공기 속으로 나가 정원 안내를 받았다.

"꼭 와보셔야 돼요……. 아주 크거든요. 아주 오래전에 이웃에 살던 사람들이 아빠의 아버지한테 자기들 정원을 다 팔아서 이렇게 커진 거예요. 지금 이웃에 살고 있는 사람들은 안됐어요. 이제 거기에는 끔찍하게도 작은 마당밖에 없으니까요. 그리고 저기 정원 아래 있는 담도 아주 오래된 거예요. 아마 튜더 왕조 때 것일 거예요. 아마 이게 옛날에는 왕의 과수원이거나, 아니면 유원지였던 것 같아요."

풀밭, 화단, 꽃밭, 축 늘어진 퍼걸러(덩굴을 지붕처럼 올린 작은 정자 _옮긴이)까지 있는 정말 엄청나게 큰 정원이었다.

"저 창고는 뭐죠?"

앰브로즈가 물었다.

"그건 창고가 아니에요. 그건 아버지의 런던 화실이죠. 하지만 열쇠가 없어서 보여드릴 수가 없어요. 어쨌든 저곳은 캔버스, 물감, 정원용 가구, 간이침대, 뭐 그런 것들로 가득 차 있어요. 아빠는 물건을 버리지 않고 그냥 쌓아두는 걸로 유명하죠. 사실은 우리 모두가 그래요. 우리 누구도 아무것도 버리지 않아요. 아빠는 런던에 오실 때마다 화실을 청소해야겠다고 하시지만, 절대 그러지 않아요. 일종의 향수 같은 것인가 봐요. 아니면 순전한 게으름이거나."

페넬로프는 몸을 떨었다.

"춥죠? 안으로 들어가요. 나머지를 구경시켜 드릴 테니까."

앰브로즈는 아무 말 없이 페넬로프 뒤를 따랐다. 예의 바르게 관심을 보이는 앰브로즈의 표정에는 빠르게 움직이는 그의 마음이 조금도 드러나지 않았다. 그의 마음은 바쁘게 움직이는 계산기가 되어 이집의 재산을 계산해 보고 있었다. 비록 이 런던의 낡은 집이 닳아 빠져 초라하고 또 불편하게 배치가 되어 있다고는 하나, 그 크기와 웅장함에 강한 인상을 받았고, 또 어머니가 사는 그 완벽하게 정돈된 아파트보다는 훨씬 낫다는 생각이 들었기 때문이다.

앰브로즈는 또한 페넬로프가 별것 아닌 것처럼 가볍게 던진, 페넬로프의 가족과 그들의 놀라울 정도로 낭만적이고 보헤미안적인 생활 방식에 대한 몇 가지 단편적인 정보에 대해서도 깊이 생각하고 있었다. 그에 비하면 그 자신의 생활 방식은 엄청나게 따분하고 천편일률적인 것 같았다. 런던에서 자라나, 매년 토키나 프린턴에서 휴가를 보내고, 학교에 다니고, 그런 다음에 해군에 입대. 해군마저도 지금까지는 학교의 연장일 따름으로 단지 학교 과정에다 군대식 훈련만 조금 첨가한 것일 뿐이었다. 앰브로즈는 아직 바다에도 나가보지 못했으며, 훈련 과정을 마치고 나서야 비로소 바다로 보내질 예정이었다.

그러나 페넬로프는 세계 시민이었다. 페넬로프는 파리에도 살아본 적이 있었다. 페넬로프의 가족은 런던뿐만 아니라 콘월에도 집을 가지고 있었다. 앰브로즈는 콘월에 있는 집을 생각해 보았다. 앰브로즈는 최근에 대프니 듀 모리에의 「레베카」를 읽었기 때문에 콘월의 집이 맨덜리의 집과 같을 것이라고 상상했다. 아마 수국이 줄지어 피어 있는 1마일 길이의 진입로를 지닌, 엘리자베스 시대의 저택 비슷한 것 아닐까. 그리고 페넬로프의 아버지는 유명한 화가였고, 어머니는 프랑스 사람이었다. 페넬로프는 4.5리터짜리 벤틀리를 타고 친구네 집에 머물기 위해 프랑스 남부를 드라이브하는 것을 아무것도 아닌 것처럼 생각하고 있었다. 그 4.5리터짜리 벤틀리는 그 무엇보다 부러운 것이었다. 앰브로즈는 오랫동안 바로 그런 차를 가지고 싶었다. 약간의 괴팍한 개성을 품은 채 부와 남성미를 드러냄으로써 사람들의 이목을 끄는, 사회적 지위의 상징 같은 차.

앰브로즈는 이런 모든 것을 생각하면서, 또 더 많은 것을 찾고 싶어 페넬로프 뒤를 따라 안으로 들어갔다. 지하실을 건너 어둡고 좁은 계단을 올라갔다. 또 하나의 문을 통과하자 집의 큰 응접실이 나타났다. 널찍하고 우아했다. 현관문 위에 아름다운 부채꼴 채광창이 있었다. 널찍하고 얕은 계단이 이어지는 층계가 부드럽게 휘며 2층으로 이어지고 있었다. 앰브로즈는 예기치 않은 웅장함에 어리둥절하여 주위를 둘러보았다.

"너무 초라하죠."

페넬로프가 사과하는 투로 말했다. 앰브로즈는 조금도 초라하다고 생각하지 않았다.

"그리고 저기 벽지가 희미하게 바랜 지저분한 곳이 「조개 줍는 아이들」이 걸려 있던 곳이에요. 아빠가 제일 좋아하는 그림이죠. 아빠는 그게 폭격을 맞는 것을 원치 않았기 때문에 소피하고 나하고 그것을 싸서 마차에 실어 콘월로 보냈어요. 그 그림이 없으니까 집이 예전 같지 않아요."

앰브로즈는 층계 쪽으로 향했다. 2층으로 올라가서 더 많은 것을 보고 싶었다. 그러나 페넬로프가 말했다.

"우리가 갈 수 있는 곳은 여기 1층까지만이에요."

페넬로프가 문을 하나 열었다.

"여기가 우리 부모님 침실이에요. 원래는 식당이었을 거예요. 여기선 정원이 내다보이죠. 아침엔 아름다워요. 햇빛이 환하게 비쳐 드니까요. 그리고 이곳이 내 방이에요. 거리와 마주하고 있죠. 그리고 목욕탕. 그리고 이곳이 어머니가 애용하는 후버 청소기를 두는 곳. 이게 다예요."

집 구경은 끝이 났다. 앰브로즈는 층계 발치로 돌아와 위쪽을 올려다보며 섰다.

"저 위에는 누가 살죠?"

"많은 사람들이 살아요. 하드캐슬 부부, 그리고 클리퍼드 부부, 그리고 다락에는 프리드먼 부부."

"세 든 사람들이군요."

앰브로즈가 말했다. 그 말이 목에 걸렸다. 그것은 늘 어머니가 최대의 경멸을 담아 내뱉곤 하던 말이었기 때문이다.

"네, 그렇다고 볼 수 있죠. 좋은 일이에요. 마치 언제나 친구들을 곁에 두고 있는 것 같으니까요. 그 말을 들으니 생각나네요. 엘리자베스 클리퍼드한테 가서 우리가 여기 와 있다고 말씀드려야겠어요. 전화를 하려 했지만 계속 통화 중이었거든요. 그리고 다시 건다고 하다 잊어 버렸어요."

"내가 여기 와 있단 이야기도 할 겁니까?"

"그럼요, 함께 갈래요? 아주 좋은 분이에요. 마음에 들 거예요."

"아닙니다. 안 가는 게 좋겠습니다."

"그럼 부엌으로 가서 난로에 주전자를 올려놓으실래요? 차나 한잔 마시게요. 엘리자베스한테서 케이크나 뭘 좀 얻을 수 있나 가볼게요. 차를 마신 다음에는 나가서 달걀과 빵 같은 것들을 사와야 해요. 안 그랬다간 아침에 먹을 게 하나도 없을 테니까요."

마치 소꿉장난을 하는 어린 소녀 같은 말투였다.

"그럽시다."

"오래 걸리지 않을 거예요."

페넬로프는 앰브로즈를 떠나 그 긴 다리로 계단을 뛰어 올라갔다. 앰브로즈는 그 자리에 서서 페넬로프가 가는 모습을 지켜보았다. 앰브로즈는 입술을 씹었다. 평소 그렇게 자신만만하던 그가 지금은 낯선 불확실함에 사로잡혀 있었다. 그리고 여기 페넬로프의 집에 오면서 웬일인지 상황에 대한 통제력을 잃었다는 불쾌한 생각이 들었다. 혼란스러웠다. 전에는 한 번도 없었던 일이었기 때문이다. 페넬로프는 특이한 순진함과 세련미가 묘하게 혼합되어 있었다. 앰브로즈는 그것이 자신에게 아주 독한 드라이 마티니처럼 다리가 휘청이고 무력해지게 하는 영향을 미칠 수도 있겠다는 무서운 예감이 들었다.

부엌의 커다란 난로에는 불이 없었다. 그러나 전기 주전자가 있었기 때문에 앰브로즈는 거기에 물을 넣고 스위치를 올렸다. 2월 오후의 어둠이 밀려왔다. 크고 그늘진 방은 추웠다. 응접실의 벽난로에는 장작과 종이가 놓여 있었다. 앰브로즈는 라이터로 불을 붙여 장작에 불이 붙는 것을 지켜보았다. 잠시 후 구리 통에 든 석탄을 좀 더 넣고, 장작도 한두 개 더 넣었다. 페넬로프가 아래로 내려왔을 때에는 난로에는 불이 활활 타고 주전자는 노래를 부르고 있었다.

"어머, 똑똑한 분이시네. 난로를 피우셨군요. 그렇게 하면 언제나 모든 게 더 활기차 보이지요. 케이크는 없대요. 그래서 빵하고 마가린을 좀 얻어 왔어요. 하지만 뭔가 빠졌어요."

페넬로프는 제자리에서 선 채 얼굴을 찌푸리고 빠진 게 뭔지 생각해 내려 했다. 그리고 곧 그게 뭔지 깨달았다.

"시계예요. 태엽이 감겨 있지 않아요. 태엽을 감아주세요, 앰브로즈. 그러면 째깍 소리가 들리면서 마음이 아주 편안해져요."

시계는 아주 구식으로 벽 높이 걸려 있었다. 앰브로즈는 의자를 가져다가 그 위에 서서 시계 유리를 열고 바늘을 맞추었다. 그리고 커다란 열쇠로 태엽을 감았다. 앰브로즈가 그 일을 하는 동안 페넬로프는 찬장을 열고 컵과 쟁반을 꺼내고 찻주전자를 꺼냈다.

"친구는 봤나요?"

시계가 가자 앰브로즈가 의자에서 내려오며 물었다.

"아뇨, 엘리자베스는 없었어요. 하지만 랠라 프리드먼은 있었어요. 랠라를 봐서 정말 기뻤어요. 사실 그 부부 때문에 걱정을 좀 했거든요. 그들은 피난민들이에요. 뮌헨 출신의 젊은 유대인 부부죠. 정말 끔찍한 시간을 보낸 사람들이에요. 지난번에 윌리를 봤을 때는 꼭 쓰러지는 줄 알았어요."

페넬로프는 자기가 여군에 입대한 것이 윌리 때문이었다는 이야기를 앰브로즈한테 할까 하다가 안 하기로 마음먹었다. 앰브로즈가 과연 이해할 수 있을지 자신이 없었기 때문이다.

"어쨌든, 랠라 말이 윌리는 많이 나아졌대요. 새로 일자리도 찾고, 랠라는 임신도 했대요. 랠라는 참 좋은 사람이에요. 음악을 가르치니까 아주 똑똑한 사람임에 틀림없죠. 우유 없이 차를 마셔도 괜찮겠어요?"

차를 마신 뒤 두 사람은 킹스로드를 따라 올라가다 식료품점을 발견하고 장을 본 다음에 오클리 가로 돌아왔다. 날이 어둑어둑했기 때문에 등화관제용 커튼을 내렸다. 페넬로프는 깨끗한 침대보를 꺼내 침대를 꾸몄다. 앰브로즈는 앉아서 그 모습을 지켜보았다.

"내 방에서 주무세요. 난 부모님 방에서 자면 되니까요. 옷 갈아입기 전에 목욕하겠어요? 언제나 뜨거운 물은 많아요. 아니면 뭐 한잔 하시겠어요?"

앰브로즈는 두 가지 다 그러겠다고 했다. 그래서 두 사람은 아래층으로 내려갔다. 페넬로프는 찬장을 열고 고든스 진 한 병과 듀어스 위스키 한 병을 꺼냈고, 처음 보는 병, 딱지가 붙지 않은 아몬드 냄새가 나는 병을 꺼냈다.

"이게 다 누구 겁니까?"

"아빠요."

"우리가 마셔도 괜찮을까요?"

페넬로프는 놀란 눈으로 앰브로즈를 바라보았다.

"이게 거기 있는 게 다 이런 이유 때문이잖아요. 친구한테 주라고요."

이것 또한 새로운 것이었다. 앰브로즈의 어머니는 아주 작은 잔에 셰리주를 따라 나눠 주곤 했다. 그러나 진을 마시고 싶으면 앰브로즈가 가서 자기 돈을 내고 사와야 했다. 그러나 앰브로즈는 그런 말은 하지 않고 그저 묵직한 스카치를 한 잔 따랐다. 앰브로즈는 술잔을 한 손에 들고 또 다른 손에는 가방을 들고 2층으로 올라가 자기한테 배정된 방으로 갔다. 이런 낯설고 여성적인 환경에서 옷을 벗는다는 것은 이상한 기분이었다. 옷을 벗으면서 앰브로즈는 편안히 쉬기 전의 고양이처럼 여기저기를 기웃거렸다. 그림을 보기도 하고, 침대에 앉기도 하고, 책꽂이에 꽂힌 책 제목들을 살펴보기도 했다. 앰브로즈는 조젯 헤이어와 에델 M. 델의 책이 있을 것이라고 예상했으나,

대신 버지니아 울프와 레베카 웨스트의 책을 발견했다. 보헤미안일 뿐 아니라 지식인이기도 하군. 그 바람에 앰브로즈는 자기도 세련돼진 느낌이 들었다. 앰브로즈는 노엘 카워드 가운을 입고, 목욕 수건, 세면 가방, 위스키를 들고 홀로 내려갔다. 비좁은 목욕탕에서 앰브로즈는 면도를 하고 목욕을 하며 잠시 몸을 푹 담갔다. 욕조는 그의 긴 다리를 담그기에는 너무 작았다. 그러나 물은 펄펄 끓었다. 다시 방으로 돌아온 앰브로즈는 다시 옷을 입고 군복 밑에 풀을 먹인 셔츠를 입고, 기브스의 검은 새틴 타이를 매고, 그가 가진 제일 좋은 검정 웰링턴 부츠를 신었다. 손수건으로 윤이 나게 닦은 장화였다. 앰브로즈는 머리를 빗고 머리를 이쪽저쪽으로 돌려 옆모습을 살폈다. 만족한 앰브로즈는 빈 잔을 들고 아래로 내려갔다.

페넬로프는 안 보였다. 아마 입을 걸 찾기 위해서 자기 어머니 옷장을 뒤지고 있겠지. 앰브로즈는 페넬로프가 남부끄럽지 않게 옷을 입기를 바랐다. 난로 덕분에 응접실은 만족스러울 만큼 낭만적으로 보였다. 앰브로즈는 스카치를 한 잔 더 따른 다음 음반이 쌓여 있는 곳을 살펴보았다. 대부분 클래식이었다. 그러나 베토벤과 말러 사이에 끼어 있는 콜 포터의 판을 한 장 찾을 수 있었다. 앰브로즈는 낡은 전축에 레코드를 올리고 손잡이를 돌려 태엽을 감았다.

당신은 꼭대기
당신은 콜로세움
당신은 꼭대기
당신은 루브르 박물관

앰브로즈는 눈을 반쯤 감고 상상의 여자를 안은 채 춤을 추기 시작했다. 극장에 갔다가 저녁을 먹은 뒤에 어쩌면 나이트클럽에도 갈 수 있겠지. 엠버시나 백 오브 네일스 같은 곳에. 돈이 떨어지면 수표를 사용하면 되겠지. 운이 좋으면 수표를 퇴짜 맞지 않을 수도 있을 거야.

"앰브로즈."

앰브로즈는 페넬로프가 오는 소리를 못 들었다. 앰브로즈는 혼자 몸짓을 하고 있다가 들킨 데 약간 당황해하면서 고개를 돌렸다. 페넬로프가 방을 가로질러 앰브로즈한테 다가오고 있었다. 자신의 외모에 수줍어하면서, 앰브로즈가 인정해 주기를 바라면서, 앰브로즈가 무슨 말을 해주기를 기다리면서. 그러나 앰브로즈는 이때만은 말을 잃고 말았다. 램프와 난로의 부드러운 빛 속에서 페넬로프가 너무도 아름다웠기 때문이다. 페넬로프가 마침내 찾아낸 옷은 아마 5년 전쯤 유행했던 종류였을 것이다. 그것은 크림색 시폰으로 만든 것으로, 심홍색과 주홍색 꽃들이 흩어져 있었으며, 멋지게 늘어진 스커트는 페넬로프의 늘씬한 엉덩이 위를 꼭 죄다가 그 밑으로는 겹을 이루며 확 부풀어 올랐다. 몸통 부분에는 앞에 단추들이 죽 달려 있었고, 일종의 어깨 망토 같은 것이 겹겹이 있어 페넬로프가 움직일 때마다 마치 나비 날개처럼 파닥거리며 움직였다. 위로 말아 올린 머리 덕분에 길고 완벽한 목과 어깨선뿐만 아니라 늘어진 은과 산호로 된 멋진 귀걸이도 드러나 있었다. 입술에는 산호빛 립스틱을 칠했으며, 몸에서는 향기로운 냄새가 났다.

"좋은 향이 나는군요."

앰브로즈가 말했다.

"샤넬 넘버 파이브예요. 병 바닥에 좀 남아 있는 걸 찾아냈어요. 어쩌면 좀 상했을지도 모른다고 생각했지만⋯⋯."

"상하지 않았습니다."

"그래요. ⋯⋯괜찮아 보여요? 드레스를 여섯 개 입어 보았지만, 이게 제일 나은 것 같았어요. 굉장히 낡았고 좀 짧긴 해요. 내가 소피보다 키가 커서. 하지만⋯⋯."

앰브로즈는 술잔을 내려놓고 손을 뻗었다.

"이리 와요."

페넬로프는 다가와서 손을 앰브로즈한테 내맡겼다. 앰브로즈는 페넬로프의 몸을 품으로 끌어당겨 입을 맞추었다. 아주 부드럽고 잔잔하게. 페넬로프의 우아한 머리와 약간의 화장을 망가뜨리고 싶지 않았기 때문에. 페넬로프의 립스틱은 달콤했다. 앰브로즈는 페넬로프에게서 몸을 떼고, 그 따뜻하고 검은 눈을 내려다보며 웃음을 지었다.

"밖에 안 나가도 되면 좋겠단 생각이 들 정도입니다."

앰브로즈가 말했다.

"돌아올 건데요, 뭐."

페넬로프가 말했다. 기대감 때문에 앰브로즈의 가슴이 뛰었다.

뮤지컬 「춤추는 세월」은 아주 낭만적이고 슬프고 또 매우 비현실적이었다. 수많은 알프스 전통 의상과 바이에른 지방의 짧은 가죽 바지가 등장했으며, 아름다운 노래들이 나왔고, 등장인물들은 모두 서로 사랑에 빠졌으며, 또 용감하게 서로를 포기하고 작별을 고했고, 한 곡 걸러 왈츠가 나왔다. 끝나고 나오자 거리는 칠흑같이 어두웠다. 그들은 차를 타고 피커딜리를 달려 저녁을 먹기 위해 콰글리노에 갔다. 밴드가 연주를 하고 있었고, 몇 쌍이 손바닥만 한 무대에서 춤을 추고 있었다. 남자들은 모두 군복을 입고 있었으며, 여자들 가운데 상당수도 군복을 입고 있었다.

쿵쿵.
왜 내 가슴은 쿵쿵 뛰는지.
나와 내 가슴은 쿵— 쿵— 쿵 뛴다네,
언제나.

식사 중간마다 앰브로즈와 페넬로프도 춤을 추었다. 하지만 진짜 춤이라고는 할 수 없었다. 그저 서서 발만 움직일 수 있는 공간밖에 없었기 때문이다. 그러나 상관없었다. 서로 껴안고 있었고, 뺨이 닿아 있었고, 쉬지 않고 앰브로즈가 페넬로프의 귀에 입을 맞추거나 말로 표현하기 힘든 말들을 중얼거렸기 때문에.

그들이 오클리 가로 돌아왔을 때는 거의 2시가 다 되어 있었다. 서로 손을 잡고 숨죽여 웃음을 터뜨리며, 둘은 잉크 같은 어둠을 헤치고 주철 대문을 통과하여 가파른 돌계단을 내려갔다.

"누가 폭탄까지 신경 쓰겠어요? 이 등화관제된 어둠 속에서는 어디든 걸려 넘어져 죽기 딱 십상인데."

앰브로즈가 말했다.

페넬로프는 앰브로즈한테서 몸을 떼내 열쇠를 찾아 자물쇠를 열고 마침내 문을 열었다. 앰브로즈는 페넬로프 곁을 지나 따뜻하고 벨벳 같은 암흑 속으로 들어갔다. 페넬로프가 문을 닫는 소리가 들렸다. 그러고 나서 안전하다고 생각되자 페넬로프는 불을 켰다.

아주 고요했다. 위의 다른 사람들은 고요하게 잠들어 있었다. 오직 시계가 똑딱거리는 소리, 그리고 바깥 거리를 지나가는 차 소리만이 고요를 깨뜨리고 있었다. 아까 앰브로즈가 피워놓은 난롯불은 거의 꺼져 있었다. 페넬로프는 방 끝으로 가더니 불씨를 흔들어 램프를 켰다. 아치형 통로 너머 거실로 불빛이 확 번졌다. 마치 커튼이 막 올라간 무대 세트처럼. 1막 1장. 이제 필요한 것은 배우뿐이었다.

앰브로즈는 바로 페넬로프한테 다가가지 않았다. 기분 좋을 정도로 술에 취해 있었으며, 한 잔 더 마시고 싶은 그런 지점까지 술이 올라와 있었다. 그는 위스키병으로 다가가 한 잔 따르고 또 잔에 사이펀에 든 소다를 채웠다. 그런 다음에 앰브로즈는 부엌 불을 끄고 깜빡거리는 불길이 있는 곳, 쿠션이 있는 거대한 소파가 있는 곳, 저녁 내내 원했던 여자가 있는 곳으로 갔다.

페넬로프는 난로의 따뜻함에 가까이 다가가 깔개 위에 무릎을 꿇고 있었다. 신발을 벗은 채였다. 앰브로즈가 나타나자 페넬로프는 고개를 돌리고 웃음을 지었다. 늦은 시간이었다. 피곤할 것 같았다. 그러나 그 검은 눈은 반짝거리고 얼굴은 빛나고 있었다.

페넬로프가 말했다.

"왜 불이란 건 이렇게 친구처럼 다정할까요? 마치 방안에 다른 사람이 있는 것처럼."

"그렇지 않아 다행입니다. 다른 사람이 없어서."

페넬로프는 긴장이 풀려 있었다. 평화로웠다.

"기분 좋은 저녁이었어요, 재미있었고요."

"아직 끝나지 않았습니다."

앰브로즈는 무릎 높이의 낮고 넓은 의자에 몸을 앉혔다. 술잔도 내려놓았다.

앰브로즈가 말했다.

"당신 머리가 엉망이군요."

"왜 잘못돼요?"

"사랑하기에는 너무 단정합니다."

페넬로프는 웃음을 터뜨렸다. 페넬로프는 두 손을 들어 올려 천천히, 우아하게 매듭지은 머리에서 핀을 뽑기 시작했다. 앰브로즈는 말없이 페넬로프를 지켜보았다. 두 팔을 들어 올린, 여성의 고전적인 몸짓. 드레스의 얇은 망토가 작은 스카프처럼 페넬로프의 긴 목에 드리워져 있었다. 마지막 핀을 뽑자, 페넬로프는 머리를 흔들었다. 길고 검은 머리 단이 마치 비단 장식 술처럼 페넬로프의 어깨로 떨어졌다.

페넬로프가 말했다.

"이제 다시 나 같네요."

부엌에서 낡은 시계가 2시를 알리는 소리가 부드럽게 울려 퍼졌다.

페넬로프가 말했다.

"새벽 2시예요."

"좋은 시간이죠. 적당한 시간입니다."

페넬로프는 다시 웃음을 터뜨렸다. 마치 앰브로즈가 하는 말들은 오로지 기쁨밖에 줄 수 없다는 듯이. 타오르는 불에 바짝 다가앉아 있었기 때문에 아주 따뜻했다. 앰브로즈는 잔을 내려놓고 재킷을 벗었다. 타이의 매듭을 풀어 벗겨낸 다음, 목을 죄고 있던 풀 먹인 셔츠의 칼라 단추도 풀었다. 앰브로즈는 일어나 몸을 숙여 페넬로프를 끌어올려 세웠다. 입을 맞추다 페넬로프의 깨끗하고 향기롭고 풍만한 머릿결에 얼굴을 묻었다. 앰브로즈의 손은 얇은 실크 드레스 밑의 젊은 몸의 늘씬함, 갈비뼈, 그리고 심장의 힘차고 꾸준한 고동을 느낄 수 있었다. 앰브로즈는 페넬로프를 품에 안아 들어 올렸다. 그렇게 키가 큰 여자치고는 놀라울 정도로 가벼웠다. 앰브로즈는 몇 걸음 걸어 페넬로프를 소파 위에 눕혔다. 페넬로프는 아직도 웃음을 터뜨리며, 그 황홀한 머리칼을 낡은 쿠션들 위로 흩은 채 누워 있었다. 이제 앰브로즈 자신의 심장이 북처럼 쿵쿵 울리기 시작했다. 몸의 모든 신경이 페넬로프에 대한 욕구로 아우성치고 있었다. 페넬로프를 만난 지 얼마 되지 않았지만, 앰브로즈는 때때로 페넬로프가 처녀인지 아닌지 궁금해하곤 했었다. 그러나 이제 더 이상 궁금하지 않았다. 그게 중요한 문제가 아니었기 때문에. 앰브로즈는 페넬로프 곁에 앉아 아주 부드럽게 드레스 앞자락의 아주 작은 단추들을 벗기기 시작했다. 페넬로프는 그 손길을 막으려고도 하지 않고 얌전히 누워 있었다. 앰브로즈는 다시 입을 맞추기 시작했다. 페넬로프의 입, 목, 둥근 크림빛 젖가슴. 페넬로프의 반응은 달콤했다. 페넬로프는 앰브로즈를 받아들이고 있었다.

"정말 아름다워."

그 말을 하고 나서, 앰브로즈는 놀랍게도 자신이 본능적으로, 마음에서부터 우러나와 그 소리를 했다는 것을 깨달았다.

"당신도 아름다워요."

페넬로프가 말하면서 그 젊고 강한 팔로 앰브로즈의 목을 안아 끌어내렸다. 페넬로프의 입은 열린 채 그를 기다리고 있었다. 앰브로즈는 순간 페넬로프의 모든 것이 오직 앰브로즈를 기다리고 있다는 것을 알았다.

난롯불이 타오르며 그들을 데워주고, 그들의 사랑을 밝혀 주었다. 잠재의식 깊이 묻혀 있던 밤의 아기방, 드리워진 커튼의 기억이 떠올랐다. 오랫동안 잊혔던 아기 시절의 이미지였다. 해칠 것도, 방해할 것도 없었다. 안전함뿐. 그리고 또한 하늘을 나는 듯한 느낌. 하지만 또 이 환희의 바로 가장자리 어디에선가 상식의 작은 목소리가 들려오고 있었다.

"페넬로프."

"네."

속삭임이었다.

"괜찮아?"

"괜찮냐고요? 아, 응, 괜찮아요."

"사랑해."

"아."

숨소리 같은 대답이었다.

"사랑."

4월 중순, 페넬로프는 당국으로부터 일주일간 휴가를 내준다는 통보를 받았다. 페넬로프는 그런 사무적인 일에는 무력할 정도로 깜깜이였기 때문에 휴가는 뜻밖의 행운처럼 여겨졌다. 페넬로프는 하라는 대로 출두하여 규율 상사 사무실에서 다른 여군들 뒤에 줄을 섰다. 마침내 차례가 돌아오자 페넬로프는 포스케리스로 가는 기차표를 요청했다.

상사는 북아일랜드 출신의 명랑한 여자였다. 얼굴에 주근깨가 나고 곱슬곱슬한 빨간 머리를 가졌는데, 페넬로프의 목적지를 듣더니 큰 관심을 보였다.

"콘월에 있는 곳 아닌가, 스턴?"

"네."

"자네가 사는 곳이 거긴가?"

"네."

"운 좋은 아가씨군."

장교는 통행증을 건네주었다. 페넬로프는 고맙다는 인사를 하고 자유를 향해 가는 표를 움켜쥐고 밖으로 나왔다.

기차 여행은 끝도 없이 계속되었다. 포츠머스에서 배스까지. 배스에서 브리스톨까지. 브리스톨에서 엑서터까지. 엑서터에서 페넬로프는 한 시간을 기다려 정거장마다 서는 완행열차를 타고 콘월까지 가게 되었다. 페넬로프는 싫지 않았다. 페넬로프는 더러운 열차의 구석 자리에 앉아 그을음으로 시꺼먼 창밖을 응시했다. 돌리시에서 페넬로프는 처음으로 바다를 보게 되었다. 영국 해협에 불과했으나 없는 것보다는 나았다. 플리머스, 살타시 브리지, 그리고 영국 해군 절반이 정박하고 있는 것처럼 보이는 사운드. 그리고 나서 콘월. 기차는 성스럽고 낭만적인 이름을 가진 역마다 멈추어 섰다. 레드루스를 지나자 페넬로프는 가죽 끈을 잡아당겨 창문을 내리고 몸을 밖으로 내밀었다. 대서양이 눈에 들어오는 순간을 놓치고 싶지 않았다. 그 모래언덕과 멀리 부서지는 파도. 이어 기차가 헤일 구름다리를 덜컹거리며 넘어갈 때 페넬로프는 밀물이 가득 들어찬 강어귀를 보았다. 페넬로프는 짐칸에서 옷 가방을 끌어 내려 통로로 나가 섰다. 기차는 마지막 커브를 돌며 역으로 들어가고 있었다.

저녁 8시 반이었다. 페넬로프는 묵직한 문을 열고 가벼운 마음으로 가방을 끌며 계단을 내려갔다. 군복 모자는 재킷 주머니에 쑤셔넣고 있었다. 공기는 따뜻하고 달콤하고 신선했다. 낮은 해가 플랫폼으로 긴 빛을 던지고 있었다. 그 눈부신 빛으로부터 아빠와 소피가 페넬로프를 맞으러 다가오고 있었다.

집에 오게 되었다는 것이 믿을 수 없을 만큼 좋았다. 페넬로프가 제일 먼저 한 일은 2층으로 달려 올라가 군복을 벗어 던지고 적당한 옷을 골라 입은 일이었다―낡은 면 스커트, 학교 다닐 때부터 입던 에어텍스 셔츠, 꿰맨 카디건. 아무것도 변한 게 없었다. 방은 페넬로프가 떠나던 때 그대로였다. 오히려 더 단정해지고 반짝거릴 정도로 깨끗했다. 페넬로프는 맨다리로 다시 아래층으로 내려가 방마다 돌아다니며 철저히 살펴봤다. 모든 게 그대로라는 것을 확인하려고. 그대로였다.

어느 점으로 보나 벽난로 위 가장 중요한 자리를 차지하는 영광을 누렸던, 샹탈 레니에가 그린 소피의 초상화가 약간 덜 중요한 자리로 옮겨지고, 그 자리는 「조개 줍는 아이들」이 차지하고 있었다. 그 그림은 상황이 상황이니만치 어쩔 수 없이 지연되면서도 결국 콘월에 도착했던 것이다. 그 그림은 방 크기에 비해 너무 컸으며, 그 깊은 색채를 제대로 드러내기에는 빛이 너무 부족했다. 그럼에도 여전히 아주 멋져 보였다.

포터 가족은 좋은 쪽으로 변모해 있었다. 도리스는 군살이 빠져 아주 늘씬해졌으며, 염색한 머리가 그대로 자라도록 놓아두어서 이제 반은 과산화수소로 탈색되어 있었고, 반은 쥐색이 나는 갈색이었다. 영락없이 얼룩말 털 색깔 같았다. 로널드와 클라크도 많이 자라 가냘 픈 몸과 도시 아이들 특유의 창백함을 벗어가고 있었다. 머리카락도 자랐으며, 런던내기 특유의 목소리에도 이제는 뚜렷한 콘월 사람의 억양이 섞여 들어가 있었다. 오리와 암탉은 수가 두 배로 늘었다. 한 늙은 암탉은 계속 알을 품으러 다녀 한번은 아무도 안 볼 때 가시나 무 덤불 속에 숨겨진 부서진 외바퀴 손수레 위에 병아리들을 까버린 적도 있다고 했다.

페넬로프가 원하는 것이라고는 오직 그날, 이제는 너무도 멀어 보이는 그날, 기차에 올라 포츠머스로 향하던 그날 이후에 생긴 모든 일들을 다 알아내는 것뿐이었다. 로런스와 소피는 페넬로프를 실망시키지 않았다. 트럽숏 대령은 공습경보를 담당하고 있어, 모두들 그를 귀찮은 존재로 여겼다. 샌즈 호텔은 징발되어 군인들로 가득 차 있었다. 늙은 트레갠턴 부인—마을의 유지이자 치렁거리는 귀걸이로 사람들을 겁먹게 하는—이 허리에 앞치마를 두르고 군인 식당을 책임지고 있었다. 해변에는 철조망이 쳐졌다. 그리고 해안선을 따라 불길한 느낌을 주는 총들이 삐죽삐죽 솟아 있는 콘크리트 토치카가 지어졌다. 미스 프리디는 춤 교실을 그만두고, 켄트에서 피난 온 여학생들을 위한 학교에서 체육을 가르치고 있었다. 미스 포슨은 등화관제 동안에 소화용 손 펌프와 물통에 걸려 넘어져 그만 다리가 부러지고 말았다.

마침내 부모님은 할 말이 바닥나자 당연하게도 딸이 가져온 소식을 듣고 싶어 했다. 그들로선 상상할 수 없는 딸의 새로운 생활에 대한 모든 자세한 내용을. 그러나 페넬로프는 말하고 싶지 않았다. 그 이야기는 하고 싶지 않았다. 웨일 아일랜드와 포츠머스에 대해서는 생각하고 싶지 않았다. 앰브로즈조차 생각하고 싶지 않았다. 물론 조만간 생각을 해야겠지. 그러나 지금은 싫었다. 오늘 저녁에는 싫었다. 일주일이나 남아 있으니까, 오늘이 아니어도 괜찮을 것 같았다.

언덕 꼭대기에서 내려다보이는 땅은 온몸을 드러내고 따뜻한 봄 오후의 햇살 속에서 졸고 있었다. 북쪽으로 뻗은 커다란 만은 동전처럼 반짝이는 햇살을 튕겨내며 파랗게 반짝거리고 있었다. 트레보스 헤드는 아지랑이에 잠겨 있었다. 좋은 날씨가 계속될 것이라는 확실한 신호였다. 남쪽으로 또 하나의 만이 굽이치고 있었다. 그곳에 산과 성이 있었으며, 그 사이에는 농장, 산울타리가 높이 자란 굽이치는 오솔길, 드러난 화강암 사이에서 소들이 풀을 뜯는 에메랄드빛 들판이 있었다. 바람은 가벼웠다. 사향초 냄새가 배어 있었다. 이따금씩 개 짖는 소리, 그리고 먼 데서 트랙터가 바쁘게 털털거리는 소리가 들릴 뿐이었다.

페넬로프와 소피는 칸 별장에서 5마일을 걸어왔다. 그들은 황무지로 이르는 좁은 오솔길을 택해 걸었다. 황무지에는 풀이 우거진 산울타리들 위로 앵초들이 점점이 박혀 있었으며, 도랑에는 동자꽃과 애기똥풀이 분홍과 노랑으로 흐드러지게 피어 있었다. 마침내 그들은 가축이 못 넘게 막아 놓은 층계를 다 올라 잔디가 깔린 좁은 길로 들어섰다. 그 길은 가시나무와 고사리 덩굴을 지나 언덕 꼭대기로 이르고 있었다. 정상은 이끼가 덮인 돌들이 높이 쌓여 절벽을 이룬 곳이었다. 수천 년 전 이 옛 땅을 차지하고 살던 작은 사람들이 그곳에 올라가, 페니키아 사람들이 네모난 돛을 단 배를 타고 만으로 들어와 닻을 내리고 그들이 가져온 동방의 물건과 값진 주석을 바꾸어가는 광경을 지켜보았을 것이다.

지금 긴 오르막길 산책에 지친 두 사람은 휴식을 하고 있었다. 소피는 조그만 잔디밭에 벌렁 누워 따가운 태양을 가리기 위해 팔로 눈을 가리고 있었다. 페넬로프는 그 옆에서 무릎에 팔꿈치를 괴고 두 손으로 턱을 받친 채 앉아 있었다.

저 멀리 하늘 위로 아주 작은 장난감 같은 비행기가 날아가고 있었다. 둘 다 고개를 들고 그 비행기가 지나가는 것을 지켜보았다. 소피가 말했다.

"난 비행기가 싫다. 저걸 보면 전쟁을 떠오르거든."

"전쟁을 잊은 적이 있어요?"

"때때로, 난 스스로 잊게 만들지. 전쟁 같은 건 일어난 적도 없었던 척하는 거야. 이런 날은 그런 척하는 게 쉬워."

페넬로프는 손을 뻗어 잔디를 한 줌 잡아당겼다.

"아직은 별일이 일어나지 않았어요. 그렇죠?"

"그래."

"큰일이 일어날 것 같아요?"

"그럼."

"그것 때문에 걱정이 되세요?"

"네 아빠 때문에 걱정이 된다. 아빠는 걱정하고 계셔. 전에도 이미 그걸 다 겪으셨잖니."

"엄마도 마찬가지잖아요……."

"아빠처럼은 아냐. 절대 그렇진 않았어."

페넬로프는 풀을 집어 던지고 다른 풀을 뽑으려고 손을 뻗었다.

"소피."

"응."

"나 아기 가진 것 같아요."

비행기 엔진 소리가 광대한 여름 하늘에 흡수되어 사그라들었다. 소피는 흠칫하더니 천천히 일어나 앉았다. 페넬로프는 고개를 돌려 엄마와 눈을 마주쳤다. 엄마의 그 젊고 햇볕에 탄 얼굴에는 깊은 안도감이라고 묘사할 수밖에 없는 표정이 드러나 있었다.

"그게 네가 우리한테 얘기하지 않았던 거니?"

"얘기 안 한 게 있다는 걸 알고 계셨어요?"

"물론 알고 있었지. 네가 너무 과묵하고 말이 없었으니까. 뭔가 잘 못된 게 틀림없다고 생각했어. 왜 진작 얘기하지 않았니?"

"부끄럽거나 불안해서 그랬던 건 아니에요. 그저 적당한 시간이 오기를 기다렸어요. 얘기할 수 있는 시간을 갖고 싶었거든요."

"난 너무 걱정했단다. 네가 한 일에 대해 불행하게 느껴 후회하거나 아니면 어떤 문제가 생긴 줄 알았다."

페넬로프는 웃음을 터뜨리고 싶었다.

"지금 그런 거 아니에요?"

"하지만 너한테 무슨 문제가 생긴 건 아니잖니!"

"정말 소피는 언제나 나를 놀라게 해요."

소피는 그 말을 못 들은 체하고 실제적인 문제로 들어갔다.

"아기를 가진 건 확실하니?"

"확실해요."

"의사한텐 가봤어?"

"그럴 필요 없어요. 더군다나 포츠머스에 있는 의사라고는 해군 외과의밖에 없는데, 그 사람한테는 가고 싶지 않았어요."

"예정일은 언제야?"

"11월이요."

"아버지는 누구고?"

"웨일 아일랜드의 중위예요. 사격술 훈련을 받고 있죠. 이름이 앰브로즈 킬링이에요."

"지금은 어디 있니?"

"아직 거기 있어요. 시험에 떨어져서 다시 훈련받아야 했거든요."

"나이는 몇인데?"

"스물하나요."

"그 사람은 네가 임신했다는 걸 아니?"

"아뇨. 누구보다 먼저 소피랑 아빠한테 말하고 싶었어요."

"그 사람한텐 말할 거야?"

"그럼요, 돌아가면요."

"그 사람은 뭐라고 할까?"

"모르겠어요."

"네가 그 사람을 잘 알지 못하는 것 같구나."

"충분히 잘 알아요."

저 아래 계곡에서 개를 데리고 오던 한 남자가 농장을 지나더니 문을 열고 자기 소들이 풀을 뜯고 있는 언덕을 향해 올라가기 시작했다. 페넬로프는 팔베개를 하고 누워 그가 지나가는 것을 보았다. 그 남자는 빨간 셔츠를 입고 있었다. 개가 그 사람 주위를 맴돌았다.

"내가 불행해 보인다고 하셨는데, 그건 엄마가 옳아요. 처음에 웨일 아일랜드로 배치되었을 때, 전 내 평생 그렇게 비참했던 적이 없는 것 같았어요. 꼭 물에서 나온 물고기 같았어요. 향수병에 시달렸고 외로웠어요. 입대하던 날, 전 칼을 뽑아 들고 다른 모든 사람들과 마찬가지로 싸우러 가야 한다고 생각했어요. 하지만 고작 내가 하는 일이라고는 채소나 다듬고, 등화관제 커튼이나 치고, 저와는 통하는 것도 없는 수많은 여자들과 함께 사는 것이었어요. 그런데도 제가 어쩔 수 있는 일이라고는 아무것도 없었어요. 탈출구가 없었죠. 그때 앰브로즈를 만났어요. 그 후로는 모든 게 나아지기 시작했죠."

"네가 그렇게까지 힘들어했는지 미처 몰랐구나."

"말을 안 했잖아요. 그래봤자 무슨 소용이 있었겠어요?"

"아기를 가지게 되면 여군은 떠나야 하는 거겠지?"

"네, 제대를 당할 거예요. 아마 불명예 제대겠죠."

"그게 신경 쓰이니?"

"신경 쓰이냐고요? 오히려 난 어서 빠져나오고 싶어 견딜 수가 없는걸요."

"페넬로프…… . 일부러 임신한 건 아니겠지."

"맙소사, 아니에요. 그렇게까지 절망적인 상태는 아니었어요. 아니에요. 그냥 그렇게 된 거예요. 어쩔 수 없는 일이었어요."

"알겠지만…… 분명히 알겠지만……. 주의를 할 수 있었을 것 아니냐."

"물론 그렇죠. 하지만 전 그런 건 언제나 남자들이 하는 줄 알았어요."

"이런, 이런. 난 네가 그렇게 순진한 줄은 몰랐구나. 내가 얼마나 못난 엄마였는지 모르겠어."

"난 한 번도 소피를 엄마로 생각해 본 적이 없어요. 언제나 언니로 생각했어요."

"그럼 난 참 못난 언니였네."

소피는 한숨을 쉬며 말을 이었다.

"이제 어떻게 해야 하지?"

"돌아가서 아빠한테 말씀드려야 할 것 같아요. 그리고는 포츠머스에 돌아가서 앰브로즈한테 말해야죠."

"그 남자하고 결혼할 거니?"

"그가 청하면요."

소피는 곰곰히 생각해 보더니 잠시 후 말했다.

"넌 그 젊은이에 대해 아주 강한 감정을 가지고 있나 보구나. 그렇지 않았다면 그 남자 아기를 가지지도 않았겠지. 나도 그걸 알 만큼은 너에 대해 알고 있다. 하지만 단지 아기 때문에 그 남자하고 결혼해서는 안 돼."

"소피도 나를 가지고 있을 때 아빠와 결혼하셨잖아요."

"하지만 난 네 아빠를 사랑했어. 언제나 사랑했지. 난 네 아빠 없이 살아가는 걸 상상할 수도 없었다. 네 아빠가 나와 결혼했든 아니든 난 절대 네 아빠를 떠나지 않았을 거야."

"내가 앰브로즈와 결혼하게 된다면 제 결혼식에 와 주시겠어요?"

"당연히 가야지."

"소피가 거기 와주면 좋겠어요. 그리고 나중에…… 그 사람이 웨일 아일랜드에서 훈련을 마치고 바다로 파견돼 나가면, 내가 집으로 와서 소피하고 아빠와 함께 살 수 있을까요? 칸 별장에서 아기를 낳아도 될까요?"

"그게 물어볼 말이라고 하니! 그러지 않으면 어떻게 하려고?"

"전문적으로 윤락업에 종사하는 여자가 될 수도 있겠지요. 하지만 그러지 않는 게 나을 것 같아요."

"어차피 넌 그런 일엔 쓸모가 없어."

페넬로프의 마음은 고마움과 사랑으로 가득 찼다.

"난 소피가 이렇게 나올 줄 알았어요. 다른 엄마 같은 엄마였다면 얼마나 끔찍할까."

"내가 다른 엄마들 같으려면 난 훨씬 더 나은 사람이 되어야 할 거야. 하지만 난 착하지 못해. 이기적이야. 난 나 외에는 다른 사람 생각 안 해. 이 끔찍한 전쟁이 시작되었으니, 끝날 때까지 모든 게 다 무척 나빠질 거야. 아들들이 죽임을 당하고, 딸들도 마찬가지고, 아버지와 형제들도 그럴 거야. 그러니 이런 상황에서 내가 느낄 수 있는 것이라고는 고마운 감정뿐이란다. 네가 집으로 돌아왔으니까. 그동안 네가 무척이나 그리웠어. 하지만 이제 우린 다시 함께 있을 수 있어. 아무리 상황이 나빠진다 해도, 적어도 우리는 함께 있을 순 있잖니."

앰브로즈는 손에 독한 술이 담긴 잔을 들고 어머니한테 전화를 걸었다.

"쿰브 호텔입니다."

전화를 받은 여자의 목소리는 아주 예의 발랐다.

"킬링 부인 계십니까?"

"잠시 기다리시면 곧 찾아 드리겠습니다. 틀림없이 라운지에 계실 거예요."

"고맙습니다."

"누가 전화했다고 말씀드릴까요?"

"아들입니다. 킬링 중위입니다."

"고맙습니다."

앰브로즈는 기다렸다.

"여보세요?"

"엄마."

"내 아들. 네 목소리를 듣게 돼 기쁘구나. 어디서 전화하는 거니?"

"웨일리예요, 엄마. 드릴 말씀이 있어요."

"좋은 소식이면 좋겠네."

"네, 멋진 소식이에요."

앰브로즈는 목을 가다듬고 말을 이었다.

"저 약혼했어요."

완전한 침묵.

"엄마?"

"그래, 나 여기 있다."

"괜찮아요?"

"그래, 물론 괜찮지. 지금 결혼할 거라고 얘기한 거니?"

"네, 5월 첫째 토요일에요. 첼시 결혼 등록소에서 할 거예요. 오실 수 있죠?"

마치 무슨 작은 파티에 초대하기라도 하는 듯한 말투였다.

"그런데…… 언제……? 누구와……? 오 얘야, 날 당황하게 만드는구나."

"당황하지 마세요. 이름은 페넬로프 스턴이에요. 엄마 맘에 드실 거예요."

마지막 말은 별 희망 없이 덧붙인 말이었다.

"그런데…… 그게 다 언제 정해진 일이냐?"

"방금요, 그래서 전화 드리는 거예요. 당장 알려드리려고요."

"그런데…… 어떤 여자니?"

"여군이에요."

앰브로즈는 어머니를 안심시킬 수 있는 다른 이야기를 해보려고 궁리했다.

"아버지는 화가래요. 콘월에 살고요."

다시 침묵.

"오클리 가에 집을 가지고 있어요."

앰브로즈는 4.5리터짜리 벤틀리 얘기도 할까 했으나, 그의 어머니는 결코 차 같은 걸 좋아하는 사람이 아니었다.

"얘야. 내가 냉담하게 얘기하는 것 같아 미안하다만, 넌 너무 어려…… 네 앞길도……."

"전쟁이 벌어지고 있어요, 엄마……."

"나도 안다. 그건 누구보다도 내가 잘 알고 있어."

"결혼식에 오실 거죠?"

"그래. 물론 가야지……. 주말에 런던에 올라갈 거다. 바실 스트리트 호텔에 머물 거야."

"잘됐네요. 그럼 거기서 페넬로프를 볼 수 있겠네요."

"오, 앰브로즈……."

그녀는 곧 울음이라도 터뜨릴 것 같았다.

"엄마한테 안 알리고 결정해서 미안해요. 하지만 너무 걱정하지 마세요."

전화기에서 삐— 삐— 삐— 소리가 났다.

"엄마도 마음에 들어 하실 거예요."

앰브로즈는 그 말을 또 되풀이하고는 서둘러 전화를 끊었다. 어머니가 전화기에 돈을 더 넣으라고 애원하기 전에.

돌리 킬링은 윙 소리가 나는 수화기를 손에 들고 있다가 천천히 전화기 위에 내려놓았다.

계단 밑에 있는 작은 책상에서 장부에 뭘 적는 척하면서도 다 듣고 있던 머스프랫 부인이 고개를 들고 묻는 표정으로 웃음을 지었다. 마치 구슬 같은 눈을 가진 새처럼 고개를 한쪽으로 기울이고 있었다.

"좋은 소식이겠지요, 킬링 부인."

돌리는 마음을 정돈하고 고개를 약간 까딱이면서 명랑하고도 들뜬 표정을 지어 보였다.

"아주 기쁜 소식이었어요. 내 아들이 결혼한다는군요."

"어머, 멋지네요. 정말 낭만적이에요. 두 용감한 젊은이가 맺어지다니. 언제요?"

"뭐라고 하셨나요?"

"언제 그 행복한 날이 찾아오냐고요?"

"2주 후에요. 5월 첫째 토요일이에요. 런던에서요."

"그 운 좋은 아가씨가 누구죠?"

머스프랫 부인의 호기심이 좀 지나치고 있었다. 돌리는 자신의 신분도 잊고 그 여자를 대등하게 상대하고 있다가 아차 싶었다.

"아직 그 아가씨를 만나볼 기쁨을 누리지 못했어요."

돌리는 위엄 있게 말을 이었다.

"날 찾으러 와줘서 고마웠어요, 머스프랫 부인."

그 말과 함께 돌리는 머스프랫 부인이 장부 정리를 하도록 놔두고 거주자들의 라운지로 돌아갔다.

쿰브 호텔은 오래전에는 개인 주택이었다. 그리고 라운지는 그 집의 응접실이었다. 라운지에는 아주 작은 쇠 살대로 쳐진 하얀 대리석 벽난로가 있었고, 분홍 장미꽃을 가득 수놓은 하얀 리넨을 씌운 불룩한 소파와 의자들이 여럿 놓여 있었다. 너무 높게 걸린 수채화 몇 개가 벽을 점점이 장식하고 있었으며, 활 모양의 창이 정원을 마주하고 있었다. 정원은 전쟁이 발발한 후로 초라해져 있었다. 정원사가 전쟁에 나갔기 때문에 화단은 잡초로 가득했다. 머스프랫 씨가 풀 깎는 기계로 직접 이것저것 해보았으나 소용없었다.

호텔에는 여덟 명의 장기 거주자가 있었는데, 그 가운데 네 명은 같은 급의 엘리트 계층으로 자처하며 자기들끼리 뭉쳐, 이 작은 공동체의 핵심을 이루고 있었다. 돌리도 그 가운데 하나였다. 나머지는 포셋 스마이스 대령과 그 부인, 그리고 레이디 비미시였다. 그들은 저녁이면 함께 모여 카드놀이를 했으며, 라운지에서는 난로 주변의 가장 좋은 자리를 차지했고, 식당에서는 창문 곁의 가장 좋은 식탁을 차지했다. 다른 사람들은 책 읽을 만한 빛도 제대로 들어오지 않는 쌀쌀한 구석 자리와 식료품실로 가는 길에 놓인 탁자로 만족해야 했다. 그러나 그 다른 피난민들은 너무 애처롭게 짓밟혀 있어 아무도 그들을 더 이상 동정할 생각을 하지 않았다. 포셋 스마이스 대령 부부는 켄트에서 데본으로 옮겨 왔다. 모두 칠십의 고령이었다. 대령은 거의 평생을 육군에서 보냈기 때문에 그 히틀러란 자가 다음에 무슨 짓을 할지를 능숙하게 예측하곤 했으며, 일간신문에 기재되는 비밀 무기와 전함의 이동에 대한 기사는 단편적 보도를 가지고 자기 나름의 해석을 덧붙여주곤 했다. 대령은 작은 몸집에 밤색 머리카락, 빳빳한 콧수염을 가진 사람이었다. 그러나 대령은 으르렁거리며 연병장을 돌아다니는 듯한 태도와 군인 같은 자세로 그 모자란 키를 보완하고 있었다. 대령의 부인은 솜털 같은 머리카락에 얼굴이 아주 창백했다. 부인은 대부분의 시간을 뜨개질을 하며 보냈으며, 남편이 하는 모든 말에는 "네, 그럼요." 하고 동의를 했다. 그것은 사실 다른 사람들도 마찬가지였다. 왜냐하면 포셋 스마이스 대령은 자기 말에 누가 반대를 할 때는 얼굴이 붉으락푸르락해지면서 곧 멱살이라도 잡을 듯 대들었기 때문이다.

레이디 비미시는 훨씬 나았다. 그들 모두 가운데 레이디 비미시만이 나치가 휘두를지도 모르는 폭탄이나 탱크나 그 어떤 것도 두려워하지 않았다. 레이디 비미시는 여든이 넘은, 키가 크고 건장한 몸집의 여자였다. 하얗게 센 머리는 땋아서 뒤에서 매듭을 지어 묶었으며, 잿빛 두 눈은 냉혹하고 차갑게 빛났다. 레이디 비미시는 또한 다리를 절었기 때문에(그녀가 자기 얘기에 감명받은 이들에게 말하기를, 그건 사냥하다 생긴 사고 때문이라고 했다) 묵직한 지팡이를 짚고 걸어 다녀야 했다. 레이디 비미시는 움직이지 않을 때는 그 지팡이를 의자 옆에 세워두었다. 때문에 늘 지나다니는 사람한테 걸리적거려 사람들은 걸려 넘어지거나 정강이뼈를 되게 부딪치곤 했다. 레이디 비미시는 원래 쿰브 호텔에 앉아서 전쟁의 시기를 나는 것을 싫어했었다. 그러나 햄프셔의 고향 집이 육군에 징발되었기 때문에 쪼들리게 된 가족이 마침내 으르고 설득하여 데본에 물러앉아 있게 한 것이다.

"늙은 군마처럼 퇴출시켜 버리다니."

레이디 비미시는 늘 그렇게 투덜거리곤 했다.

레이디 비미시의 남편은 인도 문관 가운데 고급 관리였다. 그 덕분에 레이디 비미시는 그 커다란 땅, 대영제국이라는 왕관의 보석이라 부르던 땅에서 생의 많은 부분을 보냈다. 레이디 비미시는 늘 인도를 '인자'라고 부르곤 했다. 돌리는 종종 레이디 비미시에 대해 생각했다. 그녀의 배우자가 크게 의지하고, 가든파티에서 여왕처럼 행동하고, 문제가 생길 때면 해결사로 등장하곤 했을 사람이라고. 레이디 비미시가 인도풍 햇빛 가리개 모자와 실크 양산으로만 무장하고 그 냉혹한 눈빛으로 폭동을 일으킨 원주민 무리를 진정시키거나, 반란군들이 진압에 저항할 때에는 여자들을 모아 페티코트를 찢어 붕대로 쓰게 하는 모습을 상상하는 것은 어렵지 않았다.

사람들은 작은 난로 주위에 모여 돌리가 돌아오기를 기다리고 있었다. 포셋 스마이스 부인은 뜨개질을 하고 있었고, 레이디 비미시는 휴대용 탁자 위에서 카드 점을 치고 있었고, 대령은 불길에 등을 돌린 채 서서 하체를 데우며 연극에 나오는 경찰관처럼 관절염에 걸린 무릎을 굽혔다 폈다 하고 있었다.

"그게요."

돌리가 의자에 앉았다.

"무슨 일이었나요?"

레이디 비미시가 빨간 퀸 위에 검은 네이브를 올려놓으며 물었다.

"앰브로즈였어요. 결혼한답니다."

이 발표가 무릎을 굽히고 있던 대령을 불시에 습격한 셈이 되었다. 대령은 잠시 다리를 다시 펴지 못했다.

"설마 그럴 리가."

대령이 말했다.

"어머, 그런 멋진 일이."

포셋 스마이스 부인이 떨리는 목소리로 말했다.

"여잔 누구랍니까?"

레이디 비미시가 물었다.

"여잔…… 여잔, 화가의 딸이랍니다."

레이디 비미시의 입꼬리가 비틀렸다.

"화가의 딸?"

레이디 비미시의 목소리에는 못마땅한 기색이 역력했다.

"물론 유명한 화가겠지요."

포셋 스마이스 부인이 위로조로 말했다.

"여자 이름이 뭐래요?"

"어…… 페넬로프 스턴이라네요."

"페넬로프 스타인?"

대령의 귀가 좀 어두운 편이긴 했다.

"오, 맙소사. 아이고."

물론 모두 유대인을 매우 불쌍하게 생각하고 있긴 했다. 그러나 누구 아들이 유대인과 '결혼'을 한다는 건 상상도 할 수 없는 일이었다.

"스턴이에요."

"스턴이란 이름의 화가는 들어본 적이 없는데요."

대령이 마치 돌리가 자기를 속이기라도 한 것처럼 말했다.

"그리고 그 집안 사람들은 오클리 가에 집을 가지고 있대요. 그리고 앰브로즈 말이 그 여자가 내 마음에 들 거래요."

"언제 결혼한대요?"

"5월 초에요."

"가실 거예요?"

"물론 가야죠. 바실 스트리트 호텔에 전화를 해서 방을 예약해야겠어요. 어쩌면 좀 일찍 가야 할지도 모르겠네요. 가게를 돌아보고 입을 걸 좀 찾아봐야 하니까."

"결혼식을 성대하게 치른대요?"

포셋 스마이스 부인이 물었다.

"아뇨, 첼시 등기소에서 한대요."

"어머 저런."

돌리는 아들 대신에 몽둥이라도 들고 나서고 싶은 마음이었다. 그들 가운데 누구라도 자신을 가엾게 여기는 것은 견딜 수가 없었다.

"뭐, 전시잖아요. 그리고 앰브로즈는 곧 언제라도 바다로 나가야 하니까. 아마 그렇게 하는 게 가장 현실적일 거예요……. 비록 난 교회에서 검으로 아치를 만들어 세우고 하는 정말 아름다운 결혼식을 늘 꿈꾸어 왔지만. 하지만 이렇게 돼버렸네요, 뭐."

돌리는 씩씩하게 어깨를 으쓱하며 프랑스어로 덧붙였다.

"그런 게 전쟁이니까."

레이디 비미시는 다시 카드 점을 치기 시작하면서 말을 이었다.

"어디서 만난 여자래요?"

"말 안 했어요. 하지만 여군이래요."

"오, 어쨌든 그건 대단하군요."

레이디 비미시가 말하면서 돌리한테 날카롭고 의미심장한 눈길을 주었다. 돌리는 신중하게 그 눈길을 받지 않았다. 레이디 비미시는 돌리가 이제 겨우 마흔넷이라는 것을 알고 있었다. 돌리는 레이디 비미시한테 자기 몸이 약하다는 것을 길게 설명했었다. 상태가 좋아졌다 싶으면 느닷없이 덮치곤 하는 두통 증세(돌리는 이것을 편두통이라고 불렀다)가 있는 데다, 등에도 문제가 있어서 침대 정돈이라든가 다림질 같은 간단한 가사일도 제대로 하기 어렵다는 얘기. 소화용 손 펌프를 작동시킨다든가, 구급차를 몬다든가 하는 것은 물론 불가능한 일이라는 얘기. 그렇게 말했음에도 불구하고 레이디 비미시는 별로 동정하는 표정이 아니었다. 그리고 때때로 폭탄을 피해 다니는 사람들이나 자기 몫을 하지 않는 사람들에 대해 비난을 퍼붓곤 했다.

돌리는 모두를 향해 단호하게 말했다.

"앰브로즈가 택한 여자라면, 틀림없이 괜찮은 여자일 거예요."

그러면서 돌리는 한마디 덧붙였다.

"그리고 난 언제나 딸이 하나 있었으면 했어요."

그것은 사실이 아니었다. 위층 자기 방에 돌아와 아무도 보는 사람 없이 혼자 있을 수 있게 되자, 돌리는 모든 가식을 던져버리고 본모습을 드러냈다. 자기 연민과 외로움에 파묻혀, 거절당한 사랑의 질투심에 가슴이 에여, 그녀는 위안을 찾기 위해 자신의 보물 상자인 값비싸고 여성스러운 옷들로 가득 찬 옷장으로 관심을 돌렸다. 이 옷을 조금 살펴보다가 또 저 옷을 살펴보았다. 부드러운 시폰과 섬세한 모직물이 돌리의 손 밑을 스쳐 갔다. 돌리는 얇은 드레스를 꺼내 긴 거울 앞에 서서 그것을 몸에 대보았다. 돌리가 제일 좋아하는 옷이었다. 그것을 입으면 언제나 아주 예뻐진 느낌이었다. 아주 예뻐. 돌리는 거울에 비치는 자기 눈을 마주 보았다. 눈물이 고여 있었다. 앰브로즈. 나 아닌 다른 여자를 사랑하다니. 그 여자와 결혼하다니. 돌리는 드레스를 푹신한 의자에 내던지고 침대에 몸을 던져 울었다.

여름이 왔다. 런던의 공기는 과실나무 꽃과 라일락의 향기로 달콤했다. 햇빛은 보도와 지붕 꼭대기에 따뜻한 은총을 뿌리고 있었다. 높이 떠다니는 방공기구의 은빛 곡선에 햇빛이 반사되었다. 5월이었다. 더구나 금요일 정오였다. 돌리 킬링은 바실 스트리트 호텔의 위층 라운지의 열린 창문 옆 소파에 편히 앉아 아들과 아들의 약혼녀가 오기를 기다리고 있었다.

앰브로즈가 모자를 손에 들고, 군복을 입은 놀랍도록 잘생긴 모습으로 한 번에 두 계단씩 뛰어 올라오자 돌리의 마음은 기쁨으로 가득 찼다. 단지 아들을 보았기 때문만이 아니었다. 앰브로즈가 다시 돌리의 것으로 보였기 때문이다. 어쩌면 얘가 모든 걸 다 취소해 버렸다고 말하러 왔는지도 몰라. 결혼하지 않기로 했다고 말하러 왔는지도 몰라. 돌리는 애타는 마음으로 자리에서 일어나서 황급히 아들을 맞으러 갔다.

"안녕, 엄마……."

앰브로즈는 멈추어서 어머니한테 입을 맞추었다. 아들이 키가 크다는 것도 돌리의 기쁨 가운데 하나였다. 아들 곁에 서면 자신은 약하고 무력하다고 느낄 수 있기 때문이었다.

"내 아들……. 페넬로프는 어디 있니? 난 너희들이 함께 온 줄 알았는데."

"함께 왔어요. 오늘 아침에 포츠머스에서부터 차를 몰고 올라왔어요. 그런데 페넬로프가 군복을 갈아입고 싶다고 해서 오클리 가에 내려주고 이리로 온 거예요. 곧 올 거예요."

자그마한 희망은 금세 사라져 버렸다. 그러나 잠시라도 더 앰브로즈와 단둘이만 있을 수 있었다. 그리고 이렇게 둘만이 있는 게 얘기하기가 더 편했다.

"그럼 페넬로프를 기다려야겠구나. 이리와 앉아서 있었던 일들을 모두 얘기해 주렴."

돌리는 웨이터의 주의를 끌어, 자기 것으로는 셰리주를 주문하고 앰브로즈 것으로는 핑크 진을 주문했다.

"오클리 가라. 페넬로프 부모님이 거기 계시니?"

"아뇨. 안 좋은 소식이 있어요. 페넬로프 아버지가 기관지염에 걸리셨대요. 페넬로프도 어젯밤에야 그 소식을 들었어요. 페넬로프 부모님은 결혼식에 못 오실 거예요."

"페넬로프 어머니라도 오실 수 있는 것 아니냐?"

"그분은 콘월에 남아서 아버지를 돌봐야 된대요. 페넬로프 아버지는 아주 늙으셨거든요. 일흔다섯이에요. 그래서 아마 위험을 무릅쓰고 오려 하지 않는 것 같아요."

"하지만 정말 유감스럽게 된 것 같구나……. 오직 나만 달랑 결혼식에 참석하다니."

"페넬로프는 퍼트니에 사시는 고모가 있대요. 그리고 클리퍼드라는 친지들도요. 그분들이 오시겠대요. 그거면 충분해요."

마실 것이 도착했다. 돌리가 계산하기로 되어 있는 것이었다. 모자는 잔을 들어 올렸다. 앰브로즈가 말했다.

"엄마를 위해 축배를 들겠어요."

돌리가 만족스럽게 웃음을 지었다. 호텔 라운지에 있는 다른 사람들이 그들을 바라보고 있는 게 분명했다. 젊고 잘생긴 해군 장교와 어머니라기에는 너무 젊어 보이는 예쁜 여자한테 시선이 집중되어 있겠지.

"그리고 네 계획은 어떠니?"

앰브로즈가 계획을 말했다. 앰브로즈는 마침내 사격술 시험을 통과하고, 일주일 후에 함대 학교로 가, 그다음에는 바다로 파견될 예정이었다.

"하지만 신혼여행은?"

"신혼여행은 없어요. 내일 결혼하고, 오클리 가에서 하룻밤 보내고, 일요일에는 포츠머스로 돌아가요."

"그럼 페넬로프는?"

"일요일 아침에 포스케리스로 가는 기차를 태워 보낼 생각이에요."

"포스케리스? 너와 함께 포츠머스로 돌아가지 않을 거란 말이냐?"

"안 가요."

앰브로즈는 엄지손가락 손톱을 깨물며 창밖을 내다보았다. 길 아래서 뭔가 시선을 끄는 일이 곧 벌어지기라도 할 것처럼. 그러나 그런 일은 없었다.

"페넬로프는 휴가를 좀 냈어요."

"저런. 너희들이 함께 보낼 수 있는 시간이 그렇게 적다니."

"어쩔 수 없어요."

"그래, 어쩔 수 없을 것 같구나."

돌리는 셰리주 잔을 내려놓으려고 고개를 돌리다가 한 처녀가 층계 위로 올라와 서 있는 것을 보았다. 처녀는 머뭇거리며 누군가를 찾는 듯 주위를 둘러보고 있었다. 아주 키가 큰 처녀였다. 길고 검은 머리는 이마 위로 빗어 넘기고 있었다. 학생 같은 머리였다. 손질도 안 한 수수한 머리였다. 크림색 피부에 깊이 들어앉은 검은 눈의 얼굴은 전혀 꾸미지 않았기 때문에 오히려 눈에 띄었다. 분을 바르지 않은 맑은 피부, 창백한 입술, 다듬지 않아 자연스럽고 힘차게 뻗은 짙은 눈썹. 처녀는 이 더운 날에 런던 호텔의 정식 오찬이 아니라, 교외로 나가 보내는 휴가에나 어울릴 만한 옷을 입고 있었다. 하얀 물

371

방울무늬가 있는 짙은 빨간색 면 드레스에다 가는 허리에 하얀 벨트를 맨 차림이었다. 발에는 하얀 샌들을 신고 있었다. 그리고 돌리는 제대로 봤나 확인하기 위해 다시 보아야 했다. 그래, 맨다리였다. 도대체 저 처녀가 누굴까? 그리고 왜 저런 모습으로 나타난 것일까? 그리고 아니, 우리 쪽으로 오다니? 그리고 웃음을 지으면서……?

오, 맙소사.

앰브로즈가 일어섰다.

"엄마, 페넬로프예요."

돌리는 입을 떡 벌리지 않을 수 없었다. 아래턱이 밑으로 빠질 것 같았지만 다시 간신히 제자리로 돌리고, 딱딱한 표정을 환한 웃음으로 바꾸었다. 맨다리라니, 장갑도 안 끼고. 핸드백도 안 들고, 모자도 안 쓰고. 맨다리라니. 돌리는 식당에서 웨이터가 그들을 받아줄까 걱정스러웠다.

두 여자는 악수를 했다. 앰브로즈는 의자를 하나 더 갖다 놓고 웨이터를 부르느라 바빴다. 페넬로프는 창의 환한 빛 속에 앉아 눈을 깜빡이지도 않고 정면으로 돌리를 마주 보는 바람에 돌리는 당황했다. 나를 똑바로 보다니. 돌리는 속으로 중얼거렸다. 분노가 부글부글 끓는 것을 느낄 수 있었다. 장래 시어머니를 똑바로 쳐다보면서 내 심장을 이렇게 짜증 나도록 파닥거리게 할 권리가 어디 있어. 돌리가 기대했던 것은 젊음, 수줍음, 심지어 자신 없음이었다. 분명 이건 아니었다.

"만나게 되어서 반가워요……. 포츠머스에서 여기까지 오랫동안 차를 타고 왔다면서. 그래, 앰브로즈가 나한테 얘기를 해주고 있었어요……."

"페넬로프, 뭐 마시고 싶어?"

앰브로즈가 물었다.

"오렌지나 뭐 그런 거요. 그리고 얼음 있으면 얼음도."

"셰리주가 아니고? 와인도 아니고?"

돌리는 여전히 당황함을 감추려고 웃음을 지으며 페넬로프의 대답을 유도해 내려 했다.

"아뇨, 덥고 목말라요. 그냥 오렌지로 주세요."

"그래, 식사 때 와인 한 병을 주문해 놓았으니까, 뭐. 그때 축배를 들 수 있겠지."

"고맙습니다."

"부모님이 내일 오실 수 없게 됐다니 안됐어요."

"네. 그러게 말이에요. 하지만 아빠가 감기에 걸려 잠을 못 자고 숨도 씨근대기 시작한걸요. 의사가 일주일 동안 누워 있으라고 했어요."

"아버님을 돌봐줄 다른 사람은 없는가 보지?"

"소피 말고 다른 사람 말씀이세요?"

"소피?"

"저희 어머니요. 전 소피라고 불러요."

"아, 알겠어요. 그래요. 아버님을 돌봐줄 다른 사람은 없나?"

"피난민인 도리스밖에 없어요. 하지만 도리스도 자기 두 아들한테서 눈을 뗄 수가 없어요. 게다가 아빠는 아주 못된 환자예요. 도리스로는 절대 감당 안 되죠."

돌리는 손으로 약간 몸짓을 했다.

"다른 사람들과 마찬가지로 그쪽도 지금은 하인이 없나 보군."

"우린 늘 없었어요. 아, 고마워요, 앰브로즈, 아주 좋아요."

페넬로프는 앰브로즈의 손에서 잔을 받아 들더니 단번에 반을 마셔 버리고는 잔을 탁자 위에 놓았다.

"늘 없었다고? 집에 도와줄 사람이 한 번도 없었단 말인가?"

"네, 하인은 없었어요. 함께 있는 사람들이 도와주긴 했지만, 하인은 한 번도 없었어요."

"그럼 누가 요리를 하나?"

"소피가요. 요리하길 좋아해요. 프랑스 사람이거든요. 음식 솜씨가 아주 좋아요."

"그럼 집안일은?"

페넬로프는 약간 난처한 듯했다. 마치 한 번도 집안일에 대해서는 생각도 안 해본 사람처럼.

"모르겠어요. 어떻게 되던데요. 늦건 빠르건."

"그래?"

돌리는 이쯤에서 자신에게 약간의 속되고 사교적인 웃음을 허용했다.

"아주 흥미롭게 들리네요. 보헤미안 같달까. 하루빨리 부모님을 만나 뵙는 즐거움을 누릴 수 있기를 바라요. 자, 이제 내일 이야기를 할까. 내일 결혼식에서는 뭘 입을 거죠?"

"모르겠어요."

"모른다고?"

"생각해 본 적이 없어요. 뭐가 있겠죠."

"하지만 쇼핑을 해야지!"

"어머, 아녜요. 쇼핑은 안 할 거예요. 오클리 가에는 옷이 산더미예요. 뭔가 찾아볼 수 있을 거예요."

"뭔가 찾아본다고……."

페넬로프는 웃음을 터뜨렸다.

"죄송하지만 전 옷에 대한 취미가 있는 사람이 아니에요. 우리 식구 모두가 그래요. 그리고 우린 뭘 버리지도 않죠. 소피는 오클리 가에 예쁜 옷들을 좀 챙겨 두었어요. 오늘 오후에 엘리자베스 클리퍼드와 재미있는 보물찾기 놀이를 할 생각이에요."

페넬로프는 앰브로즈를 보며 말을 이었다.

"너무 걱정하지 말아요, 앰브로즈. 실망시키지 않을게요."

앰브로즈는 기운 없이 웃음을 지었다. 돌리는 속으로 내 아들이 참 불쌍하게 됐구나, 하고 중얼거렸다. 아들 녀석이 어디선가 만나 결혼하기로 작정한 이 특이한 처녀 사이에는 한 번의 사랑의 눈길도, 한 번의 부드러운 손길도, 한 번의 가벼운 입맞춤도 오가지 않는구나. 이 아이들이 사랑을 하는 걸까? 도대체 서로 사랑한다고 하면서 이렇게 무심하게 행동할 수 있는 걸까? 이 처녀한테 홀딱 빠져 있는 것도 아니면서 왜 결혼하려 하는 걸까? 왜 결혼하려 하는 걸까……?

돌리의 생각은 이리저리 탐색하고 돌아다니다가 계속 너무 끔찍한 가능성과 마주치고는 재빨리 돌아서서 꼬리를 감추었다.

그러다가 그 가능성은 조심스럽게 다시 고개를 쳐들곤 했다.

"앰브로즈가 그러는데, 일요일에 집으로 간다며?"

"네."

"휴가를 받아서."

앰브로즈는 페넬로프를 계속 바라보며 페넬로프의 눈길을 잡으려 했다. 돌리도 그것을 눈치채고 있었다. 그러나 페넬로프는 눈치채지 못하는 것 같았다. 페넬로프는 그저 차분하고 침착하게 앉아 있을 뿐이었다.

"네, 한 달간요."

"그 후엔 웨일 아일랜드에 가 있을 건가?"

앰브로즈는 손을 휘젓기 시작했다. 마침내 달리 어쩔 수 없다는 듯이 그 손으로 자기 입을 쥐고 말았다.

"아뇨, 전 제대할 거예요."

앰브로즈는 커다란 소리를 내며 한숨을 쉬었다.

"완전히?"

"네."

"보통 그렇게 하나?"

돌리는 의기양양했다. 아직도 웃음은 짓고 있었지만, 목소리는 얼음처럼 차가웠다.

페넬로프도 웃음을 지으며 말했다.

"아뇨."

앰브로즈는 상황이 더 나빠질 수 없다고 생각했던지 자리에서 벌떡 일어섰다.

"가서 뭘 좀 먹죠, 배고파요."

돌리는 차분하게 천천히 마음을 가라앉히고, 핸드백과 하얀 장갑을 들었다. 일어서면서 돌리는 앰브로즈의 미래 아내를 내려다보았

다. 검은 눈과 장식 술 같은 머리카락, 그리고 무심한 우아함을 지닌
모습을.

돌리가 말했다.

"식당에서 페넬로프가 입장하는 걸 허용할지 모르겠는걸. 스타킹
도 안 신은 것 같으니 말이야."

"아, 제발요…… 알아차리지도 못할 텐데요, 뭐."

앰브로즈의 목소리에는 화와 짜증이 섞여 있었다. 그러나 돌리는
웃음을 지었다. 앰브로즈의 분노가 자신이 아니라 페넬로프를 향해
있다는 것을 알았기 때문이었고, 그게 자신이 비밀을 밝혀냈기 때문
이라는 것을 알았기 때문이었다.

저 애는 임신했어. 돌리는 라운지를 가로질러 식당 쪽으로 향하면
서 속으로 중얼거렸다. 덫을 놓고 앰브로즈를 잡은 것이다. 앰브로즈
는 저 애를 사랑하지 않아. 여자애가 앰브로즈한테 결혼을 강요하고
있는 거야.

점심 후 돌리는 양해를 구했다. 위층에 올라가 잠시 누워 있을 생
각이었다. 두통이 좀 나서 그래. 돌리가 페넬로프한테 이유를 설명했
다. 목소리에 비난조를 미세하게 드러날 만큼만 담고서. 난 조심해야
해. 조금이라도 흥분했다간…… 페넬로프는 좀 어안이 벙벙한 것 같
았다. 점심 식사 중에 흥분될 만한 일이 전혀 없었기 때문이다. 그러
나 페넬로프는 잘 알겠다고, 그럼 내일 혼인 등기소에서 뵙겠다고 말
했다. 그리고 맛있는 점심이었고, 매우 고마웠다는 말도 덧붙였다. 돌
리는 낡은 승강기 안으로 들어가 새장에 갇힌 새처럼 위로 올라갔다.

페넬로프와 앰브로즈는 돌리가 가는 것을 지켜보았다. 앰브로즈

는 돌리가 충분히 멀어졌다고 생각했을 때 페넬로프를 향해 말했다.

"도대체 왜 그런 얘길 엄마한테 한 거야?"

"뭐요? 내가 임신했다는 거요? 난 말하지 않았어요. 당신 어머니가 추측한 거지."

"추측하게 할 필요도 없었잖아."

"조만간 알게 될 텐데요, 뭐. 지금 알면 안 되나요?"

"왜냐하면…… 그래, 그런 일은 엄마를 화나게 한단 말이야."

"그래서 두통을 느끼신 거예요?"

"그럼, 물론 그래서 그런 거지."

앰브로즈는 아래층으로 내려가며 말을 이었다.

"첫걸음부터 잘못 나가는 거잖아."

"그럼 미안해요. 하지만 솔직히 말해 무슨 차이가 있는지 모르겠어요. 그게 왜 당신 어머니한테 문제가 돼요? 우린 결혼해요. 우리 말고 다른 사람이 무슨 상관이에요?"

앰브로즈는 그 말에 대해서는 아무런 대답도 할 수 없었다. 이 여자가 이렇게 무디다면 설명하는 것도 불가능한 일이야. 그들은 말없이 따뜻한 햇살 속으로 나와서 거리를 따라 걷다가 차를 주차해 놓은 곳으로 갔다. 페넬로프가 앰브로즈의 팔에 손을 얹었다. 페넬로프는 웃음을 짓고 있었다.

"오, 앰브로즈, 정말 화내는 건 아니죠? 당신 어머니는 곧 극복해낼 거예요. '다리 밑으로 흘러가는 물이다.' 아빠는 늘 그렇게 말씀하세요. 한 아흐레 이상하게 생각하시다(영국 속담, 곧 잊히는 소문을 가리킴 _ 옮긴이), 곧 잊으실 거예요. 게다가 일단 아기가 태어나면 당신 어머니도 기뻐하실 텐데요, 뭐. 여자들은 모두 첫 손주를 고대하다가 첫 손주한테 사랑에 빠지거든요."

그러나 앰브로즈는 페넬로프만큼 자신이 없었다. 그들은 좀 속도를 내서 파빌리온 로드를 따라 내려가다가, 킹스로드를 타고 이어 오클리 가로 접어들었다. 앰브로즈가 집 앞에 차를 세우자, 페넬로프가 말했다.

"들어올래요? 들어와서 엘리자베스를 만나 봐요. 마음에 들 거예요."

그러나 앰브로즈는 거절했다. 다른 일이 있다고 하면서 내일 보자고 했다.

"좋아요."

페넬로프는 차분하게 대답하고 고집을 부리지 않았다. 페넬로프는 입을 맞추고 차에서 내려 문을 쾅 닫았다.

"이제부터 가서 결혼식 때 입을 드레스를 찾아볼게요."

앰브로즈는 머뭇거리다 싱긋 웃었다. 차에 탄 채 페넬로프가 계단을 달려 올라가 정문으로 들어가는 모습을 지켜보았다. 페넬로프는 손을 흔들더니 사라져 버렸다.

앰브로즈는 차에 기어를 넣고 U턴을 하여 왔던 길을 빠른 속도로 되짚어갔다. 앰브로즈는 나이츠브리지를 건너 정문을 통과해 공원 안으로 들어갔다. 매우 따뜻한 날씨였지만 나무 밑은 선선했다. 앰브로즈는 차를 세우고 좀 걷다가 앉을 곳을 발견하고는 주저앉았다. 나무들이 산들바람에 바스락거리는 소리를 냈다. 공원은 유쾌한 여름 소리로 가득했다. 아이들의 목소리, 새소리, 그리고 끊이지 않고 웅웅거리는 런던의 차 소리가 배경음악 역할을 하고 있었다.

앰브로즈는 우울했다. 모두 다 잘된 거라고, 별문제 아니라고 페넬로프는 말하지. 임신 때문에 부득이하게 하는 결혼이라는 것에 엄마도 적응하게 될 거라고. 그래, 이게 임신 때문에 마지못해 하는 결혼이지 뭐야? 하지만 앰브로즈는 엄마가 결코 잊지도 않고, 아마 결코 용서하지도 않을 것임을 잘 알고 있었다. 스턴 집안 사람들이 내일 결혼식에 오지 못한다는 것도 아주 불행한 일이었다. 그들이 와서 그런 자유로운 관점과 보헤미안적인 태도를 보여주면, 좀 균형을 이룰 수도 있을 텐데. 엄마가 그들과 같은 사고방식을 택하지는 못한다 하더라도, 적어도 다른 관점도 있다는 것을 깨달을 수는 있을 텐데.

페넬로프의 말에 따르면, 그쪽 부모는 아기에 대해 전혀 걱정하지 않는다고 하니까. 아니 오히려 정반대라고 하니까—기대감을 가지고 있다고 하니까. 그리고 자기 딸을 통해, 내가 페넬로프를 임신하게 했다 해서 꼭 결혼을 해야 할 필요는 없다는 점을 분명히 했으니까.

자신이 아버지가 될 거라는 말을 들었을 때 앰브로즈는 발아래 땅이 꺼지는 줄 알았다. 그런 충격이 없었다. 앰브로즈는 동요했으며, 겁을 집어먹었으며, 동시에 격분했다. 그 고전적인 무서운 덫에 걸려들고만 자신에 대해서 격분했다. 또 자신을 그런 덫으로 끌어들인 페넬로프에 대해 격분했다. 그때 오클리 가에서 앰브로즈는 분명히 페넬로프한테 '괜찮아?' 하고 물었었다. 그리고 페넬로프는 '아, 웅, 괜찮아요.' 하고 대답했었다. 그리고 그 뜨거운 순간에, 이런저런 것 때문에 다시 확인할 시간은 없었다.

어쨌든 그럼에도 불구하고 페넬로프는 아주 착했다.

"우리가 꼭 결혼할 필요는 없어요, 앰브로즈."

페넬로프가 앰브로즈를 안심시키고는 말을 이었다.

"꼭 그래야 한다고 생각하지 말아요."

그리고 페넬로프는 임신 문제에 대해서도 아주 차분하고 전혀 문제없다는 태도를 유지했기 때문에 앰브로즈는 재빨리 뒤를 돌이켜 보고는 동전의 뒷면이 갖고 있을 가능성에 대해서도 생각해 보았다.

다행히도 앰브로즈는 그렇게 궁지에 빠진 게 아니었다. 여자를 임신시켰을 경우 사태가 이보다 훨씬 심각해질 수도 있었으나, 이 경우는 그렇지 않았다. 페넬로프는 자기 나름의 이상한 방식으로 아름다웠다. 그리고 교육도 잘 받은 여자였다. 포츠머스 술집에서 얻어걸린 평범한 여자가 아니라, 관습적이지는 않다 하더라도 유복한 부모의 딸이었다. 더욱이 부모들은 재산깨나 있었다. 오클리 가에 있는 그 부러운 집은 그냥 코웃음 쳐 넘길 물건이 아니었다. 게다가 콘월에 있는 집은 분명 보너스라고 할 수 있었다. 앰브로즈는 멋진 배를 타고 헬포드 강을 항해하는 자신의 모습을 상상했다. 그리고 언제나 맨 끝에는 그 4.5리터짜리 벤틀리를 물려받을 가능성이 있었다.

아냐. 난 옳은 일을 한 거야. 엄마가 페넬로프가 임신했다는 사실을 알고 딸꾹질하는 것만 끝내면 모든 게 다 잘될 거야. 게다가 전쟁이 계속되고 있었다. 언제라도 쾅 하고 터져 오랫동안 지속될 수 있었다. 그럼 서로 자주 볼 수도 없을 거고, 어쩌면 전쟁이 끝날 때까지는 함께 살 수도 없을 것이다. 앰브로즈는 자기가 살아남을 거라는 점에 대해서는 의심하지 않았다. 앰브로즈는 상상력이 풍부한 사람이 아니었기 때문에 엔진실 폭발이나 익사나, 대서양의 겨울 바다에서 얼어 죽는 것과 같은 악몽 때문에 괴로워지지는 않았다. 그리고 전쟁이 끝날 때면, 아마 나도 어디엔가 안정하고 싶다는 생각이 들 것이고, 가장의 역할을 맡고 싶은 기분도 들게 될 거야.

앰브로즈는 의자에서 몸을 뒤척였다. 의자 등받이는 딱딱했고 아주 불편했다. 그때 처음으로 앰브로즈는 몇 야드 떨어진 풀밭 위에 두 연인이 엉킨 채 누워 있는 것을 보았다. 순간 좋은 생각이 떠올랐다. 앰브로즈는 의자에서 일어나 차로 돌아가 공원을 빠져나왔다. 앰브로즈는 마블 아치를 돌아 바이즈워터의 조용한 거리로 들어섰다. 앰브로즈는 작게 휘파람을 불고 있었다.

난 샴페인을 마셔도 흥분하지 않는다네.
그저 알코올만으로는 절대 나를 흥분시킬 수 없지.
그러니 말해 주게, 왜 그런 것인지…….

우뚝하고 당당한 집 바깥 보도 가장자리에 차를 세운 앰브로즈는 꽃으로 가득한 곳을 지나 지하실로 통하는 계단에 이르렀다. 앰브로즈는 노란 현관의 벨을 눌렀다. 물론 있을 거라고 자신하고 온 건 아니었다. 그러나 오후 4시 무렵이면 여자는 대체로 집에 있었다. 낮잠을 자거나 부엌에서 빈둥거리거나 아니면 아무 일도 하지 않았다. 운이 좋았다. 여자는 헝클어진 금발에 동그랗고 풍만한 젖가슴 위로 레이스가 달린 네글리제를 대충 걸치고 문간에 나왔다. 앤지. 앰브로즈가 열일곱 때 그를 숫총각의 스트레스에서 상냥하게 구제해준 여자였으며, 그 이후로 괴로울 때마다 도피처로 삼아오던 여자였다.

"오, 앰브로즈!"

앤지의 얼굴이 기쁨으로 확 밝아졌다.

앰브로즈만큼 앤지가 환영하는 남자는 없었다.

"안녕, 앤지."

"이게 얼마 만이야. 난 지금쯤 네가 바다 위를 떠다니고 있는 줄 알았는데."

앤지는 통통하고 엄마 같은 팔을 내밀며 말을 이었다.

"문간에 서 있지 말고 들어와."

"고마워."

앰브로즈는 들어갔다.

페넬로프가 오클리 가의 현관을 열자 엘리자베스 클리퍼드가 난간 위로 몸을 기대며 페넬로프의 이름을 불렀다. 페넬로프는 2층으로 올라갔다.

"어떻게 됐어?"

"별로 좋진 못했어요."

페넬로프가 싱긋 웃으며 말을 이었다.

"앰브로즈 어머닌 최악이었어요. 모자니 장갑이니 하는 것들을 두르고 와서는 내가 스타킹을 안 신었다고 화를 냈어요. 내가 스타킹을 안 신어 식당에 못 들어갈지도 모른다고 했지만, 당연히 들어갔죠."

"네가 아이를 가졌다는 걸 눈치챘나?"

"네. 말은 안 했지만, 갑자기 눈치챈 것 같아요. 어떻게 된 건지 저도 몰라요. 하지만 훨씬 낫지요, 뭐. 앰브로즈는 화가 났지만 앰브로즈 어머니가 알고 있는 게 나아요."

"나도 그럴 것 같구나."

엘리자베스가 말했다. 그러나 마음속으로는 그 불쌍한 여자가 안됐다고 생각하고 있었다. 젊은 사람들은, 심지어 페넬로프조차도, 남의 감정을 전혀 알아차리지도 공감하지도 못하는 수가 왕왕 있었다.

"차나 한잔 마시겠어?"

"나중에요. 한잔 마시고 싶지만, 내일 입을 옷을 좀 찾아야 해요. 꼭 좀 도와주세요."

"이제까지 낡은 트렁크를 뒤지고 있었는데."

엘리자베스는 페넬로프를 이끌고 자기 방으로 들어갔다. 피터와 함께 쓰는 거대한 더블베드 위에 갖가지 구겨지고 헝클어진 옷가지들이 잔뜩 쌓여 있었다.

"이게 괜찮지 않아? 헐링엄에 갈 때 산 건데……. 아마 1921년이었지. 피터가 크리켓을 하던 때였으니까."

엘리자베스는 옷더미 위에서 드레스를 하나 꺼냈다. 고운 크림색 리넨으로, 허리가 길고 별다른 모양 없이 감침질을 한 드레스였다.

"좀 지저분하지. 하지만 빨아서 다리미질을 해 내일까지는 준비해 놓을 수 있어. 게다가 여기 어울리는 신발도 있어―이 다이아몬드를 박은 버클이 예쁘지 않니……. 그리고 크림색 실크 스타킹도."

페넬로프는 드레스를 들고 거울로 가 몸에 대 보았다. 눈을 반쯤 감고 옷을 입은 느낌을 재보기 위해 고개를 이리저리 돌려 보았다.

"아주 예쁜 색깔이에요, 엘리자베스. 정말 이걸 빌려도 돼요?"

"그럼."

"모자는 어때요? 모자를 써야 할 것 같아요. 아니면 머리를 말아 올리거나 해야 할 거예요."

"페티코트도 찾아봐야겠어. 옷감이 투명할 정도로 섬세해서 다리가 비쳐 보일 거야."

"다리가 보이면 안 돼요. 돌리 킬링이 발작을 일으킬 거예요."

둘은 웃음을 터뜨리기 시작했다. 웃으면서 페넬로프는 빨간 면 드레스를 벗고 옅은 빛깔의 리넨 드레스를 머리에 뒤집어썼다. 갑자기 마음이 한결 가벼워졌다. 돌리 킬링이 골칫거리였지만, 앰브로즈와 결혼하는 거지 그의 어머니와 결혼하는 게 아니지 않은가. 그러니 그 부인이 날 어떻게 생각하든 그게 무슨 상관이야?

햇살이 찬란했다. 하늘은 파랬다. 돌리 킬링은 11시에 일어나 침대에서 아침을 먹었다. 두통이 완전히 사라지진 않았지만, 많이 가라앉아 있었다. 킬링 부인은 목욕을 하고 머리를 매만진 다음에 얼굴에 화장을 했다. 오랜 시간이 걸렸다. 젊고도 완벽하게 보여서 신부를 포함한 다른 모든 사람을 그늘 속에 묻어버리고 싶었기 때문이다. 마지막 속눈썹을 제자리로 잡아당긴 다음에 킬링 부인은 일어서서 얇은 가운을 벗어 던지고 화려한 옷을 입었다. 라일락 빛깔 실크 드레스와 똑같은 소재로 만든 하늘하늘한 외투였다. 거기에 고운 밀짚으로 만든 헤일로 모자를 써서 얼굴을 가렸다. 모자에는 라일락 빛깔 그로그랭 리본이 묶여 있었다. 그리고 굽이 높고 발가락 끝이 보이는 신발, 길고 하얀 장갑, 하얀 새끼 염소 가죽 핸드백. 거울에 비친 그 완벽한 모습은 돌리 킬링을 안심시키고 사기를 높여주었다. 앰브로즈도 날 자랑스러워할 거야. 돌리 킬링은 마지막으로 아스피린 두 알을 먹고 우비강 향수를 흠뻑 바른 다음 아래층으로 내려가 라운지로 향했다.

앰브로즈는 돌리 킬링을 기다리고 있었다. 가장 좋은 군복을 입어 아주 매혹적인 모습이었다. 그리고 고급 이발소에서 방금 나온 것처럼 좋은 냄새가 났다. 사실이 그랬다. 앰브로즈 옆의 탁자에는 빈 잔이 놓여 있었다. 돌리는 앰브로즈한테 입을 맞추면서 그의 숨결에서 브랜디 냄새를 맡았다. 돌리는 아들 때문에 가슴이 쓰렸다. 이 애는 이제 스물하나밖에 안 되었으니 긴장할 만도 하지.

그들은 아래층으로 내려가 택시를 타고 킹스로드로 향했다. 차를 타고 가면서 돌리는 하얀 장갑을 낀 작은 손으로 앰브로즈의 손을 꼭 잡고 있었다. 서로 아무 말도 하지 않았다. 말은 소용이 없었다. 난 앰브로즈한테 좋은 엄마였어. 어떤 여자도 그 이상은 할 수 없을 거야. 그리고 페넬로프에 대해서는…… 그래, 어떤 일들은 차라리 말을 안 하는 게 낫지.

택시가 첼시 시청의 위압적인 건물 앞에 멈추어 섰다. 그들은 따뜻하고 산들바람이 부는 보도로 내려섰다. 앰브로즈가 차비를 냈다. 그러는 동안에 돌리는 다시 옷차림을 매만졌다. 스커트를 매만지고 모자를 움직여 날아가지 않도록 조정하고 그런 다음에 주위를 둘러보았다. 몇 야드 떨어진 곳에서 다른 사람이 기다리고 있었다. 눈에 금방 띄는 작은 몸집의 사람이었다. 돌리보다도 더 작았다. 돌리가 본 중에 가장 가는 다리에 검은 실크 스타킹을 신고 있었다. 둘의 눈이 마주쳤다. 돌리는 당황하여 눈길을 돌렸다. 그러나 이미 늦었다. 이미 상대방 여자가 기대감에 가득 찬 밝은 표정으로 돌리를 향해 다가

오고 있었다. 여자는 쇠붙이 고정용 공구처럼 돌리의 손목을 움켜쥐며 말했다.

"틀림없이 킬링 모자시군요. 알아봤어요. 처음 보는 순간부터 알아봤지요."

돌리는 미치광이한테 공격을 당했다고 생각하고 숨을 헐떡였다. 앰브로즈도 택시에서 고개를 돌리다 자기 어머니처럼 주춤했다.

"죄송합니다만, 난—"

"난 에델 스턴이에요. 로런스 스턴의 누이지요."

여자는 매듭단추와 장식이 많이 달린, 아이들 몸에나 맞을 것 같이 작은 주홍색 재킷을 입고 있었다. 머리에는 파도가 이는 것처럼 커다란 벨벳 흑두건 같은 모자를 쓰고 있었다.

"자네한테는 에델 고모가 되겠군, 젊은이."

에델은 돌리의 팔을 놓고 앰브로즈 쪽으로 손을 내밀었다. 앰브로즈가 즉각 그 손을 잡지 않자, 에델 고모의 주름진 얼굴 위로 끔찍한 불안감이 스쳐 갔다.

"설마 내가 잘못 본 건 아니겠지요?"

"아니, 아니에요. 물론 아닙니다."

앰브로즈는 약간 얼굴을 붉혔다. 갑작스러운 만남과 에델의 이국적인 외모에 당황했기 때문이다.

"처음 뵙겠습니다. 전 앰브로즈입니다. 이쪽은 제 어머니 돌리 킬링이세요."

"내가 잘못 봤을 리 없지. 몇 시간이나 기다리고 있었다우."

에델은 계속 수다스럽게 말을 이어나갔다. 에델의 머리는 짙은 빨간색으로 염색되어 있었다. 불그죽죽한 얼굴 화장은 마치 눈을 감고 한 듯 대충 대충이었다. 거기에 또 검은 눈썹은 전혀 어울리지 않았다. 짙은 립스틱도 이미 입 주위의 주름진 살갗으로 스며들고 있었다.

"난 대체로 모든 일에 늦는다우. 그래서 오늘은 아주 큰 노력을 했지. 물론 너무 일찍 나오고 말았지만."

갑자기 에델의 표정이 아주 비극적으로 바뀌었다. 그녀는 마치 작은 어릿광대 같았다. 거리의 풍금 연주자가 데리고 다니는 원숭이 같았다.

"맙소사, 로런스는 너무 불쌍하지 않아요? 가엾기도 하지, 얼마나 실망이 크겠어요."

"네."

돌리가 희미한 목소리로 말을 이었다.

"우리도 그분을 만나기를 고대하고 있었는데요."

"늘 런던으로 여행하는 걸 좋아했는데. 뭣이든 핑계를 대고 올 수 있으련만……."

이 지점에서 에델이 날카롭고 새된 소리를 내는 바람에 돌리는 깜짝 놀랐다. 에델은 공중에 팔을 휘젓고 있었다. 돌리는 반대편에서 택시가 오는 것을 보았다. 그 택시에서 페넬로프와 아마 클리퍼드 부부일 것 같은 사람들이 내렸다. 모두 웃음을 터뜨리고 있었다. 페넬로프는 완전히 긴장이 풀려 태평해 보였다.

"안녕! 모두 모였군요. 딱 맞춰서들 오셨네요. 에델 고모. 이렇게 와주셔서 정말 기뻐요…… 앰브로즈, 안녕."

페넬로프는 앰브로즈에게 가볍게 입을 맞춘 다음 말을 이었다.

"클리퍼드 부부를 한 번도 못 만나 봤죠? 클리퍼드 교수님과 그 부인이에요. 피터와 엘리자베스죠. 그리고 여기는 앰브로즈의 어머니……."

모두들 즐거운 얼굴로 악수를 하며 '처음 뵙겠습니다'를 연발했다. 돌리는 웃음을 지으며 고개를 끄덕였다. 매력적인 모습이었다. 그러나 눈은 바빴다. 침을 쏘듯 얼굴들 하나하나를 쏘아 보며 하나도 놓치지 않고, 늘 그러듯이 즉각적인 평가를 내리고 있었다.

페넬로프는 차려입은 것이 값비싼 드레스인가 싶게 황홀하게 아름다웠다. 놀랍도록 멋지고 눈에 확 띄는 자태였다. 그녀는 키가 아주 크고 늘씬했다. 집안의 가보인 듯한 그 길고 느슨한 크림색 드레스는 오로지 부드러운 우아함을 더욱 강조해 주고 있을 뿐이었다. 페넬로프의 머리는 목덜미에서 느슨하게 매듭을 묶어놓고 있었다. 그리고 데이지꽃을 두른 커다랗고 진한 녹색 밀짚모자를 쓰고 있었다.

반면 클리퍼드 부인은 은퇴한 가정교사 같은 모습이었다. 아주 똑똑하고 명석한 사람 같았다. 그러나 복장은 초라했다. 교수는 약간 나아 보였다(그러나 당시에는 남자가 옷을 잘 입는 게 늘 더 쉬웠다). 교수는 짙은 회색에 흰 줄무늬 플란넬 양복에 파란 셔츠를 입고 있었다. 키가 크고 말랐으며 볼이 움푹해, 꼭 수도승처럼 보였다. 학자풍의 매력을 풍기는 모습이었다. 교수가 매력적이라고 생각한 사람은 돌리만이 아니었다. 돌리는 곁눈으로 에델 고모가 교수한테 인사를 하며 포옹을 하고, 그의 목에 매달려 뮤지컬 코미디의 바람둥이 여자처럼 공중에서 발을 동동 구르는 모습을 훔쳐보았다. 돌리는 에델 고모가 좀 미친 게 아닌가 생각하면서, 그게 가족 내력이 아니기를 바랐다.

마침내 앰브로즈가 사람들을 정돈했다. 빨리 들어가지 않으면 자리를 차지할 수 없을 거라고 말했던 것이다. 에델 고모가 모자를 눌러 쓰자, 그들은 결혼식을 위해 안으로 대열을 지어 들어갔다. 결혼식은 거의 시간이 걸리지 않았다. 돌리가 가장자리를 레이스로 두른 손수건으로 눈을 두드릴 새도 없이 끝나고 말았다. 그런 다음에는 또 모두 대열을 지어 나와 리츠로 옮겨 갔다. 피터 클리퍼드는 콘월에서 온 지침에 따라 그곳에 점심 식사할 자리를 예약해 놓았다.

상황을 좋게 만드는 데 있어 세련된 주최자가 나누어주는 맛있는 음식과 풍부한 샴페인만큼 좋은 것은 없다. 모두들, 심지어 돌리마저도 긴장을 풀기 시작했다. 비록 에델 고모가 식사 도중 내내 줄담배를 피워대고, 진위가 의심스러운 일화들을 수도 없이 늘어놓고, 자기 이야기가 절정에 이르기도 전에 미리 비명을 지르듯 웃어대긴 했지만. 교수는 매력적이고 주의 깊었기 때문에 돌리의 모자가 마음에 든다고 말해 주었다. 클리퍼드 부인은 정말로 쿰브 호텔에서의 생활에 관심이 있는 것 같았으며, 거기 사는 모든 사람들의 이야기를 듣고 싶어 했다. 돌리는 레이디 비미시의 이름을 한 번 이상 거론하며 그 이야기를 해주었다. 페넬로프는 진한 녹색 모자를 벗어 의자 위에 놓아두었다. 신랑 앰브로즈가 일어나 페넬로프를 아내로 삼는다는 연설을 하자 모두 환호를 보냈다. 대체로 괜찮은 파티였다. 파티가 끝날 때쯤 되자 돌리도 평생 사귈 친구들을 얻은 것 같은 기분이었다.

그러나 암만 좋은 것이라도 끝이 있는 법. 마침내 모두 머뭇거리며 자기 소지품을 챙겨 금박을 한 의자를 뒤로 밀치고 일어나 각자 목적지로 가야 할 때가 왔다―돌리는 바실 스트리트로, 클리퍼드 부부는 앨버트 홀에서 열리는 이른 저녁 콘서트로. 에델 고모는 퍼트니로, 그리고 신혼부부는 오클리 가로.

페넬로프와 시어머니의 관계를 영원히 운명 지을 사건이 일어난 것은 그들이 약간 취한 기분으로 현관에 나와 타고 갈 택시를 기다리던 때였다. 돌리는 샴페인 기분도 있고 해서 좀 감상적으로 되고 관대해져서 페넬로프의 손을 잡고 올려다보며 말했다.

"애야, 이제 넌 앰브로즈의 아내가 되었으니 나를 마저리라고 불러주면 좋겠구나."

페넬로프는 약간 놀라 눈을 깜빡거렸다. 이름이 돌리라는 것을 뻔히 알고 있는데 시어머니를 마저리라고 부르는 게 웃기는 일 같았다. 그러나 뭐 그게 시어머니가 원하는 거라면…….

"고마워요. 당연히 그렇게 하겠어요."

페넬로프는 허리를 굽혀 앞으로 우아하게 내민 그 부드럽고 향기로운 뺨에 입을 맞추었다.

그리고 일 년 동안 페넬로프는 시어머니를 마저리라고 불렀다. 생일 선물을 받고 감사 편지를 쓸 때도 "사랑하는 마저리……" 하고 시작을 했다. 앰브로즈 소식을 전하기 위해 쿰브 호텔로 전화를 할 때도 "아, 마저리, 저 페넬로프예요." 하고 말했다.

그러나 오랜 시간이 흐른 뒤, 이미 상황을 바꾸기에는 너무 늦었을 때, 페넬로프는 돌리가 리츠의 현관에서 한 말이 사실은 이렇다는 것을 깨달았다.

"애야, 마드레(스페인어로 '어머니'를 뜻함 _옮긴이)라고 불러주면 좋겠구나."

일요일 아침, 앰브로즈는 페넬로프를 패딩턴까지 태워다 주어 콘월로 가는 리비에라 기차에 타게 해주었다. 기차는 평소와 다름없이 부대원, 선원, 사병들을 가득 태운 데다 배낭, 방독면, 철모 따위를 빽빽이 싣고 있었다. 자리를 예약하는 것은 불가능한 일이었지만, 앰브로즈는 구석 빈자리에 페넬로프의 짐을 쌓아두어 다른 사람들이 못 앉게 했다.

그들은 작별 인사를 하기 위해 플랫폼으로 되돌아갔다. 무슨 말을 해야 할지 몰랐다. 갑자기 모든 게 낯설고 새로웠다. 이제 그들은 남편과 아내였지만, 둘 다 부부라면 이럴 때 어떻게 하는지 모르고 있었다. 앰브로즈는 담배에 불을 붙여 피우며 서서 플랫폼 여기저기를 바라보다 시계를 흘끔거리곤 했다. 페넬로프는 경비병이 호각을 불어 기차가 출발하기를, 어서 이게 끝이 나기를 기다렸다.

페넬로프가 좀 격하게 말했다.

"난 작별이 싫어요."

"익숙해져야 돼."

"당신을 언제 다시 볼지도 모르잖아요. 한 달 후에 제대를 위해 포츠머스로 돌아갔을 때 당신은 이미 떠나고 없을 거죠?"

"그럴 가능성이 많지."

"어디로 보낸대요?"

"모르지. 대서양이나 지중해."

"지중해는 좋을 거예요. 어쨌든 해가 빛나니까."

"그래."

또 침묵.

"어제 아빠와 소피가 왔었으면 좋았을 텐데. 난 당신이 두 분을 만나기를 바랐었어요."

"좀 길게 휴가를 내게 되면 며칠 콘월에 내려가 보지 뭐."

"꼭 그래야 돼요."

"모든 게 잘 되길 빌어. 아기 말이야."

페넬로프는 얼굴을 약간 붉혔다.

"틀림없이 괜찮을 거예요."

앰브로즈는 다시 손목시계를 보았다. 페넬로프는 약간 절망적인 기분으로 말했다.

"편지할게요. 당신도 꼭—"

순간 경비의 호각이 공기를 찢었다. 곧 예의 그 작은 혼란이 시작되었다. 문이 쾅쾅 닫히고, 목소리가 높아지고, 어떤 사람이 마지막 순간에 기차를 잡기 위해 달려왔다. 앰브로즈는 담배를 버리고 발로 비벼 끈 다음 허리를 숙여 아내한테 입을 맞추고 페넬로프를 기차 안으로 던져 넣고 문을 쾅 닫았다. 페넬로프는 창문을 내리고 몸을 내밀었다. 기차가 움직이기 시작했다.

"편지해서 새 주소를 알려줄 거죠, 앰브로즈?"

순간 앰브로즈의 머릿속에 번뜩 떠오르는 것이 있었다.

"당신 주소를 몰라."

페넬로프는 웃음을 터뜨리기 시작했다. 앰브로즈는 기차가 가는데 맞추어 뛰고 있었다.

"칸 별장이에요."

페넬로프는 기차 바퀴의 덜그렁거리는 소음을 이기기 위해 소리를 질렀다.

"포스케리스, 칸 별장."

이제 기차가 너무 빨라 따라잡을 수가 없었다. 앰브로즈는 속력을 늦추다 제자리에 서서 페넬로프한테 손을 흔들었다. 기차는 플랫폼의 곡선을 따라 휘면서 기적을 울리고 시야에서 사라져갔다. 페넬로프는 가버렸다. 앰브로즈는 몸을 돌려 사람 없는 플랫폼까지 긴 거리를 되돌아왔다.

칸 별장이라. 혼자 꿈꾸어 오던 엘리자베스 시대의 장원. 헬포드 강에서의 항해……. 그 모두가 희미해지고 엷어지더니 이윽고 완전히 사라지고 말았다. 칸 별장. 실망스러울 정도로 평범한 이름이긴 했다. 앰브로즈는 왠지 속았다는 느낌을 지울 수가 없었다.

하지만 페넬로프도 사라져 버렸다. 어머니는 데본으로 돌아갔고, 모든 게 무사히 끝났다. 이제 남은 일은 포츠머스까지 차를 몰고 가 귀대 신고를 하는 것뿐이었다. 주차장 쪽으로 천천히 걸어가면서, 웃기는 일이지만 앰브로즈는 자신이 일상생활로, 군대 생활과 함대 친구들에게로 돌아가기를 갈망하고 있다는 것을 깨달았다. 함께 사는 면에 있어서는 대체로 남자들이 여자들보다 편했다.

며칠 뒤인 5월 10일, 독일이 프랑스에 침입했다. 전쟁은 점점 심각하게 전개되어 가고 있었다.

9

소피

그들이 다시 만나기 전 11월 초의 일이었다. 여러 달 떨어져 지내던 중 느닷없이 전화가 걸려 왔다. 리버풀에 있는 앰브로즈였다. 며칠 휴가가 나서 제일 처음 탈 수 있는 기차를 잡아타고 칸 별장으로 주말을 보내러 온다는 것이었다.

그는 와서 잠시 머물고는 다시 떠났다. 여러 가지 불운한 상황으로 인해 그의 방문은 더할 수 없는 비극이었다. 그중 하나는 그가 머물고 있던 사흘 내내 비가 끈질기게 쏟아져 내렸단 것이었다. 또 한 가지는 에델 고모 때문이었다. 도무지 눈치라곤 없는, 자유분방한 손님인 그녀가 주말 내내 같이 있었다. 그 밖의 다른 이유도 일일이 세거나 따져볼 수 없을 정도로 많았고, 또 너무 괴로운 것들이었다.

모든 것이 끝나고 앰브로즈가 그의 함대로 돌아가고 나자, 페넬로프는 그간에 있었던 일들이 너무 지겹게 느껴져 돌이켜볼 게 못 된다고 생각해 버렸다. 그녀는 젊은이다운 외고집에 임신 초기 증세들이 겹쳐 있던 터라 그 괴로운 사건을 숫제 머릿속에서 떨어내 버렸다. 그런 것 말고도 신경 써야 할 더 중요한 일이 많았다.

기다렸다는 듯이 11월 말에 아기가 태어났다. 아기는 엄마처럼 칸 별장에서 태어나지 않고 포스케리스의 작은 시골 병원에서 태어났다. 분만이 너무 빨리 이루어졌기 때문에 의사가 도착했을 때는 모든 일이 끝나 있었다. 페넬로프와 로저스 수녀는 단둘이 모든 것을 처리해야 했다. 그것도 능률적이고 말끔하게. 이윽고 페넬로프가 다소간 안정이 되자 로저스 수녀는 관습대로 아기를 씻기러 데리고 갔다. 말 쑥해진 아기는 배냇저고리와 작은 조끼가 입혀진 다음 소피가 예의, 어느 서랍장에선가 뒤져내 찾은 좀약 냄새 진한 셰틀랜드산 숄에 감싸였다.

페넬로프는 아기에 대해 나름대로의 이론을 지녀왔다. 물론 그녀는 아기하고는 전혀 상관없이 살아왔고, 아기를 안아본 적도 없었다. 하지만 사람이란 자기 아기를 처음 보는 순간, 그 즉시 자기 아기임을 알아보는 법이라고 철석같이 믿었다. 검지손가락으로 가만히 아기를 싸고 있는 숄을 헤치고 처음 보는 조그만 얼굴을 내려다보는 순간 '아, 그래. 너로구나!' 하고 말하게 될 거라는 식이었다.

하지만 그렇지 않았다. 로저스 수녀가 마치 자기가 낳은 아기인 양 자랑스레 아기를 안고 돌아와서는 기다리고 있는 페넬로프의 팔 안에 가만히 내려놓았을 때 페넬로프는 가슴이 철렁하며 믿어지지 않는 기분으로 아기를 바라보았다. 통통하고 흰 살결, 수레국화 빛깔의 푸른색이 감돌고 조금 가운데로 몰린 듯한 두 눈, 토실토실 커다란 뺨, 캐비지 로즈를 닮은 전체적인 인상 등 아기는 페넬로프가 아는 그 누구도 닮지 않았다. 부모는 분명 닮지 않았고 돌리 킬링 역시 천만에였다. 스턴가 쪽으로 볼 것 같으면 생후 한 시간밖에 안 되는 핏줄이지만 그 속에 피는 한 방울도 흐르지 않은 것 같았다.

"예쁘잖아요?"

로저스 간호 수녀가 침대 너머로 몸을 숙이며 얼렀다.

"네, 그러네요."

페넬로프는 맥없이 대꾸했다. 그 진료소에 다른 산모라도 있었던들 그녀는 아기가 바뀌어 다른 엄마 아기를 데려온 거라고 우겼을 것이다. 하지만 그 진료소에서 당시 아기를 낳은 산부인과 환자는 그녀 혼자였기 때문에 있을 법하지 않은 일이었다.

"저 푸른 눈동자 좀 봐요! 한 송이 꽃 같은 아기예요! 내가 당신 어머니한테 전화 드리는 동안 잠시 둘이 있어야겠네요."

하지만 페넬로프는 아기와 단둘이만 있고 싶지 않았다. 아기에게 뭐라고 할 말이 생각나지 않았다.

"아니, 아이를 데려가세요. 아기를 떨어뜨릴지도 모르고 무슨 일이라도 있으면……."

수녀는 눈치 있게 더 캐지 않았다. 젊은 엄마 중에서는 우스운 엄마들도 있으니까. 그런 엄마들을 꽤 보아왔다.

"알겠어요."

그녀는 모포에 싸인 작은 아기를 품 안에 안았다. 그러고는 아기를 향해 물었다.

"이 귀염둥이가 누구일까? 우리 귀염둥이, 이게 누굴까?"

이어 앞치마 사르륵거리는 소리를 내며 방에서 나갔다.

페넬로프는 그 둘이 나가줘서 고마운 마음으로 베개에 등을 기대고 누워 하염없이 천장을 올려다보았다. 나에게 아기가 생겼어. 난 이제 엄마야. 앰브로즈 킬링의 아이 엄마.

앰브로즈.

이제는 더 이상 그 괴로운 주말에 있었던 일을 머릿속에서 접어두기가 불가능하다는 것을 알고 그녀는 절망스러웠다. 그의 방문은 애당초 망쳐지기로 운명 지어졌던 것이었다. 앰브로즈의 방문으로 인해 그녀는 소피와 생전 처음 진짜로 심각한 말싸움을 벌였기 때문이다. 페넬로프는 에델 고모와 함께 오후에 외출하여 펜잰스에 있는 고모의 옛 친구와 함께 차를 마셨다. 칸 별장으로 돌아오자 소피가 싱글거리며 페넬로프에게 위층에 근사한 것이 기다리고 있다고 전했다. 페넬로프는 고분고분 엄마를 따라 자기 방으로 갔다. 거기에는 그녀가 사랑해 마지않던 침대 대신에 괴물처럼 큰 더블베드가 방을 가득 메우며 놓여 있었다. 둘은 말싸움을 한 적이 없었다. 하지만 그때만큼은 그녀답지 않은 분노에 휩싸여 성질을 내고 말았다. 소피에게 그럴 권리가 없으며 이 방은 자기 침실이고 침대도 자기 침대라고 쏘았다. 아울러 근사한 선물이긴커녕 역겨운 선물이라고 했다. 더블베드는 싫었다. 끔찍했다. 그 위에서 자지도 않겠다고 했다.

이에 소피의 프랑스 사람 특유의 불같은 성질이 페넬로프의 성질에 맞섰다. 용감하게 전투에서 싸운 사나이를 싱글베드에서 아내와 사랑을 나누게 할 수는 없다는 것이었다. 대체 너는 무슨 생각을 했던 거냐. 너는 이제는 더 이상 어린 소녀가 아니고 결혼한 여자다. 이 방도 더 이상 너의 침실이 아니고 두 사람의 침실이다. 어떻게 그처럼 어린애같이 구는 거냐. 그러자 페넬로프는 마구 울음을 터뜨리고는 자기는 임신한 몸이라 사랑을 나누고 싶지 않다고 소리쳤다. 마침내 두 사람은 어부의 아낙네들처럼 고래고래 고함을 질렀다.

그런 대단한 싸움은 전에 없던 일이었다. 모두들 당황해했다. 로런스는 두 모녀에게 불같이 화를 냈고 다른 식구들은 폭탄 떨어진 집처럼 발끝으로 살금살금 다녔다. 물론 결국에 가서는 화해를 하고 사과한 뒤 키스로 끝을 맺고 다시는 그 일을 입에 올리지 않았다. 하지만 그 일은 앰브로즈의 방문에 초를 친 격이었다. 기실 되돌아 생각해보니 그 후의 괴로운 사태는 그 입씨름 탓이 컸다.

앰브로즈. 그녀는 앰브로즈의 아내였다.

입술이 떨렸다. 목구멍에 멍울이 솟았다. 눈물이 핑 돌았다. 뺨 위로 하염없이 흘러 베갯잇을 적셨다. 한번 시작하자 걷잡을 수가 없었다. 몇 년간 흘리지 못한 눈물이 한꺼번에 흐르려는 것 같았다. 소피가 즐겁게 문을 박차고 들어왔을 때도 그녀는 여전히 울고 있었다. 소피는 로저스 수녀가 전화했을 때 입고 있던 벽돌색 캔버스천 바지에 어부들의 모직 셔츠를 그대로 입고 있었다. 팔에는 집에서 정원을 나오다가 얼른 울타리에서 뜯어 모은 쑥부쟁이꽃을 한 아름 안고 있었다.

"오, 얘야, 기특도 하지. 그렇게 금방……."

소피는 의자에 꽃묶음을 떨어뜨리고는 페넬로프를 포옹하러 다가왔다.

"로저스 수녀 말이 네가……."

하다가 소피는 말을 멈추었다. 얼굴에서 기쁜 표정이 사라지고 괴로운 근심의 표정으로 바뀌었다.

"페넬로프."

그녀는 침대 가에 앉아 딸의 손을 잡았다.

"얘야, 무슨 일이냐? 왜 울어? 그렇게 괴로웠니? 힘들었어?"

우느라 말을 못 하는 바람에 페넬로프는 고개를 저었다. 콧물이 흐르고 얼굴은 얼룩져 부어 있었다.

"여기 있다."

언제나 현실적인 소피답게 향내 나는 깨끗한 손수건을 꺼내주었다.

"코를 풀고 눈물도 닦으렴."

페넬로프는 손수건을 들고 하라는 대로 했다. 벌써 기분이 많이 나아졌다. 소피가 곁에 앉아 있는 것만 해도 훨씬 상황이 나아졌다. 코를 풀고 눈물을 닦은 뒤에 훌쩍거리고 나자 기운이 생겨 일어나 앉을 수가 있었다. 소피는 베개를 털고 뒤집어서 눈물에 젖은 쪽이 아래로 가게 해주었다.

"자, 무슨 일인지 얘기하렴. 아기가 설마 뭔가 잘못된 것은 아니겠지?"

"아뇨, 아기 때문이 아니에요."

"그럼 뭐냐?"

"오, 소피, 앰브로즈 때문이에요. 난 앰브로즈를 사랑하지 않아요. 결혼하지 말아야 했어요."

해버렸다. 말해버렸다. 정말 입 밖에 말하고 나자 크나큰 안도감이 생겼다. 어머니의 눈길과 마주쳤다. 침통한 눈빛이었지만, 소피가 무슨 일에나 그렇듯이 놀라거나 충격을 받은 눈빛은 아니었다. 소피는 그저 잠시 묵묵하게 앉아 있다가 '앰브로즈'라고 중얼거렸다. 이제서야 풀리지 않던 수수께끼에 대한 해답을 찾은 듯이.

"그래요, 이제야 알겠어요. 아주 끔찍한 실수였어요."

"언제 그걸 알았니?"

"그 주말에요. 그 사람이 기차에서 내려 플랫폼을 올라와 내게 다가오던 그 순간에 벌써 내 마음속에는 불안한 예감이 가득했어요. 낯선 사람, 더구나 만나고 싶지 않은 누군가가 다가오는 것 같았어요. 난 그럴 줄은 몰랐어요. 여러 달 지난 후에 다시 보니 조금 부끄럼을 느끼긴 했지만 그런 식일 줄은 꿈에도 상상 못 했어요. 빗줄기가 쏟아지는 가운데 그의 곁에 앉아 칸 별장으로 돌아오면서 나는 별일 아닌 척하려 했어요. 조금 어색한 것뿐이라고요. 하지만 그 사람이 칸 별장에 걸어 들어가는 순간 나는 희망 없는 일이라는 것을 알았어요. 그 사람은 맞지 않는 사람이었어요. 모든 것이 맞지 않았어요. 별장은 그 사람을 거부하고 있었고 그 사람도 어울리지 않았어요. 그 후 상황은 점점 더 나빠지기만 했죠."

"그게 네 아빠와 나 때문은 아니었길 바란다."

소피가 입을 열었다.

"오, 물론 상관없어요."

페넬로프는 얼른 안심시켰다.

"두 분은 그 사람한테 천사처럼 대한 걸요. 나쁘게 군 건 나예요. 하지만 어쩔 수가 없었어요. 그 사람한테 싫증 났거든요. 낯설어도 그렇게 낯설 수 없는 사람을 불러들인 기분이었어요. 흔히들 그러죠, 누구누구가 당신 동네에 가게 됐는데 정말 좋은 사람이다. 그 사람한테 친절하게 해주실 걸로 믿는다. 그 말을 믿고 초대를 했는데, 숨 막히게 지루한 악몽이 시작되는 거예요. 앰브로즈가 왔을 때 비가 주말 내내 왔지만 그런 것은 상관없었어요. 문제는 그 사람이었죠. 너무 재미없고 너무 쓸모없는 사람이었어요. 아세요, 그 사람이 자기 신발 하나 닦지 않은걸? 자기 구두 한 짝 안 닦았어요. 도리스하고 어니한 테는 무례했고 도리스의 두 아이들을 거추장스러운 고슴도치 한 쌍 정도로 여겼어요. 그 사람은 속물이에요. 왜 우리가 모두 모여 식사를 하는지도 이해 못 했어요. 도리스와 클라크, 로널드가 왜 주방에 처박혀 살지 않는지 알 수 없어 했어요. 날 무엇보다 화나게 한 것은 그거예요. 난 그 사람이—아니 어떤 사람이든 마찬가지지만—그런 생각을 할 수 있다고는, 더구나 그런 생각을 입 밖에 내리라고는 생각도 못 했어요. 그처럼 역겨울 수 있으리라고는 생각도 못 했어요."

"공평히 생각하면 얘야, 그 사람 사고방식에 대해 그 사람 탓만 할 수는 없다. 그는 그렇게 자라왔으니까. 정상에서 벗어난 것은 우리 쪽 일지도 몰라. 우리 집안 사는 거야 다른 사람들하고는 늘 달랐잖니."

하지만 페넬로프는 그 말에 위로를 받지 못했다.

"그 사람 문제만은 아니에요. 아까 이야기했듯 나 역시 문제였어요. 그 사람한테 형편없이 대했으니까요. 내가 그렇게 형편없을 수 있으리란 걸 나도 몰랐어요. 난 그 사람이 있는 게 싫었어요. 그 사람이 손대는 것도 싫어서 몸도 허락하지를 않았어요."

"당시 네 상황이면 그럴 만도 하지."

"그 사람은 그럴 만하다고 생각하지 않았어요. 화를 내고 비난만 했지."

페넬로프는 절망적으로 소피를 바라보았다.

"모두 내 잘못이에요. 진정으로 사랑하지 않으면 그 사람과 결혼하지 말라고 하셨는데, 소피 말을 듣지 않았어요. 하지만 그 사람과 약혼하기 전에라도 칸 별장에 데리고 와서 두 분을 만나게 할 수 있었더라면 그 사람하고는 천년만년이 지나도 결혼하지 않았을 거예요."

소피는 한숨을 쉬었다.

"그래. 그럴 만한 시간이 없었던 것이 불운이지. 아빠와 내가 네 결혼식에 갈 수 없었던 것도 불운이고. 만일 그랬더라면 마지막 순간에라도 네가 마음을 바꿔 취소할 수 있었을 텐데. 하지만 과거를 생각해 보았자 소용없다. 너무 늦었어."

"그 사람이 맘에 들지 않았죠, 소피? 소피와 아빠 둘 다요? 내가 정신 나간 거라고 생각하셨어요?"

"아니, 그런 생각 안 했어."

"난 어떡하면 좋아요?"

"얘야, 지금으로서는 뭘 어떡할 것도 없다. 단지 좀 더 성숙해지는 것밖에는. 넌 이제 어린애가 아니야. 책임도 있어. 네 아이와 우리는 이 괴로운 전쟁의 와중에 있고 네 남편은 지금 대서양 함대와 더불어 바다에 나가 있어. 묵묵히 상황을 받아들이고 지내는 거야. 그리고……."

소피가 기억을 더듬으며 싱긋 웃었다.

"앰브로즈는 운 나쁠 때 온 거야. 그 억수 같은 비에다 에델 고모까지. 담배를 줄곧 피워대며 진을 홀짝거리질 않나, 예의 그 노골적이고 끔찍하게 솔직한 얘기들을 쏟아내질 않나. 그리고 너 역시 그래……. 임신한 여자란 모두 평소와는 다르기 마련이야. 아마 다음번에 앰브로즈를 만날 때면 상황이 달라질 거야. 기분이 다를 거라고."

"하지만 소피, 난 너무나 어리석은 짓을 했어요."

"아니야. 넌 그저 너무 젊고 네 한계 이상의 상황에 휘말렸을 뿐이야. 자, 그러니 부디 날 위해서라도 기운을 내렴. 미소를 짓고 종을 울려. 로저스 수녀가 내 첫 손주를 보이려고 들어올 테지. 그러면 우리는 이런 대화를 나누었다는 사실 자체도 잊고 말 거야."

"아빠한테는 말할 거예요?"

"아니, 괴로워 하시기만 할걸, 뭐. 걱정하시는 것은 원치 않아."

"하지만 소피는 아빠한테 비밀이라곤 없었잖아요."

"이 비밀만은 지킬 거다."

아기 용모 때문에 당혹해한 것은 페넬로프만이 아니었다. 다음 날 아기를 처음 본 로런스 역시 그녀처럼 어리둥절해했다.

"얘야, 대체 누구를 닮았니?"

"모르겠어요."

"아주 귀엽구나. 하지만 너나 제 아비하고는 하나도 안 닮은 것 같아. 혹시 앰브로즈의 어머니를 닮았니?"

"전혀요. 아마 이 애는 여러 세대 전에서 온 격세 유전인가 봐요. 오래전에 죽은 어떤 조상을 꼭 빼닮았는지도 모르죠. 어쨌건 내겐 수수께끼에요."

"상관없다. 건강하게 태어난 모양이니까. 중요한 건 그거야."

"킬링 가족에게는 전했어요?"

"그래, 앰브로즈가 있는 배에 전보를 보내고, 소피가 그의 모친이 있는 호텔에 전화했다."

페넬로프는 얼굴을 찡그렸다.

"소피, 용감하시기도 해라. 그래 돌리 킬링이 뭐라시던가요?"

"기꺼워하는 게 분명했다. 딸아이였으면 하고 늘 바랐다나."

"틀림없이 친구들이나 엄청나신 레이디 비미시한테는 아기가 일곱 달짜리라고 말하고 있을 거예요."

"저런, 하기야 그이가 체면이 그리 중하다면 그렇게 말해 나쁠 것 있겠니?"

로런스는 잠시 주저하다가 말했다.

"그이 말이 아기 이름을 낸시라고 하면 좋겠다더구나."

"낸시? 대체 어디서 나온 이름이죠?"

"자기 어머니 이름이었대. 좋은 생각 같구나."

로런스는 손으로 의미 있는 시늉을 했다.

"분위기를 조금이나마 부드럽게 하는 데에 도움이 되잖니."

"좋아요, 낸시라고 하죠."

페넬로프는 일어나 아기 얼굴을 바라보았다.

"낸시라. 정말 꼭 어울리는군요."

하지만 로런스는 아기 이름보다는 아기 행동에 더 관심이 높았다.

"노상 울어대는 것은 아닐 테지. 난 울어대는 아이들은 견딜 수가 없어."

"아빠, 물론 아니에요. 무척이나 차분한걸요. 젖을 빨아 먹다가 잠들고 다시 깨서 또 빨아 먹곤 해요."

405

"작은 식인종 같구나."

"예쁠 거라고 보세요, 아빠? 아빠는 예쁜 얼굴에는 늘 감식안이 있었잖아요."

"괜찮을 거다. 르누아르 풍의 소녀가 될 거야. 희고 장미처럼 탐스럽겠지."

그다음에는 도리스 차례였다. 그 지방의 피난민들은 더 이상은 한시도 피난 생활을 참을 수 없어 한 사람 두 사람 런던으로 돌아갔다. 하지만 도리스와 도널드, 클라크는 그대로 눌러앉아 칸 별장의 붙박이 손님이자 식구처럼 되어버렸다. 그러던 6월, 영국의 원정군이 프랑스에서 퇴각하던 중 도리스의 남편 버트가 전사했다. 그 소식을 전한 것은 전보 배달부 소년으로 포스케리스 우체국에서 자전거를 타고 언덕을 올라와 전해주었다. 소년은 울타리에 난 문을 열고 휘파람을 불며 소피와 페넬로프가 잡초를 뽑느라 열심인 정원으로 들어왔다.

"포터 부인께 전보입니다."

소피는 무릎을 폈다. 손에는 흙투성이고 머리는 헝클어진 그 얼굴에는 페넬로프가 생전 보지 못했던 표정이 떠올랐다.

"오, 몽 듀(맙소사_옮긴이)!"

그녀가 오렌지색 봉투를 받아 들자 소년은 가버렸다. 담장 문이 탕 소릴 내며 닫혔다.

"소피?"

"도리스 남편 일일 거야."

페넬로프가 잠시 후 속삭였다.

406

"어떻게 해야 하죠?"

소피는 대답하지 않았다. 면바지 엉덩이에 손을 쓱 닦고는 손톱이 까매진 엄지손가락으로 봉투를 열었다. 그러고는 안의 내용물을 꺼내 읽은 뒤 다시 접어 봉투 안에 넣었다.

"그래, 죽었구나."

그녀는 자리에서 일어났다.

"도리스는 어디 있니?"

"방목장에서 청소를 하고 있어요."

"애들은?"

"금방 학교에서 올 거예요."

"그럼 아이들이 오기 전에 말해야겠다. 내가 돌아오지 않으면 아이들을 붙잡고 있으렴. 도리스한테 시간을 줘야 해. 아이들한테 얘기하기 전에 시간을 가져야 해."

"가엾은 도리스."

페넬로프의 말은 괴롭게도 이 상황에 어울리지 않았다. 너무 바보같이 들릴 지경이었다. 하지만 달리 무슨 할 말이 있겠는가?

"그래. 가엾은 도리스 같으니."

도리스는 엄청난 용기를 보여주었다. 물론 처음에는 울었다. 어리석게 전쟁에 나가 목숨을 잃은 젊은 남편에 대한 분노랄까―그와 더불어 마구 밀려드는 비탄과 노여움을 쏟았다. 하지만 다 울고 나자 정신을 차렸다. 소피와 함께 주방 식탁에 앉아 뜨겁고 진한 홍차로 위안을 삼으며 아이들 일만 생각했다.

"가엾은 꼬맹이들. 아빠가 없는 그 애들 인생은 어떻게 되겠어요?"

"애들이란 금방 적응해."

"난 어떻게 하고요?"

"이럭저럭해 나갈 거야."

"해크니로 돌아가야 할까 봐요. 버트의 어머니한테로요. 그분에게
는 내가 있어야 해요. 아이들도 보고 싶으실 테고."

"우선은 가야겠지. 가서 진정될 때까지 보살펴. 그런 다음 수습되
면 다시 우리에게 돌아와야 해. 아이들은 이곳에서 즐겁게 지냈잖아.
친구들도 사귀었는데 이제 와서 내모는 건 잔인한 처사야. 지금 이대
로나마 안정감을 유지해 줘야지."

도리스는 소피를 바라보며 코를 훌쩍였다. 막 울음이 그친 터라 얼
굴이 부어 있고 얼룩덜룩했다.

"하지만 이곳에서 막연히 머물 수는 없어요."

"왜 안 돼? 넌 우리랑 잘 지내고 있잖아."

"그냥 하시는 말씀은 아닌가요?"

"오, 저런, 도리스. 네가 없으면 우리는 어떻게 할지 모르겠어. 아이
들도 우리 애들 같아. 네가 떠나면 너무나 그리울 거야."

도리스는 심사숙고했다.

"저도 그냥 있고 싶어요. 여기서만큼 행복했던 적은 없어요. 거기
다 이제는 버트까지 가고 나니……."

그녀의 눈에 다시 눈물이 고였다.

"울지 마, 도리스, 아이들한테 네가 우는 모습을 보여선 안 돼. 씩씩
한 것이 어떤 건지 보여줘야지. 아이들에게 대의를 위해 죽은 아빠를
자랑스럽게 여겨야 한다고 말해야 해. 유럽의 불쌍한 사람들을 해방

시키기 위해 죽은 아빠니까. 아빠처럼 훌륭한 사나이가 되어야 한다고 가르쳐야 해."

"그렇게 훌륭하지도 못했어요. 어떨 때는 아주 성가셨죠."

도리스의 얼굴에 눈물이 스러지고 희미한 미소가 떠올랐다.

"축구를 하고 술에 취해 집에 오지 않나, 부츠를 신은 채 침대에 곯아떨어지지 않나."

"그런 것들을 잊어버리지 마."

소피가 타일렀다.

"그것들도 모두 그 사람의 일부니까. 좋은 시절을 기억하는 것도 좋지만, 나쁜 시절을 기억하는 것도 괜찮아. 어차피 인생이란 그런 거니까."

그렇게 해서 도리스는 계속 머물게 되었다. 페넬로프의 아기가 태어나자 그녀는 빨리 보고 싶어서 난리였다. 도리스는 늘 딸을 바랐다. 그런데 지금 버트가 가버렸으니 딸을 가질 가능성이 없었다. 하지만 이 아기는……. 아기에게 보는 즉시 홀딱 반한 사람은 그녀뿐이었다.

"어머, 정말 사랑스러워!"

"그래?"

"페넬로프, 너무 예쁘다. 안아도 돼?"

"물론."

도리스는 몸을 굽혀 경험 많고 능숙한 품 안에 아이를 안아 들었다. 애틋한 모성애를 담은 얼굴로 아이를 내려다보는 도리스의 모습에 페넬로프는 조금 부끄러웠다. 자기는 그처럼 열렬한 애정을 쏟는 것이 불가능했기 때문이다.

"그런데 아이가 누구를 닮았는지 아무도 모르겠어."

하지만 도리스는 알았다. 누구를 닮았는지 꼭 집어냈다.

"베티 그레이블(육체파 여배우_옮긴이)을 빼다 박았는데 뭘."

이윽고 페넬로프와 아기가 칸 별장에 돌아오자마자 도리스는 낸시를 맡았다. 페넬로프는 그것이 오히려 도리스에게 친절을 베푸는 일이라고 스스로에게 타일러 죄의식을 달래면서 기쁘게 아이를 맡겼다. 도리스는 낸시를 목욕시키고 기저귀를 빨고 우유병에 우유를 타 따스한 주방의 낮은 의자나 응접실 벽난로 옆에서 직접 아기에게 우유를 먹였다. 도널드와 클라크의 애정도 못지않아 새로 생긴 아기를 보이려 학교 친구들을 데리고 오곤 했다.

겨울이 천천히 가는 동안 낸시는 무럭무럭 자라 머리와 이도 나고 마냥 통통해졌다. 소피는 연장 창고에서 페넬로프가 쓰던, 바퀴가 높이 달리고 끈으로 아이를 매는 구식 유아차를 꺼냈다. 도리스는 유아차를 새로 닦아 윤을 내고는 자랑스럽게 밀며 포스케리스의 언덕바지를 오르내렸다. 그러는 중에 걸핏하면 유아차를 세우고는 아기에게 관심을 보이는 행인 누구에게나 아기를 자랑했고 관심 없어 하는 사람들에게까지도 자랑했다.

낸시는 상냥하고 안온한 성격 그대로였다. 정원에서 유모차에 앉아 자거나 하늘에 떠가는 구름을 차분히 바라보든지 아니면 흰 벗나무 가지가 흔들리는 것을 지켜보곤 했다. 봄이 오고 꽃송이들이 떨어지자 낸시가 덮은 담요에는 흰 꽃잎들이 널려 있었다. 곧이어 아이는 카펫에 눕혀져 땡그랑 소리 나는 장난감에 손을 뻗었다. 그 시기가 지나자 일어나 앉아 빨래집게 두 개를 맞부딪히며 놀았다.

소피와 로런스에게는 그 애가 즐거움의 원천이었고 도리스에게는 위안과 기쁨의 원천이었다. 하지만 페넬로프는 벽돌쌓기 놀이를 한다든지 낡은 그림책 페이지를 넘기는 등 아이와 의무적으로 놀아주기를 하면서도 낸시가 아주 따분한 아이라고 속으로 생각했다.

한편 이 작은 가정생활의 경계선 너머에서는 전쟁의 시커먼 먹장구름이 몰려오며 위세를 날로 키워가고 있었다. 유럽은 피점령 상태였고 로런스가 사랑하는 프랑스도 침략당했다. 그는 프랑스와 옛 친구들 걱정을 하지 않는 날이 하루도 없었다. 대서양에서는 유(U)보트가 기세를 부리며 해군 구축함들을 실어 나르는 느린 호송 선박과 힘없는 상선들을 사냥하곤 했다. 영국 전투는 승리했지만 막대한 비행기와 조종사, 비행장의 손실을 대가로 치러야만 했다. 프랑스와 덩케르크(프랑스 북부의 항구 _옮긴이) 전투 이후로 재편성된 연합군은 독일 군대의 다음 공격에 대비하여 지브롤터와 알렉산드리아에 포진하고 있었다.

결국 포격은 시작되고 말았다. 런던에 끝없는 공습이 퍼부어졌다. 밤마다 경보 사이렌이 울려댔으며 밤마다 검은 십자가 기장을 단 악랄한 독일 전투기가 프랑스의 어둠 속을 뚫고 나타나 영국 해협을 건너 밀려 들어왔다.

칸 별장에서는 아침마다 뉴스에 귀를 기울였다. 모두들 런던에 대한 걱정으로 피가 말랐다. 소피의 걱정은 보다 개인적인 것으로 오클리 가와 그곳에서 살고 있는 사람들에 대한 것 위주였다. 그녀의 의견을 따라 프리드먼 부부는 다락방에서 지하실로 옮겨 살고 있었지만 클리퍼드 가족은 그대로 2층에 살고 있었다. 때문에 공습 뉴스가 있을 때면(거의 매일 아침 그랬다), 소피는 그들이 죽거나 부상을 입든지 아니면 폭탄을 맞거나 잿더미 속에 파묻혀 있을 거라고 상상했다.

"모두들 너무 늙어 이런 끔찍한 일을 견디지 못할 거예요."

그녀는 로런스에게 말했다.

"와서 우리와 여기서 살게 하면 어때요."

"이봐요, 우리 집에는 그럴 자리가 없소. 있다 해도 오지 않을 거고. 알잖소. 그들은 런던 사람이야. 절대 그곳을 떠나지 않을걸."

"한번 봤으면 정말 좋겠어요. 이야기를 나누고 무사하다는 것을 확인한다면……."

로런스는 젊은 아내를 지켜보며 그녀의 초조함을 감지했다. 그녀는 지난 2년간 여기 포스케리스에 묶여 있었다. 두 사람이 결혼한 이래 어떤 곳에서도 3개월 이상은 있어보지 않은 소피였다. 더구나 포스케리스는 전시인지라 잿빛 일색의 따분하고 공허한 곳으로 변했다. 전쟁 전에 여름마다 기쁘게 달려오던 생기 넘치는 마을과는 딴판이었다. 그렇다고 소피가 지루해하는 것은 물론 아니었다. 그녀는 지루해하는 법이 없으니까. 하지만 음식이 달리고 배급은 적어지고 날이 갈수록 뭔가 한 가지씩 모자라는 것이 생기면서 샴푸, 성냥, 카메라 필름, 위스키, 진 등 괴로운 삶의 윤활유 역할을 했던 소소한 사치품들마저 모자라는 사태가 벌어지자 하루하루 생활이 어려워지기만 했다. 집안일도 덩달아 어려워졌다. 뭘 하나 사려 해도 줄을 서야 했으며 사고 난 다음에는 언덕바지를 오르며 날라야 했다. 가게 하는 사람들 중 배달차에 쓸 휘발유가 충분한 사람은 아무도 없었기 때문이다. 뭐니 뭐니 해도 가장 부족한 것은 휘발유일 것이다. 칸 별장에는 아직도 낡은 벤틀리가 있었지만 몇 마일 달릴 연료밖에 없는 터라 대부분의 시간을 그래브니의 차고 그늘에서 썩고 있어야 했다.

그런 상황이니 로런스는 아내의 초조함을 이해할 수 있었다. 여자의 마음을 잘 아는 그는 이해하고 동정했다. 소피가 단 며칠이라도 이 모든 것에서 멀리 떨어져야 한다는 것을 안 그는, 그 이야기를 입에 올릴 기회를 엿보았다. 하지만 요즘은 단둘이 있는 시간이 전혀 없었다. 작은 집 안에는 늘 움직임과 사람 목소리로 분주했다. 도리스와 사내애들, 페넬로프와 새로 생긴 아이가 깨어있는 시간이면 모든 방을 차지하고 있었다. 아이들이 밤에 잠자리에 들 무렵이면 소피는 너무나 지쳐서 로런스가 곁에 누울 때는 이미 잠들어 있곤 했다.

그러던 어느 날, 마침내 로런스는 소피와 단둘이만 있게 되었다. 그는 감자를 땅에서 파내고 있었다. 마비가 된 손으로 가래를 놀리고 흙투성이 가지를 헤치는 것이 어렵고 힘이 들었다. 하지만 마침내 양동이 하나를 채워 뒷문으로 집 안에 날랐다. 들어가니 아내가 주방 식탁에서 우울하게 양배추를 채썰고 있었다.

"감자요."

그는 난로 옆의 바닥에 양동이를 놓았다.

소피는 싱긋 웃었다. 그녀는 우울해 있을 때에도 늘 그런 미소를 보여주었다. 로런스는 의자를 당겨 앉아 그녀를 바라보았다. 너무 여위었다. 입가와 아름다운 검은 눈 주위에도 주름이 잡혀 있었다.

"마침내 단둘이군. 다들 어디 갔소?"

"페넬로프와 도리스는 아이들을 데리고 해변으로 갔어요. 곧 점심 먹으러 올 거예요."

그녀는 양배추를 쓱쓱 잘랐다.

"점심으로 이걸 낼 작정인데 사내아이들은 싫다고 할 거예요."

"양배추뿐이군. 딴 것은 없어?"

"마카로니 치즈가 있어요."

"당신 솜씨는 최고지."

"따분해요. 요리하기도 따분하고 먹기도 따분하고. 아이들이 불평하는 걸 탓하지 못하겠어요."

"할 일이 너무 많군."

"그렇지 않아요."

"아니야. 당신은 지치고 넌더리가 나 있어."

그녀는 눈길을 들었다. 남편의 눈과 마주쳤다. 잠시 후―

"그렇게 티가 나요?"

"나한테만. 당신을 너무나 잘 아니까."

"난 부끄러워요. 나 자신이 미워요. 불만스러운 이유가 어디 있어요? 그런데도 너무나 쓸모없는 인간이란 기분이 들어요. 내가 뭘 하고 있는 걸까? 그물을 만들고 요리나 하면서. 유럽 전역의 여자들 생각을 하면 내 자신이 미워지지만 어쩔 수가 없어요. 가게에 가서 또 한 시간을 줄 서서 기다렸다가 다른 사람이 내가 사려고 할 소꼬리를 방금 사 간 것을 알게 된다면 정말 히스테리가 날 것 같아요."

"하루나 이틀 어디로 떠나야 하오."

"떠난다고요."

"런던으로 가요. 우리 집도 둘러보고 클리퍼드 부부와 같이 지내요. 기운을 내요."

로런스는 손을 내밀어 감자밭에서 묻은 흙투성이 손으로 그녀의 손을 덮었다.

"우리는 아침마다 폭격 소식을 듣고 겁을 내고 있지만 보도된 재앙이란 실제 상황보다 사람을 더 겁먹게 하는 경향이 종종 있다오. 상상력이 내달리고 가슴은 불안으로 내려앉지. 하지만 실은 우리 생각만큼 그렇게 나쁘지는 않은 법이라오. 런던으로 가서 당신 스스로 알아보는 게 어떻겠소?"

벌써 표정이 명랑해진 소피는 그의 말을 곰곰이 생각했다.

"당신도 가나요?"

그는 고개를 저었다.

"아니야. 난 여행하기엔 너무 늙었지. 여행이야말로 당신에게는 필요한 거고. 클리퍼드네랑 지내면서 엘리자베스와 수다를 떨어요. 같이 쇼핑도 가고. 피터한테 데려다 달래서 버클리나 레퀴 드 프랑스에서 점심을 먹어요. 물자가 달려도 그곳 음식 맛은 여전히 좋을 거야. 그리고 친구들도 만나요. 콘서트며 극장에도 가고. 인생은 계속되기 마련이오. 전시의 런던이라 해도 마찬가지지. 아니, 전시의 런던은 특히 더."

"하지만 나 혼자 가도 당신이 괜찮겠어요?"

"말은 이래도 괜찮지 않을 거야. 당신이 그립지 않은 순간은 한순간도 없을 테니까."

"사흘은요? 사흘이나 견딜 수 있어요?"

"견딜 수 있소. 그 후에 당신이 돌아오면 당신이 하고 온 일을 죄다 들으며 석 주를 보낼 수가 있겠지."

"로런스, 너무나 사랑해요."

로런스는 부인하지도 않았지만 그런 말은 할 필요가 없음을 고개를 저어 알렸다. 몸을 숙여 그녀에게 입맞춤을 하고 나서 그는 일어나 싱크대로 가 손에 묻은 진흙을 씻었다.

런던행 기차를 타기 전날 밤, 소피는 일찍 잠자리에 들었다. 도리스는 시청에서 열리는 댄스파티에 갔고 사내애들은 잠들어 있었다. 페넬로프와 로런스는 잠시 앉아 라디오에서 나오는 음악회 공연 실황을 듣고 있었다. 머잖아 페넬로프는 하품을 하더니 뜨갯감을 밀어놓고 아빠에게 굿나잇 키스를 하고 위층으로 올라갔다.

그런데 보니 소피의 침실 문이 열려 있고 불이 켜진 채였다. 페넬로프는 문 안으로 고개를 디밀었다. 소피가 침대에서 책을 읽고 있었다.

"일찍 자서 예뻐지려고 먼저 올라가신 줄 알았는데요."

"너무 흥분되어서 잠이 안 오는구나."

소피는 깃털 이불 위에 책을 놓았다. 페넬로프는 곁에 가서 앉았다.

"너도 같이 가면 좋을 텐데."

"아녜요. 아빠 말씀이 옳아요. 혼자 가셔야 훨씬 즐거울 거예요."

"선물로 뭘 갖다줄까?"

"생각이 나지 않아요."

"뭔가 특별한 것을 찾아보마. 너 스스로 그걸 바란다고는 꿈에도 생각하지 않던 것을."

"근사하네요. 읽고 계신 건요?"

페넬로프는 책을 집었다.

"「엘리자베스와 그녀의 독일식 정원」. 소피, 이건 백번은 읽었잖아요."

"최소한 그랬지. 늘 이 책에 손이 가. 위안을 주거든. 날 위로해 줘. 한때는 존재했었던, 그리고 전쟁이 끝나는 날 다시 올 그런 세계를 떠올리게 해주지."

페넬로프는 아무 페이지나 펼쳐 소리 내어 읽었다.

"난 얼마나 행복한 여인인가. 책과 아이들, 새와 꽃이 있는 정원에 살며 그것들을 즐길 여유를 누리다니."

그녀는 웃으며 책을 내려놓았다.

"소피도 모두 가졌잖아요. 빠진 건 여유뿐이에요. 잘 자요."

두 사람은 키스했다.

"잘 자라, 애야."

소피는 런던에서 전화를 걸어왔다. 지글거리는 전화선을 타고 즐거운 음성이 들렸다.

"로런스, 나예요, 소피. 어떻게 지내요, 여보? 네, 난 즐겁게 지내고 있어요. 당신 말이 꼭 맞아요. 모든 것이 내 생각만큼 나쁘지 않았어요. 물론 공습으로 인한 피해가 여기저기 널려 있긴 해요. 테라스에 난 커다란 구멍 같은 거요. 이빨 빠진 자국 같아요. 하지만 모두들 용감하고 명랑하게 아무 일 없었던 듯이 살고 있어요. 할 것도 너무나 많아요. 우리는 콘서트에 두 번 갔고 점심에는 마이라 헤스 노래를 들었는데 너무 완벽해서 당신도 들었으면 아주 좋아했을 거예요. 엘링턴 부부와 그 얌전한 청년 랠프도 만났어요. 슬레이드에서 공부하

417

다가 지금은 영국 공군에 있대요. 집도 무사해요. 포탄과 충격을 끄떡없이 견뎠어요. 다시 돌아오니 너무나 좋아요. 윌리 프리드먼은 정원에다 채소를 가꾸고 있고요…….”

로런스는 간신히 틈을 얻어 물었다.

“오늘 저녁에는 뭘 할 거요?”

“디킨스 부부 댁에 저녁 식사 하러 나갈 거예요. 피터, 엘리자베스, 나 이렇게요. 기억하죠, 디킨스 부부? 디킨스는 의사예요. 피터와 같이 일하던……. 헐링엄 근처에 산대요.”

“어떻게 갈 거요?”

“뭐 택시나 전철을 타겠죠. 전철은 희한해요. 역마다 잠자는 사람들로 가득 찼어요. 거기서 노래를 부르고 멋진 파티를 열다가 끝나면 모두들 잠이 드는 거예요. 아, 여보, 삐삐 신호음이 들리네요. 그만 끊어야겠어요. 모두한테 안부 전해 줘요. 모레면 집에 갈 거예요.”

그날 밤, 페넬로프는 무섭게 몸을 떨며 일어났다. 뭔가가—뭔가가 소리를 내고 경보를 울렸다. 아기인가 보다. 낸시가 운 걸까? 누워서 귀를 기울였다. 하지만 들리는 건 겁먹고 두근대는 자신의 심장 고동뿐이었다. 차츰 그것도 잦아들었다. 그때 복도를 걷는 발소리가 들리고 계단이 삐걱거리는 소리, 불을 켜는 딸깍 소리가 들렸다. 침대에서 일어나 방을 나와 계단 난간 위로 몸을 구부렸다. 홀 안의 불이 켜져 있었다.

“아빠?”

대답이 없었다. 복도를 건너 그의 침실을 들여다보았다. 침대는 형클어져 있었지만 사람은 없었다. 다시 복도로 나와 머뭇거렸다. 뭘 하시는 걸까? 편찮으신가? 귀를 기울이니 로런스가 응접실에서 내는 기척이 들렸다. 곧이어 잠잠해졌다. 아빠가 깨어나신 거야. 그뿐이야. 잠에서 깨면 늘 이러신다. 아래층으로 내려가 불을 피우고 읽을 책을 찾아드는 것이다.

그녀는 다시 잠자리에 들었다. 하지만 잠은 이미 달아났다. 어둠 속에 누워 열린 창문 너머 거무스름한 하늘을 바라보았다. 저 아래 해안에서 조수가 밀려오는 소리가 났다. 파도가 백사장에 철썩철썩 부딪혔다. 바다의 움직임에 귀를 기울이며 그녀는 뜬눈으로 새벽이 오기를 기다렸다.

7시에 일어나 아래층으로 내려갔다. 아빠는 이미 라디오를 켜놓고 있었다. 음악이 나오고 있었다. 아빠는 아침 뉴스를 기다리고 있는 것이다.

"아빠."

로런스는 손을 들어 조용히 하라는 손짓을 했다. 음악이 사라지고 시보가 울렸다.

"여기는 런던, 7시 뉴스입니다. 알바 리델이 보도합니다."

차분하고 덤덤한 그리고 딱 부러지는 듯한 목소리가 소식을 알렸다. 간밤에 런던에서 폭격이 있었다고 했다. 소이탄, 공중 기뢰, 고성능 폭약이 런던에 비 오듯 쏟아졌다. 아직 화재가 진압되지 않은 곳도 있으나 지금 진압 중이며…… 부두도 폭격을 맞아…….

페넬로프는 손을 내밀어 라디오를 껐다. 로런스가 올려다보았다. 낡은 예거 가운을 입고 있었는데 턱수염이 희끗희끗했다.

"잠이 안 오더구나."

"알아요. 내려오시는 소리를 들었어요."

"여기 앉아 아침을 기다렸다."

"공습은 전에도 있었잖아요. 괜찮을 거예요. 가서 차를 좀 가져올게요. 걱정 마세요. 차 한잔 마시고 오클리 가에 전화를 하죠, 뭐. 괜찮을 거예요, 아빠."

두 사람은 통화를 하려 했다. 하지만 교환수는 간밤에 공습이 있었던 터라 런던하고는 아무 통화도 되지 않는다고 했다. 아침 내내 그들은 시간마다 전화를 걸어 보았으나 허탕이었다.

"소피가 이쪽으로 전화할 거예요, 아빠. 우리처럼요. 잘 안되니까 우리처럼 걱정하고 있을 테고요. 우리가 걱정하고 있는 것을 아니까 특히 불안하겠죠."

정오가 되어서야 마침내 벨이 울렸다. 주방 싱크대에서 수프에 쓸 야채를 썰고 있던 페넬로프가 그 소리를 듣고는 칼을 떨어뜨리고 응접실로 달려 나가며 앞치마에 손을 닦았다. 하지만 전화기 옆에 붙어 앉아 있던 로런스가 이미 수화기를 든 뒤였다. 그녀는 아빠 옆에 무릎을 꿇고 앉아 한 마디도 놓치지 않기 위해 몸을 바싹 기울였다.

"여보세요? 칸 별장입니다. 여보세요?"

윙윙, 찌글찌글 거기다 이상한 쉭쉭 소리가 나더니 마침내 "여보세요?" 하는 소리가 들렸다. 하지만 그것은 소피의 음성이 아니었다.

"로런스 스턴인데요."

"아, 로런스, 저 랠라 프리드먼이에요. 네, 오클리 가에 살던 랠라요. 전화가 안 되더군요. 두 시간 이상 해봤는데 난……."

그러다 그녀의 목소리가 갈라지더니 끊겼다.

"무슨 일이죠, 랠라?"

"혼자 계신 건 아니죠?"

"페넬로프가 곁에 있어요……. 소피군…… 그렇죠?"

"네, 오, 로런스, 그래요. 그리고 클리퍼드 부부도. 그들 모두가요. 다 돌아가셨어요. 아무것도 남지 않았어요. 윌리하고 내가 보러 갔어요. 오늘 아침에 그분들이 돌아오지 않길래 윌리와 내가 디킨스 부부께 전화를 하려 했죠. 하지만 당연히 불통이었어요. 그래서 무슨 일인가 우리가 직접 확인하러 갔죠. 어느 크리스마스엔가 한 번 간 적이 있기 때문에 길을 알거든요. 택시를 타고 갔는데 그다음에는 걸어야 했어요……."

아무것도 남은 게 없다.

"……길 끄트머리에 가보니 통제되어 있었어요. 아무도 못 들어가게 하고 소방대원들이 아직도 불을 끄더군요. 하지만 볼 수는 있었어요. 집이 사라졌더군요. 커다란 잿더미 말고는 아무것도 없었어요. 경찰이 한 사람 있길래 물어보았죠. 그 사람은 아주 친절히 대해 주었는데 그래도 대답은 아무 가망 없다는 거였어요. 가망이 없대요, 로런스."

그녀는 흐느끼기 시작했다.

"모두. 모두 다 돌아가셨어요. 너무나 죄송해요. 이런 말씀 전해 드리다니 너무나 죄송해요."

아무것도 남은 게 없다…….

이윽고 로런스가 입을 열었다.

"직접 가서 찾아봐 줘서 고맙소. 그리고 전화까지 걸어줘서……."

"이런 괴로운 말을 해야 한 건 생전 처음이에요."

"그래요. 그렇소."

로런스가 말하고는 멍하니 앉아 있었다. 잠시 후 전화를 끊었다. 그의 뒤틀린 손가락이 더듬거리며 수화기를 내려놓았다. 페넬로프는 고개를 돌려 그의 두터운 울 스웨터에 얼굴을 묻었다. 그 뒤에 찾아온 정적은 공허했다. 완전히 텅 빈 진공 상태였다.

"아빠."

로런스가 손을 들어 그녀의 머리를 쓰다듬었다.

"아빠."

올려다보니 그는 고개를 저었다. 그가 혼자 있고 싶어 한다는 것을 알았다. 페넬로프는 그 순간 아빠가 늙었다는 것을 깨달았다. 전에는 그렇게 보인 적이 없었다. 하지만 지금 보니 다른 말로는 표현할 수 없었다. 그녀는 일어나 방을 나가서 문을 닫았다.

아무것도 남은 게 없다…….

위층으로 올라가 부모님의 침실로 들어갔다. 이 끔찍한 아침, 침대는 정리가 되어 있지 않았다. 시트는 아직도 꾸깃꾸깃했고 베개는 잠 못 이루던 로런스의 머리에 눌려 패여 있었다. 아빠는 알고 있었던 것이다. 아빠와 그녀, 둘 다 알고 있었다. 희망을 품고 용기를 잃지 않으려 했지만 그렇게 되고 말 거라는, 끔찍한 확신을 떨칠 수가 없었다. 둘 다 분명히 알고 있었다.

아무것도 남은 게 없다…….

소피가 눕던 침대 옆 탁자에 그녀가 런던에 가기 전에 읽던 책이 놓여 있었다. 페넬로프는 다가가 앉아서 책을 집었다. 손에 펼치니 많이 읽어 낡은 페이지가 나왔다.

난 얼마나 행복한 여인인가. 책과 아이들, 새와 꽃이 있는 정원에 살며 그리고 그것들을 즐길 여유를 누리다니. 종종 나는 이처럼 쉽게 행복을 찾을 수 있는 내가 인간 가운데 가장 축복받은 사람이 아닌가 한다.

그 단어들이 마치 빗물에 씻긴 창 너머 보이는 형체처럼 아물아물해지더니 사라졌다. 행복을 이처럼 쉽게 찾다니. 소피는 행복을 찾았을 뿐 아니라 그것을 퍼뜨렸다. 그런데 이제는 아무것도 남은 게 없다. 페넬로프의 손가락에서 책이 미끄러졌다. 그녀는 누워 눈물 흐르는 얼굴을 소피의 베개에 묻었다. 리넨의 감촉이 소피의 피부처럼 서늘했다. 그리고 방금 소피가 방에 있다 나간 양 달콤한 향기가 났다.

2권에서 계속

옮긴이 구자명

1957년 서울에서 태어나 하와이 주립대학교 심리학과를 졸업하였다. 1997년 계간《작가세계》를 통해 단편소설 〈뿔〉로 등단했다. 옮긴 책으로는 『패셔넬라Passionella』, 『내 영혼의 빛』, 『재즈의 연인』 등이 있고, 쓴 책으로는 『건달바 지대평』, 『망각과 기억 사이』, 『진눈깨비』 등이 있다. 한국가톨릭문학상, 한국소설문학상을 수상했다.

조개 줍는 아이들 1

초판 1쇄 발행 2025년 2월 26일

지은이 로자문드 필처
옮긴이 구자명
펴낸이 김선준

편집이사 서선행
책임편집 천혜진 **편집1팀** 임나리, 이주영 **디자인** 김세민, 김예은
마케팅팀 권두리, 이진규, 신동빈
홍보팀 조아란, 장태수, 이은정, 권희, 박미정, 조문정, 이건희, 박지훈, 송수연
경영관리 송현주, 권송이, 윤이경, 정수연

펴낸곳 ㈜콘텐츠그룹 포레스트 **출판등록** 2021년 4월 16일 제2021-000079호
주소 서울시 영등포구 여의대로 108 파크원타워1 28층
전화 02)332-5855 **팩스** 070)4170-4865
홈페이지 www.forestbooks.co.kr
종이 ㈜월드페이퍼 **출력·인쇄·후가공·제본** 한영문화사

ISBN 979-11-94530-13-8 (04840)
        979-11-94530-12-1 (04840)(set)

㈜콘텐츠그룹 포레스트는 독자 여러분의 책에 관한 아이디어와 원고 투고를 기다리고 있습니다. 책 출간을 원하시는 분은 이메일 writer@forestbooks.co.kr로 간단한 개요와 취지, 연락처 등을 보내주세요. '독자의 꿈이 이뤄지는 숲, 포레스트'에서 작가의 꿈을 이루세요.